Reading Elizabeth Bowen's Shorter Fiction

エリザベス・ボウエンの短篇を読む

エリザベス・ボウエン研究会 編

国書刊行会

目次

第五部　ボウエンによる短篇論（翻訳）

エリザベス・ボウエンの短篇を読む

序論
短篇の興隆と短篇作家としてのエリザベス・ボウエン

太田良子

短篇とエリザベス・ボウエン

エリザベス・ボウエン（一八九九－一九七三）は、七十三年の生涯で小説十作と短篇約百篇を書いた。二十三歳の時に十五篇を収めた短篇集『出会い』（*Encounters*, 1923）を出版し、作家としての第一歩を踏み出した。一九四九年にこの短篇集のアメリカ版が出ることになり、そのために書いた「序文」でボウエンは、「それまでに書いた短篇はすべて出版を拒否されていた。出版される見通しがなかったら、きっと書かなかっただろう。私は意味があるのだという証拠が欲しかった。出版は、読まれるためにくぐらなくてはならない門だった」と述懐している。*1『出会い』を書いていた頃、ボウエンはストーリーとスケッチの違いをわきまえていなかった。筋（プロット）から離れて、ストーリーがストーリーになるためには、転換点が必ずなくてはならないとされている。評者の中にはボウエンのこの短篇集を「スケッチ集」と評した人もいた。しかし『出会い』にあるメリットの一つは「感受性（susceptibility）」であるとボウエンは言う。場所、ある瞬間、物、四季が感受性を通して描かれているとしている。それは自然への愛を素直に示していると付記するボウエンには、自然環境保護の認識があったかのようだ（『マルベリー・ツリー』一二二頁）。

「小説執筆に関する覚書」（"Notes on Writing a Novel," 1945）でボウエンは、「プロット（Plot）」、「登場人物（Characters）」について「場所（Scene）」をあげて、「場所はプロットから派生するもの。プロットに現実味を与える」と前置きして、「場所が無ければ何も起きない（Nothing can happen nowhere）。〔…〕場面は、登場人物よりはるか前から小説家の意識の力の中に存在している。小説の他のどんな組成要素よりも、場面は作家に自分の力を意識させる」と続ける（『マルベリー・ツリー』三九頁）。作家は「登場人物を創り出す」のではなく、登場人物は既に存在している。彼らは「見出される」のだ。登場人物はゆっくり出てきて、「列車の薄暗い照明の客室で、反対側に座った相客の旅人」のように、作家に見出されるという（『マルベリー・ツリー』三七頁）。

ボウエンはさらに、『恋人は悪魔、その他』（*The Demon Lover and Other Stories*, 1945）に付けた「あとがき」で、世界大戦という未曽有の異常時に創作するのは時に困難だったが、自分が書こうとしていることについて、迷ったことはないと言い、とくに短篇について「短篇にはそれ独自の運動量があり、コントロールできるものではない。作品の中で起きる行為は一種の権威を持っていて、誰も異を唱えることはできない」[*2]と書いた。そして世界大戦という超異常事態に対するレジスタンスとして、イギリス国民は幻想・幻覚・深い夢を見ることで「ファンタジー」という非現実世界をもう一つ持って、現実の世界に抵抗したのだ。ここに収めた短篇は「レジスタンス＝ファンタジー」として相互に結ばれた「有機的な総体」になり、「一冊の書物」になっているとボウエンは言う。この短篇集にある「幻のコー」（"Mysterious Kôr," 1945）は一九四〇年のロンドン大空襲（The Blitz）を、廃墟のようになった大都会ロンドンを照らす満月の光で描き出し、戦時を描いた短篇の代表作になっている。[*3]

短篇とは？

「短篇」（英語では Short Story と言い、short novel とは言わない）について、まず「短さ（長さ）」から、これは五千語を超えないといういちおうの了解がある。[*4] わが国では四百字詰め原稿用紙で文字数を言うが、英文で言う単語数（慣例で一単語は五字）も、ペンギン版で何頁になるかが分かりやすいので、ボウエンの短篇からその長さに当たってみる。アンガス・ウィルソン編纂の『エリザベス・ボウエン短篇集』（*The Collected Stories of Elizabeth Bowen*, 1980）は七十九篇の短篇を収録。そのペンギン版で最も短い短篇は「古い家の最後の夜」（"The Last Night in the Old Home," 1934）が四頁、「親友」（"The Confidante," 1923）が五頁、「告げ口」（"Telling," 1929）が六頁半である。最も長いのが「相続ならず」（"The Disinherited," 1934）の三十三頁、次いで「夏の夜」（"Summer Night," 1941）と「蔦がとらえた階段」（"Ivy Gripped the Steps," 1941）は約二十六頁である。

「ノヴェラ（Novella）」または「ノヴェレット（Novelette）」という用語は（一般的には「ノヴェラ」が通用）、ショート・ストーリーとノヴェルの中間に来る長さの「中篇小説」を意味する用語である。「ノヴェラ」の単語数については、三万から四万語前後の作品をさすとされる。ペンギン版の頁数でいうと、五十頁から百二十五頁前後までの作品に相当する。ヘンリー・ジェイムズ（一八四三－一九一六）の『デイジー・ミラー』（*Daisy Miller*, 1879）がペンギン版で八十一頁、『ねじの回転』（*The Turn of the Screw*, 1898）が百十三頁、ジョゼフ・コンラッド（一八五七－一九二四）の『闇の奥』（*Heart of Darkness*, 1902）は百五頁、ミュリエル・スパーク（一九一八－二〇〇六）の『ミス・ブロディの青春』（*The Prime of Miss Jean Brodie*, 1961）は百二頁、ジュリアン・バーンズ（一九四六－）の『人生の段階』（*Levels of Life*, 2013）は百十四頁。いずれも「ノヴェラ」に当たる分量だが、「小説」として通っている。「小説」には「長さ」の制限はなく、長い小説の筆頭に来るのがプルースト（一八七一－一九二二）の『失われた時を求めて』（*À la recherche du temps perdu*, 1913-1927）であろう。四百字詰め原稿用紙に換算して一万枚になると言われている。

短篇の起源

「語ること（speaking）」は呼吸や体内を巡る血流と同様に人間に備わった自然現象である。*5 約一万二千年前に始まった農耕革命で村落共同体が生まれ、農耕民は太陽や水や風に名前（word）を付け、自然界をつかさどる偉大な神々について世々言葉で語られてきた物語を語り継いだ。神殿を建て、祝祭を催し、生贄を捧げ、供物を献じた。およそ五千年前にはシュメール人が書字と貨幣を発明した。ことに書字の発明は人類の脳内に限られていた物語の容量を限りなく増大させ、石板やパピルスや羊皮紙に記録され、長い複雑な物語が語られる（story telling）ようになった。書字のおかげで、実際に起きたことを知るだけでなく、想像上にあるものが目に見える形をとり、物語（虚構）が生まれ、人間にとって事実（経験）と物語（想像）が併存するようになる。世界には各地に語り継がれた神話や伝説があり、語り部や吟遊詩人、祈禱師や妖術師、道化師、占い師が現れ、祈願、呪術、祭事、結婚、誕生、死亡、戦争、勝利と敗北など、とにかく「出来事・事実」が言葉で語られ、書字で記録された。やがて「事実」には想像がついて、「作り話、虚構（フィクション）」が加わっていく。

「お話（story）」がこうして「物語（tales）」、「寓話（fables）」、「たとえ話、説話（parables）」と呼ばれるものになり、紀元前七世紀のイソップの『動物寓話』（*Beast Fables*）は初期の物語群の一例となる。朝が来て首をはねられぬようシェヘラザードが語り継いだ『アラビアンナイト』（*The Arabian Night's Entertainment*）は、インド、ペルシャ、アラビアの民間説話を集めて原型ができたのが八世紀、一七〇六年に英語版が出た。ボッカチオ（一三一三－七五）による『十日物語』（*Decameron*, 1348-53）、グリム兄弟（一七八五－一八六三、一七八六－一八五九）が民話や伝説を収集した『グリム童話集』（*The Grimm's Collection of Fairy Tales*, 1812/15）も世界で広く読まれてきた。

「お話」のもう一つの起源は「宗教説話（Religious Parables）」である。『旧約聖書』（*The Old Testament*）（Testament はラテン語で「（神の）最終意思」の意）は、ヘブライ語で書かれ、紀元前一一〇〇年ごろに代々の預言者の預言（救世主出現の告知）を記してユダヤ教の聖典として編まれ、紀元一一八年にユダヤ教の律法を定めた聖典となった。[*6]『新約聖書』（*The New Testament*）は、ギリシャ語で書かれ、キリストの紀元（ANNO DOMINI）後の紀元五〇年ころから一五〇年にかけて成立している。マタイ、マルコ、ルカ、ヨハネによるイエス伝は『旧約聖書』が預言した救世主イエス・キリストの誕生に始まり、イエスによる福音伝道とキリスト教の成立を伝えている。

教義を文字化した経典を繰り返し読むことを英語では religion と表現するが、日本ではこれを明治時代に「宗教」と訳して今に至っている。すなわちキリスト教の経典である『聖書』（*The Bible*）は中世の頃から最も読まれた書物で、繰り返し読まれた書物の筆頭にある。「現代小説はもっぱら引照をこととすべきである。おおむねのところ作家なるものは、かつて何人かが述べたことの再述に時を費やしている」のであり、「知識人が書こうと試みる時は、当然聖書の中の物語やテーマ、イメージに触れることになった」。本物を真似たりもじったりしたものをパロディというが、そうなると、短篇や小説や詩やドラマなど、「大半のパロディ作品の大本は必然的に聖書になる」[*7]とする松岡利次の解釈に耳を傾けておく。

短篇の定義

「短篇が議論されると、まずチェーホフ、モーパッサンの名が出て、ついでポー、キプリング、ジョイスが続き、たぶん、キャサリン・マンスフィールドとヘミングウェイも含まれるだろう」という書き出しのあと、著者のウォルター・アレンは、モーパッサン（一八五〇‐九三）とチェーホフ（一八六〇‐一九〇四）のストーリーは、シェヘラザードやボッカチオの話とは別種の期待に読者を駆り立てると述べ、今に至る時間の推移から、チェーホフらの作家と作品を「モダンな（modern）」と名付けて議論に入っている。[*8]つまり「お話」であったイソップの『動物寓話』や「宗教説話」などは「古いお話」となって後退し、そこに「モダン・ストーリー」、いまで言う「短篇」が出てくる。

「短篇」で取り上げるのは、（a）「事件（incident）」ないしは「知覚・認識（perception）」が一つであること。（b）「多種多様な潜在的含意（the multitude of implications）」が想定されること。（c）モダンな短篇のホールマークは、ただ一つの事件の周囲に多様な含意があることである。短篇はこの三要素からなる（アレン 七頁）。

なお、「短篇」の英単語として、二つの単語から成る short story の代わりに、sketch, tale, novella といった「単語」が代替え案に上がったが、short story が「短篇」の英語の用語として定着している。なおフランス語では長い順にロマン（roman）、ヌーヴェル（nouvelle）、コント（conte）と呼ばれ、それぞれ「小説」、「中篇」、「短篇」に相当するが、長さについてどれにも規定はなく、どう呼ぶかは作者次第だという。

エドガー・アラン・ポー

短篇の発展を見る上で、最初に挙がるのはエドガー・アラン・ポー（一八〇九‐四九）であろう。*9 ポーの父方の祖先はアイルランド生まれ、子孫は後年アメリカのボルティモアに移住して一家をなしていた。独立戦争（一七七五‐八三）で南軍の将軍だった父の子に生まれたデヴィッド・ポーは、英国の美人女優エリザベス・アーノルドと結婚、その後彼自身も俳優になり、夫婦でアメリカの劇場を転々とした。ポーはこの俳優夫婦の子に生まれ、二歳になるころに母が死亡、次いで父にも死なれ、孤児となったポーはジョン・アランの養子になって、ヴァージニア州リッチモンドのアラン家に引き取られた。

ジョン・アランはスコットランド系の煙草輸出商人で、一八一五年一家は少年のエドガー・ポーを連れて渡英、七歳だったポーは英国の名高い私塾で五年間の初等教育を受けた。一八二九年ミセス・アランが死去し、再婚したアランに実子が生まれ、エドガーは養父の財産相続権を失う。だが名前はエドガー・アラン・ポーのまま、執筆によって生計を図るべく奮闘し、一八三三年発表の短篇「瓶の中の手記」（"MS. Found in a Bottle"）でポーの文才がようやく世に認められた。

ポーと新聞と雑誌の時代

ポーの短篇と同列に考えるべきは、新聞・雑誌の勃興である。時あたかも雑誌や週刊誌や新聞の出版が増え、とりわけ雑誌や新聞に掲載される短篇を読者は歓迎した。ポーはヴァージニア州リッチモンド発行の雑誌『南部文芸通信』（*Southern Literary Messenger*）に入り、読者の好みを把握して短篇執筆とともに編集にも当たり、売れ行きを伸ばし、雑誌編集の主筆となった。十三歳の従妹ヴァージニア・クレムと結婚して、ニューヨークやフィラデルフィアの雑誌にも短篇を寄稿、そのつど自らの鑑識眼と美意識が捉えた短篇論を書き、書評や時評を多く書いた。一八三九年には不朽の短篇「アッシャー家の崩壊」（"The Fall of the House of Usher"）を発表、以来「モルグ街の殺人」（"The Murder in the Rue Morgue," 1841）、「マリー・ロジェの謎」（"The Mystery of Marie Roget," 1842-43）、「盗まれた手紙」（"The Purloined Letter," 1845）などの問題作が続き、同じく一八四五年には「二度とあらじ（Never more）」を繰り返す不吉な物語詩「大鴉」（"The Raven）が出て、ポーの創作活動は頂点に達した。とはいえ賭博や飲酒癖や借金で貧窮状態は改善されず、寒さをしのぐのに愛猫（！）を抱くほかなかった妻ヴァージニアは結核が悪化してやがて死去、絶望の中でポーは絶唱というべきスワン・ソング「アナベル・リー」（"Annabel Lee," 1849）を書いた。枯れることがなかった創作熱をよそに、自らの雑誌を持つという理想もかなわず、一八四九年の秋、ポーはボルティモアの路頭で行き倒れ、四十年の生涯を閉じた。

ポーの短篇の反響

ポーの影響は先ずフランスに現れた。ポーの最善の読者にして伝記も書いたボードレール（一八二一－六七）はポーを熱狂的に評価して彼の短篇数篇を訳し、その名訳によってポーはフランスに多くの読者を得る。

マラルメ（一八四二－九八）とヴァレリー（一八七一－一九四五）はポーの詩を訳してポーの評価を広く高め、ポーの「詩論」である『詩の原理』（*The Poetic Principle*, 1850）を称賛し、彼ら自身の詩論とした。ポーはそこで「詩」を定義して「リズミカルな美を生むもの（the Rhythmical Creation of Beauty）」とし、「詩」は「魂」を高みに導くことで人の心に「感動」を与えるものであり、感動の絶頂は持続しないので、「長い詩」は言葉の矛盾であり、あり得ないとする。

ポーが書いた書評や時論は『覚え書き』（*Marginalia*）として一八四四－四六年、四八－四九年に雑誌発表され、レッド・フィールド版のポー全集（一九五〇年）に収録された。雑誌や新聞に掲載されたポーの短篇論は、短篇論として今に伝わる鉄則をとらえたものである。すなわち、「読者が一気に読める長さであること」、「目指す『効果』はユニークで単一であること」、「もし冒頭の一行が狙った『効果』を上げていなければ、その短篇はすでに失敗作である」とは異論の余地のない短篇論ではないだろうか。

短篇作品と探偵小説

江戸川乱歩が「探偵小説史は一八四一年から始まる」と述べているとおり（『ポォ小説全集Ⅳ』四一一頁）、最初の探偵小説となるポーの短篇「モルグ街の殺人」は一八四一年の『グレアムズ・マガジン』（*Graham's Magazine*）に発表された。「モルグ街」ではまず探偵オーギュスト・デュパンが登場し、デュパンの天才的な鋭い推理を（読者に）説明するのに「私」という語り手を置いた。コナン・ドイル（一八五九－一九三〇）のホームズとワトソン、アガサ・クリスティ（一八九〇－一九七六）のポワロとヘイスティングスというコンビで成り立つ探偵小説の原型をポーが提示したわけである（アレン 二五頁）。

深淵をあまりにも覗き込むと、深淵が見つめ返してくると言うとおり、ポーの短篇に秘められた深淵は、底知れぬ恐怖と戦慄で想像力を覚醒させる。その一方で、ポーには知的な冷静な分析力があった。二十世紀に発展する心理学に先んじてポーは人間の心の深層に迫り、彼が創案したトリックのほとんどが近代科学の知識を土台にしていた。エドガー・ポーは、秘密、隠匿を必要とする人間性、人間心理の奥にある不可知の暗闇と謎を追求し、そこに文学の果すべき無限の役割を信じていた作家だった。

探偵小説を強く弁護するのはG・K・チェスタトン（一八七四－一九三六）である。「探偵小説の本質的美点の一つは、それが現代生活の詩的感覚といったものを表現した最初で唯一の大衆文学という点にある。〔…〕都会は、実を言えば、田舎よりもはるかに詩的なのである。我が国の大作家たちが〔…〕、この大都会ロンドンの目が怪しく猫の目のように闇に光る時の、血も湧くような雰囲気や瞬間を描きたがらないからには、〔…〕現在を散文的とけなしたり、普通のものを平凡と決めつけることをただひとり拒んでいる大衆文学を信用しなければならない。〔…〕警察ロマンスは、我々を管理守護する警察の黙々として人目に立たぬ地味な仕事の一から十までが上首尾な騎士の武者修行にほかならないことを、われわれに知らせてくれるのである」*10

短篇の芸術性

短篇はポーの存在によって詩と小説に劣らぬ多くの大衆を獲得、雑誌や新聞、週刊誌や定期刊行物の流行が追い風になって、短篇読者層を拡大した。だが雑誌や新聞に掲載される短篇がポーの「短篇論」のレベルに達していたかというと、そうではない。ジャーナリズムに関わり、大衆の人気に関わることで、作家と批評家が直面したのは、文学と言える一定の水準を維持できるかどうかだった。短篇作家の創作活動は、紙面の制約、掲載紙の特質、編集者の意向によって左右されたからだ。『タトラー』紙（*Tatler*）（英国で一九〇一年創刊、当初は週刊紙、現在は月刊紙）の短篇掲載紙面は最大で二千字だった。一八八六年に英国の作家ラドヤード・キプリング（一八六五-一九三六）が初めて短篇を掲載した新聞『民軍新聞』（*Civil and Military Gazette*）は、コラム一列と「半分」を作家に提供した。キプリングはコラム一列と「四分の一」で、いかなる傑作短篇が書かれ得るかを示し、その影響は大きかった。新聞・雑誌に発表される短篇が質を落とすことはない、芸術性も損なわれないことが確認された。[*11]

　短篇のもう一つのメリットを指摘したのはヘンリー・ジェイムズである。ストーリーの皮相・表面に隠した仕掛けを愉しむ歓びが短篇にはあるというのだ。短く書くことは細心の自制を要し、考えを様式に適合させるには意志的に厳密な判断を要する。つまり、短篇が与える歓びの一つは、意図的な韜晦を含めて、綿密に練り上げられた様式の中に閉じ込めた凝縮されたものを認識することだ、というのである。抑制され凝縮されたものが有限な様式の中にあるアート、それはミステリー小説にある「発見」の歓びであり、読書の醍醐味でもある。その意味で短篇は機智の文学であり、メタフィジカルな奇想（conceit）にも通じている。メタファー、シンボル、曖昧性、言外・行間に隠した意味が互いに重層をなして、ストーリーは両義性、多義性を帯びる。アルゼンチンに生まれたホルヘ・ルイス・ボルヘス（一八九九-一九八六）は、ジェイムズが言うメタフィジカルな路線の優れた後継者であると言える（ショウ 一二一-一三頁）。ボルヘスの代表作は『伝奇集』（*Ficciones*, 1944）である。

　ヘンリー・ジェイムズは、そのほかに、一作家の短篇をまとめた短篇集は作家の人生観や芸術性を十分に示し、時代と社会を表象しており、小説の表現力に匹敵する能力が短篇集にあるという主張もした。数名の作家による短篇集はアンソロジーとして、オクスフォード大学出版やペンギンやヴィンテージといった出版社が競って出版し、一般読者のみならず、大学や研究会や読書会で格好のテクストとして歓迎され、新刊および増刷が続いているのは周知のとおりである。

イギリスの短篇

イギリスでは短篇はどうなっていたか。アメリカでは十九世紀の初めにジャーナリズムの台頭期を迎え、新聞雑誌に掲載される短篇に読者が注目するにともない、読者を増やしたいジャーナリズムの求めに応ずるように、若い才能が次々に現れていた。しかしイギリスの文壇は、十九世紀後半になってもディケンズ（一八一二−七〇）、サッカレー（一八一一−六三）、ミセス・ギャスケル（一八一〇−六五）等の大小説家の小説が人気を博し、短篇は認知もされなければ存在すら無視されがちだった。大作家の小説は、雑誌に連載されてから三部作になって出版される慣習があり、その形式がイギリスの読者層の好みに浸透していて、ロバート・ルイス・スティーヴンソン（一八五〇−九四）、D・H・ロレンス（一八八五−一九三〇）等の小説が一冊本で出るまでは、三巻を要する大部な小説本が十九世紀のイギリスの文芸出版市場を独占していた（ショウ 五頁）。

だが一八九四年に『イエロー・ブック』（*The Yellow Book*）が刊行された。この絵入り文芸雑誌は、「楽しませること」ができていれば、長さにもテーマにも制限がなかったことから、短篇の新世紀を開いたと言われている。さらに、短篇にはそれ自身の有機的な形式があるという理念から、一般的に八千語を上限としてきた短篇のルールが緩和された。ポーの言う「唯一の意図された効果」は中心テーマと相関関係にあり、アイデアがしり上がりの効果を上げていれば、語数や長さは第二義的な問題とみなされたのだった（ショウ 一〇−一三頁）。

さらに、一七三二年に刊行されてから現在にいたるまで、『月刊紳士情報』（*Gentleman's Monthly Intelligencer*）の別名で有名な『ロンドン・マガジン』（*London Magazine*）（現在は年六回発行）が「良い短篇」を集めて出版したアンソロジーが好評を得て、その売れ行きが一冊の小説出版の利益を上回るようになっていた。それらは放送や朗読会で朗読され、学校の教科書に採用されて、増刷が進み、短篇の市場価値は安定している（ショウ八頁）。

モーパッサンとチェーホフ

ボウエンは『フェイバー版現代短篇集』（*The Faber Book of Modern Stories*, 1937）に書いた「序文」で、英国の短篇は国内作家の影響もあったが、むしろ海外から学ぶところが大きかった。噂話、翻訳、簡便な手段で読める海外作品が身近にあり、好奇心が広がって、とくに短篇の名手チェーホフとモーパッサンが英国でよく読まれるようになった。モーパッサンについてボウエンが書いたことを左にあげる。

モーパッサンは、数少ない短篇の名手の一人である。作品は美の雰囲気という点でチェーホフに劣るが、鋭い現実味、主題とプロットの豊富さでは勝っている。〔…〕ノルマンディにあるシャトーに生まれ、一族は地主階級、若い時はパリの政府機関で働いた。空き時間はボート、猟銃、旅行に使い、女を追いかけた。本望は書くこと、よく書くことで、それが生来の虚栄心と怠惰を克服させた。作家修行としては旧交のある峻厳なフロベールの門に入り、フロベールは彼の作品を査定し、批判し、ときに切り捨てた。〔…〕彼の最大の短篇は普仏戦争時の占領下のフランスを扱ったもので、それらは苛烈を極め、残酷でもある。恋愛ものは、今読むと、色あせた皮肉が感じられる。[*12]

ボウエンは彼の短篇「小さな兵士」（"The Little Soldier"）を取り上げて、ここに簡素で人間的なモーパッサンが出ていて不朽の短篇になっているという。ブルターニュ出身の二人の徴集兵士がホームシックになる話には、「フランスの地方色が何とよく出ていることか！」と感嘆符を付けて称賛している。

アントン・チェーホフは、十九歳でモスクワ大学医学部に入学、そのかたわら短篇を書き始め、七年間に四百を超える短篇を書いた。三男として生まれた雑貨商の実家が破産、金銭を得るためにこれらの短篇を雑誌に送った。チェーホフには、「人間や社会や生活に対する観察のこまやかさや、理解しようとしながら見つめる視線」がある。彼はそこで、「あからさまな思想の言葉」を語らずに、「言葉の杭を打ち込」んだ。チェーホフは、「自分を抑え、その短篇の中には人間的苦悩の多くの描写があり、そのユーモアは騒々しいものでなく、そのオプチミズムは盲目的なものでなく、生活の愛を他人に伝えたりなどしなかった――つまり誓いやお説教をせず、彼は生活を愛したのだ」。「チェーホフを読んでいると、ぞっとするときがある。時代は変わり、社会も慣習も変化するのに、じつは、人の心の水面下はそれほど変わらないのかもしれない」[*13]。なお英文学史的にみると、ロシアの短篇文学をイギリスの読者大衆に紹介したのはアーノルド・ベネット（一八六七―一九三一）である。ロシアの短篇文学は偶然に自然に成長したように見えるので、その起源と影響をたどるのは不可能である。過去わずか百年ほどの間に、一八二〇年代のプーシキンと一八三〇年代のゴーゴリでいきなり始まり、その後も傑作が続き、一九〇四年にチェーホフが死ぬまで続いたというのがアーノルドの見解である（ショウ　一二〇頁）。

アメリカの作家ウィリアム・ディーン・ハウエルズ（一八三七―一九二〇）は、短篇は永久に記憶に残る「人」を生み出していないと非難したが、それに対して最高の回答を与えたのは、チェーホフの登場人物たちである。チェーホフには、登場人物の内なるリアリティと典型性を同時に捕らえる能力があり、短篇「バタフライ」（"The Butterfly," 1894）のオルガにその能力の実例を見ることができる（ショウ　一二〇頁）。

イギリスの短篇作家

ヘンリー・ジェイムズが「最も完成された天才」と呼ぶのは、ラドヤード・キプリングである。キプリングはインドのボンベイに生まれ、六歳でイギリスに送られるが、養父母の下で悲惨な子供時代を味わった。十七歳でインドに戻り、『民軍新聞』の記者になり、また別の刊行誌『開拓者』(*Pioneer*)に移り、ここに書いた短篇が短篇集『高原平話集』(*Plain Tales from the Hills*, 1888)として出版され、これはその後七巻まで続く短篇集シリーズになる。キプリングは十九世紀末から二十世紀初頭にかけて短篇が花開いた時代を代表している。彼の短篇の好評から、新しいマガジンや月刊、週刊の刊行物が現れて短篇を掲載した。

『ストランド・マガジン』(*The Strand Magazine*)が一八九一年に発行されると、コナン・ドイル、H・G・ウェルズ(一八六六―一九四六)、P・G・ウッドハウス(一八八一―一九七五)らがここに集まってきた。これらの作家の短篇は、どれも文学でいう短篇とは呼べないが、コナン・ドイルの短篇は『ストランド・マガジン』に掲載され、十二本の短篇が『シャーロック・ホームズの冒険』(*The Adventures of Sherlock Holms*, 1892)として出版されると、ホームズものとして空前の大ヒット、これを第一作として、ホームズものの短篇集は五作続いた。シャーロック・ホームズは、誰にも解決できない難事件を、靴や顔色から、また耳の形など骨相学を手掛かりに、お共役のドクタ・ワトソンに解決してみせる。ホームズに読者は魅了され、驚異(wonder)に打たれる。そこに「当時のロンドンの現実感」が出ているとアレンは言う(アレン 七六頁)。

ロンドンの町は十九世紀中葉以降、産業革命と都市化が進み、貧富の差は拡大、貧民街が生まれ、その時代を受けて、R・L・スティーヴンソンの『ジキル博士とハイド氏』(*Strange Case of Dr Jekyll and Mr Hyde*, 1886)が出版される。人間と都会にある二面性（今では解離性同一性障害）が暴き出された。一八八八年には「切り裂きジャック（Jack the Ripper）」が起きて、これは鋭利なナイフで娼婦を殺害した事件だった。たちまち同様の事件が十一件も起きた。外科手術用のナイフとあって、犯人は外科医では、とも言われた。ロンドン警視庁（スコットランド・ヤード）をはじめ全関係機関、全報道機関、無数の素人探偵の必死の捜査にも関わらず真犯人は逮捕されていない。

純文学の短篇に戻ると、D・H・ロレンスは小説家を自認していても、彼を最もよく表すのは短篇作品だと言われている。ロレンスは晩年になって「超自然的」な短篇を多く書いて、「説明できない」事件をそこで扱っている。その代表にアレンは短篇三篇を挙げているが、そのうちの「木馬の勝者」（"The Rocking-Horse Winner," 1924）は、主人公の少年ポールが、「金が欲しい」「金がないのは運がないからだ」と繰り返す家族をしり目に、木馬の勝者になって運を呼ぼうと木馬にまたがり、落馬して死ぬ話である。木馬を励ますポールの息遣いが若いポールの性の解放の吐息のように聞こえる。

E・M・フォースター（一八七九－一九七〇）は生涯で短篇集を二冊出し死後にもう一冊が刊行された。最初の短篇集『天国行きの乗合馬車』（*The Celestial Omnibus*, 1911）は、ボウエンが女学校で読んだと言っている。フォースター自身が「ファンタジー」と呼ぶ収録短篇は作者が目指した社会喜劇としては不十分で、ギリシャ神話を土台としたことが目立っているとされる（ショウ 一一〇頁）。

サキ（一八七〇－一九一六）は、本名をH. H. Munroといい、ビルマに生まれ、英国のデヴォンシャーに送られて伯母に育てられるが彼女を嫌悪してビルマに戻り、ビルマ警察に入る。そしていくつかの新聞に投稿、わけても『ウェストミンスター新聞』（*The Westminster Gazette*）に彼の多くの短篇が掲載された。サキの短篇はほとんどが五、六ページを超えないもので、すべて「無類」の短篇である。作品の変化や発展とか成熟を問うべき短篇ではない。短篇集は『クローヴィス物語』（*The Chronicles of Clovis*, 1911）などがあり、そこにある短篇「開いた窓」（"Open Window"）に見られるように、オチで終わる話を好み、そのために作品全体の構成を緻密に練り上げている。

ウォルター・デ・ラ・メア（一八七三－一九五六）もここで学んでおくべき作家である。短篇作家としてのデ・ラ・メアは、超自然的な短篇を書くという意味でヘンリー・ジェイムズにつながる。デ・ラ・メアの文章はジェイムズに劣らず緻密で、ストーリーの難解さもそれに劣らない。デ・ラ・メアは堅固な触知できるリアリティに根を下ろし、己の時代の人間として、演説の名手の技量と面白いユーモアを併せ持つ。例えば「亡霊」（"A Revenant," 1936）は、エドガー・アラン・ポーの顰《ひそ》みに倣う短篇で、幽霊がある田舎の町で自分相手に講義している。ジェイムズの『ねじの回転』で、夜間に庭に出ている子供二人のシーンの不気味さを連想させる。デ・ラ・メアの短篇は複雑な詳細に書き込んだストーリーが突然終わる。倍音が残す余韻が消えない。

グレアム・グリーン（一九〇四－九一）はそうしたデ・ラ・メアの文章について、「ジェイムズの死以来、その豊かさにおいてデ・ラ・メアに匹敵するものはない」と言い（アレン 八九頁）、自身のエッセイ集『失われた子供時代』（*The Lost Childhood and Other Essays*, 1950）では、「列車の相客が窓の外に何かを見て、その瞳に訴え、飢え、恐怖が浮かぶが、我々にはそれが見えない」という比喩でデ・ラ・メアの作風を説明している。これには偉大な詩に相応しい分析が必要だが、偉大な詩はそれらしく、分析に強く抵抗するのである。

グレアム・グリーンは小説・短篇ともに多作な作家であることは周知のとおり。それらの多くが映画化された。『第三の男』（*The Third Man*, 1949）は、監督キャロル・リード、主演はオーソン・ウェルズとジョセフ・コットンとアリダ・ヴァリの三人となろうか。映画『第三の男』は、グリーンが映画台本を書き、のちにそのタイトルで小説に書いた。

アメリカの短篇作家

ヘンリー・ジェイムズは小説も多作、短篇は百十余り書いた。だが彼の短篇はほとんどが一万語以上になり、当時の短篇は八千語が限度だったというから、ジェイムズの場合は「ノヴェラ」すなわち中篇小説になると思われる。彼の主要なテーマ「国際状況もの（International Episode）」は、先にも触れた『デイジー・ミラー』が代表している。歴史も古い大陸に来た新興国の娘デイジー（本名はアニー・P・ミラー）は、芸術の大テーマの一つ「無垢と経験（Innocence and Experience）」を文学で代表する最も鮮烈なヒロインであるとされる。

二十世紀に入るとアメリカの文化・文芸に目覚ましい発展があり、マーク・トウェイン（一八三五－一九一〇）やアムブローズ・ビアス（一八四二－一九一三）、ウィラ・キャザー（一八七三－一九四七）、イーディス・ウォートン（一八六二－一九三七）といった作家が出て、彼らは小説のほか、短篇も盛んに書いた。

まず取り上げるのはF・スコット・フィッツジェラルド（一八九六－一九四〇）の短篇になる。彼は公私ともにアメリカの一九二〇年代、「ジャズ・エイジ（The Jazz Age）」の符丁になった作家で、代表作『華麗なるギャッツビー』（*The Great Gatsby*, 1925）は、第一次大戦に勝ったアメリカの功罪を描いた傑作であり、現代アメリカを代表する名作とされている。フィッツジェラルドの短篇は全部で百十六篇あって、失われたチャンス、過去に我知らずとった行動を後悔する「詩人」がそこにいるとする。この「詩人」はギャッツビーの人となりにも通じていて、第一次大戦に遅れて参戦し戦勝国になって世界史上に初めて登場した誇りと戸惑い、二〇年代のアメリカ人にも当てはまる肖像ではないだろうか。ギャッツビーのあとアメリカは「大恐慌（The Great Depression）」に見舞われ、世界中で経済が破綻、不況と失業は三〇年代後半まで続く。

ヘミングウェイ（一八九九－一九六一）は『老人と海』（*The Old Man and the Sea*, 1952）を発表し、一九五四年にはノーベル文学賞を受賞、これほど高い評判を得たあと、死後になって評判がガタ落ちした。彼を明確に公平に見るのは現在困難になっている。優れた短篇作家であり短篇集も編纂したフランク・オコナー（一九〇三－六六）が『孤独な声』（*The Lonely Voice: A Study of Short Story*, 1962）を書き、「ヘミングウェイの人物は、仕事もないし、家もない人に見える。〔…〕戦争ですら気晴らしのように扱っていて、有閑階級のための娯楽みたいになっている」と書いたのだ（ショウ 一四六 - 四七頁）。

『孤独な声』を取り上げた阿部昭の対談がある。[*14] オコナーは短篇と小説は全く違うものと考えていた、として、オコナーを代弁するように佐伯彰一がそこに書いている。すなわち、「長篇というのは、社会というものがどこかにあって、それを信じている人が一つの社会をつくってみせるのだと、短篇はそういうこととは関係ないのだ。社会はこうだとか、時代はこうだとかいうのは、むしろ関りを持たないところで、それこそ孤独な声みたいなものが短篇の中心だと自分は思う」と。そしてヘミングウェイについては、「雨の中の猫」を持ち出して、「モーパッサンの現代版みたいなところもある」としながら、ヘミングウェイは「最後を消しちゃう」と言い、ヘミングウェイの短篇は翻訳不可能で、「とくに会話なんか日本語にならない」と述べているが、逐語訳や熟読だけが読書ではないのは言うまでもないが。

一方、彼の最初の短篇集『我らの時代に』（*In Our Time*, 1924）は、父と息子が大自然の中で繰り広げる冒険の日々を綴ったもので、読者に与えたその新鮮さは今も変わらない。ニック・アダムズ少年がミシガンの山や湖で父と過ごし、自殺者の死に遭遇し、雄大な大自然の向こうの広い世界へ出て行く。ヘミングウェイは愛した父の自殺によってトラウマを抱え、結局は戦後の一九六一年に自らも死を選んだ。しかしながら死と生の現実をかたわらにして、『我らの時代に』は父と息子の運命的な絆を描き、そこに少年の成長の足跡が残されて、第二次大戦前夜を連想させる意義深い連作短篇と言えるだろう。

J・D・サリンジャー（一九一九 - 二〇一〇）は『ライ麦畑で捕まえて』（*The Catcher in the Rye*, 1951）の作者で、第二次大戦に従軍し、連合国の戦勝を決した一九四四年六月のノルマンディ作戦にも兵士として直接経験、しかし経歴を問われるのを嫌い、その体験も封印されている。『ライ麦畑で捕まえて』は数種の邦訳書があり、村上春樹が二〇〇三年に『キャッチャー・イン・ザ・ライ』のタイトルで邦訳書を出している。

この小説は多種多様な読み方をされて世界中に影響を与え、今なお大変な問題作である。『ナイン・ストーリーズ』（*Nine Stories*, 1953）はサリンジャー自身が選んだ九篇を収めた短篇集。一九七四年に野崎孝が訳し何度も増刷され、その他の邦訳書もあり、二〇〇九年には柴田元幸の新訳が出ている。

ジェイムズ・ジョイスの短篇

ジェイムズ・ジョイス（一八八二－一九四一）は幼くして神童とうたわれ、六歳半の時にイエズス会の学校に入学、一八九八年にはユニヴァーシティ・カレッジ・オブ・ダブリンに入学した。二十歳になるまでの十四年間でイエズス会のカリキュラムをはじめカトリックの教養全体を習得したという。一九〇二年、大学を出た彼は経済的な自立と執筆を共に確保したい意志で、医学部進学を目指したが、学費の目途が立たず断念した。一九〇四年六月十六日にダブリンの町で、ホテルの洗濯女をしていた二歳年少のノラ・バーナクルと出会う。二人は同年十月に北埠頭から夜間連絡船に乗って、アイルランドをあとにする。

短篇集『ダブリン市民』の出版

一九〇四年から七年にかけてジョイスが書き上げたのが短篇集『ダブリン市民』（*Dubliners*, 1914）である。その出版が一九一四年になったのは、ジョイスの文章には猥褻な表現があり、実名を伴う赤裸々な描写が法律に抵触し訴訟を招く恐れがあり、編集者からのクレームが多々あったからだ。

一九〇六年、『ダブリン市民』の出版を願ってグラント・リチャーズ社に宛てて書いたジョイスの手紙の一部を左に紹介する。

> 私の意図は〔…〕我が国の道徳的な歴史に一章を書くことで、その場所をダブリンに決めました。なぜならダブリンは麻痺（paralysis）の中心地に見えるからです。無関心な人びとに気づかせるために、四つの局面、子供時代、青春時代、成人の日常生活を設定して描くよう努めました。短篇はこの順序で配置されています。[15]

この手紙にある「麻痺（パラリシス）」は、ジョイス以前にもアイルランドを指して用いられてきた言葉で、とくに一八四五年から数年間アイルランドを襲った「大飢饉」がもたらした飢餓、餓死、移民、疲弊、貧困、怠惰、無為などと同義語とされている。「モダニズムのさなかにあるヨーロッパの心躍らせる核心部にジョイスを乗りださせたのは、故国の無気力であった。〔…〕パリからさらにトリエステに住んで、アングロ・アイリッシュよりもさらに部外者となり、ジョイスはついに〔…〕真に民衆的な芸術を生み出すことができるようになった」[16]。こうして二十世紀初頭のアイルランドの停滞した様相すなわち「麻痺」を一貫したテーマとし、十五篇の短篇を集めた『ダブリン市民』は、イーグルトンが総括するように、アイルランド人を国際的な民族とした短篇集だと言えるだろう。

最終話第十五話の「死者たち（The Dead）」は一九〇七年に書かれ、一九〇六年には第十四話までとして完成していた『ダブリン市民』の最終話として追加された。「死者たち」が加わり、第十四話までの辛辣な筆致、同胞であるダブリン市民の生態を暴き立てるような姿勢は影を潜め、彼らを同胞と見る柔らかな眼差しがある。我が国のジョイス研究の第一人者結城英雄によれば、ジョイスはこれまでの辛辣な描写への「取り消し（パリノード）」を行ったとする。[17]事実、「死者たち」では音楽を愛し、美食を楽しむアイリッシュたちがジョイスの目を捉えている。

短篇とエピファニー

「エピファニー」（epiphany はギリシャ語で manifestation〔顕現〕の意）に注目してジョイスを読み解いているのがジョン・ベイリー（一九二五－二〇一五）である。*18 神の顕現すなわち Epiphany は、小文字で書く epiphany として、ジョイスが一九一六年、『若き芸術家の肖像』（*A Portrait of the Artist as a Young Man*）の一部になるスティーヴン・ヒーロー（Stephen Hero）を書くに当たり、エピファニーに言及して、俗悪で下品な話や動作や心理状態のさなかに訪れる「即時の精神的顕現（a sudden spiritual manifestation）」を意味するとベイリーが述べている。そして彼は、複雑な重層性を示しながら、恩寵を洞察し、不滅を直観する手法として文芸用語となった「エピファニー」を解説している（ベイリー 一七頁）。

「エピファニー」は詩にも小説にも見られるが、短篇における「エピファニー」は、ナラティブ（語り）の流れを一瞬せき止めて、何かがある、謎がある、ミステリーがあるとほのめかしながら、ナラティブはその謎解きをせずに終わってしまう。エピファニーがもたらす二重構造は、人生のすべてに意味があるという認識を示すと同時に、人生には意味などない、という認識も併せて示す。

十九世紀とは打って変わった二十世紀は神無き時代となって、神の執り成しが消えた時代になった。十九世紀なら『嵐が丘』（*Wuthering Heights*, 1847）と『大いなる遺産』（*Great Expectations*, 1860-61）のようにまったく違う小説でも、人間関係は修復され、金銭問題も解決して、それぞれに大団円を迎えられた。しかし神無き時代二十世紀は、人々が神の執り成しを求めない時代だった。経験も知恵も活かされず、光明も一瞬で消える。短篇は何の応えもなく終わってしまう。新しい時代はこういう時代だと短篇が示し、読者もそれを歓迎した。小説もまたヴァージニア・ウルフ（一八八二－一九四一）の小説が示すように、短篇に似てきた、とベイリーは言う（ベイリー 一八二－一八三頁）。

そしてベイリーは、ジョイスの「死者たち」と、ボウエンの戦時短篇「幻のコー」で、ナラティブとエピファニーの関係を、ストーリーとミステリーが互いに別れてY字路を行き、Y字路の先は闇となり、ナラティブに二重構造をもたらすとして、エピファニーの実例を見ている。そして短篇には不可知の異界があることが暗示される。ベイリーはさらに論を進め、短篇は人気も形式も今やピークに達している、洗練され過ぎて「自己陶酔(narcissistic)」に陥っている。これからの短篇作家はエピファニーの扱いをどうするか、結末をいかにトーンダウンするかに試練があるだろう、と結んでいる(ベイリー 一八九頁)。

『ダブリン市民』の好評でジョイスの世評も好転し、『若き芸術家の肖像』(*A Portrait of the Artist as a Young Man*, 1916)が出版され、続いて『ユリシーズ』(*Ulysses*, 1922)がアメリカ人シルヴィア・ビーチ(一八八七‐一九六二)のパリの書店シェイクスピア・アンド・カンパニーから出版された。主人公レオポルド・ブルームが過ごす一日、一九〇四年六月十六日の朝八時から翌日の午前二、三時までを十八篇の挿話に仕立てたこの小説は、造りは短篇集であるとも言われている。六月十六日は「ブルームの日」と呼ばれて祝日になり、世界中の人がダブリンに集い、飲めや歌えのお祭りは一週間以上続く。『フィネガンズ・ウェイク』(*Finnegans Wake*, 1939)は、二十年近い歳月をかけて戦雲漂う中で執筆されたジョイス最後の著作である。

ジェイムズ・ジョイスは一九四一年一月十三日に永眠した。享年五十八。エリザベス・ボウエンはジョイスを哀悼して、「ヨーロッパとアメリカはジョイスを喝采した。しかし同国民としての私たちは、他の国々の人が知らない彼を知ることができる。彼の死は、出ていってから長いので、いまさら遠いと言うよりも、彼が戻ってきたようなものだ。〔…〕この厚い眼鏡をかけ、控えめな痩せた男は、どこへ行こうと私たちのものであるし、私たちの仲間である」と書いたという(アラン 二四七頁)。

エリザベス・ボウエンの短篇

ボウエンの短篇は、英国の作家アンガス・ウィルソンが編集した『エリザベス・ボウエン短篇集』（*The Collected Stories of Elizabeth Bowen*, 1980）に七十九篇が収録され、選集未収録の短篇十七篇、未発表または未完成の短篇十一篇については、アラン・ヘップバーンがまとめ、解説もしている（*The Bazaar and Other Stories*, 2008）。二〇一九年にアイルランド作家のジョン・バンヴィル（一九四五－）の編纂で出たエヴリマンズ・ライブラリの『エリザベス・ボウエン――短篇選集』（*Elizabeth Bowen: Collected Stories*）は、先に述べたアンガス・ウィルソン編集の『エリザベス・ボウエン短篇集』に収録された七十九篇と全く同じ短篇を収録、バンヴィルは、今からこれらの短篇を初めて読む人の至福が羨ましいと序文に書いている。

エリザベス・ボウエンの評価

ボウエンの評価は一九八〇年代になって本格的に始まったが、ハーマイオニ・リー（一九四八－）はいち早くボウエンに高い評価を与えた批評家だった。リーのボウエン評価を左に一部紹介する。

エリザベス・ボウエンは今世紀に英語で書かれたフィクションの最も偉大な作家の一人である。十篇の小説を書き、少なくともそのうちの五作の小説は傑作である。不思議な、独創的な、ありありとした、心躍る、そして知的な点がその特徴である。彼女は素晴らしい短篇作家で、短篇の形式を見事な技巧で示し、雰囲気と場所を鮮明に描き出す。彼女の短篇は美しく抑制され、確かに何かがとり憑いている。〔…〕一九四二年には、ヴァージニア・ウルフの死去以来、〔ボウエンは〕世代を代表する傑出した女性作家としてますます目が離せなくなっている。[*19]

しかしながらと、リーは続ける。本書の第一章は、「ボウエン再読(Re-Reading Bowen)」とあって、十八年前、つまり、一九七三年(ボウエンの没年)においては、ボウエンは少なくとも英国では周縁的な作家になっていて、評価も低かったという。一流と認められたウルフやキャサリン・マンスフィールド(一八八八-一九二三)らに匹敵する作家ではなく、少女の成長や恋愛や女の人生を描く女性作家ということで、ロザモンド・レーマン(一九〇一-九〇)やジーン・リース(一八九〇-一九七九)に並べられていた。一九八一年になっても本書の出版社および読者層を探すのは困難だった。ヴィクトリア・グレンディニング(一九三七-)による伝記、『エリザベス・ボウエン――作家の肖像』(*Elizabeth Bowen: Portrait of a Writer*)が一九七七年つまりボウエンの没後四年目に出版された。グレンディニングに呼応するかのように、ボウエンは高い評価に値する作家である、と書いてリーは文章を結んでいる。

ボウエンの新評伝が二〇一九年に出版された。[*20] 死後約半世紀、ボウエンをめぐり新しい議論や検討がなされるだけでなく、若い一般の読者がボウエンに親しむ機会になるのではないか。

ボウエンは『エリザベス・ボウエン自選短篇集』(*Stories by Elizabeth Bowen*, 1959)の序文で、「生き残るにふさわしい短篇、〔…〕私の評価がそこに落ち着くのに適した作品」について書き、「場所は、人の顔よりもずっと頻繁に物語を触発する」、「短篇では処理が劇的でなくてはならない」、「〔登場人物は〕話が終わった後も残る要点を摑んでいなくてはならない」など、自らの短篇論の一部を披瀝している。その観点で自らの短篇から「嵐」、「彼女の大盤振舞い」、「蔦がとらえた階段」、「幻のコー」を取り上げている。

「雷鳴を告げる不気味な光を浴びた泉水のあふれる公園」、「入江を見下ろすものさびたアイルランドの城」、「かつては整然としていた住宅街の一角にある蔦のからまる屋敷」、「不気味な月光を浴びる空爆下のロンドン」と続く情景描写は、四篇の短篇それぞれの舞台つまり「場所」の描写であって、「これらの短篇はそれぞれが、問題になる特定の場面が熱烈に、ほとんど魔法にかけられたように凝視されたことから生まれた。〔…〕物語というものは、その登場人物と共にすでに存在していて、ただ出てくるのを待っているだけのように思える」と強調されるのは、物語が「場所」から始まるというボウエン自身の持論のことである（『マルベリー・ツリー』一二九－一三〇頁）。『エリザベス・ボウエン――その短篇の研究』(*Elizabeth Bowen: A Study of the Short Fiction*, 1991) の著者フィリス・ラスナーは、ボウエンの短篇は全体として読むことができる。つまり、コメディ、ゴースト・ストーリー、エレジー、ホラーなどが全体にかぶさり合っていることから、それを五個の様式に分類して、ボウエンの短篇を読み解いている。

その五個の様式とは、「女性の登場人物のゴースト的原型 (The Ghostly Origins of Female Character)」、「セックスとマナーの喜劇 (Comedies of Sex and Manners)」、「子供たちの返事に困る質問 (Children's "Disconcerting Questions")」、「セックスとテラーの喜劇 (Comedies of Sex and Terror)」、「喪失と強奪のエレジー (Elegies of Loss and Dispossession)」である（ラスナー 一〇－九五頁）。

このうち興味を引かれるのは第四の様式で、これは、第二の様式「セックスとマナーの喜劇」でボウエンが示唆していた「暴力的な感情」が実際に言動に現れた短篇に見られる様式であるという解説がつく。例証する短篇として取り上げた「段取り」("Making Arrangements," 1925) についてラスナーは、社会的・経済的に自主性を求める女性の戦いであるとしている。そこに少し解説を加えると、家庭を出て街を歩き始めた女性に、時代と社会と慣習の最大の変化が出ているのではないか。女性はなぜ家庭を捨てるのか。

家を出た妻のマージョリーからわずか六日後に手紙が来て、衣装戸棚から何枚かドレスを送ってくれませんか（妻が愛人と滞在しているホテルに宛てて）、と書いてきた。豪華なドレスを着て晩餐会の客をもてなした裕福な日々を、なぜ妻が捨てたのか、夫のヒューソンは即怒りに駆られて、ドレスを次々に引き裂く。戸棚から出たくないドレス、引き裂かれて蛇のように床を這うドレス、ヒューソンの足に絡みつくドレス、ヒューソンが最後にトランクに放り込むドレスはシルクもビロードも虐待されて残骸になっている。無事妻に戻されたドレスは一つもない。もしかしたら、結婚生活にあった「暴力」(DV?)が出ているのではないか。*21

二度までも世界大戦に襲われ、社会と時代と人間関係の激変に揺れ動いた二十世紀は、一八九九年に生まれ一九七三年に他界した作家エリザベス・ボウエン自身の生涯と彼女が発表した作品のすべてと密接に重なっている。独創的で視覚的な描写で新世紀の読者を魅了したボウエンについて、本論では彼女の短篇作品に注目し、イングランド、アメリカ、フランス、ロシア、その他、各国の作家の短篇作品との対照と比較を通して、ボウエンの短篇小説をできるだけ広い角度から鑑賞した。ボウエンの短篇で特筆すべきは、小説ではフェアでないという理由から禁じてきた「超自然現象」、「ファンタジー」を短篇では解禁し、その効果を十分に証明した。ゴーストの気配は人間存在の傍らにいつもある。亡霊やアパリション(出現物)は、ポー、ジェイムズ、ジョイス、そしてボウエンをつなぐエーテルである。短篇文学がすぐれた作品で文学史に地位を固め、短篇作家とみなされる作家や、優れた短篇を書いた小説家も現れている。短くて千変万化の現象を映す短篇は将来も読者に愛され、ファンタスマゴリックな世界を無限に見せることだろう。

【注】

*1 Elizabeth Bowen, ed. by Hermione Lee, *The Mulberry Tree: Writings of Elizabeth Bowen* (London: Harcourt Brace Jovanovich,

Publishers, 1986), p. 119. 引用箇所のあとに、(『マルベリー・ツリー』頁数)で示す。

＊2 拙訳「短編集『恋人は悪魔、その他』序文」(『ボウエン幻想短篇集』国書刊行会、二〇一二年)一八四－四七頁。

＊3 Elizabeth Bowen, "Mysterious Kôr," ed. by Angus Wilson, *The Collected Stories of Elizabeth Bowen* (New York: Alfred A. Knopf, 1980), pp. 728-740.

＊4 Ed. by V. S. Pritchett, *The Oxford Book of Short Stories* (Oxford: Oxford University Press, 2001), p. xii.

＊5 ユヴァル・ハラリ『ホモ・デウス　上』(柴田裕之訳、河出書房新社、二〇一八年)一九四頁。

＊6 並木浩一・奥泉光『旧約聖書がわかる本』(河出書房新社、二〇二二年)二三頁。

＊7 松岡利次『アイルランドの文学精神――7世紀から20世紀まで』(岩波書店、二〇〇七年)一二八－一二九頁。

＊8 Walter Allen, *The Short Story in English* (London: Oxford University Press, 1981), p. 7.

＊9 ポーに関しては『ポオ小説全集Ⅰ、Ⅱ、Ⅲ、Ⅳ』および『ポオ　詩と詩論』(東京創元社、一九七四年)、そのほか以下の三冊を参照。Ed. by Stephen Peithman, *The Annotated Tales of Edgar Allan Poe* (New York: Avenel Books, 1981); *The Murders in Rue Morgue and Other Stories* (Hungary: Konemann, 1995); ハワード・ヘイクラフト『娯楽としての殺人――探偵小説・成長とその時代』(林俊一郎訳、国書刊行会、一九九二年)。

＊10 Valerie Shaw, *The Short Story: A Critical Introduction* (London: Longman, 1983), pp. 7, 20.

＊11 H・ヘイクラフト『推理小説の美学』(鈴木幸男訳篇、研究社、一九七七年)五－七頁。

＊12 Elizabeth Bowen, ed. by Allan Hepburn, *People, Places, Things: Essay by Elizabeth Bowen* (London: Curtis Brown Ltd, 2008), p. 249.

＊13 蜂飼耳「解説　初々しい喜劇的世界」、『チェーホフ・ユモレスカ　傑作短篇集Ⅰ』(新潮文庫、二〇〇八年)三八二－八六頁。

＊14 阿部昭『短篇小説を語る――阿部昭対談集』(福武書店、一九八七年)五五－五七頁。

＊15 James Joyce, *Dubliners* (London, Penguin Books, 1999), p. xxxi.

＊16 Terry Eagleton, *Heathcliff and the Great Hunger* (London: Verso, 1995). テリー・イーグルトン『表象のアイルランド』(鈴木聡訳、紀伊國屋書店、一九九七年)四四－四七頁。

＊17 結城英雄「ジェイムズ・ジョイス――モダニズム文学の大変革者」、木村正俊編『アイルランド文学――その伝統

と遺産』（開文社出版、二〇一四年）三二八頁。

＊18 John Bayley, *The Short Story: Henry James to Elizabeth Bowen* (New York: St. Martin's Press, Inc, 1988).

＊19 Hermione Lee, *Elizabeth Bowen* (1981. London, Vintage, 1999), p. 1.

＊20 Patricia Laurence, *Elizabeth Bowen: A Literary Life* (New York: City University of New York, 2019).

＊21 Heather Levy, *Reconsidering Elizabeth Bowen's Shorter Fictions: Dead Reckoning* (London: Lexington Books, 2021) は、神経症、狂気、自殺、暴力などを焦点にしてボウエンの短篇をあらためて読んでいる。

第一部

作家・作品論

新しきセンセイション小説

✺短篇「針箱」を読む

窪田憲子

1　二十世紀のカントリーハウスを舞台に

ボウエンの「針箱」[*1]（"The Needlecase," 1934）はたかだか数頁の短篇だが、その面白さは秀逸である。ボウエンお得意の〈仕掛け〉がぎっしり詰まっているうえに、二十世紀前半の社会の一面が浮かびあがり、読み応え充分の作品となっている。本稿においては、まず「針箱」の魅力あるストーリーを辿りつつ、主として二十世紀のカントリーハウスとセンセイション小説の伝統、という面から探っていきたい。

物語は、フォレスター家の次男のフランクが二日間のロンドン滞在から列車で戻り、駅に降り立ったところから始まる。偶然、駅で我が家の自家用車を見つけると、まるで銅像のような雰囲気の、黒い服装をした知らない女性が後部座席に乗り込んでいくところだった。フォレスター家のお抱え運転手はその女性の出迎えにやってきていたのだった。その女性、ミス・フォックスは臨時に雇われた裁縫師で、一週間、家に滞在して、雇い主の注文に応じて裁縫の仕事に携わる人物であることが説明される。

お抱え運転手付きの自家用車、そして短期ながら住み込みの裁縫師を雇う、と聞くと、読者は豊かで恵まれた暮らしをしている一家を思い描く。実際、その屋敷は、門には出入りを管理する門番小屋があり、そこを抜けると並木道がずっと続いているので、読者はその先に立派なカントリーハウスが現わるのでは、と想像する。だが、その期待はすぐ裏切られる。眼前に現れたのは、「どっしりしているが暗くて冷えびえした」家であり、「まるですでに閉鎖された家のようにみえ、実際に閉鎖されたら、すぐにでも荒れ果てるだろうという家だった」(四五三頁)のである。そこでの暮らしぶりはというと、まだ風の冷たい四月だというのに、家族用の暖炉には火が入ることもなく、夜階段を上る際にも真っ暗な中、手探りで行かなければならないほど電気代を節約している、そんな有様だった。

この館は語り手から「がっかりな、疑似マンスフィールド・パーク」(四五七頁)だと形容されており、突然にジェイン・オースティンの作品中の屋敷名が出てきて読者はかなり驚く。フォレスター家には一応運転手つきの自家用車があり、また、フランクとアンジェラの兄妹が乗馬している場面もあり、それらから家族用の馬も所有していることが察せられ――これもオースティンの『マンスフィールド・パーク』(一八一四年)を思い起こさせる場面である――、彼らは近隣の家族たちとの社交の機会も多くありそうな、いわば地主階級に属している人々のようである。「がっかりな、疑似マンスフィールド・パーク」とは、フォレスター家の館は、問題を抱えながらも優雅な社交の場となっていた壮麗なマンスフィールド・パークに表面的に似ていなくもないが、実際には電気代にも気を遣わなければならないほどの火の車の生活で、カントリーハウスとしての内実がまったく伴っていないことを皮肉交じりに語り手が述べた言葉であろう。

そしてマンスフィールド・パークとの対比は、家と生活程度だけではなく、この家の家族についてもあてはまることに気付く。作品中、はっきりと述べられてはいないが、おそらく父親はすでになく、長男のアーサーが当主となっているらしい。だが彼は当主としての職務をろくに果たさず、あまり家に寄りつかずに、あちこち遊び歩いている様子である。弟のフランクがロンドンに出かけたのは、兄アーサーの知り合いから、あわよくば仕事を紹介してもらうためだったが、先方のお眼鏡にかなわなかったのか、仕事にはありつけなかった。兄のアーサーは皆のお気に入りだったが、フランクは兄とは似ていなかったのである。フランクは仕事の件が望みなしならば、ある女性の心をつかもうと試みるが、しかしそれもうまくいかずに有り金も尽きてしまい、滞在を二日で切り上げて帰宅した次第だった。『マンスフィールド・パーク』においては長男のトムはいろいろと問題を引き起こす人物だが、その弟のエドマンドは誠実かつ分別ある男性であったのにひきかえ、こちらの兄弟たちは、二人とも問題ありそうな生き方をしていて、「マンスフィールド・パークをひどくしたもの」という評価があてはまるように思われるのである。

ではなぜ、この館の住人たちは、電気代の支払いにも苦慮しながら、裁縫師を依頼したのであろうか。そこに彼らにとって切実な理由があることがすぐに明らかにされる。この家を今後維持していくためには、長男のアーサーが金持ちの女性と結婚する必要があり、その候補の女性が翌週この館を訪れることになったのだ。そこで、母親は少しでもよい印象を与えようと客間の椅子のカヴァーを新しくすることを考え、ミス・フォックスに電報を打ち、仕事を依頼したのである。その他にも、母親と二人の娘たちのドレスの繕《つくろ》いや手直しを頼むつもりである。次女のアンジェラが兄のフランクに語ったことによれば、「お母様の黒のレースのドレスを直し、次にトディと私の服を裁断し、テニスウェアを大急ぎで縫ってもらう」(四五四頁)予定である。つまり、突貫工事で、服を繕ったり手直しして、パーティやテニスなどの社交にふさわしい服装を用意し、体裁をつくろうことが今後カントリーハウスで生き延びていくための死活問題となっていたのだ。

とくに長女のトディは二十四歳なので、何としても今年中に結婚相手を見つけようと躍起になっている。そのために、ミス・フォックスが到着したその日の夜に、さっそくドレスを抱えて彼女が休んでいる部屋をひとり訪れ、破れてしまった夜会服の繕いや手直ししてもらいたい服について縷々説明する。このように、裁縫師を依頼した背景には屋敷の住人たちの切羽詰まった動機があったことが見てとれる。

では、女性たちの期待を一身に背負ったミス・フォックスはどのような人物として描かれているのだろうか。ミス・フォックスについての具体的な情報としては、アンジェラが叔母から聞いた話として、フランクに語る場面で明らかにされる。アンジェラは、ミス・フォックスが「養育する義務のない子どもを抱えている」（四五四頁）ことや、腕の確かな裁縫師で、以前はフォザリンガム家の専属だったのだが、「身を落として」しまい、現在は報酬が格安な臨時雇いの裁縫師として、依頼を受けた家を転々と廻っていることなどを、フランクに説明する。

ミス・フォックスの描写については、長女トディとのやりとりに興味深く示されている。トディは、ミス・フォックスが屋敷に到着したその日の夜、彼女が休んでいる部屋におしかけて行ったとき、ミス・フォックスの顔について、「柔和で、意志が強そうで、小さくて、無表情」（四五五頁）で彫刻のよう、という印象をもつ。そして、ミス・フォックスは、話しているトディの顔を「まるで幽霊であるかのように」、「恐怖と悦楽の混じった」（四五七頁）表情で見つめるのである。兄のアーサー似の自分が、他人からこのような恐怖を与えるものとして見られたことは今までなかったので、トディはひどく驚く。

この時のミス・フォックスの表情は謎であるが、実はこれが物語の伏線になっていることを読者は後に知るのである。そして、さらに不思議なことが起こる。トディは、裁縫師の商売道具の針箱に興味を示し、「まるで家庭用の聖書みたいな大きさね」と言いながら、何気なく針箱の蓋を開ける。すると、そこには家庭用の聖書同様に、一葉の写真がはめ込まれていた。トディは一瞬で、それが男の子の写真であることがわかるが、ミス・フォックスはひったくるようにして、トディの手から針箱を奪い返す。そして、問答無用といった調子で「私の幼い甥です」（四五六頁）と言い張るのだった。だがトディは、それがミス・フォックス自身の子どもであると直感する。写真の子の顔がよく見えたわけではなく、「子どもの巻き毛と襟もと」を目にしただけだったが、それでも、子どもは「七歳くらい」だと思う。そして翌朝、トディはフランクとアンジェラにそのことを話し、皆でミス・フォックスが「堕落した女性（fallen woman）」であることを話題にするのである。

本人が〈甥〉であると言っているのに、フォレスター家の人々が皆、ミス・フォックスの〈息子〉であることを疑わないのは、昔から嫡出子であることを認められない場合、〈甥〉と言い表すことが一般的だったからであろう。ジョージ・エリオットの『ダニエル・デロンダ』（一八七六年）において、主人公ダニエルが家庭教師に「教皇や大司教には決まって多くの甥がいるのはどうしてでしょうか」と質問し、若い家庭教師が「その方々のご子息は甥と呼ばれるのです。非嫡出子ですから」と答える場面が思い起こされる。

そしてこの件は後に一気にクライマックスを迎える。翌日からミス・フォックスは、客間で椅子のカヴァーを作る仕事を手際よく進めていく。客間のいくつものテーブルにはアーサーのさまざまな年代の写真が所せましと置かれているので、順次テーブルをどかしながらの作業となる。ボウエンの『日ざかり』（一九四八年）において、ロバートの実家には、彼の写真が壁一面に貼られていたことを読者は思い出す（普段不在がちな大切な家族の写真はこのようにして飾られる習慣があるのかもしれない）。

夜、アンジェラが雑談をしにミス・フォックスの部屋を訪れると、客間でアーサーの写真を見たためか、ミス・フォックスは「アーサーさまにお会いしたことがあります」とアンジェラに話す。彼女の話によると、八年前、ある家で仕事をしている時に、その家の大勢の客の一人としてアーサーが滞在していたという。アーサーは、ミス・フォックスの人台（裁縫中の服などを着せる人型）に興味を示し、何かの遊びに使いたいので、貸してくれと頼んできたという。立場上、ミス・フォックスは断ることができず、アーサーに人台を貸すのだが、アーサーは不注意にもそれを階段の上から落として破損してしまう。「明日発つ前に弁償する」と言いながら、結局何もせずにアーサーはその家を去っていったとミス・フォックスは語る。人台はその家の女主人の体型に合わせて造られた特別なものであったので、怒った女主人はそれ以降ミス・フォックスに仕事を依頼することはなかったという話もする。

ミス・フォックスは、そのことを淡々と話し、とくにアーサーを恨んでいる様子は見られない。そこにフランクもやってきて、アンジェラの靴下の伝線に気付き、ミス・フォックスは、その伝線の補修を申し出る。フランクがミス・フォックスに促され、針箱をアンジェラのもとに運んだ時、二人の兄妹は恐ろしい発見をする。それはこのように描写されている。

彼はそこに行き、針箱をアンジェラのところに運んだ。彼女は暖炉の前の敷物の上で膝をついていた。彼は妹の肩に手をおくと、その肩がこわばっていった。アンジェラは「なんて針がたくさんあるのかしら」と抑揚のない一本調子で言った。彼女とフランクは二人して子どもの写真を凝視した。彼らは、トディが見たのと同じ巻き毛と服の襟を目にする。階下のアーサーの古い写真にある襟と巻き毛のようだった。そして、襟と巻き毛の間からアーサーの顔が叔父と叔母をじっと見返していた。

「五番の針をいただきましょう」とミス・フォックスは落ち着き払った様子で言った。

「これね」とアンジェラは答えて針箱を閉めた。

「靴下の伝線てがっくりしますよね」とミス・フォックスは述べた。

（四六〇頁）

読者はこの箇所を読み、前夜、なぜミス・フォックスがアーサー似のトディを見てあのように驚いたのか、なぜ、彼女の〈甥〉と称された男の子が七歳くらいに見えた、とわざわざ子どもの年齢に言及するのか、なぜ客間のテーブルにアーサーの幼いときの写真が飾られていたのか、という謎への答えを、一瞬にして手にする。この短篇に張り巡らされていた数々の仕掛け、伏線が、最後集結してクライマックスに向かい、一気に謎が解けるのだ。

八年前にアーサーに出会ったミス・フォックスはその後男の子を産み、その子はアーサーとの間に生まれた子どもであることが、針箱を開けたときの一葉の写真で衝撃的に示されたのである。その写真を見たフランクとアンジェラは、その瞬間、それが幼いときのアーサーそのものの顔として目に入る。そして、その顔が自分たちを叔父、叔母として見つめていると感じる。つまり、ミス・フォックスの息子が自分たちの甥であることを紛れもない真実として突きつけられたのである。

2 センセイション小説と呼応して

「針箱」は、このように衝撃のエンディングを迎える。そしてこの場面は二つの点から重要であると思われる。ひとつはこの作品のもつ秀逸な物語性であり、もうひとつはこの場面における感情の表現方法である。そして、ここにセンセイション小説の伝統が見られることも興味深い。なかでもセンセイション小説の代表的作品であり、カントリーハウスを舞台にして繰り広げられたエレン・ウッドの『イースト・リン邸』[*2]と呼応する点が多いことは注目に値する。本節では、「針箱」にみられる『イースト・リン邸』の要素を見ながら、この作品の物語展開について、センセイション小説との関連でその意味を探っていきたい。

十九世紀にジョージ・エリオットが『アダム・ビード』（一八五九年）や『サイラス・マーナー』（一八六一年）を好評のうちに世に出したころ、その一方ではセンセイション小説[*3]と呼ばれる小説のジャンルが大流行していた。ウィルキー・コリンズ『白衣の女』（一八五九－六〇年）、このエレン・ウッド『イースト・リン邸』（一八六一年）、メアリ・エリザベス・ブラッドン『レイディ・オードリーの秘密』（一八六二年）などに代表される小説のジャンルである。センセイション小説においては、姦通、駆け落ち、重婚、身元の入れ替わり、殺人、放火、誘拐、狂気、といったショッキングな題材を取り上げ、読者のはらはらどきどきする《センセイション》感情を高めていくことを狙った小説造りがなされている。E・ショウォールターは、イギリスの女性作家たちの歩みを検証した『女性自身の文学』（一九七七年）の第六章「〈女性的な〉小説をくつがえして――煽情主義と〈女性的な〉抗議」において、一八六〇年代のセンセイション小説の流行に関して、当時大活躍していていたメアリ・ブラッドンやエレン・ウッドなどの女性のセンセイション小説家たちについて考察している。

> 女性の煽情小説家は、家庭小説のステレオタイプをひっくり返したり、同時代の男性作家の常套手段をパロディ化したりして、わくわくする興奮を提供した。煽情小説は女性の怒り、欲求不満、性的エネルギーを、かつてないほど直接的に表現した。読者は、新しい種類のヒロイン、男たちに対する敵意を激しい行動に移すというヒロインに接したのである。
>
> （ショウォールター 一四二頁）

センセイション小説の代表作と目されている『イースト・リン邸』について、ウィニフレッド・ヒューズによれば、ウッドの『イースト・リン邸』は出版されると、十九世紀を通して途切れることなく売れたという（ヒューズ 一一〇頁）。ジーン・エリオットは、「十九世紀のベストセラーの中で、人気の点で『イースト・リン邸』の右に出るものはない」（エリオット 三三〇頁）と述べ、控えめにみても十九世紀末までには百万部は売れたと指摘している。

そのような十九世紀のベストセラーである『イースト・リン邸』について、ここで簡単にみておきたい。『イースト・リン邸』はオクスフォードのワールド・クラシックス版で六百頁を超える長い物語であるが、ストーリーをかいつまんで見てみよう。

主人公のイザベルは伯爵の一人娘であり、何不自由ない暮らしをしている、「まるで天使のような」（『イースト・リン邸』一一頁）女性として登場する。だが、父親の伯爵は所有していたイースト・リン邸を売り払い、負債を抱えたまま、急死してしまう。イザベルは一文無しになり、知り合いの家に身を寄せるが、その家の妻から虐待に近い仕打ちを受ける。イースト・リン邸を購入したのは、若手弁護士のアーチボールド・カーライルであった。彼は前からイザベルに好意を寄せていたので、彼女に求婚する。それを受け入れたイザベルは、女主人として我が家イースト・リン邸に帰還する。

息子も生まれるが、イザベルは、夫に対してとくに愛情を感じて結婚したわけではないので、どこか日々の暮らしにある種の物足りなさを感じている。そのような折、夫がある事件のことで相談に乗っていた女性バーバラと、夫との仲を邪推し、嫉妬にかられ、衝動的に駆け落ちしてしまう。その相手は、イザベルが結婚する前にほのかな恋心を抱いていた男性であった。

二人はフランスに渡るが、イザベルは駆け落ちした瞬間から後悔の念に駆られる。しかも駆け落ち相手は貴族の爵位を譲られることになると、二人の間に生まれた赤ん坊とイザベルを残してイギリスに帰国してしまい、「爵位を有することになった今、離婚歴のある女性とは結婚できない」と宣言する。相手の本心を知ったイザベルはきっぱり彼と別れ、ガヴァネス（女家庭教師）として生きていくことを決心する。

するとある時、列車事故に遭い、子どもは死亡、イザベルも瀕死の重傷を負う。周囲の人々はイザベルが死亡したと思い、死亡通知がイギリスのイースト・リン邸に届く。その後イザベルは奇跡的に一命を取り留めたものの、顔には傷が残り、髪は真っ白になり、歯も何本か抜けて声も変わり、かがんで歩くようになったため背も低くなり、以前とは似ても似つかぬ姿になってしまう。加えて眼鏡をかけ、おかしな帽子をかぶり、名前もフランス風にマダム・ヴィーヌと名乗り、意図的に変装する。このような姿でガヴァネスを続けていくうちに、ふとしたことから、イースト・リン邸のガヴァネスを依頼される。逡巡したものの、息子会いたさ一心でその依頼を受け、イザベルはガヴァネスとして我が家に戻っていく。

イースト・リン邸では、イザベルは列車事故で死亡したとの通知を受け取っていたので、新たにきたガヴァネスのマダム・ヴィーヌがイザベルだとは夫のアーチボールドは露ほども疑いはしない。しかも夫は、バーバラと結婚していた。イザベルはガヴァネスとして女主人のバーバラに仕える身になる。そして、イザベルは久しぶりに会った我が子に対しても、当然ながら母親であることを名乗ることもできず、悶々とした日々を過ごす。すると息子のウィリアムは結核になり、イザベルは病床の息子を必死で看病するものの、最愛の息子に自分が母親であることを告げることができないまま、息子は世を去ってしまう。息子の遺骸に取りすがって号泣するイザベルに、「奥方さま！　奥方さま！」と声をかけたのは、イザベルに昔仕えていた召使のジョイスだった。ジョイスはしばらく前からマダム・ヴィーヌがイザベルであること見抜いており、悲しみに打ちひしがれるイザベルの姿に接し、思わず、以前の「奥方さま」という、貴族の娘であったイザベルへの呼びかけを口にするのだ。イザベルは、この懐かしい呼び名を耳にして、自分がイザベルであることを、ジョイスがわかっていてくれたことに慰めを見出す。だが、息子の死というあまりの精神的打撃から立ち直ることができず、イザベルは床に伏せってしまう。そして最後、夫のアーチボールドに自分がイザベルであることを告白し、許しを乞い、夫に看取られながらあの世に旅立っていくのである。

イザベルはこのように「天使のように」無垢な女性から、夫と子どもを捨て駆け落ちする女性となる。当時の規範からは反社会的とも言える行動をしたヒロインであるが、保守的な読者の共感をも得ることができた物語になっている。[*4] 語り手が、駆け落ちしたイザベルについて、「家を捨てたあの運命的な夜以来、彼女は一瞬の平穏も平和も幸せも味わったことがなかった」（『イースト・リン邸』一八三頁）と説明し、〈後悔の物語〉という枠組みを構成している点からであろうか。『イースト・リン邸』の後半部分においては、この館の正統な女主人であるイザベルが、我が家に戻っても、自分の正体を明かすこともできず、息子に対しても自分が母親であることを示すことができない苦しみが描かれている。そして『イースト・リン邸』は数百頁におよぶ物語の中に、さまざまなことが次々に起こるストーリー展開をもち、読者を飽きさせることがない。センセイション小説の必須アイテムともいえる要素——姦通、駆け落ち、重婚（結果的にアーチボールドは重婚したことになる）、身元の入れ替わり（イザベルはマダム・ヴィーヌとして行動する）、殺人、火事——はどれも含まれていると言ってよい。

『イースト・リン邸』にはこれまで見てきたように、数々の見せ場があるが、その中でも一番重要な筋の運びは、イザベルがガヴァネスとなって我が家に帰還すること、そして、夫のアーチボールドや周囲の人々に対して、最後の最後まで自分が息子の母親であることを示せない点であろう。そしてこのストーリー展開がボウエンの「針箱」にも潜んでいることが察知される。「針箱」は、〈当主の奥方の帰還〉というプロットを隠しもっていたのである。ミス・フォックスは、フォレスター家の当主アーサーの妻の資格があり、それゆえに彼女は裁縫師として訪問するのではなく、『イースト・リン邸』のイザベルのように、当主の妻として帰還する可能性をもっていたのだ。だがアーサーは、壊してしまった人台の弁償もせずにミス・フォックスの許を去ったように、ミス・フォックスとの関係においても、無責任なまま、彼女から離れてしまう。そして『イースト・リン邸』のイザベルが、自分は息子の母親だと周囲に認めてもらうことができなかったように、ミス・フォックスも、自分がアーサーの子どもの母親であることを公にできず、最後の最後まで伏せなければならなかったのである。だが最後、幼いときのアーサーそっくりのミス・フォックスの息子の写真をフランクとアンジェラ、そして読者が目にしたとき、ミス・フォックスは一瞬にして裁縫師から、当主の奥方としての可能性をもった存在、という変貌を遂げる。実に鮮やかな物語展開だと言えよう。

このように「針箱」は、十九世紀の代表的なセンセイション小説の『イースト・リン邸』の〈当主の奥方の帰還〉というプロットに呼応する形でストーリーが展開し、ミス・フォックスの〈非嫡出子〉は当主アーサーの息子だったという発見で幕を閉じる。物語に詰め込まれた数々の謎解きは、まさに現代のセンセイション小説の迫力を持つものとなっている。

3　〈寡黙〉の爆発力——新しきセンセイション小説

ここまで、ボウエンの短篇「針箱」に、センセイション小説的なストーリー展開があることを見てきたが、次にこの物語における感情の表出方法に注目してみたい。八頁にも満たないこの作品において、今まで見てきたように、ミス・フォックスはじめ人々の内面の感情はほとんど語られていない。ボウエンの短篇について、ヴィクトリア・グレンディニングは、ボウエン自身の発言として、短篇は「感情を扱うものというより、ヴィジョンを扱うもの」と述べたと記している（グレンディニング 一頁）。ボウエンの短篇に対するこの考えはまさに「針箱」にそのまま当てはまるものと思われる。最初ミス・フォックスに会ったとき、フランクは「銅像のような」（四五三頁）女性という印象をもつが、読者にとってもこのイメージは物語の最後まで続く。つまり、ミス・フォックスの心の中は語られることはなく、固い銅像の中に感情を押し殺したかのように感じられるのである。

しかしながら、この短篇においては、直接的な感情描写がなくても、内面の思いが、秘められた強い感情として読者に伝わってくることが興味深い。ここで再度、「針箱」の最後の場面に立ち返ってみたい。ミス・フォックスがアーサーの息子の母親であることがわかったときの場面である。アンジェラの許に針箱を運ぶと、フランクは妹の「肩がこわばっていった」と感じる。次には、「抑揚のない一本調子」で「なんて針がたくさんあるのかしら」と言うアンジェラの発言と、「彼女とフランクは二人して子どもの写真を凝視した」という描写が続く。驚愕の発見をした兄妹はその後、この発見については黙ったままである。肩がこわばった時点から二人して写真を見つめる時までは、短い三つの文で述べられているに過ぎないが、ここに、読者は容易に二人の衝撃の感情を読み取る。幼少時のアーサーにそっくりな子どもの写真を見たアンジェラは、あまりの驚きで「肩がこわばって」いき、その異変に兄のフランクが気づき、妹の視線の先にある写真に彼も目をやる。二人ともすぐその子どもがアーサーの息子であることを察するが、それについては一言も発しない。ただ、アンジェラの動揺の大きさは、針箱の針の多さという関係ないことがらを述べる、心ここにあらずといった「抑揚のない一本調子」に見てとれるのである。また、それを述べる語り手の抑えた説明も、驚愕を隠そうとしているアンジェラの内側の思いの強さを伝えるものとなっている。

寡黙な語り手[*5]の効果は、物語の終わり方にも見られる。最後は靴下の伝線についての一見当たり障りのない会話が三行ほど続いて終わっているが、見方によっては、この三行はない方が物語の効果としてインパクトが強いと思うかもしれない。「アーサーの顔が叔父と叔母をじっと見返していた」という写真についての描写は、計り知れない劇的な効果をもつ一文だからである。しかし、物語はここで終わらずに、そのまま続く。ミス・フォックスは、二人の兄妹が受けた衝撃と動揺を目のあたりにしたはずであるが、一言も写真については触れずに、靴下の伝線に話を戻し、最後の、「靴下の伝線てがっくり」といった、何の変哲もない、ごくごく平凡な感想を述べて、物語の幕が閉じる。だが、ここで話題が靴下の伝線に変わったように語られていても、この最後の三行における人々の会話は、アーサーの子どもの発見という大きな衝撃のもとにあることが察せられる。登場人物はアーサーに子どもがいてミス・フォックスが母親であるという事実の渦にある中で会話しているのである。

その中でのアンジェラの「なんて針がたくさんあるのかしら」という発言は、アーサーの子どものことに触れたくなく、苦し紛れの会話であったことが、「一本調子で」という副詞に示されている。しかし、針箱や靴下の伝線に話をもってきたときのミス・フォックスは「落ち着き払った様子」で述べ、明らかにこの話題を意図的に切り出したことがわかる。すると、物語の最後の彼女の「靴下の伝線てがっくりしますよね（Ladders down stockings break one's heart）」という発言は、当たり障りのない会話のようでいて、実は深い意味を込めたものであることが見えてくる。原文の"break one's heart"は、原義では恋愛において相手をひどく悲しませる、という場合に使われる表現であり、つまり、靴下の伝線でもがっかりし心が傷つくのであるから、ましてや自分の子どもが生まれたのにそれを認めないで放り出すことはどれだけ心が傷つくのか、という無言の告発を感じさせる発言となっている。あえて靴下の伝線という些細なことに言及し、背後にある大きな問題の重大性を示唆するのである。読者はここにミス・フォックスの銅像のように固く閉ざされた内面の感情を垣間見たように思うのではないか。

さらに、この物語最後の靴下の伝線云々の三行が、アーサーの子どもの発見というできごとを覆い隠すように付け加わっていることにも注目したい。これにより、登場人物全員にとってきわめて重要な事柄が、靴下の伝線の修復といった、些細な日常的な事柄に覆い隠されるかもしれない可能性をも示しているからである。実際にはこの後、話はどう展開していくのか、読者の想像に任されるが――ここからミス・フォックスの逆襲が始まるかもしれない、という想像も働く――、しかし、物語が衝撃の発見で終わりにならず、靴下の伝線の会話で終わっていることは、フォレスター家にとってもミス・フォックスにとっても重要な問題が、いつのまにか蓋をされて、何事もなかったかのように日常の問題にすり替えられて、うやむやのうちに終わってしまう可能性をも示唆しているのである。

自分の子どもの問題が当事者のフォレスター家の人々から無視され、闇に葬られる可能性もなきにしもあらず、という状況の中で、ミス・フォックスが抱く感情は、怨嗟とか怨念とでも言うべき暗い心の動きではなかったのだろうか。「落ち着き払った様子で」靴下の伝線に言及するミス・フォックスは、心に滓《おり》のように沈んだ深い思いをこめて最後発言しているように感じられるからである。語り手は詳しい感情の描写をせず、ミス・フォックスに一見平凡なコメントを語らせて終わりにしているが、ミス・フォックスがどれだけの思いを込めてこの一言を述べているのか、語り手の寡黙な「落ち着き払った様子」という説明のみによって、逆に、ミス・フォックスの背後にある思いの強さを読者に感じ取らせるのである。この物語の最後の三行は、このように日常の些細な平凡な会話のやりとりに見せながら、実はその背後に表現していることの重大さを示し、ミス・フォックスの内面の感情を強く伝えるものになっていると言える。つまり、一見、物語の劇的効果を減じさせるように見えた最後の三行は、逆に問題の所在や人々の内面を顕在化する重要な役割を果たしていると言えるのである。

十九世紀のセンセイション小説においては、時に語り手が「読者よ、」と呼びかけて直接的にコメントしたり、登場人物の感情が丹念に描写されたりすることも多かったが、「針箱」においては、二十世紀のイギリスのカントリーハウスで起こった当主と裁縫師の人間関係の顚末についての人々の感情を、直接的な描写はせずに表現している。語り手の寡黙さが、登場人物の爆発するほどの感情の動きを内包していると言えるのである。E・ショウォールターが十九世紀の女性のセンセイション小説家について、「女性の怒り、欲求不満、性的エネルギーを、かつてないほど直接的に表現した」ことをみたが、二十世紀の短篇「針箱」においては、そのようなセンセイション小説の伝統を巧みに取り入れながら、内面の感情をまったく別種の形で表現した、「新しいセンセイション小説」とも言うべきものになっている。それによって、ミス・フォックスのもつ心の滓が見事に表現された作品となったのである。

【注】

＊1　テクストは Elizabeth Bowen, *The Collected Stories of Elizabeth Bowen* (London: Penguin Books, 1980) を使用した。初出はボウエンの短篇集 *The Cat Jumps* (1934) である。引用箇所のあとに頁数のみ括弧内に示す。なお引用文は、エリザベス・ボウエン『あの薔薇を見てよ――ボウエン・ミステリー短編集』（太田良子訳、ミネルヴァ書房、二〇〇四年）を参考にした拙訳である。

＊2　Ellen Wood, *East Lynne* (1861. Oxford: Oxford World's Classics, 2005). 本文中の引用は拙訳である。引用箇所のあとに（『イースト・リン邸』頁数）で示す。

＊3　センセイション小説は英語では“sensation fiction”とか“sensation novels”と呼ばれている。日本語ではセンセイション小説、あるいは煽情小説という。

＊4　センセイション小説の〈家庭の天使〉像とイギリス文化における意義について、拙論「一九世紀英国の女性――煽情小説の流行から垣間見た〈家庭の天使〉」、『文学研究』（第二〇号、一九九三年）三八‐五四頁において考察した。

＊5　語り手の寡黙さはボウエンの長篇においても、意義深く使われている。『日ざかり』における〈寡黙〉の意義については、次の拙論で考察した。「『日ざかり』における饒舌と寡黙――アンチロマンス・アイデンティティ・戦争」、エリザベス・ボウエン研究会編『エリザベス・ボウエン――二十世紀の深部をとらえる文学』（彩流社、二〇二〇年）一四九‐六三頁。

【参考文献】

Bowen, Elizabeth, *The Collected Stories of Elizabeth Bowen* (London: Penguin Books, 1980)〔エリザベス・ボウエン『あの薔薇を見てよ――ボウエン・ミステリー短編集』（太田良子訳、ミネルヴァ書房、二〇〇四年）〕.

Elliott, Jeanne B., “A Lady to the End: The Case of Isabel Vane,” *Victorian Studies*, vol. 19, no. 3, March, 1976, pp. 329-44.

Glendinning, Victoria, *Elizabeth Bowen: Portrait of a Writer* (New York: Guernsey Press, 1988).

Hughes, Winifred, *The Maniac in the Cellar: Sensation Novels of the 1860s* (Princeton: Princeton University Press, 1980).

Showalter, Elaine, *A Literature of Their Own : British Women Novelists from Brontë to Lessing* (New York: Princeton UP, 1977)〔E・ショウォールター『女性自身の文学――ブロンテからレッシングまで』（川本静子・岡村直美・鷲見八重子・窪田憲子訳、みすず書房、一九九三年）。本文中の引用文は、本書を土台にしている〕。

チョコレートと芸術と消化不良

✺短篇「ミセス・モイシー」の〈食〉の表象から探る、ボウエンとモダニズムの関係

松井かや

1　ボウエンとモダニズムの距離

「ミセス・モイシー」(“Mrs Moysey”)は、一九二九年に出版された短篇集『そしてチャールズと暮らした』に収録された作品である。二〇〇九年、パトリシア・コフランは、ボウエンが作家としてのキャリアをスタートさせた一九二〇年代のテクストが軽視されており、「とりわけ最初の三つの短篇集――『出会い』(*Encounters*, 1923)、『アン・リーの店』(*Ann Lee's*, 1926)、『そしてチャールズと暮らした』(*Joining Charles*, 1929)――は十分に論じられていない」とし、時代との関連においてそれら初期の短篇は重要であると指摘した。彼女はそこに「急速な近代化の時代にあって、これまで受け継がれてきた英国のイデオロギーを問い、掻き乱す」作品が含まれていると言う。*1 この指摘から十年以上が経過した現在、初期の短篇をめぐる状況は、それほど大きく変化していないように思われる。中でも「ミセス・モイシー」は、一九九一年にフィリス・ラスナーによるボウエン短篇の網羅的研究におい

て「恐怖喜劇（comedies of terror）」の一つとして取り上げられたのを除けば、これまで全くと言っていいほど論じられていない。[*2]

ボウエンの一九二〇年代の短篇があまり注目されない理由として、この時代がいわゆる「ハイ・モダニズム」の時期であることが挙げられよう。ヴァージニア・ウルフやキャサリン・マンスフィールドといった作家たちが、それまでの伝統を覆す実験的な手法によって人間の内面性を扱う作品を世に送る中、ボウエンはプロットや全知の語りといった前世紀的な技巧を手放しておらず、そのため、彼女の作品はやや時代遅れにも見える。彼女は恐らく意図的にモダニズムと距離を取っていた。一九三七年に発表された『フェイバー版現代短篇集』（*The Faber Book of Modern Stories*）の序文はボウエンによる短篇論として知られるものであるが、この中でボウエンは、「生まれながらの大衆作家」であるモーパッサンと、英国のモダニズムの作家たちに多大な影響を及ぼしたチェーホフを対置し、後者の影響を受けた「自由な」作品がもてはやされる風潮に、以下のように苦言を呈する。

> この国では、過去十五年の間に、商業的でない自由な短篇小説――すなわち、原稿料の高い大衆雑誌には不向きの作品、〔…〕いわゆる大衆の好みには合わない自由な作品が大きな広がりを見せるようになった。〔…〕大衆向けでないというだけで、その作品が即座に芸術と見なされることが、あまりにも普通になっている。[*3]

ボウエンがチェーホフを敬愛していること、また、この序文で為される「短篇という形式の内部の働き（inner working）に関する説明は、モダニズムの作家たちのそれと驚くほど似通っている[*4]」ことを踏まえれば、この引用を単純なモダニズム批判と捉えるわけにはいかない。ボウエンが拘《こだわ》るのは〈大衆〉である。彼女は大衆向けではない作品が「高尚な芸術《ハイ・アート》」とされ、商業的な成功を収める大衆向けの作品が芸術と見なされないことに異議を唱える。ここから見えてくるのは、芸術と大衆を切り離すまいとする姿勢である。エイドリアン・ハンターは、この序文においてボウエンが「モーパッサンの大衆性を強調することで、現代の大衆芸術としての短篇は、ハイ・モダニストたちの作品が強いられる形式上の〔…〕そして文化的な限界を超えることができるとの信念を主張している」と述べる。[*5] プロットや全知の語りを手放さないというボウエンの選択はモダニズムを受容しないという退行的な態度の表れではなく、むしろモダニズムを見据えながら、「ハイ・モダニズムの表現にしばしば見られる、お高く構えた自己満足[*6]」を退け、大衆を置き去りにしない短篇小説を書くという意志の表明と言えるだろう。

先の引用に「過去十五年の間に」とあるように、ボウエンは一九三七年発表のこの序文で、ハイ・モダニズムをある程度俯瞰して眺めている。一九二〇年代に彼女が書いた短篇を考察することは、第一次大戦後の混乱した世界で、モダニズムと言わば並走する彼女に見えていた景色を垣間見ることにもなるのではないか。本論では「ミセス・モイシー」を〈食〉という観点から考えることで、その景色に迫ってみたい。この作品において、〈食べること/食べないこと〉、そして、〈何を体内に取り込むか〉は重要なテーマである。そして、モダニズムと〈食〉の関連を追うとき、そこにも芸術と大衆という問題が浮上する。アリス・ムーディは、モダニストが大衆向けの芸術について「台所の/料理の（culinary）」や「消化しやすい（predigested）」といった形容詞、プディングといった料理名を用いて軽蔑を表すことがしばしばあったと指摘する。[*7] そこに見えるのは「容易く消費される芸術は、重要ではなく、美的でもない」という考え方であり、その対極に、「安易な快楽や、肉体の欲望の誘惑に汚染されない、高尚な芸術（high art）という領域が画定される[*8]」。食べることと芸術の関係もまた、「ミセス・モイシー」には描き込まれている。

2　ミセス・モイシーの家と、食事をめぐる騒動

「ミセス・モイシー」は、未亡人ミセス・モイシーの元に、日本から帰国した甥のレスリーが突然やってくるところから始まる。夫の死後、時間をかけて「男性の流儀を脱していた」[*9]ミセス・モイシーの家にレスリーはそのまま居座ってしまうのだが、ある日手紙が届き、それを読んで激怒した彼はミセス・モイシーから十ポンドを借り、すぐに戻ると言い残してロンドンに行ってしまう。

その三日後に現れたのは、レスリーではなく、彼の妻のエメラルドであった。彼女は二年前、第二子が生まれる直前に日本から帰国したが、後を追って帰国するはずのレスリーが行方をくらまし、以来彼を探していたのである。捜索の果てにミセス・モイシーの住所を入手したエメラルドは手紙を送り、自分が追われていることを知ったレスリーはまたもや逃げ出したというわけである。これを知ったエメラルドは、その場で三歳のダフと二歳のボビーをミセス・モイシーに預け、ロンドンに急行する。「子どもが苦手」(三五九頁)で、そもそもレスリーが既婚であることすら知らなかったミセス・モイシーは、彼が見つかるまで、幼い二人の子と暮らすことになる。

このように、彼女の自由な未亡人生活は、外から次々にやってくる人たちによってかき乱されるのだが、実は彼女には夫の死後にできた「ちょっとした習慣」があった。

彼女は皆が起き出さないうちに出かけるか、あるいは皆が帰宅するくらいの遅い時間に出かけるかしていた。いつも腕いっぱいに包みを抱えて帰ってくるので、玄関の鍵を取り出す間、荷物のいちばん上を顎で支えていなければならなかった。それから、彼女は非常に慎重にドアを開け、そっと中に入るのだった。(三五五頁)

さらに、彼女は一日のほとんどを寝室で過ごし、使用人を含め、誰も中に入れることはない。彼女が大量に購入しているものについては、近所の誰もが(包みが円筒形であったことはないにも拘わらず)酒だと考えており、それは彼女の「ちょっとした欠点」（三五六頁）として認識されている。

さて、レスリーとの同居が始まってからも彼女はこの習慣を維持するが、一方で彼女の家は「男性の流儀」すなわち男性中心の体制へと回帰する。レスリーは、日中ダイニングルームの張出し窓に陣取り、道行く人を眺め、気に入った女性の素性をミセス・モイシーやメイドに尋ねる。ミセス・モイシーは彼が居心地良くいられるように気を配り、夜には正装して彼と短いが和やかな時間を過ごし、さらに彼が気に入った女性たちを全員招待し、パーティーまで開催する。

しかしながら、レスリーを中心とするこのような体制の下、使用人たちに異変が見え始める。彼女たちは「落ち着かなく」なり、突然泣き出すようになった住み込みのメイドは解雇され、料理人は料理を「焦げつかせる」ようになる。厳しい表情の彼女から事情を聞いたミセス・モイシーは、そのとき初めてレスリーがこの家の食事に満足していないことを知り、実際に食事の場での彼の様子を見て激しく動揺する。

ミセス・モイシーは夕食をあまり食べなかった。食事に興味がなかったのだ。しかし、レスリーがフォークで何度も料理をひっくり返し、顔をしかめて皿を押しやるのを見ると、彼女の顔はこれまでにないほどピンク色になった。恥ずかしさと腹立たしさで、彼女の目はチカチカした。彼女は震える声で、彼に見逃してくれるよう懇願した。メイドがその場にいた〔…〕。彼女は「では、食べなくて結構！」と言わんばかりにレスリーの皿をひったくって下げた。（三五六－五七頁）

料理人とメイドは、料理の見た目をチェックして突き返すという彼の無礼な態度に怒り心頭で、メイドは行儀の悪い子どもにするように、彼の前から乱暴に皿を下げている。実のところ、レスリーのこの態度は、彼の他の言動にも通じるものである。彼は窓から女性たちを眺め、好みのスタイルの女性（彼は曲線美を好む）の素性を知りたがるが、ミセス・モイシーが彼女たちを自宅に招待しても会話を楽しもうとはせず、お茶も終わっていないのに別室に退いてしまう。また、ミセス・モイシーの夜の正装に感嘆の声を上げるものの、彼女のことを特に知ろうとはしない。彼は外観や形以外に関心を持たないのである。

この後レスリーが逃亡し、ミセス・モイシーの元に彼の幼い二人の子どもがやってきたことで、彼女の家は「男性の流儀」から、「ダフとボビーの流儀」（三六一頁）へと方針転換するのだが、ここでもまた、彼らの食事をめぐって問題が発生する。子どもたちの食欲が減退し、メイドたちは胃腸の異常ではないかと考えて下剤を与えるが、効果はない。その後、二人の顔色や行儀は目に見えて悪くなり、気性も荒くなり、事態は悪化の一途を辿る。

ダフは夕食のたびにそっぽを向き、ボビーも同じだった。前はあれほどよろこんで食べた「おいしそうなひき肉」も「おいちい、おいちいパンとミルク」も、今は二人をぞっとさせるだけだった。〔…〕顔は黄色くなり、ブツブツができ、二人とも発狂したようになり、治る気配はなかった。可愛さはとうに姿を消していた。ミセス・モイシーは二人の様子を心配そうに観察していたが、使用人たちからこのことを知らされると、つっけんどんに否定した。

「小さい子どもなのよ」と、彼女は料理人に言った。「あなたは子どもに慣れていないでしょう。子どもにもちょっとした浮き沈みはあるのよ――大人と同じようにね。〔…〕」

（三六三頁）

食事を拒否する者たちと使用人の間にミセス・モイシーが入り、事態を収拾しようとする構図は、レスリーの食事の一件のときと同じであるが、今回はより深刻な状況である。料理人はミセス・モイシーをまじまじと見つめ、「あの子たちは食べたり飲んだりしてはいけないものを必要以上に摂取している、と考えることもできます。もちろんそんなはずはありませんけど……あの子たちが口にするものはすべて、私が気を配っていますから」（三六三頁）と話し、ミセス・モイシーはひどく狼狽する。ダフとボビーが何かを「食べすぎている」こと、そしてミセス・モイシーがどうやらそれに一枚嚙んでいることに、料理人が勘付いているのは明らかである。

レスリーと子どもたちの食事をめぐる騒動において、使用人たちは一貫して「行儀が悪く、出されたものを食べない」彼らを問題視している。料理人はミセス・モイシーに、ダフとボビーは「甘やかされて」おり、「ひっぱたいた方が良い」と言う（三六四頁）が、おそらく使用人たちはレスリーに対しても同じように思っていただろう。彼女たちはこの家であるべき秩序を保とうとしており、その毅然とした様子は狼狽して涙ぐむ女主人、ミセス・モイシーとは対照的である。そして、使用人たちのこの姿勢は、逃げたレスリーの居場所を突き止め（あろうことか、彼はロンドンのホテルに既婚女性と逗留していた）、彼の前に、彼を許すという提案を「言うことをきかない子どもの前に、食べ終わっていない冷えた羊肉の皿を置くように」（三六四頁）何度も差し出すエメラルドの姿勢にも通じる。彼女は夫のレスリーに、子どもたちをミセス・モイシーに預けた理由を「適切（proper）だと思った」からと言い、ミセス・モイシーが「ものすごい酒飲み」だと聞かされると「とてもちゃんとした人（so respectable）に見えた」のにと取り乱す（三六五頁）。この家で使用人たちが維持しようと努め、そしてエメラルドが当初この家に期待したのは、リスペクタビリティが重視され、適切に子どもが監督／養育される空間であったと言えよう。

しかし、癇癪を起こすダフとボビーの金切り声が、来る日も来る日も目抜き通りに響き渡るようになり、この空間の異変が外部にも明らかになる。二人は明らかに何かを「必要以上に」摂取し、消化不良を起こしている。そして、この家で使用人の目の届かない空間はただ一箇所、ミセス・モイシーの寝室のみである。「夕食をあまり食べない」彼女と、夕食から顔を背ける二人の子どもたちがそこで食べていたのは、彼女が大量に購入していたチョコレートであった。酒ではなかったのである。

3　チョコレート・ボックスのある空間

ミセス・モイシーはチョコレート・ボックスをせっせと買い込み、それを自身の寝室に持ち込んでいる。彼女は朝の掃除の時間を除き、徹底して寝室に誰も入れないようにしていたが、ダフとボビーは何度も突撃した末、入室に成功してしまう。

そしてある日、〔…〕思いがけないことにドアがわずかに開いており、ダフと弟はそこににじり寄った。ここにじわじわとにじり寄るという特権は、雨の日の午前中と、あらゆる日の午後の慣例となった。二人はこの秘密の家の最も奥の秘密の中に飲み込まれた。（三六三頁）

幼いきょうだいが、家の深奥のチョコレートだらけの空間に「飲み込まれる（engulfed）」というこの構図は、両親に置き去りにされたきょうだいが森の奥のお菓子の家にたどり着くという、グリム童話の「ヘンゼルとグレーテル」を想起させる。但し、ヘンゼルとグレーテルは、ヘンゼルを太らせて食べようとしていた魔女を欺《あざむ》き、脱出に成功するが、ダフとボビーはミセス・モイシーの寝室から脱出するどころか、救出に駆けつけた母エメラルドを拒絶する。顔をチョコレートで汚し、怒鳴り合い、口から茶色の涎《よだれ》をスモックに垂らしながら、二人はミセス・モイシーにしがみついて離れない。ミセス・モイシーは子どもたちを「自分と同じ中毒者にし」[*10]たのであり、ここに至って彼女は魔女のみならず、吸血鬼の様相をも帯びる。

このように見てくると、ミセス・モイシーの寝室は完全に秩序が失われたグロテスクな空間であると言えそうである。ラスナーはこの短篇を「自分を犠牲者と見る人物による復讐の話」に分類したが、[*11] 確かにこの作品をそのように読むことは可能であろう。夫の生前、「男性の流儀」の下で長く暮らした彼女は、家父長制の犠牲者であったと考えられる。彼女は、「私はずっと、夫にとって良い妻でした」（三六一頁）と言い切るエメラルドの子どもたちに母親を忘れさせ、彼らをチョコレート中毒にすることで、その制度への復讐を果たしたのかもしれない。結末ですすり泣くエメラルドは完全な敗者であり、全知の語り手は彼女の心中を「この世には慎みのある女性（decent women）のための居場所も家もない」（三七〇頁）と代弁する。

しかしながら、ミセス・モイシーの寝室を復讐者の空間としてのみ捉えるのは一面的である。エメラルドを前にした彼女は、あくまでも「不本意な勝利者」（強調は筆者）（三七〇頁）であり、ダフとボビーを復讐の道具にしようと意図したわけでもなく、むしろ彼らを部屋に入れまいと努めていた。「男性の流儀」も「ダフとボビーの流儀」も、そして使用人たちをも閉め出したこの部屋で、彼女はチョコレートを暴食している。この空間を特徴づけるのは、何と言っても大量のチョコレート・ボックスである。

子どもたちの救出のために突入したエメラルドは、室内に溢れ返る箱に圧倒される。スツールの上のチョコレート・ボックスの中には、食べかけのチョコレートがバラのような形に並んでおり、エメラルドの目にそれは「非常に裕福な男性によって非常にふしだらな女性に贈られる類のものにしか見えなかった」。彼女は箱の数を数え始めるが、「五十八まで数えたところで、衣装戸棚の扉が開いており、中にそれどころではない数の箱が積まれていることに気づ」く（三六八頁）。箱を捨てない理由を、ミセス・モイシーはエメラルドに次のように説明する。

「〔…〕〔箱は〕とても芸術的だと思うの――例えば、あの日没を見てちょうだい。ああいう絵をギャラリーで買おうと思ったら、かなりの金額を出さないと買えないでしょう。これまでの年月で、かなりのコレクションになったんじゃないかしら？　実際、私はこの絵たちをしょっちゅう眺めているのよ」

（三六八頁）

彼女はチョコレート・ボックスの絵を芸術として鑑賞しており、彼女にとってこの部屋は、作品を収蔵する言わば美術館ともなっていることがわかる。つまり、ミセス・モイシーの寝室は、流儀や秩序といった規範から彼女が解放される空間、チョコレートを好きなだけ食べるという即物的な欲求を満たすことのできる空間であることに加え、芸術を享受する空間ともなっているのである。

ここで、チョコレート及びチョコレート・ボックスの絵（chocolate box art）と時代との関わりを見ておきたい。これらは近代化およびモダニズムと大きく関わっている。チョコレートは元々飲み物として広まったが、十九世紀になって「食べるチョコレート」の開発が進み、ヨーロッパ諸国で「チョコレート産業がすっかり様変わりした」[*12]。イギリスでは十九世紀後半に、フライ、キャドバリー、ラウントリーといったメーカーがチョコレートを箱に詰めて売るようになる。これらのメーカーの創業者はいずれもクエーカー教徒であり、「彼らは自社の労働者に清潔・安全で良好な労働条件を提供することに注力」[*13]した。フライとキャドバリーは一九一八年に合併し、一九二〇年代に工場の用地を拡大、さらに新しい大量生産技術も開発する。[*14]この時代、チョコレートは先進的な工場で機械生産され、新しい技術やレシピを用いた膨大な種類の新商品が続々と世に出されていたのである。

このように、チョコレートは工業製品であり、近代化の産物なのだが、チョコレート・ボックスのデザインはその逆を行くものであった。ダイアン・バーセルは「モダニズム運動にとって、チョコレート・ボックスは時代遅れのヴィクトリア朝デザインの象徴」であり、「一九二〇年代と一九三〇年代のチョコレート・ボックスは、概ねヴィクトリア朝的ロマン主義の感傷的な遺物であった」と述べている。[*15] “chocolate-box/chocolate-box(e)y” という形容詞は、二十世紀に入ってすぐに「(チョコレートの箱の絵のように)装飾過剰で感傷的な」(『ランダムハウス英和大辞典』)、「きれいだが陳腐で紋切り型の」(『オックスフォード英英辞典』)という意味で用いられるようになった。ミセス・モイシーの部屋にあるチョコレート・ボックスのデザインは、例えば以下のようなものである。

花飾りやロンドン動物園の風景、刺繍の竜、《晩鐘》、《レディ・ハミルトン》、通俗的に描かれた少女たちの顔、月光に照らされたロンドン塔、狩猟の場面、プリンス・オブ・ウェールズ、「峡谷の王者」〔…〕。(三六六‐六七頁)

《晩鐘》は一八五九年のミレーの絵画、峡谷を背に立つアカシカを描いた《峡谷の王者》は英国の動物画家ランドシーアによる一八五一年の絵画である。レディ・ハミルトンはネルソン提督の愛人だった女性で、ジョージ・ロムニーによって十八世紀後半に描かれた彼女の肖像画が数多くあり、箱の絵柄となっているのもおそらくそのうちの一枚であろう。こういった絵画に加えて、何ということもない花や少女たちの絵柄もあり、エメラルドの足元に転がってきた箱の蓋には「蹄鉄から顔を覗かせる子猫」(三六六頁)が描かれている。絵柄の題材は雑多であるが、共通しているのは、箱の中のチョコレートが工場で大量生産されていることを感じさせないという点であろう。[*16] つまり、チョコレート・ボックスは、近代性を伝統的／感傷的な見かけで覆い隠したものと言うことができる。

さて、ミセス・モイシーは寝室でチョコレートと「芸術」の両方を言わば「摂取」しているわけだが、彼女が「とても芸術的」だと考えるチョコレート・ボックスの絵は「時代遅れのヴィクトリア朝デザイン」であり、それはモダニズムの「高尚な芸術」の対極に位置するものと言ってよいだろう。先述したように、ムーディはモダニストが画定しようとする「高尚な芸術」を、「安易な快楽や肉体の欲望の誘惑に汚染されない領域」と述べるが、そうであるとすれば、それは「食べる」という肉体の営みから遠く離れたものであるはずだ。一方、ミセス・モイシーの空間にあるのは、「容易く消費される」（ムーディ　一三頁）芸術と、中毒性のあるものを心ゆくまで食したいという肉体の欲望、食べるという快楽であり、そこでは食べることと芸術を享受することが限りなく近い。

では、この空間はモダニズムの対極の空間、すなわち自堕落な女性の「安易な快楽や肉体の欲望の誘惑に汚染された領域」なのだろうか。エメラルドの目にそのように映っていることは確かであるが、答えは否である。なぜなら、チョコレート・ボックス以外に、この空間を特徴づけるものがもう一つあるからだ。それは創造行為である。このことと合わせて、この空間の主であるミセス・モイシーその人が、明らかに「装飾過剰で感傷的」、すなわち“chocolate-boxy”な女性であることも見逃せない。チョコレート・ボックスの包装と中身の乖離を踏まえ、チョコレートと芸術を「摂取」する彼女の内側に、目を向けなければならない。

4　創造者と受容者――芸術とどう関わるか

チョコレートを大量摂取するミセス・モイシーは非常にふくよかで、髪型や装いは過剰気味である。レスリーの前に正装して現れた際には、「ふわふわの白髪が菓子店のホイップクリームのように頭のてっぺんに美しく巻き上げられ」（三五五頁）、緑色の貝殻のネックレスは首元に二重に巻かれ、胸の上で結ばれている。エメラルドとの初対面で紫のロングスカートを引き摺って現れた彼女は、「膨張しており、ポンパドールの膨《ふく》らませた前髪が前方につんのめるように傾いで」（三五八頁）いる。また、エメラルドが寝室に乗り込んだ際には、驚いて怖がるダフとボビーがミセス・モイシーの胸に飛び込むが、そこは「深紅でたっぷりとしている」（三六七頁）と形容される。このような彼女の「過剰な」身体と装いは、雨でもないのにレインコート姿で、その下に十分な衣類を身に着けておらず、「曲線美がない」（三五八頁）エメラルドと明らかな対照をなしている。ミセス・モイシーは彼女のレインコートのいくつもの窪みを見ながら、もしかして彼女は空腹なのかもしれないと考えている。

そして、この二人の対照は、体型と装いに留まらない。子どもたちを預かる際、「この子たちのラスクの名前を必ず覚えるから」「それに、毎晩あなたのためにお祈りをさせるわね」（三六一頁）と約束するミセス・モイシーに対し、エメラルドは「お祈り」にのみ反応し、ラスク、すなわち彼らの食べるものについての発言には無反応である。後日、ミセス・モイシーの寝室のチョコレート・ボックスの山に唖然とし、「これを全部食べたんですか?」と「赤ずきんの素朴さで」尋ねるエメラルドに、自分はそれらを絵のコレクションとしても楽しんでいるのだとミセス・モイシーは話すが、以下はそれに続く二人の会話である。

「あれ〔絵のコレクション〕をレスリーに見せたことは?」
「あら、ないわ。だって、私をすごく愚かだと思うだろうから。男の人って、美しいものに対して同じようには感じないみたい。そう思わない?」
「わかりません。これまで一つも持ったことがないので——美しいものを」（三六八頁）

チョコレートを大量に食べ、大量の絵を芸術として享受するミセス・モイシーと、痩せぎすで「美しい」ものを持ったことのないエメラルド——このように見ると、彼女たちの体型や食べるという行為と、芸術や美との関わり方には明らかな相関がある。

ここで思い出すべきは、前述のレスリーの食事をめぐる騒動と、彼の「美しいもの」との向き合い方である。料理をフォークで突っつき回した挙げ句、食べない彼は、窓から女性の姿かたちを眺め、素性を知りたがるにも拘わらず、彼女たちと会話を楽しもうとはしない。彼は造形が美しいと思うものを見て、それに関する表面的な知識を得るのみである。ミセス・モイシーは、自身のチョコレート・ボックスの絵のコレクションが彼の目に「愚か（silly）」と映ることを知っている。この引用にある「美しいものに対して同じようには感じないみたい」という彼女の言葉は、（「男の人」を主語にしているものの）自分と彼では美との向き合い方が根本的に異なることを、彼女が認識していることを示すだろう。レスリーの食卓での権威的な行為と「美しいもの」の表面しか見ない態度は、ボウエンが『フェイバー版現代短篇集』の序文で批判した、「大衆向けでないというだけで、その作品を即座に芸術と見なす」という行為に通ずるのではないか。そもそもレスリーは芸術に触れてさえいないのだが、それ自体がモダニズムという芸術運動の表面上の新しさをもて囃す風潮への皮肉になっているようにも思われる。

さて、そうだとすれば、ここで再びミセス・モイシーの寝室に戻り、彼女と芸術との関わり、特に彼女の創造行為に焦点を当てなくてはならない。寝室のテーブルの上にはノートが何冊も広げられている。彼女はこの空間で、チョコレートとチョコレート・ボックスの絵を大量に「摂取」しつつ、「私自身の人生」を綴っている。そして、それをダフとボビーに読みきかせてもいる。彼女はエメラルドに次のように語る。

「ええそうなの、たくさん書いたのよ――私自身の人生を。厳密に言えば私の人生そのものではないのだけれど、だってそれだと私には面白くないから。あちこち手を加えているの。人生にはもう少しで…という瞬間がとてもたくさんあって、そういうことを書いても害はないだろうと思って――だって、考えてみれば、自分の人生そのものって何なのかしら？　そしてもちろん、省いたこともいくつかあるの。本を開いて、そこに誰かの消化不良のことが書いてあるなんて、誰も期待しないだろうから……ダフとボビーはこの話が大

好きで、夢中で聴くのよ――」（三六九頁）

彼女が書いているのは、「あちこち手を加え」た自分の人生、つまり、自伝というよりはライフ・ライティングである。ライフ・ライティングとは「自伝を含み、自伝を超えるもの」であり、「虚構から、事実をもとに脚色されたものまですべてを包含」する。[*17]「もう少しで…という瞬間（so many points in a life when things so nearly...）」は、何かが起こりそうで起こらなかったことを示唆するが、ミセス・モイシーは、この書き物の中でなら、その何かを「起こったこと」にもできるのだ。この創造行為を通して、彼女は自分の人生を、自分にとって「面白い（interesting）」かどうかを基準に作り直している。それは、「男性の流儀」の下にあった自身の人生を捉え直し、自身の手元に取り戻す作業と言えるだろう。このように、「装飾過剰で感傷的」な彼女は、その内にニュー・ウーマンの要素を持ち、新しい芸術作品を生み出す存在である。

さらに、彼女の発言の中の「消化不良のことが書いてあるなんて、誰も期待しない」という部分から明らかなように、彼女が読み手、すなわち受容者を意識していることを、見逃すべきではないだろう。ダフとボビーが来るまで、ミセス・モイシーは自分が寝室で何をしているのかを誰にも明かさなかったのだが、その理由は「誰にもわかってもらえないだろうから」というもので、そのことを彼女は「恐ろしい」と言う（三六九頁）。彼女は理解者を必要としていた。「子どもが素晴らしいのはそこですよね。わかってくれるんです。ボビーとダフは何にでも入ってくるんです――」（三六九頁）。先の独立引用にある通り、二人はミセス・モイシーの話に夢中で耳を傾ける。内容をどこまで「理解」しているかは別として、彼らが「わかってくれる」、すなわち彼女の作品を「受容」していることは確かであろう。ミセス・モイシーの創造行為は受容とセットであり、それはボウエンが『フエイバー版現代短篇集』の序文で述べた「ハイ・モダニズムの表現にしばしば見られる、お高く構えた自己満足」とは対極的である。ここに、この序文に見られたボウエンの、芸術と大衆を切り離すまいとする姿勢に通じるものを見て取ることができるのではないか。

そして、ミセス・モイシーの芸術の受容者であるダフとボビーもまた創造者であることを、見逃してはならない。エメラルドがミセス・モイシーの寝室で最初に目にするのは、二人の作品である「チョコレート・ボックスの帝国」である。ミセス・モイシーとの息詰まる攻防の末、部屋に突入したエメラルドは、その勢いで衝立を倒してしまい、「帝国」の一部は崩壊する。

エメラルドの子どもたちは、色とりどりの地震の街から彼女を見上げた。彼女の様子に怖気づき、二人は向きを変えて退却した――金ぴかの箱、花模様の箱、鮮やかな絵のついた箱は、彼らの乱暴に置かれた足の下で、厚紙ゆえに無抵抗に潰れた。意気消沈した二人は、おごそかにチョコレート・ボックスの帝国から撤退した。リボンで作った道路網のようなものが、カーペットの上で曲がりくねっていた。（三六六頁）

彼らの「帝国」では、《晩鐘》や《レディ・ハミルトン》、《峡谷の王者》等々の絵の箱が積み上げられ、それらを使って塔や橋も作られている。「まだ使われていない箱もたくさん転がって」（三六七頁）おり、帝国が建設途中であることが示唆される。三歳のダフと二歳のボビーにとって、チョコレートの箱の絵の一つひとつはほとんど意味を持たないはずだが、彼らは色鮮やかなそれらを集め、そこに一つの世界を構築している。

すでに述べたように、この空間では「食べる」ことと芸術を享受することが限りなく近いのだが、さらに言えば、それは分かちがたく結びついている。ミセス・モイシーはチョコレートという「甘い」ものの摂取をやめられずにいるが、チョコレート・ボックスの絵の収集も、自分が「とても芸術的」だと思うもの、何度も見たいと思うもの、すなわち「快い〔sweet〕」ものを「摂取」することをやめられないという同じ構図である〔さらに、このことがエメラルドに露見した際、彼女は「自己表出の甘さ〔the sweetness of self-betrayal〕」を味わってもいる〕。そして、ダフとボビーにとっては、チョコレートを食べることと、その箱で「帝国」を作ることは完全に地続きの営みである。彼らは怒鳴り合い、顔をチョコレートで汚しながら、エメラルドに破壊された帝国の再建に取り掛かる。「ダフが《晩鐘》の上に《プリンス・オブ・ウェールズ》を置き、ボビーがそれを叩き落とした」〔三六九頁〕――創造か破壊か微妙なところではあるが、重要なことは、二人がこれまで飽きることなく帝国を作り続けていたこと、二人がここにいる限り、おそらくこの作業に終わりはないということであろう。ミセス・モイシーも、そしてダフとボビーも、チョコレートの「甘さ」、好きなだけ食べることの「甘美さ」、様々な色や美しい絵を浴びるように「摂取」するその空間の「快さ」、そして別の世界を作り出すことの「楽しさ」に溺れているのである。この空間自体が"sweetness"に満たされた「チョコレートの帝国」であると言ってよい。

但し、その帝国は外から眺めれば、もちろん非常にグロテスクな空間である。チョコレートとチョコレート・ボックスが溢れ返る中で、そこにいる全員が消化不良を起こしており、ダフとボビーの顔はチョコレートで汚れ、ミセス・モイシーがハンカチで拭っても、その汚れはすぐにまた現れる。ダフの口からは、チョコレートが細い筋となって滴《したた》り落ちる。三人の消化不良は、彼らがチョコレートを摂取し過ぎていること、規範からの逸脱があることを端的に物語る。そして、この短篇の結末部分では、いかなる逸脱も許さないエメラルドとミセス・モイシーの対決が描かれる。エメラルドは、「この子たちは〔チョコレートを食べることを〕一切許可されていない!」と三度繰り返し、自分は「だまされ」、子どもたちは自分から「盗まれた」のだと叫んだ後、沈黙する。

彼女はもう何も言わなかった。というのも、雄弁よりも恐ろしい彼女の正しさ、彼女の憤りが大きな波となり、彼女を小さく見せながら部屋を覆いつくしたのだ。まるでその波がすさまじい音を立てて今にも砕け落ちてくるかのように、二人の女性は怯《おび》えた子どもたちに向かってそれぞれ両腕を差し伸べた。

（三七〇頁）

このときダフとボビーはミセス・モイシーにしがみつき、この逸脱した空間に「正しさ（virtue）」と「（不正への）憤り（indignation）」で挑んだエメラルドはあっさりと敗北する。後に残るのは、泣き出してしまった「あまりにも恐ろしい」エメラルドを前に、子どもたちを守るか、それとも孤独な彼女の元に行かせるかで迷い、「半分抱きしめ」、「半分押しやり」ながら戸惑う「非常に不本意な勝利者」（三七〇頁）、ミセス・モイシーである。

エメラルドが口にする「許可」という言葉、全知の語り手が語る彼女の「正しさ」と「憤り」は、彼女の権威性を読者に印象づけるが、そのことは逆説的に、ミセス・モイシーの「チョコレートの帝国」がいかなる権威や規範とも無縁であることを浮かび上がらせるだろう。そして、ここで思い出すべきは、大衆が「消化しやすい」、すなわち理解しやすいものであってはならないとされる「高尚な芸術」の強い権威性である。ミセス・モイシーの「帝国」においては、誰も目の前にある芸術を解釈したり、理解したりしようとはしない。ただそれぞれの方法で、受容し、創造に没頭するのみである。ここに、ボウエンの創作の姿勢の一端、さらには彼女とモダニズムの距離をも見ることができるのではないか。

ミセス・モイシーは「時代遅れのヴィクトリア朝デザイン」のチョコレート・ボックスの絵を見下さず、何ら権威付けも行わない。それらを集め、鑑賞して楽しみ、そしてもう一つの自分の人生を生み出している。また、ダフとボビーはその箱で新たな世界を構築中である。彼女の寝室は、時代遅れの空間とも言えず、「高尚な芸術」の空間からも程遠い。このどちらでもない空間こそが、「ミセス・モイシー」を書いた時点でのボウエンの現在地だったのではなかろうか。

本論の冒頭で触れたように、ハンターは、「現代の大衆芸術としての短篇は、ハイ・モダニストたちの作品が強いられる形式上の〔…〕そして文化的な限界を超えることができる」とボウエンが信じていたと述べたが、この作品がそのような地点に達しているとはおそらく言い難い。しかし、権威を寄せ付けないミセス・モイシーとダフとボビーの芸術空間の力強さは、ボウエンの「大衆芸術」への信頼を示すものと捉えられよう。グロテスクでユーモラスなこの短篇に、読者はハイ・モダニズムとは異質の、しかし紛れもない新しさを見ることができる。

【注】

＊1 Patricia Coughlan, "'Not like a person at all': Bowen, the 1920s and 'The Dancing-Mistress.'" Eibhear Walshe, ed. *Elizabeth Bowen* (Dublin: Irish Academic Press, 2009), p. 41.

＊2 Phyllis Lassner, *Elizabeth Bowen: A Study of the Short Fiction* (New York: Twayne Pubishers, 1991), pp. 54-74.

＊3 Elizabeth Bowen, *Collected Impressions* (New York: Knopf, 1950), p. 42. 第五部に『フェイバー版現代短篇集』序文の全訳を収録した。なお、執筆者の文体を尊重して、訳文の統一ははからなかった（編集部注）。

＊4 Adrian Hunter, *The Cambridge Introduction to The Short Story in English* (New York: Cambridge UP, 2007), p. 115.

＊5 *Ibid.*, p. 115.

＊6 Bowen, p. 42.

＊7 Alys Moody, *The Art of Hunger: Aesthetic Autonomy and the Afterlives of Modernism* (Oxford: Oxford UP, 2018), p. 13. ここで名が挙げられているモダニストは、ブレヒト、オーウェル、マンスフィールド、ロジャー・フライ等である。

＊8 Moody, p. 13.

＊9 Elizabeth Bowen, "Mrs Moysey," *Collected Stories of Elizabeth Bowen: Introduction by John Banville* (London: Knopf Doubleday Publishing Group, 2019), p. 355. 以降、同書から引用する場合は、引用箇所のあとに頁数のみを括弧内で示す。引用訳文

は拙訳。

＊10　Lassner, pp. 73-74.

＊11　*Ibid.*, p. 54.

＊12　ポール・クリスタル『［図説］お菓子の文化誌百科』（ユウコ・ペリー訳、原書房、二〇二二年）一六二頁。

＊13　同書、一六三頁。

＊14　同書、一七五－七六頁。

＊15　Diane Barthel, "Modernism and Marketing: The Chocolate Box Revisited," *Theory, Culture & Society*, 6(3)(1989), p. 429.

＊16　チョコレートが工場起源であることを包装から感じ取らせないというのは、意図的に行われた企業努力であった。*Ibid.*, p. 436を参照。

＊17　*What is Life-Writing* by The Oxford Centre for Life-Writing (https://oclw.web.ox.ac.uk/what-life-writing). 二〇二三年九月二十三日閲覧。

【参考文献】

Carruth, Allison, "Modernism and Gastronomy," J. Michelle Coghlan, ed. *The Cambridge Companion to Literature and Food* (Cambridge: Cambridge UP, 2020).

D'hoker, Elke, *Irish Women Writers and the Modern Short Story* (Cham: Palgrave Macmillan, 2016).

Franks, Jill, *British and Irish Women Writers and the Women's Movement: Six Literary Voices of Their Times* (Jefferson: McFarland, Incorporated, Publishers, 2013).

Galdwin, Derek, *Gastro-modernism: Food, Literature*, Culture (Clemson: Clemson UP, 2022).

Gasston, Aimée, *Modernist Short Fiction and Things* (Cham: Palgrave Macmillan, 2021).

Gildersleeve, Jessica, *Elizabeth Bowen: Theory, Thought and Things* (Edinburgh: Edinburgh University Press, 2019).

Levy, Heather, *Reconsidering Elizabeth Bowen's Shorter Fiction: Dead Reckoning* (Lanham: Lexington Books, 2020).

ボウエンが生み出した〈完璧〉なガヴァネス

✺短篇「割引き品」におけるお金・ガヴァネス・『エマ』

杉本久美子

同時期に描かれた二人のガヴァネス

一九三五年、エリザベス・ボウエンは代表作の一つ『パリの家』（*The House in Paris*）を出版した。ボウエンの長篇小説の中でも『パリの家』は怪奇性に満ちた作品で、この作品に登場するパリの家の主人、マダム・フィッシャーは元ガヴァネスという設定で、その強烈な影響力によって登場人物たちの運命を翻弄する。[*1] そして奇しくも同年に執筆された短篇「割引き品」（"Reduced"）でもガヴァネスの存在が物語の鍵となっている。ボウエンは自身の短篇集に寄せた序文の中で、短篇を書くにあたって常に念頭に置き、また主眼としたことがあると述べている。[*2] それは短篇の原則は、少ない登場人物と少ない場面、そして少ない出来事、というものである。なおかつ短篇の中では想像の電流を一瞬たりともとめてはならず、長篇では出来事の合間に中だるみがあってもよいが、短篇ではただ一つしかない中心的な効果を薄めたり、そらせたり、ぼやけさせてはならないと述べている。「割引き品」

も短篇の原則どおり、少ない場面と少ない人物構成で話は展開する。数あるボウエンの短篇の中でも短めの部類に入り、頁数もわずかである。しかしその短さとは裏腹に、この作品はボウエンの緻密な構成と誘導によって読者の予想を裏切る展開となっている。

イングランド西部のグロスター州のペンドルスウェイトに住むゴドウィン・カーベリーとマイマ・カーベリーには二人の娘、ペニーとクローディアがいる。またマイマの甥フランク・ピールと、マイマの友人ミセス・ローリーも滞在している。そしてこの屋敷には娘たちのガヴァネスとして働くミス・ライスがいる。ミス・ライスの過去にまつわる疑惑が、登場人物たちの心理を大きく揺さぶる。ミス・ライスの人物像は具体的には描かれず、彼女の過去と彼女の実像を一層謎めいたものにして、読者の想像の電流を高める。また作中に登場する書籍、ジェイン・オースティン（一七七五 - 一八一七）の代表作『エマ』（*Emma*, 1815）の描写が、作品の構成や読者の視点を動かす重要な役割を果たしている。作品で描かれるミス・ライスの人物像と登場人物の視点、そして『エマ』がこの作品に与えている影響について読み解いてみたい。

作品に与えられた「お金」と「節約」のイメージ

この作品には「割引き品」というタイトルからもわかるように、「お金」や「節約」にまつわる描写が多い。作品冒頭で登場するカーベリー家の娘たちの名前はペニーとクローディアであり、硬貨を連想させる。*3 父親のゴドウィンは四十歳になってから妻探しを始めた男で、なぜなら彼はひどく尊大なうえにお金に関して用心深かったからである。その用心深さのせいで周囲からは節約のために独身でいると思われていた。それゆえ彼の住む地域では最も人気のない男と言われ、その評判はロンドンにまで届くほどだった。そんなゴドウィンと結婚したマイマも人から好かれた経験はなく、落ち着くことに躍起になっていた二十八、二十九歳の頃、ゴドウィンと出会い結婚した。マイマはゴドウィンに従順だったものの、年に一度か二度、自分で使える少しの金で「値引き品になったコートや靴」を娘たちに買っていた。*4 しかし近頃では娘たちの養育費がかさみ、この買い物もこれで終わりというのが口癖になっていた。

彼らの住むペンドルスウェイトには電気が通っていない。十月になるまでは夜間にしか暖炉に火を入れず、晩餐でさえも質素な食事で、彼らの生活にはぎりぎりの節約がそこかしこで目につくありさまである。滞在客のミセス・ローリーにしてみれば、それはまるでゴドウィンが日々マイマに一ペニー〈少額〉浪費するのは一ポンド〈高額〉浪費するのと同じ、だから少額であっても常に節約するよう終始言い聞かせているかのごとくである。徹底した節約をしながらなのにあえて住み込みのガヴァネスを雇い、またそのガヴァネスが極めて有能なため、ミセス・ローリーは驚きを隠せない。そしてマイマにその理由を聞くと、本来ならば金銭的に無理だったが、ある事件によって曰くつきとなったミス・ライスを、ゴドウィンの提案と説得に折れて、破格の給与で雇い入れたのだという。

対照的な二人のガヴァネス

この作品には二人のガヴァネスが登場する。ゴドウィンの職業や収入源は不明であるが、ガヴァネスを雇えるほどなので少なくとも中産階級と考えてよいだろう。ガヴァネスが増加し中産階級の家庭にも雇われるようになった背景には社会情勢の変化がある。十九世紀後半、女性より男性の幼児の死亡率が高かったこと、また兵士として国外に出る、イギリスの自治領や植民地に移住する独身男性が多かったことなどの理由で、男性よりも女性の人口が増大した。それは結婚適齢期を迎えた女性たちの余剰を生み、晩婚化や結婚難につながった。[*5]
　オリーブ・バンクスおよびジョゼフ・アンブローズ・バンクス夫妻による調査書『ヴィクトリア朝時代の女性たち――フェミニズムと家族計画』（一九六四年）によると、一八五一年から一八七一年までの二十年間で、十五歳以上の独身女性は二七六万五〇〇〇人から三二二万八七〇〇〇人へと一六・八パーセント増加した。そして十五歳以上の独身女性と独身男性の数の差は七万二五〇〇人から十二万五二〇〇人となり、優に七二・七パーセントも上昇したという。[*6]特にヴィクトリア朝時代において〈家庭の天使〉、結婚して良妻賢母になるのが女性の美徳とされたため、行き場を失った中産階級の配偶者のいない女性たちは自立する術《すべ》を探さざるを得なかった。中産階級の淑女が体面を保ちながら経済的に自立できる仕事は、ガヴァネスぐらいしかなかったのである。ガヴァネスと一言にいっても、その立場や役割は時代や雇用形態によって様々である。ミス・ライスの前のガヴァネスは「医者の妹（the doctor's sister）」とあるだけで、個人名は記されていない。住み込みではなく、レッスンを行うために毎朝自転車で通ってきていた。
　ペニーとクローディアの年齢は不明だが二歳差ながらもよく似た姉妹で、二人とも説得調で甲高い声をしており、熱を帯びた黒っぽい瞳をしている。お互いに瞳を合わせては何か相談しているようで、二人が人生をどう考えているか両親は知る由もなかった。二人の性格は「内部に何かを充電しているバッテリー」（五一六頁）のようと描写されており、二人の内に秘めた激しさがあることを窺わせる。彼女たちは医者の妹が来る前から読み書きはできていた。そのうえで二人がこの医者の妹から学んだのは、世間では父はお笑い種となっていて、それゆえに母は不憫がられているなどといった、ゴシップ的なことだった。二人に対する医者の妹の態度は軽蔑的で、食事の時の横柄な態度や荒れた指先、低俗なセンスが、二人に屈辱感を抱かせた。当時二人にとって医者の妹が外界を知る唯一の術だったが、この女が死んでしまえばいいと願ったところ、彼女は結婚した。
　次のガヴァネスがどんな人物か二人は身構えていたところ、そこにやってきたのがミス・ライスだった。彼女は住み込みのガヴァネスとしてカーベリー家で暮らすことになった。一八六〇年代、メアリー・ポーターによって設立・運営されたガヴァネスの養成学校では必要なものとして、フランス語、ドイツ語、初級ラテン語、絵画、音楽および教授法が教えられていた。[*7] よって教育の面では、ガヴァネスには外国語と音楽の知識、そしてそれを教授する技術が求められていたといえる。しかし、ガヴァネスとして働くために専門的に学ぶ女性もいたが、必要に迫られてガヴァネスになった者も多かったため、能力は千差万別であった。医者の妹からペニーとクローディアが学んだことがゴシップだけだったとすれば、教育能力は低い。加えて言動や身なりについても淑女とはいえず娘たちが屈辱感を抱いたほどで、教育者としても淑女の見本としても医者の妹はガヴァネスの役割を果たせていなかったといえる。

医者の妹の後任として雇われたミス・ライスについて、高給取りのガヴァネスを一目で識別できると自負するミセス・ローリーは、「ミス・ライスのテクニックは完璧」で、昼食の席での「人目に立つまいとするその徹底ぶり」（五一二頁）に目を見張る。ペニーとクローディアがミス・ライスについてまわり、昼食後は三人でおとなしく勉強部屋へと戻っていく様子を見たミセス・ローリーは、子どもたちはミス・ライスを崇拝し、しかもその崇拝は適度に抑制されたものだと感心する。

ガヴァネスを雇ううえではその容姿も一つの選択基準となる。特に住み込みの場合は家庭の奥深い領域に入るため、家族のうちの息子たちや下僕、その家を訪れる男性たちの目に留まり恋愛沙汰にでもなれば、解雇されかねない。[*8] しかしミス・ライスは目の覚めるような美人で、かつとてもわきまえた人物という印象をミセス・ローリーに与える。

ミス・ライスの教え方からガヴァネスとしての力量が窺える。ミス・ライスはペニーとクローディアにギリシャ神殿を絵のテーマとして与え、二人の絵に対して明暗法に基づいたコメントをしている。また絵具についての質問にも難なく答えている。一方、寒さしのぎも兼ねた縄跳びでは、新記録を出したクローディアを褒めると同時に、途中で失敗したペニーを励ますなど、全てにおいてそつがない。さらにはミス・ライスはダンスもできる。このように身のほどをわきまえた振る舞いができ、子供たちと信頼関係が保て、かつ教える技術も高い。ミス・ライスのガヴァネスとしての能力は秀でている。

医者の妹とミス・ライスとの対照的な描写は、ガヴァネスとしての優劣を示すだけでなく、ガヴァネスに対する教え子たちの心理もよく反映している。ガヴァネスに対する教え子たちの反応とその時代変化についてアリス・レントンは次のように述べている。*9

一九二〇年代以前にガヴァネスに教わったほとんどの人は、ガヴァネスを思い出すとき、大嫌いだったとか、うんざりさせられたというふうに語る。だが、一九二〇年代、三〇年代に教わった人たちは、異なった反応を示す傾向がある。ガヴァネスの授業が退屈だったとは言っているが、「私は彼女が本当に大好きだった」といった表現が決まって返ってくる。

この変化にはガヴァネスに対する雇い主の意識の変化、教育だけでなく子どもの幸せにも考慮するようになったことが影響しているとしたうえで、レントンはガヴァネスの優劣について次のようにまとめている。

ガヴァネスがなんらかの面で傑出していないとしても、それは必ずしも欠点とはならなかった。実際、一家が集まっている場で、ガヴァネスが目立たず、影が薄いということはまったく望ましいことであった。ガヴァネスがとるに足りない人物であればあるほど、彼女はその家族の中によりたやすく吸収されることができたであろう。あまりに知性がありすぎるガヴァネスは、食事中には会話の中に加わりたいと強く欲したであろうし、その家族の活動に口を挟んで取り仕切る傾向を示しがちであっただろう。要するに、いまや、見れども聞こえないガヴァネスが申し分のないガヴァネスであった。

「割引き品」の時代設定は不明であるが、出版年が一九三五年であることを考慮すると、ペニーとクローディアの医者の妹とミス・ライスに対する真逆の心理描写は、ガヴァネスという存在に対する教え子たちの時代による心理変化をも反映しているといえる。さらにミセス・ローリーのミス・ライスに対する「テクニックは完璧」で「人目に立つまいとするその徹底ぶり」という評価は、彼女が「見れども聞こえない申し分のないガヴァネス」であることを裏付ける。こうして医者の妹とミス・ライスとの雲泥の差が強調されミス・ライスの完璧さが際立つほど、ミス・ライスについて明かされる過去の疑惑が一層高まる効果を生み出している。

明かされる過去と深まる疑念

ミス・ライスがガヴァネスとして優秀であるのであれば、その給与は高額になるのが通常である。ミセス・ローリーはなぜ締り屋のカーベリー家がミス・ライスほどのガヴァネスを住み込みで雇えるのか訝《いぶか》しがり、その理由を探り出そうとする。お茶の席で、ミセス・ローリーはミス・ライスをどこかで見たような顔だと思ったという。甥のフランクは見たことがないという。ミス・ライスについてミセス・ローリーがもっと話そうとすると、ゴドウィンは「教え方が素晴らしいんですよ。子どもたちをどんどん伸ばしてくれるんだ。あらゆることを学んでいるようです」（五一二頁）と高評価しつつ、話を打ち切ろうとする。念を押すような視線をマイマに向けてゴドウィンは苛立ちながら退室し、フランクも『東洋の修道院』[*10]を手にしたもののほどなくして眠り込んでしまった。それをよいことに、ミセス・ローリーはマイマから「掘り出し物（a bargain）」（五一三頁）のミス・ライスを雇った話を聞き出そうとする。

マイマは二人の娘について理想があり、ゴドウィンともどもガヴァネスにはできる限り最高の人を望んだのだと話しだす。マイマは、グロスター州まで来てくれる人はめったにおらず、その点でミス・ライスが理想的かつ理想どおりだったと語り、「普通の方法では、手の届く人じゃなかった。絶好の機会だと思った」（五一四頁）という。カーベリー家が支払える給与は限られており、面接した人たちは「みな下品で、厚かましくて、そのくせ何一つ知らない」（五一四頁）人ばかりで、紹介所の人からもカーベリー家の給与では誰も期待できないといわれ、マイマは諦めかけた。すると、ゴドウィンが慈善事業と称して苦境にあったミス・ライスを雇うことを提案し、本当は嫌だったのだが納得させられたとマイマはミセス・ローリーに語る。いったい、その苦境とはなんなのか。すなわち、サー・マックス・ラントの死に関する殺人事件で嫌疑をかけられた被告人ヘンリエッタ・ポストこそ、ほかでもないミス・ライスその人なのだとマイマは打ち明ける。そして結審から三週間後に、新たな人生と年二十五ポンドという条件をミス・ライスに提示したのだとマイマは話す。

この事件の内容については、マイマとフランクそしてミス・ライス本人の三人の口から語られ、事件の真相について多面的な視点を与えている。マイマによるとサー・マックス・ラントの死に関する裁判について、ゴドウィンは審議の行方を注視していたのだという。ヘンリエッタ・ポスト側の証人の証言は素晴らしいものばかりで、以前の雇い主のほとんどが喚問されて、そのうえで、「検察側ですら、彼女が立派なガヴァネスではなかったという立証はできなかった」（五一四頁）。こうして嫌疑は晴れたものの、真犯人は未だ見つかっていないという。

カーベリー家がミス・ライスに提示した年二十五ポンドという給与は、一九二〇年代～三〇年代のガヴァネスの給与が年収八十ポンドから百五十ポンドでも低いとされていたことからすると、異常なまでの薄給である。[*11] さらに、Sir の称号をもつ家庭に雇われていたこと、また以前の雇い主たちや検察側ですらガヴァネスとしてのミス・ライスの能力を認めざるをえなかった事実は、彼女の資質の高さとその薄給のアンバランスを強調する。別名を使い不遇に耐えざるを得ないという境遇、真犯人は不明、事件は未解決という状況は、マイマだけでなく読者にもミス・ライスに対する不信感を抱かせる。

マイマはこの件に関し、殺されたサー・マックスはいやらしい老人だったと思っており、ミス・ライスにとって最も不利な証言ですら、彼女の不道徳さの証明にはならなかったと述べている。しかしいったんこうしてミス・ライスの過去が暴露されると、読者はミス・ライスの言動にこれまで以上に注視せざるを得ず、否応なしにミス・ライスは犯人か否かという疑念とともに作品を読むよう誘導されてしまう。そしてボウエンによるこの誘導は、作品の最後の場面の衝撃を一層強めることとなる。

『エマ』が与える影響と暗示するもの

ミス・ライスの過去が判明した後に描かれるのは、火の気のない勉強部屋でのミス・ライスとペニー、クローディアの三人のやりとりである。絵を描いているクローディアのそばには水の入ったコップがあり、「青酸のにおいのする赤い沈殿物」（五一五頁）が底にたまっている。ミス・ライスは青白い頬に左手を添えて本を読んでいる。そしてペニーは冷たくなったミス・ライスの手を懸命にさすっている。この勉強部屋にある「火のない暖炉の黒い鉄格子は、燃える炎と同じように、見ている者の妄想をかき立て」、「褪《あ》せたような青の海の色の壁紙」（五一五頁）は戸棚と二つのドアのところで「切断」されていて、勉強部屋は寒々としたイメージである。この部屋にあるものといえば暖炉の上に置かれたペニーとクローディアが作った粘土細工と、ミス・ライスが二人を励ますために与えたピンク色のガラス玉、熟したサクランボが生える植木鉢くらいである。

ミス・ライスは『エマ』を読みながら、幸せそうな笑顔をほんのひと時みせている。しかしその笑顔もすぐに消え、絵についてのアドバイスを与えると、絵筆についた青い絵具を洗い落とすよう指示する。ペニーが絵具は毒なのか尋ねると、ミス・ライスはそういう場合もあると返答する。ミス・ライスの過去が判明した後では、物や人の描写さえも疑わしさを漂わせる。「青酸のにおい」は毒物、「赤い沈殿物」は血だまり、「暖炉の黒い鉄格子」は牢獄を連想させ、青白い頬は寒さではなく、ミス・ライスの秘められた残酷さを表わしているとも読み取れる。さらにボウエンはペニーに「絵具は毒なのか」と直接的な発言をさせ、ミス・ライスは毒にも詳しい、と読者に思わせる。ペニーとクローディアたちも「先生のそばにいて、縄跳びで身体が暖まったようなときは、先生が話そうとなさらないお話の先端にふれたような気持ち」（五一六頁）になっており、ミス・ライスの内にある秘めた何かを感じ取っている。

ミス・ライスに関しては、目の覚めるような美人であり、ガヴァネスとして有能であること、殺人事件の被疑者となった過去があることとぐらいしか描かれておらず、外見的にも内面的にもミス・ライスの具体的な人物像は浮かび上がってこない。そのミス・ライスが作中で唯一笑顔をこぼし、人間らしい温かみを表に出すシーンがある。それはジェイン・オースティンの『エマ』を読んでいる時である。『エマ』は「割引き品」の中で二度登場するが、この作品の様相を多面的にし、最後のセリフの衝撃を助長するものとなっている。ここで『エマ』について少し見ておきたい。

『エマ』の第一章は、主人公エマ・ウッドハウスの境遇で始まり、次にエマのガヴァネス、ミス・テイラーの人物像と二人の関係性について描かれる。[*12] エマは五歳の時から勉強を教わり、健康の時は一緒に遊んで愛情を深め、病気の時は付き添って看病してもらった。姉のイザベラが結婚してからの七年間は、もはや対等で遠慮のいらない関係となっていた。

ミス・テイラーはガヴァネスというよりも、母親を早くに亡くしたエマにとっては母親代わりのような存在だった。また、母親代わりというだけでなく、友達以上の姉妹のような親密さが二人の間にあったため、エマにとってミス・テイラーは「まさに稀有な友であり伴侶」（『エマ』六頁）と絶賛されている。ただし、その親密さゆえにガヴァネスとしての威厳はミス・テイラーから無くなっており、ミス・テイラーは、エマには欠点など一つもない完璧な女性と信じるほどだった。エマとミス・テイラーとの関係性、およびガヴァネスとしてのミス・テイラーの真価については、エマに苦言を呈することのできる唯一の人物、ジョージ・ナイトリーの発言が如実に物語っている。

あなたは妻には向いているが、家庭教師には向いていない。でもあなたは、エマの家庭教師をしているあいだも、良き妻になる準備をしていたようなものだ。あなたの能力からいって、エマに立派な教育を施すことができたはずなのに、それはできなかった。でもあなたは、エマから立派な教育を受けていた。つまり、自分の気持ちを抑えて夫の言葉に従うという、結婚生活に必要なことを、毎日エマから訓練されていたんです。

（『エマ』二八頁）

ミス・テイラーがエマを甘やかしすぎてわがままになったため、エマは自分の才能を勘違いしているとナイトリーが指摘した際、ミス・テイラーは「家庭教師をやめてからは、エマが私の忠告を無視したことはないと思う」（『エマ』二八頁）という。この発言はミス・テイラーが家庭教師だった時に、エマは彼女の忠告を無視していたということになり、二人の関係はガヴァネスと教え子というものではなかったことを裏付けている。むしろエマとミス・テイラーの関係はその枠を超えて本物の家族に近い構図となっている。そのミス・テイラーが十六年ものあいだ務めた後、ウェストン氏との結婚を機にガヴァネスを辞めランドールズ屋敷に移り住んでしまう。人柄も財産も申し分なく、年齢的にもふさわしいウェストン氏との結婚はミス・テイラーに「あらゆる幸福を約束するもの」（『エマ』五頁）であり、またガヴァネスにとって結婚は不安な生活から抜け出す絶好の機会ともいえる。

ミス・テイラーの結婚によるエマの喪失感は大きく、その喪失感を埋めるためにエマは他人の縁結びに勤しむようになる。そしてエマの誤解や縁結びによる騒動が、『エマ』の喜劇的面白さの要素となっている。よって、『エマ』の物語の起点は「ガヴァネスの喪失」にあるといえる。また作品後半で判明する事実、フランク・チャーチルとジェイン・フェアファックスが秘密裏に婚約していたことが明かされると、これまでの物語の場面が実は違った意味合いを持っていたことがわかる仕掛けとなっている。*13

「割引き品」の中でミス・ライスがなぜこの『エマ』を読んでいる時にだけ微笑みをこぼしたのか、その理由は定かではない。ガヴァネスと教え子が家族のような関係になっているからか、ガヴァネスが結婚により幸せを手にしたからか。『エマ』についてミス・ライスが何かを語ることもなければ、ペニーやクローディアがミス・ライスの微笑む理由を質問したり作品について語り合ったりする場面はない。ただし『エマ』は「割引き品」の終盤で再度登場し、読者の視点を覆す効果を発揮する。

ペニーとクローディアにとっての両親とミス・ライス

ペニー、クローディアとミス・ライスとの関係は、ミセス・ローリーが抱いた三人の関係性に対する印象、「崇拝」と「抑制」という表現からすると、ガヴァネスとその教え子の範疇を超えてはいない。そしてペニーとクローディアにとって最悪な想像はミス・ライスが出て行ってしまうことである（五一五頁）。そして二人にとって両親とミス・ライスの存在意義は明らかに比重の異なるものになっている。

ライス先生は読書をするとき以外は、何もしないでいる人ではなかった。少女たちの感じでは、何かが先生の椅子の背後を這い上がってくると、先生の表情豊かな目がたちまち火格子のように冷たく暗くなるのだった。二人の愛情もこれには勝てなかった。この恐ろしい予感は、わたしたちのダーリンにはそぐわないものだ——お母さまから心配事をとったらお母さまじゃなくなるし、お父さまは人をにらんで、口髭を噛んでいるだけ、でもライス先生は光を受け継ぐために生まれてきたお方……。

（五一七頁）

ペニーやクローディアは母親を心配性、父親を締り屋で威圧的、そしてミス・ライスは「光を受け継ぐために生まれてきたお方」と思っており、彼女たちは両親よりもミス・ライスの方に重きを置いている。それはエマにとってミス・テイラーが家族となっていたのとは異なり、ペニーやクローディアにとってミス・ライスは家族を超える崇高といってよい存在となっている。さらにペンドルスウェイトに滞在しているマイマの甥、フランク・ピールが勉強部屋に近づいてくると「当面の敵」（五一七頁）と表現するなど、ペニーやクローディアにとってミス・ライスだけでなく彼女と過ごすこの勉強部屋をも聖域と化している。

フランクはマイマとミセス・ローリーがヘンリエッタ・ポストという人物について話していたといい、ペニーがミス・ライスにヘンリエッタ・ポストは誰なのかと尋ねる。ミス・ライスはフランクに向かって去年の春に裁判があったこと、無罪となったが嫌疑は晴れず、世間が忘れ去るのを願ってヘンリエッタ・ポストは姿をくらましたのだ、とまるで歴史の授業のように語る。そのとき、ペニーとクローディアは必死になってミス・ライスを見ないでいる。徐々に事件について思い出したフランクは、ヘンリエッタ・ポストはガヴァネスで、雇い主が住み込みの彼女に迫っていたこと、殺害されたあとその疑惑が彼女に向けられたこと、また彼女はすごい美人だったはずだという。

ミス・ライスは「冷たい微笑みを浮かべ、もの思わし気に火格子の中を見つめ、炎がそこで燃えているような目」をしたまま無言になり、教え子たちの緊張は「痛みから驚き」（五一八頁）に変化し、彼女たちはもうフランクなど見たくないと思う。勉強部屋に来て場違いで余計なことを話したフランクは、ペニーとクローディアにとっては崇高なミス・ライスと彼女たちの聖域を犯す人物となっている。そしてこの出来事は娘たちと母親の関係にも影響を及ぼすこととなる。

雨の日の夕暮れ時、マイマが勉強部屋を覗くと子どもたち二人だけが暗がりの中で座っている。マイマがミス・ライスの所在を聞いても、ペニーの返事は素っ気ない。女中がランプを持ってきてマイマが目にしたのは「教科書が置いてあるテーブルをはさんで石像のように向き合った二人の娘」であり、娘たちは「子どもらしくない暗い瞳」（五一八頁）をしている。マイマは平静を装いつつ、正直なところ、ミス・ライスがいないとわかって安堵し、ミス・ライスも自分のことを避けていると感じる。そして子どもたちにミス・ライスへの伝言を頼み、二人に下へ降りてくるようにいう。しかしペニーとクローディアは微動だにしない。マイマは初めて「謀反の気配」（五一九頁）を感じる。マイマはミセス・ローリーにミス・ライスのことを打ち明けてからというもの、不安は募る一方だったので、ゴドウィンの反対は目に見えていたものの彼女を解雇したい思いが募っていた。ミス・ライスと、ペニーとクローディアが四六時中一緒にいて、近頃では一階にいるのを嫌がるほどになっており、マイマは裁判で検察側が事件における彼女の「影響」についていって何といっていたのか思い出そうとする。

マイマがペニーとクローディアに下に行くよう促し、自分はミス・ライスと話があるといっても、二人は顔を見合わせるだけで母親の方を見ようともしない。痺れを切らしたマイマが、これからはふたたび親子水入らずになること、ミス・ライスを解雇するつもりだと告げる。この時の勉強部屋の様子は最初に描写された寒くて冷たいイメージとは真逆になっている。

ペニーとクローディアは母親が座っている椅子を見た。そしてマントルピースに置かれた『エマ』を見た。

クローディアは窓枠にみんなで一列に並べた植木鉢が雨にたたられ通しの暗い窓を背にして鮮やかに輝いているのを見つめ、ペニーはその日の午後に最愛のダーリンの足元に二人で座ったときにできた敷物のしわに目をやっていた。（五二〇頁）

そして作品は最後に、ペニーとクローディアは互いに黒い瞳を見つめ合い、瞳で語りあったのち、「だったら、自分たちも出ていきます」（五二〇頁）というセリフで幕を閉じる。

この最後の場面において『エマ』が作品に多様な解釈を与え、効果を発している。一つにはこの本を読んでいた最愛の人、ミス・ライスの姿を彷彿とさせるもの、ガヴァネスとその教え子の母娘のような関係性、そして『エマ』の展開で起点となった「ガヴァネスの喪失」のイメージである。さらにミス・ライスの解雇を思いとどまらせるのではなく、「自分たちも出ていきます」という発言によって、作品に対する読者の視点が一気に覆され、これまでの展開を再度振り返らせる構成となっている。

ミス・ライスが実はヘンリエッタ・ポストであり、殺人事件の被疑者だったこと、事件は未解決のままという設定によって、マイマのみならず読者の視点はミス・ライスおよび彼女の傍にいるペニーとクローディアの反応に注視するよう仕向けられる。そして読者は終始、彼女は実は殺人犯なのではないか、その証拠がどこかにあるのではないかと読み解こうとする。しかし、ミス・ライスを留まらせるのではなく、自分たちも出ていくという展開によって、読者はペニーとクローディアにとって両親よりもミス・ライスの方が重要であるのだと再認識させられる。そして読者はペニーとクローディアが恐れていたのは「ガヴァネスの喪失」であり、ミス・ライスにまつわる疑惑の真偽ではないのだと気づかされる。

作品に対する最初の視点、ミス・ライスは殺人犯か否かという視点はボウエンによってミス・リードされたものであり、最後のセリフによる覆しの効果を高めている。展開を振り返れば、かつての裁判証言のようにミス・ライスはガヴァネスとして不適切であった箇所は一つもないと気づかされる。ミス・ライスはガヴァネスの仕事しかしておらず、その仕事ぶりは完璧である。しかしマイマがペニーやクローディアに買い与えた割引き品のコートや靴のように、カーベリー夫妻が掘り出し物として、給与を大幅に割引いて雇い入れたミス・ライスがこの家にもたらしたのは娘たちの離反であり、家族の危機であった。「割引き品」と同年に出版された『パリの家』のマダム・フィッシャーが悪魔的な影響力でパリの家とそこに集う人々を支配したのとは真逆に、ミス・ライスはガヴァネスの仕事を完璧にこなしただけで、ペニーとクローディアを完全に虜《とりこ》にしている。娘を失わないためには、カーベリー夫妻はミス・ライスを解雇できず、おのずとミス・ライスの意向に沿うようにならざるを得ないだろう。ミス・ライスは特別なことを一切していないのにも関わらず、カーベリー家を静かに掌握してしまっていたのだ。

この展開はまるでお金に関する諺、〈安物買いの銭失い（penny wise and pound foolish）〉を彷彿させる。Reduced されたのはどちらなのか。そのように捉えると Reduced という作品タイトルにまでもボウエンの罠が込められているように思えてならない。

【注】

＊1　マダム・フィッシャーは英国人と結婚後に未亡人になった登場人物。強烈な影響力によって人を思い通りに操り支配しようとする女性で、かつて英国でガヴァネス（女家庭教師）をしていた経歴の持ち主である。

＊2　エリザベス・ボウエン『ボウエン幻想短篇集』（太田良子訳、国書刊行会、二〇一二年）三〇〇‐〇一頁。

＊3　Claudia という名前からは古代ローマで鋳造された Claudia coin、デナリウス（denarius）硬貨が連想される。新約聖書に penny と訳されており、英国で（旧）penny, pence の略字を d とするのは、このデナリウスの頭文字を取っている。

＊4　Elizabeth Bowen, "Reduced," *The Collected Stories* (New York: Alfred A. Knopf, 2019), p. 511. 以下作品からの引用は本文中で括弧内に記す。訳文はエリザベス・ボウエン『あの薔薇を見てよ——ボウエン・ミステリー短編集』（太田良子訳、ミネルヴァ書房、二〇〇四年）を用いた。

＊5　河野多恵子・中岡洋・小野寺健・高山宏・植松みどり・芦澤久江・杉村藍『「ジェイン・エア」と「嵐が丘」——ブロンテ姉妹の世界』（河出書房新社、一九九六年）一〇二頁。

＊6　川本静子『〈新しい女たち〉の世紀末』（みすず書房、一九九九年）二八頁。

＊7　Kathryn Hughes, *The Victorian Governess* (London: Hambledon and London, 2001), p. 40.

＊8　Alice Renton, *Tyrant or Victim? A History of the British Governess* (London: Weidenfeld and Nicolson, 1991), p. 100. 日本語訳はアリス・レントン『歴史のなかのガヴァネス——女性家庭教師とイギリスの個人教育』（河村貞枝訳、高科書店、一九九八年）から用いた。

＊9　*Ibid.*, pp. 160-61.

＊10　Curzon Robert, *Ancient Monasteries of the East, or The Monasteries of the Levant* (1897) のことで、インドの旅行本。フランクはシャム（Siam）から休暇で帰国しており、フランクとアジアのイメージを印象づけている。

＊11　Renton, p. 169.

＊12　『エマ』の引用は Jane Austen, *Emma* (New York: W. W. Norton, 2012) からによるものであり、（『エマ』頁数）と示す。日本語訳はジェイン・オースティン『エマ』（中野康司訳、筑摩書房、二〇一一年）を用いた。

＊13　大島一彦『ジェイン・オースティン——「世界一平凡な大作家」の肖像』（中央公論社、一九九七年）二二五－三〇頁参照。

『フェイバー版現代短篇集』をめぐって

✺ボウエンとT・S・エリオット

松本真治

『フェイバー版現代短篇集』の編集を引き受ける

フェイバー・アンド・フェイバー社は、一九三六年に『フェイバー版現代詩集』（*The Faber Book of Modern Verse*）を出版し、現代詩出版の守護者的役割を確立する。[*1] この詩集の編者は批評家・編集者・詩人のマイケル・ロバーツ（一九〇二－四八）で、当時はパブリックスクールで物理や数学を教えていた。ロバーツにこの詩集の編集の話を持ちかけたのが、フェイバー社の文芸編集者・重役であった詩人のT・S・エリオット（一八八八－一九六五）である。フェイバー社はこの詩集の姉妹篇として、『フェイバー版現代短篇集』[*2]（*The Faber Book of Modern Stories*）を出版することになるが、エリオットはこの短篇集の編集をエリザベス・ボウエンに依頼する。ボウエンは、一九三〇年代はじめに、社交界のホステス（女主人）で芸術のパトロンであったレディ・オットリン・モレル（一八七三－一九三八）を通して、エリオットを知るようになった。[*3]

最初にボウエンが『フェイバー版現代短篇集』の編集を依頼されたのは、次のような一九三六年六月十一日付のエリオットからの手紙である。

親愛なるキャメロン夫人

フェイバー社の重役会であなたと交渉するように指示されたのですが、わが社のために現代における最上の短篇を集めた選集の編集をしてもらえないでしょうか。編集というのは、できればあなた自身で短篇を選んでいただくということなのですが、もしその時間がないというのであれば、誰かが選んだ短篇の収録の可否を判断し、また短篇集の序文を書いていただくのはいかがでしょう。われわれが意図しているのは、ほんとうに最上の短篇なのです。もし全責任を引き受けてくださるのなら、あなたの選んだ短篇はすべて受け入れましょう（手ごろな価格で許可を得ることができればですが）。たとえ序文を書くだけであっても、もちろん短篇の選択の判断はあなたに委ねます。あるいは、その中間的な仕事なら引き受けてもらえるでしょうか。序文の執筆と収録作品の選定だけで、あとは下準備を担ってくれる人と協力するのです。あなたに出版社、代理人、作家との交渉まで引き受けていただくつもりはありません。われわれは「短篇」という言葉をもっとも幅広い意味で解釈するつもりです。とりわけその理由は、われわれが求めているものは、ひじょうに面白く読めるというだけの作品ではなく、現代における散文の発展において重要性を持つ作品だからです。われわれが考えているのは、何よりもまず、駅の売店で売っているような本ではなく、『フェイバー版現代詩集』の姉妹篇となるような本なのです。

実をいえば、あなたにこの話をもちかけるにあたり、自信のないところもありますが、ご検討だけでもしていただければ幸いですし、また、この件について話し合うためにお茶にでも誘ってください。*4

このエリオットからの申し入れに対して、六月十五日付の手紙でボウエンは短篇集の編集を引き受けることに概ね同意しており、それをはじめるにあたっては、次の点を確認したいと伝えている。

（一）ご提案の本の長さ、厚さに関して。おそらく三千語から四千語になる序文を除いて、だいたい八万語くらいでしょうか。そうだとすれば、およそ十六篇の短篇となりますでしょうか。短篇の平均的な長さはおよそ五千語だとされていますから。十万語であれば、二十篇の短篇となり、もっといいのですが……。

（二）『フェイバー版現代詩集』に収録されている詩は、主に一九一〇年以降に書かれた作品ですね。このことは、私がこれから作る短篇集の収録作品にもできるだけ適用されるものと理解しているのですが、いかがでしょうか。ただ、ジェラルド・マンリー・ホプキンズ〔一八四四－一八八九、現代詩の先駆者〕の詩が『現代詩集』に収録された他の詩に対して持つ関係、これと同じ関係を現代の短篇に対して持つと思われる作品の作者の場合は、よく考えたうえで自由に例外としてもいいでしょうか。これに関しては、エドガー・アラン・ポー〔一八〇九－一八四九〕が思い浮かびます。もっとも、英語で書かれた短篇は総じて、現在の形式であろうと、実のところどのような形式であろうと、ごく最近になって発展してきたものですので、十九世紀の作家は問題になりません。

（三）収録する短篇は、イギリスとアメリカのものでしょうか。そちらとしましては、ヨーロッパ大陸の作家の書いた短篇の翻訳は含めたくないのだろうと思いますがいかがでしょうか。アメリカの短篇を除外してしまうと、選択の幅をきわめてせばめてしまうことになるでしょうし、それは残念なことになるでしょう。今日書かれた、もっとも完成しかつもっとも重要な短篇の半数以上は、アメリカの作品なのですから。もちろん、アメリカの作品を含めると、選択の範囲が驚くほど広くはなりますが。『現代詩集』

には、三、四人のアメリカの詩人が含まれていますね……。

(『エリオット書簡集Ⅷ』二五三頁)

ボウエンからのこの問い合わせに対して、エリオットは二日後の六月十七日付の手紙で返信しており、ボウエンがフェイバー社の企画している短篇集に興味を示していることに対する謝意を述べるとともに、ボウエンからの提案に関しては、社内で検討する旨を伝えている。[*5]

さて、エリオットは七月六日付の手紙で、「いささか遅くなりましたが」と前置きしながら、短篇集の書名は仮題であるが『フェイバー版現代短篇集』となったこと、ボウエンからの編集にあたっての確認事項に関する回答を含めて、次の趣旨のことを伝えている(『エリオット書簡集Ⅷ』二五三-五四頁)。

・ボウエンの序文は三千語から四千語となる。なお、この序文では、現代および昔のものも含め、短篇集には収録しなかった作家の作品についても自由に論じられることと理解している。
・収録作品の選択はボウエンが行うとして、短篇集の長さとしては十万語かそれ以上を考えているので、収録できるのはおおよそ二十篇ほどとなる。ただ、作品の長さには相当のばらつきがあることが予想され、前もって収録本数を決めることはできない。
・翻訳作品は一切収録しないが、アメリカの作品については、序文を除いた短篇集全体の四分の一くらいまでの分量であれば収録可能であるし、そうすべきであろう。
・ホプキンズが現代詩人に対して持つ関係と同じ関係を現代作家に対して持つ作家がいるのであれば、その作品の収録において遠慮は不要である。ただし、ボウエンが例としてあげていたポーに関しては、どちらかと言えばそういう意味での関係にはなく、また有名すぎるであろう。
・ボウエンは、序文と収録したい作品のリストを十月三十一日までに送ること。また、リストの作品が使用料等の関係で収録できないときに備えて、もう半数程度の作品をあげた追加リストも用意すること。作品リストのうち、何らかの理由で掲載できないものが生じたときには、追加リストからどの作品を収録するかについて、ボウエンにあらためて問い合わせる。
・作家、出版社、代理人との交渉はフェイバー社の方で引き受けるが、ボウエンが直接交渉する方が適切かつうまくいく見込みが高い作家については、フェイバー社との交渉の重複を避けるためにも、ボウエンの方でリストに印をつけておくこと。
・出版時に支払われる五十ポンドの報酬は、ボウエンの依頼に応じ、ボウエンの代理人であるカーティス・ブラウン社に支払う。
・ボウエンが気にしている注釈についてであるが、『フェイバー版現代詩集』には詩人に関する注はなく、出版社に対する謝辞のみである。ただ、短篇の初出はあげておくべきであろう。また、目次には著者の生年、物故作家の場合は没年も記載すべきであろう。

この手紙の末尾でエリオットは、これらの条件に対する承諾の返事を求めており、それに対しボウエンは二日後の七月八日付の手紙で承諾の旨を知らせている（『エリオット書簡集Ⅷ』二五五頁）。

収録作品の選択

ボウエンの提案した確認事項に対するエリオットからの七月六日付の回答を待つ間に、ボウエンは親友で小説家・詩人のウィリアム・プルーマー（一九〇三－七三）に宛てた六月二十七日付の手紙で、エリオットから短篇集の編集の依頼があったことに加え、この短篇集にプルーマーの作品も収録したい旨を伝えている。

……フェイバー・アンド・フェイバー社のエリオット氏から、現代傑作短篇（もしくはそういった趣旨の）選集の編集と序文の執筆を依頼されました。この選集はフェイバー社の現代詩集の姉妹篇となります。きっとあなたの短篇も収録させてもらえるものだろうと思っていますが。契約条件に関しては、後にフェイバー社より正式な提案がなされることでしょうし、フェイバー社があなたの出版社とすべて交渉してくれます。もし選ぶなら、どの短篇がいいと思われますか。私自身としては、『アフリカについて語る』の中の鉱山にいる若い黒人を描いた話か、もしくは「ヴィクトリア女王の子ども」がいいかと思っているのですが。どちらも結構長い作品ですが、私はどちらもたいへん好きです。[*6]

最終的に『フェイバー版現代短篇集』に収録されたプルーマーの短篇は前者、つまり短篇集『アフリカについて語る』所収の「ウラ・マサンド」となった。『フェイバー版現代短篇集』の編集の依頼がボウエンになされて間もないこの時点で、すでにボウエンはプルーマーの作品を収録したいと考えていたようであるが、後に十一月二十七日付のボウエン宛の手紙でエリオットはこのことに対して否定的な見解を示すことになる。

ボウエンはプルーマー宛の先の手紙（六月二十七日付）では、作品を収録させてもらいたいという依頼に続けて「書評をしていて、とにかく際立ってすばらしいと思えるような短篇か短篇集に出くわしたことはないですか?」（『マルベリー・ツリー』二〇一頁）というように、プルーマーに何かいい短篇はないかと尋ねているが、この後ボウエンは収録すべき短篇の選択で苦労することになる。

ヴィクトリア・グレンディニングによれば、A・E・コッパード（一八七八 - 一九五七）、フランク・オコナー（一九〇三 - 六六）、ウィリアム・プルーマー、ピーター・ケネル（一九〇五 - 九三）、エドワード・サックヴィル＝ウェスト（一九〇一 - 六五）、スティーヴン・スペンダー（一九〇九 - 九五）といったボウエンのお気に入りの作家たちの作品を『フェイバー版現代短篇集』に収録することはできたが、ボウエンにとってこの短篇集の編集は「どちらかといえば面倒な仕事」となったという。*7 ボウエンがボウエンズ・コートからプルーマーに宛てて書いた八月十七日付の手紙には、次のように記されている。

ええ、今まさにあのやっかいな短篇（短篇集のことです）に取り組んでいるところです。ここでは、短篇以外の他のものは読んでいません。試しに読んでみた短篇のうち、五分の四はまったくもって平凡なレベルのものでした。芸術品まがいで、いやに感傷的で情にもろいのです。かなりの数の短篇は、語り手が徒歩旅行者なのです、気づいていましたか。多くの場合「わたしが地平線を越えると」というようにはじまり、ヒロインはたいてい「あの女」と呼ばれるだけです。ほんとうにひどいものです。

（『マルベリー・ツリー』二〇二頁）

ただ、『フェイバー版現代短篇集』の編集が単に「面倒な仕事」であったというわけではない。収録したいと思える作品がなかなか見つからないなか、ボウエンはショーン・オフェイロン（一九〇〇 - 九一）を見つけ、絶賛している。ボウエンはプルーマー宛の同じ手紙で、次のように続ける。

> このようななかでも最大の息抜き、唯一心から楽しいと思える息抜きとなったのは、S・オフェイロンの『真夏の世の狂気』所収の短篇です。ほんとうにすばらしいいい作品だと思います。できればわたしの短篇集に「小さな淑女」を収録したいのですが、想定の約三倍の長さです。規定の長さを守るのであれば、「爆弾工場」ですね。この作品もそれなりに「小さな淑女」と同じくらいいい作品です。
>
> （『マルベリー・ツリー』二〇二頁）

この時点ではボウエンはまだオフェイロンとは面識はなかったが、ボウエンは作家としてのオフェイロンに魅せられることになる。一方、オフェイロンの方も遅ればせながら一九三七年にボウエンの『最後の九月』（一九二九年）を読んで、作家としてのボウエンに魅せられることになる。そして直接会った二人は男女として惹かれ合い、一九三七年五月から二年半の関係を持つことになる（その後も友情は続く）。[*8] 最終的に『フェイバー版現代短篇集』に収録されたオフェイロンの作品は、「小さな淑女」ではなく「爆弾工場」であったが、プルーマーの場合と同様、エリオットはボウエンに宛てた十一月二十七日付の手紙で、オフェイロンの収録に関しても否定的な態度を示すことになる。

七月六日付のエリオットからの手紙では、ボウエンは序文と収録したい作品のリストを十月三十一日までに送ることになっていたが、その前に一点か二点確認したいことがあるので会って話がしたい旨を、ボウエンはエリオットに伝えている。これに対し、十月十六日付の手紙でエリオットはラッセル・スクウェアのフェイバー社まで来社いただけないかと伝え、十月の最終週にボウエンは出向くことになる（tseliot.com）。そして、実際にどのようなリストがボウエンから送られたのかは確認できないものの、その収録作品に関するエリオットの意見が十一月二十七日付の手紙でボウエンに伝えられる。エリオットは「推理小説でなければ、小説はビジネスとしては無関係のものです。私自身もそんなに小説を読んでいるわけではなく、他の人が何を好むのかについてもそれほど考えがあるわけではないので、私は役に立たないだろうと思われて当然です」という前置きと、多忙につき考えをまとめるには時間がかかるとの言い訳をしながら、次のような趣旨の提案をしている（『エリオット書簡集Ⅷ』三九〇－九一頁）。なお、ボウエンが各作家のどの作品を想定していたのかについては不明である。

・一般的な意見として、H・E・ベイツ（一九〇五－七四）は不要。
・ウォルター・デ・ラ・メア（一八七三－一九五六）を収録するなら、もっと短い作品を。「薬」はどうか。
・クリストファー・イシャーウッド（一九〇四－八六）を収録するなら、もっと短い作品を。
・L・P・ハートリー（一八九五－一九七二）、リチャード・ミドルトン（一八八二－一九一一）、ショーン・オフェイロン、ウィリアム・プルーマーは除外するのが一般的。オフェイロンの代わりにフランク・オコナーを収録できないか。
・エドワード・サックヴィル＝ウェストについては、どの作品であれ、あのような長さのものを代表作として収録しなければならないほどの力量があるのか。
・サマセット・モーム（一八七四－一九六五）を収録すべきことには賛成。ただ、『コスモポリタン』誌に発表しているようなもっと短い作品でも、モームの代表作としていいのではないかという意見もある。
・全体的な印象として、現状の収録作品リストでは、ジョナサン・ケープ社の本ぽくなりすぎていて、『フェイバー版現代短篇集』という感じにはなっていない。もっとも、このジャンルのフェイバー社の弱さは十分に承知しているので、ボウエンにもっとフェイバー社の作家を収録してもらいたいというわけではない。

・エリオット自身が名前をあげたT・O・ビーチクロフト（一九〇二‐八八）やヴァージニア・ウルフ（一八八二‐一九四一）のほかにも何人かの作家があげられているが、ボウエンの説得によりアメリカの作家は除外することになったので、新たにハーバート・リード（一八九三‐一九六八）、リチャード・ヒューズ（一九〇〇‐七六）、ジェイムズ・ハンリー（一八九七‐一九八五）、H・A・マンフッド（一九〇四‐九一）、ディラン・トマス（一九一四‐五三）、オズバート・シットウェル（一八九二‐一九六九）、ジョージ・バーカー（一九一三‐九一）を提案する。ことによると、セシル・デイ＝ルイス（一九〇四‐七二）やヘンリー・ウィリアムソン（一八九五‐一九七七）も候補。そのうち、唯一自信を持って薦められる作家がディラン・トマスであり、最年少作家の代表としてきわめてふさわしい。これらの作家はあくまでも提案であって、全員を収録することが適当であるとボウエンが考えるとは想定していない。

・『フェイバー版現代短篇集』の長さは、約十五万語まで可能。

ここにあげられている作家のうち、デ・ラ・メア、オフェイロン、プルーマー、オコナー、サックヴィル＝ウェスト、モーム、ビーチクロフト、ハンリー、マンフッド、トマス、シットウェルの作品が実際に『フェイバー版現代短篇集』に収録されることになる。エリオットの「ジョナサン・ケープ社の本ぽくなりすぎ」というコメントについて少し触れておくと、『フェイバー版現代短篇集』には他社から出版されていた作品が収録されているが、それらはせいぜい各社一篇か二篇程度であるのに対し、ジョナサン・ケープ社からのものは総収録作品二十六篇のうち七篇に及ぶ。[*9]

六月十五日付の手紙で、ボウエンは『フェイバー版現代短篇集』の編集を引き受けることを了承するとともに、アメリカの短篇はどうするのかとエリオットに問い合わせていたが、結局はエリオットに収録作品リストを提出した時点ですでに、アメリカの作家を除外していたことがうかがえる。なぜ『フェイバー版現代短篇集』にアメリカの短篇を収録しなかったのかについては、ボウエンはこの短篇集の序文において説明しているが、それについては後で触れることにする。

十二月にエリオットがボウエンに送った手紙では、エリオットが追加で提案した作家の作品の現物をボウエンが目にすることができるよう、エリオットが協力していることが見て取れる。当時現物の入手ができなくなっていたオズバート・シットウェルの短篇集『物言わぬ動物』については、ボウエンがロンドン図書館の会員ではないため、エリオットが代わりにこの本を借り出して、ボウエンのところに届けさせたり〔十二月十日付〔『エリオット書簡集Ⅷ』四〇六頁〕、十二月十九日付〔tseliot.com〕〕、ディラン・トマスやジョージ・バーカーの短篇が掲載されている定期刊行物をさがしてみるとか〔十二月十日付〔『エリオット書簡集Ⅷ』四〇六頁〕〕、どのような短篇をこれまでに発表したのかをバーカーに手紙で問い合わせてみるとエリオットはボウエンに伝えている〔十二月十四日付〔『エリオット書簡集Ⅷ』四〇九頁〕〕。

十二月十四日付のボウエン宛の手紙では、エリオットはボウエン自身の収録作品について次のように知らせている。

二つの短篇を読み返しました。全体としては長い方が好きです。ただ、あなたの作品をはじめて読む読者にとっては、題名の趣意をつかむのが短い方よりもはるかに難しいと思います。彼らは短い方の題名も長い方の題名も気に入るかもしれませんが、長い方の場合には、題名の意図がより理解されにくいかもしれません。ともあれ、「相続ならず」を収録できるように他の作家を減らしてもらえれば幸いです。

〔『エリオット書簡集Ⅷ』四〇九頁〕

「相続ならず」に相対する短い方の短篇が具体的にどの作品を指しているのかはわからないが、最終的に『フェイバー版現代短篇集』には「相続ならず」が収録されることになる。なお、この短篇集の「謝辞」の最後には、「エリザベス・ボウエンの作品『相続ならず』は、出版社〔フェイバー社〕の依頼により収録」と記されている（『フェイバー版現代短篇集』五五四頁）。

一九三四年に発表された「相続ならず」は、後に発表される「夏の夜」（一九四一年）、「幸せな秋の野原」（一九四四年）、「蔦がとらえた階段」（一九四五年）とともに長い短篇で、いずれも優劣がつけがたい傑作と言われる作品であり、[*10]エリオットの選択の正しさがうかがえるところである。また、「相続ならず」の題名に関するエリオットの指摘も興味深い。「相続ならず」という邦題は太田良子氏の翻訳によるものだが、[*11]原題は"The Disinherited"であり、直訳すれば「相続権を失った人々」「廃嫡された人々」となる。この作品では、恋愛沙汰と贅沢三昧で金を使い果たしたにもかかわらず、金を稼ぐことなど論外で、伯父の未亡人が所有するかつての荘園屋敷に住まわせてもらっている二十九歳のダヴィナと彼女の友人たちをめぐる物語と、第一次世界大戦からの帰還兵で、超大物実業家の妻の情人となるが、その情人の女を殺してフランスに逃亡、ある男のパスポートを買い取ったのちその男を殺し、今はイギリスに戻りその男の名を名乗ってダヴィナの伯母の家の運転手をしているプロセロをめぐる別の物語が展開されるが、直接的な意味で何らかの財産の相続権を失う人々の物語ではない。[*12]「相続ならず」という題名は、あくまでも比喩的、暗示的なのだ。実際、ダヴィナの伯母は「この家はね、ダヴィナ、あなたにわかっておいてもらいたいんだけど、わたしが死んだらあなたのものよ」と言うのである。[*13]

年が明けて一九三七年、エリオットに宛てた一月十一日付の手紙でボウエンは、「ようやく収録作品リストの修正版と序文が完成しました。秘書に渡してタイプライターで打ち直してもらいます」「収録作品は作者の年齢順に配列することになると理解していますが、どうでしょうか」「ウォルター・デ・ラ・メアの『薬』は覚えていますが、私の持っているデ・ラ・メアの短篇集には見つかりません」「もし賛同していただけるなら、エドワード・サックヴィル＝ウェストの『ヘルムートは日なたに横たわる』を残しておきたいと考えています。あの主人公が好きなんです。ただ、もっと短ければよかったのですが」とエリオットに伝えている（『エリオット書簡集Ⅷ』四五四－五五頁）。これに対し、一月十八日付の手紙でエリオットは、『フェイバー版現代短篇集』の編集の仕事が順調に進んでいることを聞いてうれしく思うと述べてから、次の趣旨のことをボウエンに伝えている（『エリオット書簡集Ⅷ』四五四－五五頁）。

・『フェイバー版現代短篇集』を今春初め頃に出版するのは無理なので、刊行は夏の終わり頃とする。したがって、フェイバー社としては春の出版目録で刊行の予告をするのがベストであると考えているが、ボウエン自身は時間が足りないと心配する必要はない。
・収録作品の配列は、ボウエンの言うとおり、作者の年齢、もしくは推定年齢にしたがって配列するのが最善かつもっとも簡単な方法である。作者の年齢は、作品の執筆年と同じか、それ以上に重要である。
・ウォルター・デ・ラ・メアの「薬」は、最近出版された短篇集『一陣の風』に収録されており、ボウエンに一冊送る。
・エドワード・サックヴィル＝ウェストの「ヘルムートは日なたに横たわる」については、収録するかどうかボウエンの方で決めてよい。いずれにせよ、エリオットを含めフェイバー社の誰もこの短篇のことを知らないが、その短篇の長さが、他の残しておきたい作品を犠牲にすることになるかどうかは重要である。

『フェイバー版現代短篇集』出版される

一月十八日付の手紙でエリオットがボウエンに伝えていたように、一九三七年の夏の終わり、いやむしろ秋に『フェイバー版現代短篇集』は出版される。*14 最終的に収録された作品は、次の通りである。ボウエンとエリオットのやりとりでは、「収録作品は作者の年齢順に配列」するということになっていたが、実際にはそうはなっておらず、作者の名字のアルファベット順に並べられている。『フェイバー版現代短篇集』の現物は入手が難しく、また日本では図書館であっても目にする機会もなさそうであり（筆者はスコットランド国立図書館所蔵のものを閲覧）、また収録作品には邦訳のないものも含まれているので、原語表記も記しておく（『フェイバー版現代短篇集』五頁）。

T. O. Beachcroft, "The Eyes"（T・O・ビーチクロフト「眼」）
Elizabeth Bowen, "The Disinherited"（エリザベス・ボウエン「相続ならず」）
A. E. Coppard, "Mordecai and Cocking"（A・E・コッパード「モルデカイとコッキング」）
E. M. Forster, "Other Kingdom"（E・M・フォースター〔一八七九－一九七〇〕「アザー・キングダム」）
G. F. Green, "A Death in the Family"（G・F・グリーン〔一九一一－七七〕「家族の死」）
Leslie Halward, "One Day They'll Marry"（レズリー・ホルワード〔一九〇五－七六〕「いつか二人は結婚する」）
James Hanley, "The Last Voyage"（ジェイムズ・ハンリー「最後の航海」）
Aldous Huxley, "The Tillotson Banquet"（オルダス・ハクスリー〔一八九四－一九六三〕「ティロットソンの晩餐会」）
James Joyce, "Araby"（ジェイムズ・ジョイス〔一八八二－一九四一〕「アラビー」）

D. H. Lawrence, "You Touched Me"（D・H・ロレンス〔一八八五－一九三〇〕「ぼくに触れたのはあなた」）
H. A. Manhood, "Juggernaut"（H・A・マンフッド「ジャガーノート（巨大な蒸気ローラー）」）
Walter de la Mare, "Physic"（ウォルター・デ・ラ・メア「薬」）
A. Calder-Marshall, "One of the Leaders"（A・コールダー＝マーシャル〔一九〇八－九二〕「指導者のひとり」）
W. Somerset Maugham, "Mr. Know-all"（W・サマセット・モーム「物知り博士」）
Ethel Colburn Mayne, "The Man of the House"（エセル・コルバーン・メイン〔一八六五－一九四一〕「一家の主」）
Frank O'Connor, "Peasants"（フランク・オコナー「小作農」）
Seán O'Faoláin, "The Bombshop"（ショーン・オフェイロン「爆弾工場」）
Liam O'Flaherty, "The Wounded Cormorant"（リーアム・オフラハティ〔一八九六－一九八四〕「傷ついた鵜」）
William Plomer, "Ula Masando"（ウィリアム・プルーマー「ウラ・マサンド」）
Peter Quennell, "Climacteric"（ピーター・ケネル「転機」）
E. Sackville-West, "Hellmut Lies in the Sun"（エドワード・サックヴィル＝ウェスト「ヘルムートは日なたに横たわる」）
Osbert Sitwell, "Dumb Animal"（オズバート・シットウェル「物言わぬ動物」）
Sacheverell Sitwell, "Annual Visit"（サシェヴェレル・シットウェル〔一八九七－一九八八〕「年に一度の訪問」）
Stephen Spender, "The Haymaking"（スティーヴン・スペンダー「干し草作り」）
Dylan Thomas, "The Orchards"（ディラン・トマス「果樹園」）
Malachi Whitaker, "'X'"（マラキ・ウィタカー〔一八九五－一九七六〕『X』）

これらの二十六人の作家のうち、ジョイス、メイン、オコナー、オフェイロン、オフラハティの五人がアイルランドの作家であり、すでに触れたとおり、ボウエンの意向通りアメリカの作家は一人も含まれていない。このような短篇集の作品の収録方針について、ボウエンは序文の中で次のように説明している。

この短篇集を読んだ読者は、およそ一九一〇年以降の英語で書かれた短篇の発展を学び、そのバリエーションに気づき、そのトレンドに注目することになりますが、そうであればこの短篇集にはアメリカの作家の作品も収録されてしかるべきだというのも当然のことでしょう。一般的にイギリスの短篇よりもアメリカの短篇の方が優れているということは、大西洋の反対側では度が過ぎるほど熱心に主張されてきたことですが、だからといってこの主張が無効であるということにはなりません。腕前としてはアメリカ人の方が、レベルは高いのです。また、今日、われわれが使い古した言語はアメリカ人の作家によって新しい活力を得ています。アメリカの短篇作家は、題材として、ハイブリッドな心理、しゃれていると同時にぞっとする都市の生活と、芸術によってまだ探索され尽くしていない広大な大陸を持っており、さらには旅という習慣があります。アメリカの短篇を収録することは、この短篇集の水準を高め、視野をもっと広げてくれることでしょう。しかしながら、そうすれば、出来映えとしてそれほど完成度が高いわけではないにしても、同じく重要で本格的なイギリスの短篇をいくつかはずしてアメリカの作品のためのスペースをあけなければならなくなります。加えて、フランスの作品がフランス風であるのと同様に、最上のアメリカの作品は明らかにアメリカ風なのです。アメリカの作品の際立った外国風なところは、イギリスの作品の研究に無関係なあらゆる種類の問題を提起するに違いありません。イギリスの短篇が最初のうちはどれほど外国のおかげをこうむっていたとしても、常に国という制約のなかで進歩していかなければなりません。アイルランドの短篇が収録されている理由は、イギリスとアイルランド両国のつながりはやっかいなものですが、このつながりは作りものであったとしても、ある種の類似性をもたらしてきたからです。アイルランドの側では、憤りは実りの多いものであり続けています。長く、絶望的で、空想的な論争が、文学を生み出してきたのです。そして、アイルランドでは英語はまだ新鮮味を失っていません。

（『フェイバー版現代短篇集』一一二－一一三頁）

ボウエンが『フェイバー版現代短篇集』のために書いた序文には、「短篇小説」（"The Short Story"）という題名がつけられているが、[*15] この序文に関しても、短篇の定義をめぐって、出版前にエリオットとやりとりがなされている。一九三七年三月九日付のボウエンに宛てた手紙の中で、エリオットはボウエンの序文について次のようにコメントしている。

序文の冒頭のところで（その他の箇所についてては何ら意見はありません）、あなたはイギリスの短篇は「今世紀の子ども」だと言っておられますね。この発言に関しては、但し書きが必要だと思われます。そのままですと、十九世紀に書かれた重要な短篇――相当な数がありますが――のことを考えると読者は頭を悩ませることになります。「今の形式の短篇」と言う必要はありませんか。そして最初のところのどこかで、現代の短篇と以前の短篇との違い、もしくは現代の短篇と短篇の元型との違いについて、あなたが頭の片隅に置いておられるところを示しておく必要はありませんか。いずれにせよ、あなたからどのような返事をいただけるのか楽しみにしております。

（『エリオット書簡集Ⅷ』五二八－二九頁）

この手紙に対してボウエンは、三月十一日に「短篇集の序文の最初の方の段落に関し、あなたが指摘された点について理解しました。必ず、序文のカーボンコピーを見直して、あなたが指摘されるところを修正します」と回答している（『エリオット書簡集Ⅷ』五二九頁）。序文の最初の二つの段落を引用しておこう。

短篇は若い芸術です。今わたしたちが知っているように、短篇は今世紀の子どもです。短篇は詩のように引き締まっているとともに明快でなければならず、それゆえ短篇は散文のなかでも端の方に位置していると言ってもいいでしょう。話の展開の仕方については、短篇は小説よりも劇に近いのです。映画は、それ自体は技法のことで忙しくしていますが、短篇と同世代のものです。この三十年の間、この二つの芸術はともに飛躍的に進歩してきました。短篇と映画にはいくつかの類似点があります。どちらとも伝統によって保証されているわけではなく、それゆえ、両者とも自由なのです。それにもかかわらず、両者とも自身のことを意識していて、形式に対して自ら規律を課すとともに形式を重要視しています。また、両者は、行き先を見失ってしまったこの時代のロマン主義という途方もないことがらに取り組まなければならないのです。文章であろうが映像であろうが、新しい文学は、反応や、直接的な感受性や、理性によって試されることのない連想にまつわるものであり、統合しようとすることはありません。どのような長さの物語にも連続性がともない、時には不自然な連続性がともなうことがありますが、この点において小説は説得力のないものになることがたびたびあります。しかし、小説の中では複雑かつ動機づけのあるものでなければならない話の展開も、短篇の中では堂々とした単純さを取り戻すのです。

背後にほとんど伝統を持ち合わせていない芸術は、衝動的であると同時に躊躇しがちで、とても感化されやすいのです。短篇作家はまだためらいがちで、お互いを観察しあっています。衝動を新たにしたり、方向づけするには、積極的で独創的な精神が必要なのです。芸術としての短篇は、人生をある特定の見方で眺めてみたいという気持ちから生まれました。しかし、作家自身もこの新しい気持ちをどこか他の芸術においてはっきりと見たことがなければ、この気持ちに気づかないままかもしれません。先例をさがすことをしないのは、希代の作家だけですから。真実にとって危険な慣習である、だらだらとした退屈な個所をともなった散文物語の限界は、長い間イギリスでは避けられないもののようでした。間接的な語り、（映画のような）カッティング、まさかと思われるところでの強調、象徴性（対象をそれ自体のためであると同時にイメージとしても効果的に使用すること）といったものは知られていませんでした。かつて短篇は小説を凝縮したもので、複雑な主題を必要とし、短篇の真価は凝縮がおこなわれるそのわざによって決まりました。ジェイムズやハーディの短篇のすばらしさには、謹厳な名人芸が見られます。ジェイムズやハーディの短篇は、熟練した作家による離れ業であり、ぎっしり詰まった想像力から派生した副次的なものなのです。短篇として、何らかの差し迫った美的必要性を示しているわけではありませんし、内容が必然的に形式を決めているというわけでもありません。長さも、積極的に短くしているというわけではなく、長くしないでおこうというわけでもありません。偉大な建築家のちょっとした思いつき、壮大な設計図のなかの小さな建物なのです。唐突で特別な感情というものは書かれていません。作品の雰囲気や出来事に、作者の探求力を超えた意味を与えているわけではありません。まさにそのすばらしさがゆえに、彼らの短篇は行き詰まっているのです。まねしてみようという気を誰かに起こさせたりもしなければ、いかなる点においても短篇そのものの発展を促進することもありませんでした。イギリスの短篇が必要としていた衝動は、海外から手に入れなければなりませんでした。うわさや、海外の書籍が翻訳され簡単に入手できるようになったこと、そしてまた興味関心の広まりによって、チェーホフやモーパッサンがイギリス人の視界に入ってきました。

（『フェイバー版現代短篇集』七－八頁）

一九三七年に出版された『フェイバー版現代短篇集』は、幾度か再版された後、一九四五年に絶版となっている。[*16] その後、フェイバー社からはジム・ハンター編の『現代短篇集』（*Modern Short Stories*）が一九六四年に、同じくハンター編の『現代短篇集二』（*Modern Short Stories Two*）が一九九四年に出版されることになる。[*17] 今日では、ボウエンの

『フェイバー版現代短篇集』はその役目を終えてしまったという感は否めないが、ボウエンの序文は短篇というジャンルの歴史においては今でも注目される存在である。チャールズ・E・メイの編纂した『短篇論』（一九七六年）および『新短篇論』（一九九四年）には、ボウエンの『フェイバー版現代短篇集』序文が収録されている。[*18] クリス・ボルディックの『オックスフォード英文学史第十巻』の第六章「現代短篇」は、ボウエンの序文の出だしの十行の引用からはじまっている。[*19] エイドリアン・ハンターは、このボウエンの序文は「画期的な」ものであり、「おそらく、短篇の批評における最初の傑作」であると言う。[*20] また、アラン・ヘップバーンによれば、「ボウエンの短篇に対する理解は、一九三〇年代の最初期の理論化から一九四〇年代や一九五〇年代のフィクションの技法に関するエッセイに至るまで際立って一貫している」のであり、[*21] その意味でも批評家としてのボウエンにとっても『フェイバー版現代短篇集』序文は重要なものであろう。

『フェイバー版現代短篇集』が出版される前の、一九三七年春（六ー七月）のフェイバー社の出版目録には、『エリオット書簡集』の編者によるとおそらくエリオットによって書かれたであろう宣伝文が掲載されており、そこにはボウエンの序文に関して「ボウエン女史は、今後批評家たちによって大いに論じられることになる序文において、現代の短篇の発展、われらの時代特有の貢献、収録作品選択の理由について考察する」と書かれている[*22]（『エリオット書簡集Ⅷ』四五四頁）。予見通り、ボウエンの『フェイバー版現代短篇集』序文は、批評家によって大いに論じられることになったのである。

【注】

＊1　Faber and Faber, "Our History: 1930s," https://www.faber.co.uk/history/1930s/. 二〇二四年十月二十日閲覧。

＊2　ボウエン関連の本では、この書名として“*The Faber Book of Modern Short Stories*”という表記も見られるが、フェイバー社から出版された短篇集の書名としては“*Modern Short Stories*”ではなく“*Modern Stories*”が正しい。以下を参照。Elizabeth Bowen, *Collected Impressions* (London: Longmans, 1950), p. 38; Elizabeth Bowen, *The Mulberry Tree: Writings of Elizabeth Bowen*, ed. Hermione Lee (1986. London: Vintage, 1999), p. 308; Phyllis Lassner, *Elizabeth Bowen: A Study of the Short Fiction* (New York: Twayne, 1991), p. 123.

＊3　ボウエンとエリオットの関係については拙論を参照。拙論「ボウエンのT・S・エリオットとの邂逅――私人、作家、書評家として」、エリザベス・ボウエン研究会編『エリザベス・ボウエン――二十世紀の深部をとらえる文学』（彩流社、二〇二〇年）二八五―三〇〇頁。なお、『フェイバー版現代短篇集』にまつわるエピソードについては、本論と重複する部分がある。

＊4　T. S. Eliot, *The Letters of T. S. Eliot, Volume 8: 1936-1938*, eds. Valerie Eliot and John Haffenden (London: Faber and Faber, 2019), pp. 234-35. 以下引用頁は本文中に（『エリオット書簡集Ⅷ』頁数）で示す。

＊5　『エリオット書簡集Ⅷ』には未収録。『エリオット書簡集』に収録されていない手紙は www.tseliot.com（https://tseliot.com/letters/）で読むことができる。以下本文中に（tseliot.com）と示す。

＊6　Bowen, *The Mulberry Tree*, pp. 200-1. 以下引用頁は本文中に（『マルベリー・ツリー』頁数）で示す。

＊7　Victoria Glendinning, *Elizabeth Bowen: A Biography* (New York: Anchor, 2006), pp. 146-47.

＊8　Patricia Laurence, *Elizabeth Bowen: A Literary Life* (London: Palgrave Macmillan, 2019), pp. 143-52.

＊9　Elizabeth Bowen (ed.), *The Faber Book of Modern Stories* (London: Faber and Faber, 1937), pp. 553-54. 以下引用頁は本文中に（『フェイバー版現代短篇集』頁数）で示す。

＊10　太田良子「『相続ならず』廃墟という相続遺産――プロット、人物、そして場所」、エリザベス・ボウエン研究会編『エリザベス・ボウエンを読む』（音羽書房鶴見書店、二〇一六年）二五一頁。フィリス・ラスナーは「相続ならず」、「夏の夜」、「幸せな秋の野原」を「三つの傑作」としている（Lassner, pp. 97-110）。

＊11　エリザベス・ボウエン『幸せな秋の野原――ボウエン・ミステリー短篇集2』（太田良子訳、ミネルヴァ書房、二〇〇五年）に収録。

＊12 太田良子氏による「相続ならず」の作品解説では、「歴史は流れ、ことに戦争はイギリス社会の崩壊を加速したが、それを現代のゴシック・ロマンスに仕上げたボウエンは、伝統の崩壊を哀悼するだけでなく、戦争の極北とその哀しみは人間の経験と情感と限界が凝縮された時間のことであり、相続すべき貴重な遺産であることを伝えている」と書かれている（『幸せな秋の野原』三二三頁）。

＊13 Elizabeth Bowen, "The Disinherited," *The Collected Stories of Elizabeth Bowen* (New York: Anchor, 2006), p. 404.

＊14 二〇一九年出版の『エリオット書簡集Ⅷ』につけられた年表では、『フェイバー版現代短篇集』の出版は一九三七年九月一日となっているが（xxxi頁）、一九八一年出版のセルリーとハリスによるボウエンの著作リストでは、十月の出版で五千部の印刷であったとされている（J'nan M. Sellery and William O. Harris, *Elizabeth Bowen: A Bibliography* [Austin, TX: Humanities Research Center, The University of Texas at Austin, 1981], p. 108）。『ロンドン・マーキュリー』誌での出版予告では、十月十四日となっている（*The London Mercury*, vol. XXXVI, no. 216 [October 1937], p. 567）。

＊15 「短篇小説」という題名については、あまり知られていないようである。ボウエン自身の作品集『印象集』にもこの序文は収録されているが、「『フェイバー版現代短篇集』〔序文〕」という表題しかつけられておらず（Bowen, *Collected Impressions*, p. 38）、大抵の場合、この序文は『印象集』から参照されることが多いからであろう。なお、第五部にこの序文の全訳を収録したが、訳文については執筆者の文体を尊重して統一をはからなかった（編集部注）。

＊16 Sellery and Harris, *Elizabeth Bowen: A Bibliography*, pp. 108-09. なお、スウェーデンのA／Bジュース社（A/B Ljus）からも一九四三年にリプリント版として出版され、一九五〇年に絶版となっているとのこと。筆者が所有している同出版社の版は一九四四年出版となっている。

＊17 ジム・ハンターは、レイトン・パーク・スクールというパブリックスクールの校長をしていた。なお、『現代短篇集』にはボウエンの作品は収録されていないが、『現代短篇集二』には「マリア」が収録されている。Jim Hunter (ed.), *Modern Short Stories* (1964. London: Faber and Faber, 1983) and *Modern Short Stories Two* (London: Faber and Faber, 1994).

＊18 Charles E. May (ed.), *Short Story Theories* (Athens, OH: Ohio UP, 1976) and *The New Short Story Theories* (Athens, OH: Ohio UP, 1994). なお、オリジナルの序文から、最後の二つの段落が削除された形となっている。

＊19　Chris Baldick, *The Oxford Literary History, Volume 10, 1910-1940: The Modern Movement* (2004. Oxford: Oxford UP, 2005), p. 137.

＊20　Adrian Hunter, *The Cambridge Introduction to the Short Story in English* (Cambridge: Cambridge UP, 2007), pp. 1, 112.

＊21　Allan Hepburn, "Obliquities: Elizabeth Bowen and the Modern Short Story," in *The Oxford Handbook of Modern Irish Fiction*, ed. Liam Harte (Oxford: Oxford UP, 2020), p. 222.

＊22　「ボウエン女史」と訳したが、原語では"Miss Bowen"となっている。

第二部

アイルランド問題を中心に

アイルランドの語り方

✳短篇「手と手袋」から『愛の世界』へ

北文美子

1　アイルランドへの帰還

エリザベス・ボウエンの数ある短篇のうち、ボウエンの伝記作家であるヴィクトリア・グレンディニングが序文を付し、アイルランドを舞台にした短篇をまとめた選集がある。『エリザベス・ボウエンのアイリッシュ・ストーリーズ』（*Elizabeth Bowen's Irish Stories*, 1978）と題するこの作品集は「手と手袋」（"Hand in Glove," 1952）を含め、九篇の短篇が収められている。なかでも一九四〇年代、第二次世界大戦のさなかに発表された「日曜日の午後」（"Sunday Afternoon," 1941）、「夏の夜」（"Summer Night," 1941）、「幸せな秋の野原」（"The Happy Autumn Fields," 1944）はボウエンの作品全体でもとりわけ高く評価されている短篇であり、アイルランドという文脈を超えて広く知られた傑作ともいえるだろう。現実の戦場を知らないボウエンは自嘲気味に自らの作品を「戦争小説」ではなく「戦時小説（"war-time novels"）」と呼んだが、ボウエンの戦時小説、たとえば『日ざかり』（*The Heat of the Day*, 1949）と深い親和性が感じられるこれらの短篇はアイルランドの側からイギリス、さらにはヨーロッパ全体を席捲した戦争の不穏な気配を見事に描き出している。

　これらの作品と較べ、「手と手袋」は同じアイルランドを題材とした物語といってもかなり毛色が異なる印象を与えるといっても差し支えないだろう。『エリザベス・ボウエンのアイリッシュ・ストーリーズ』の序文のなかでグレンディニングは、ボウエンの置かれた複雑なアングロ・アイリッシュという立場を論じ、第二次世界大戦中に中立国だったアイルランドの側から戦時の様子を取り上げることの困難さを述べたうえで、ボウエンが戦争のもたらした災禍を独自のゴシック的な要素に還元していったことを述べている。しかしながら、ゴシック的な結末を迎えるにもかかわらず、「手と手袋」についてはグレンディニングはあまり多くを語ってはいない。「幸せな秋の野原」と「手と手袋」はともにアイルランド文学にうかがえるゴースト・ストーリーの伝統を踏襲したものであると言及しながらも、「手と手袋」は「幸せな秋の野原」よりもそのタッチが「より悲劇的」であると触れているにすぎないのである。[*1]

「手と手袋」は第二次世界大戦が少しずつ過去の記憶へと変わりつつあった一九五〇年代初めに発表された。この頃までに、ボウエンはそれまで長年暮らしていたロンドンの瀟洒な住宅街リージェント・パークにあったクラレンス・テラスを引き払っていた。クラレンス・テラスは、一九三五年夫のアラン・キャメロンがBBCの教育事業の要職に就いたことをきっかけに、オックスフォードからロンドンに転居した先だった。二十年近く暮らしたこの邸宅は、一九三八年に発表された小説『心の死』（*The Death of the Heart*）のウィンザー・テラスのモデルにもなり、また第二次世界大戦中のロンドン空爆時にも、あえて留まり続けた思い入れの深い住居であった。戦後イギリスの政治的風景に違和感を持ち始めていたこと[*2]に加えて、夫アランが一九五一年に心臓発作を起こしたことを機に、ボウエンは自然豊かな安住の地を求め、先祖伝来の邸宅であるアイルランド南部コーク州に位置するボウエンズ・コートに定住することを決意したのだった。

アイルランドへの帰還はボウエンの人生の大きな転機だったことは決して想像に難くないだろう。加えて、ボウエンの作品にとっても、アイルランドへの帰還がひとつの分水嶺となっている。一九二九年に出版された小説『最後の九月』(*The Last September*) に始まり、アイルランドを取り上げた一九四〇年代の短篇では、アイルランドの政治的・歴史的な情勢が物語の随所に刻まれ、立ち行かなくなった階級の悲哀が精緻に表現されていた。

一方で、「手と手袋」においても相続がままならない支配者層の悲劇的な顚末が語られているのだが、そこには社会的な趨勢を描き出すことを意識的に回避する姿勢がうかがえる。代わりに、日常の細々とした雑事が丹念に描き出され、伝統の重みに耐えられなくなったアングロ・アイリッシュの生活が軽妙なユーモアとともに語られている。「手と手袋」の題材や語りには、この後ボウエンが一九五五年に上梓することになる小説『愛の世界』(*A World of Love*) に結晶化する素材が充溢している。いかにアイルランドを語り直すか。アイルランドに帰還し、あらたなる語り方を模索しようとするボウエンの試みの軌跡がこの短篇にはうかがえるのだ。

2 「一九〇四年頃」という時代

作品全体が僅か十四頁にすぎない短篇「手と手袋」の冒頭は、こんな具合に語り出される。

ジャスミン・ロッジは幸運にもアイルランドの南に位置する丘陵地の緑豊かな住宅地にあって、眼下には川が流れ、さらにいいことに、活気にみちた軍隊駐屯地の家並みを見下ろすことができた。一九〇四年頃、トレヴァー姉妹はまさに咲く花も満開の頃、当時の若い娘にとって、これ以上さい先のよい住まいはまず望めなかっただろう――近隣一帯が陽気な軍人との散歩道になっていたのだ。*3

「アイルランドの南に位置する丘陵地」に建つジャスミン・ロッジは、研究者の指摘を待つまでもなく、ボウエンが幼少期、夏の休暇を過ごしたボウエンズ・コートを彷彿させる。アイルランドの地主階級の大邸宅をビッグハウス（Big House）と呼んでいるが、ボウエンズ・コートはまさに典型的なビッグハウスのひとつであるといっていい。アイルランド南部コーク州キルドラリーの村を抜けた山間部、丘に囲まれるようにして建っていたボウエンズ・コートは、ブナの並木道に囲まれた自然豊かな城館だった。残念なことにボウエン夫妻がアイルランドに転居した翌年夫のアランが亡くなり、維持が困難になった屋敷は一九五九年に売却され、翌年には解体されてしまった。

「手と手袋」のジャスミン・ロッジでは両親を病で失い、叔母のもとに身を寄せている年ごろの姉妹が登場する。彼女たちは往時の華々しい姿とは程遠いものの、かろうじて威厳を保ったビッグハウスに守られるかのように暮らしていた。インドで夫を失いアイルランドに帰国した叔母に後継者となる子供はなく、ビッグハウスの存続、姉妹の将来は、彼女たちの結婚の可能性に委ねられていた。近隣にイギリス軍の駐屯地があり「軍人との散歩道」に事欠かないジャスミン・ロッジは、そんな姉妹にとって結婚相手を探す恰好の場であった。軽快なタッチで語られている冒頭は、ジェイン・オースティンの『高慢と偏見』（*Pride and Prejudice*, 1813）の有名な冒頭部分「一般に知られている真理であるが、それなりに財産をもっている独身男性は妻を欲しがるはずである」を思い起こさせる。財産と結婚を結びつけるようなしたたかな打算、保身の手段としての婚姻、「手と手袋」の物語の冒頭は喜劇的なドラマの前触れを思わせるのである。

冒頭にはまた、この物語の時代設定が「一九〇四年頃」であると具体的に示されている。自伝的な事実から見れば、この時代がボウエンにとってダブリンのハーバート・プレイスの邸宅とコークのボウエンズ・コートを行き来していた、短いながらも平穏だった子供時代にあたっているのは偶然ではないだろう。よく知られているように、ボウエンがアイルランドで暮らしていたのは七歳までだった。法廷弁護士だった父が極度のストレスから精神を患ったため、ボウエンは母とともにアイルランドを去り、ケント州の親戚を頼ることになったのだった。

個人的な経験に加えて、一九〇四年頃のアイルランドは第一次世界大戦からイースター蜂起（Eater Rising）、アイルランド独立戦争、内戦と続く激動の時代に較べ、いくぶん穏やかな時代だったからかもしれない。カトリックが多数を占めるアイルランドに住むプロテスタントであったボウエンは、自分自身が少数派に属していることを意識することなく育ったと述懐している。*4 そのことからうかがえるように世紀転換期のアイルランドは、ナショナリズムの嵐が吹き荒れる前夜ともいえる時代だった。

父の病の兆しはあったとはいえ平穏だった子供時代、際立った社会的混乱もなかった時代のアイルランドがあえて物語の舞台に選ばれていることは注目するに値するだろう。誤解をおそれずに言ってしまえば、「手と手袋」には、『最後の九月』あるいは一九四〇年代の短篇に描き出されたような暗澹たる社会的・政治的情勢を描き出すことをあえて禁欲しようとするボウエンの文学的戦略が感じられるのである。

冒頭の描写からもわかるように、この作品が描き出す「イギリス人」はたとえ軍人だったとしても、帝国主義的な支配者のメタファーとして語られることはなく、財産を持つ結婚候補と表現されるのみである。また、ビッグハウスに住むエセルとエルシーの姉妹の名は「ユニオン・ジャックがはためくところでつねに囁《ささや》かれていた」（一一七頁）と表現されるが、このアイルランドにはためくユニオン・ジャックとは「イギリス支配」の象徴以外のなにものでもないわけだが、冒頭の駐屯地の描写と等しく、読者の関心を向けるような社会的な緊張が描かれることはない。

アイルランドに帰還後、ボウエンが土地を語るのに選んだ主題は社会の変容でも、歴史の岐路でもなかった。戦時小説からの脱却をはかり、未知の領野を切り開こうとする作家が向かった先は、歴史的な記憶に代わり、人々の情念、日常の具体的な事象を描き切ることだったのだろう。「手と手袋」には、のちに『愛の世界』で繰り広げられる、荒廃するに任せたビッグハウスのとりとめのない日常、ドラマに欠いた現実を描き出そうとする息づかいが感じられるのである。

3 「モスリン」と結婚

エセルとエルシー・トレヴァーの叔母は旧姓エリシア・トレヴァーといい、「近隣にその名を轟かせた美人」だった。駐屯地という「土地の利」を活かしたのだろう。名門に生まれた騎兵大尉との結婚にこぎつけ、結婚後インドに向かった。しかしながら、インドでの生活は思わしい結果をもたらすことはなかった。事情は明らかにされないが、夫は自ら命を断ってしまう。借金をかかえ、アイルランドに帰国した叔母には洒落た衣装をつめたわずか七個の旅行用トランクが残されただけだった。

一方、はやりの猩紅熱《しょうこう》で両親を失ったトレヴァー姉妹は、失意の叔母が住むジャスミン・ロッジに身を寄せた。はじめは叔母を介添えとして近隣の社交界の知己を得たが、叔母の奇妙な行動がもはやごまかせなくなると彼女を部屋に閉じ込めるのだった。したたかで、あらゆるものを利用する天賦の才に恵まれていた二人は、「賢いトレヴァー姉妹」として知られ、社交界でも引く手あまたとなる。親がなく経済的な支援に事欠く姉妹は、持ち合わせの不足を補うために叔母自身に加え、叔母がわずかながらも所有する私財をも効率よく利用するのである。

「二人には叔母がいた（They possessed an aunt）」（一一四頁）。そもそも叔母との関係を明らかにする場面において「（叔母を）持つ」という表現に“possessed”という動詞が選ばれていることは見逃してはならないだろう。“possessed”とは、「所有する」という意味に加え、「占有する」あるいは「憑依する」という意味をもつ強い所有を表す言葉である。一般的には「モノ」を示す目的語が続く動詞であり、「叔母」という「人」を表す目的語がくること自体に、読者は一瞬たじろいでしまう。したたかな二人の姪、翻弄されるがままの叔母、両者の微妙な関係がここでは巧みに示唆されているといっていい。

介添役としての役割が果たせなくなった叔母をお払い箱にしたのち、姉妹はトランクに入っていた叔母の衣装をしたたかに「所有」する。手先が器用だった姉妹は、洒落た衣装とはいえ、もはや時代遅れになってしまった叔母の服を現代風に作り直すのだった。「悲しくも古いチュール、薄地のモスリン、サテンやモワレ・タフタを使いながら、今日パリから届いたばかりに見せることができた。スパンコールを付け替え、萎《しお》れたフリルをアイロンでぱりっとさせ、つぶれた絹のコサージュをいくつも生き返らせた」（一一五頁）。ボウエンは記憶の湧出に身を委ねるかのように、淀みなく、そして軽やかに当時の服飾に言葉の衣をまとわせていく。古ぼけた服があっという間に流行の衣装に変わっていくその様子は、高い写実性と軽快なユーモアを伴って描出されており、ボウエンの精緻な文体が遺憾なく発揮されている。

「適齢期」を逃すことがないよう手練手管をつくす姉妹が、とりわけ熱心に利用したのが「モスリン」だった。モスリンは柔らかな薄手の生地で、かつて東インド会社を通してインド亜大陸からヨーロッパにもたらされた綿織物である。*5 スーツケースに収められたモスリンは叔母がインドに滞在しているときに手に入れたのだろう。モスリンのふんわりとした風合いは花嫁衣裳にとりわけ人気が高く、「結婚」を象徴する典型的なメタファーだった。ボウエンと同じくアイルランドの地主階級だったジョージ・ムアには『モスリンのドラマ』（*A Drama in Muslin*, 1886）という作品がある。この小説においても「モスリン」は「結婚」と同義であり、教育を修めたばかりの地主階級の娘たちが当時の保守的なアイルランドの結婚市場を目の当たりにし、自立をめざし果敢に立ち向かう様子が描き出されている。エミール・ゾラの影響を受け、鋭い社会批判を展開したムアの目には、女性の自立を拒む象徴が「モスリン」だったのである。

したがって、姉妹のうちのひとりエセルが結婚相手として目をつけたイギリスの伯爵の次男、フレッド卿との野外での会合のために準備した服が、叔母の「可憐な忘れな草の花柄をあしらったモスリン」であったのは決して偶然ではない。それは、フレッド卿との結婚に逡巡すらしないエセルの野望をあからさまに象徴している。とはいえ、皮肉なことに、可憐なモスリンはもろく、型くずれしやすい。せっかく手間暇かけて裁断し、縫製したモスリンの衣装も、変わりやすいアイルランドの天気を前に無力だった。突然の雨に衣装は「夕暮れを待たず、台無しになってしまう」。モスリンの衣装の顚末はエセルの願望の行方をそれとなく暗示していて興味深い。日常的なモノの細部がテキストのはしばしに息づき、物語のプロットを牽引していく。モノと人間の心理[*6]が分かちがたく結びつき、独自の物語空間を生み出しているのである。

4　「手と手袋」

見事な着こなしで近隣の社交界において注目されていたトレヴァー姉妹も、残念ながら一つ欠けているものがあった。それは、短篇の題名にも示されているが、夜会のドレスに必ず身に着けるイブニング・グローヴだった。財産の不足を補うように衣装のリメイクに余念がなかったものの、手袋までは手が回らなかったのだろう。二人には二組の手袋があるだけだった。姉妹はかねてより叔母がインドから持ち帰ったトランクの中に礼装用の手袋がおさまっているのではないかとにらんでいた。

ミセス・ヴァーレイ・ド・グレイがおそらくは無数に所有しているはずのこの物品はいずこにありや、これが二人には解けない謎で、それがいかにも無念であった。インドから逃げるように帰国したので、手袋どころではなかったのか？　いや、手袋がもしここにあるとすれば、トレヴァー姉妹には手が出せないあのトランクの中だろうか？　これ以外のトランクは、押したり引いたり、合鍵を見つけたり、道具箱を使ったりして、すべてなんとかこじ開けてきたが、最後の砦だけは難攻不落だった。

（一一五頁）

ボウエンの筆致はどこまでも軽快である。姉妹は命運がかかったグローヴを見つけることに必死になっており、彼女たちの焦燥感は内的独白を思わせる軽やかなタッチでコミカルに描出されている。合鍵を血眼になって探してみたり、果ては力ずくでこじ開けてみたり、我を忘れんばかりの努力は涙ぐましく、読者の共感さえ呼び起こしそうだ。モノをめぐる人間の執念がただならぬ様相で描き出されているのである。

トランクを開けることは残念ながらできなかったが、「難攻不落」のトランクを開ける唯一の可能性に「賢い姉妹」は思い当たった。叔母が普段から肌身離さず身に着け貴重品を保管していている袋に、トランクの鍵がしまい込まれているのではないかとふんだのである。とりわけ、イギリス貴族の血を引くフレッド卿をなんとしても手中に収めたい姉のエセルは、鍵を手に入れることに激しい情念を燃やす。これまで厄介者として扱ってきた叔母に近づき、機会をうかがうのだった。

不首尾に終わったフレッド卿との外出の翌日、女中が出かけ、エセルは女中の代わりに叔母の部屋にお茶を運ぶことになる。「あら、どういう風の吹き回し？」（一一八頁）とうそぶく叔母にエセルは苛立ちを覚える。叔母はさらにたたみかけるようにフレッド卿との恋の進展を彼女に尋ねるのだった。ふたりの会話は、癇癪を起こした叔母がエセルにお茶のトレイを投げつけることであっけなく終わりを迎えるものの、一計を案じたのか、この日を境にエセルは叔母の部屋で過ごすことが多くなる。

姉と叔母との関係の変化に気づいた妹のエルシーは、なんとしてでも手袋を手に入れようとする姉の思惑を察したのだろう。皮肉をこめて「あなたたちはグルになっているのね、手と手袋みたいに（She and you are becoming quite 'hand-in-glove')」（一二〇頁）と呟《つぶや》くのだった。短篇の題名でもある"hand-in-glove"とは、「結託している」、「グルになる」という意味をもつ慣用表現で、共に悪事を企てるというニュアンスをもっている。エセルが必要としてやまない夜会用の「手袋」という言葉にかけて、急速に近づいた姉と叔母との関係を妹のエルシーが巧みに当て擦っているのである。手袋は輝かしい将来を約束する「最高の結婚」に欠かせないものであり、それには何より叔母の協力が不可欠である、そのことが含意された言葉の選択であるのだ。

5　手袋と「ベンジン」

容姿においても、振る舞いにおいても、社交界で目立ったエセルであるが、フレッド卿の反応は今ひとつだった。いたずらに時は過ぎていき、アイルランドでの滞在を終えロンドンに戻る日が近づいてくる。フレッド卿が舞踏会にあらわれる最後の日、エセルは焦燥感を募らせていた。テニスパーティから帰宅したエルシーは、帰宅するやいなや、そんな姉を尻目におもむろに自分たちの手袋のはいった引き出しに「鼻を突っ込む」のだった。そして、今耳にしたばかりの噂話をエセルに告げる。

「子どものときから彼〔フレッド卿〕はベンジンのにおいが我慢できなかったそうよ。においが部屋に入っただけで、逃げ出すんですって！」（一二〇頁）

二組しかない姉妹のイブニング・グローヴは連夜、夜会で着用していたために汗など汚れが目立ったのだろう。

染み抜きにはベンジンは欠かせなかった。周知のように、デリケートな布地を傷めることなくシミだけを溶かし落とす手軽な溶剤であるが、一方で、石油から作られているため、鼻をつくような刺激臭がある。「夕刻外出する前に二人がしたことは、手袋の指先を思い切りよく叩くことだった」。結果として、「舞踏会の大広間の床をくるくる回る二人のステップのあとをベンジンのにおいが追いかけていた」（一一六頁）のだった。

ベンジンをつけて「叩く」ことでシミを落とせるものの、ベンジンのにおいが絶えず身にまとわりつく。ボウエンのユーモアに満ちた筆致はここでも顕著である。身の回りの生活品を緻密に描写しながら、人の心理、立場、境遇を浮かび上がらせている。イブニング・グローヴの買い替えもままならない、孤児となった姉妹の困窮した人生の一端が、ベンジンのにおいとともにほろ苦く醸し出されている。

かたやフレッド卿はベンジンのにおいに耐えられなかった。ベンジンのにおいをめぐる反応は互いの異なる生い立ちを鮮やかに際立たせる。フレッド卿にとって「ベンジン」とは子供の頃に嗅いだ苦々しい思い出でしかなかった。おそらく家族の女性たちのデリケートな衣装の染み抜きに、ベンジンが使われていたのだろう。ベンジンのにおいに「我慢ができず、部屋を逃げ出す」少年は貴族の屋敷に住み、成人になっても油のにおいを嗅ぐこともなく暮らしてきたのだろう。油のにおいと「労働」とを結びつけるのはいささか深読みかもしれないが、ベンジンのにおいにたじろぐ男性に、肉体労働とは無縁の上流階級の生活の一端がうかがえるのである。

日常の身の回りにあるモノに肉迫しながら、ボウエンは視覚だけでなく色、におい、手触りなど五感にうったえる素材をひとつひとつ言葉にしながら物語を紡いでいく。サラ・ジャクソンは『触覚の詩学――手触りと現代文学』において、一章をさいて、とりわけ「手触り」という観点からボウエンの「手と手袋」を分析している。[*7] 文学作品において感触がいかに描き出されているか、その効果を論じるという、これまでになかった試みは大変興味深い。においが過去の記憶を呼び覚ますというプルーストにあえて言及するまでもなく、五感に対する鋭敏な感覚は物語に深い奥行きをあたえているのである。

6 「屋根裏部屋」というトポス

エルシーが伝えた話から、フレッド卿の態度にあったためらいが氷解する。一方、エルシーが帰宅する少し前、叔母は発作を起こしていた。叔母は意識が錯乱し、これまで受けた姉妹からの仕打ちに抗議するかのようにエセルをなじるのだった。彼女は憤りに任せベッドからおもむろに立ちあがり、部屋から出ていこうとする。しかしながら、体は大きくふらついた。エセルは「倒れる寸前の叔母の体を抱きとめ、手荒くベッドへ連れもどし」（一二一頁）た。舞踏会の準備に余念のない彼女は手当てをすることもなく、発作に見舞われた叔母をひとり部屋に残していってしまう。

部屋を出るエセルの背後からは「仕返ししてやる（I will be quits with you）」という「声」が響いた。"I will be quits with you" とは「五分五分にする」、「おあいこにする」という慣用表現であり、一般に「貸し借りを相殺する」といった意味で使用される。このニュアンスは、「手と手袋（hand-in-glove）」の「グルになる」という表現と共鳴しながら、叔母とエセルの運命が互いに重なり合わさることを予感させる。今わの際に発せられた言葉の主語が、単に「声（the voice）」とされている点も興味深い。すでに肉体を離れた死者からのメッセージとも読め、読者にゴースト・ストーリーの前触れを感じさせるのである。

一方エセルは、エルシーからのベンジンの話を受けてすばやく行動に移す。ふたたび叔母の部屋に入り、すでに息をひきとっていた叔母の枕元に、かねてから目をつけていた袋を見つけたのだった。そこには思惑通り、鍵が入っていた。袋を手にして部屋から出てくる姉に対して、叔母の生死によって自分たちの将来が左右されてしまうことを心底おそれているエルシーは、叔母の安否をおそるおそるたずねる。するとエセルは、「うとうとしているってば」（一二三頁）とつっけんどんに言い返すのだった。

鍵を手に入れたエセルは一目散にトランクの置いてある屋根裏部屋に向かう。将来の「頼みの綱」であるフレッド卿を一心不乱に思い、彼女はトランクの錠を開けようとする。トランクには堅牢な真鍮製の錠が二つ付いていたものの、「ガチャガチャ」と試みているうちに片方の錠が開いた。はやる気持ちを抑えつつ、トランクに手を滑り込ませると、「値段のつけようもない見事なレースのヴェール」（一二四頁）を引っぱりだした。「花嫁のヴェールに違いない。これが吉兆でなくてどうする」。思わずエセルは笑みをこぼすのだった。

ところが、引っぱりだしたはずの花嫁ヴェールはまるでエセルの手に落ちることを拒絶するかのようにゆっくりとトランクの中に戻っていく。そして、次の瞬間、眩《まばゆ》いばかりに輝くグローヴが彼女の視界に入った。しかしながら、ヴェールと同じように手袋もまたトランクの中に吸い寄せられるかのように戻っていく。


エセルの心臓は凍りついた――それでも、もう一つの錠を開けなくては。すると、不意に眩暈《めまい》に襲われたのか？　眼の前でトランクの蓋全体がふくらんできて、まるで深呼吸をするように上下に動き、E・V・de・Gのイニシャルにさざ波が立った。

エセルの震える手の中の鍵がまだ触れてもいないのに、二つ目の錠が弾けるようにぽんと開いた。たじろぐエセルを尻目に、トランクの蓋が上がりはじめた――ひとりでにゆっくりと。

（一二四頁）


屋根裏部屋に置き去りにされたモノが、にわかに意思をもっているかのように動き出す。ボウエンは短篇では現実のただなかに現実を超える超自然的なヴィジョンを持ち込むことを許容しているが、このモノに命が吹き込まれるのは屋根裏部屋であることが多い。「手と手袋」のあとに書かれたアイルランドを舞台とした『愛の世界』

でも主人公ジェインを翻弄することになる「手紙」は、やはり屋根裏部屋で見つけられる。「手紙がジェインを見つけたのだ。彼女が手紙ではなく」[*8]。まるで手紙に意思が感じられるような場面だが、作家にとってどうやら屋根裏部屋は特殊なトポスであるようなのだ。

ボウエンは一九四九年の短篇集『出会い』（*Encounters*）の改訂にあたり、同書に収められた物語を叔母の家の屋根裏部屋で執筆していたときのことを序文で詳しく述べている。部屋の窓の向きから椅子の置かれた位置まで、屋根裏部屋そのものが「きわめて重要であった[*9]（super-significant）」と並々ならぬ思い入れをもって語り、屋根裏部屋を「幻覚の世界（a hallucinatory world）」への境界を超えることを可能にしたトポスとして位置づけている。“a hallucinatory world”というのは、おそらく大まかな意味で虚構としての物語世界を示唆しているものと思われるが、屋根裏部屋が現実を超える世界を見出した創作の原点だったのだろう。ボウエンは記憶をさかのぼりながら、その記憶をひとつひとつ確認するかのように屋根裏部屋というトポスをめぐる物語を繰り返している。モノと情念とが交錯するただならない世界への入口として屋根裏部屋が選ばれているのは決して偶然ではないのだ。

7　「手と手袋」から『愛の世界』へ

ゆっくりと開いたトランクの中には「憧れと望みのすべて」（二二四頁）を象徴する手袋がずらりと、しまい込まれていた。ボウエンの微に入り細を穿《うが》つグローヴの描写はわれわれに深い印象を残さずにはおかない。「一組一組と重ねられ、透き通るような薄紙に包まれて、肘丈の長さのグローヴが清らかなマグノリアの花の白さを湛え、ヴェールのひだにおっとりと抱かれている」。息をのむような美しい手袋の描写はエセルの歓喜をいやましに読者に伝えるのである。

しかしながら、純白のグローヴの中の手（"the hand within the globe"）は膨《ふく》らんでいき、エセルに襲いかかり喉もとを締め上げる。"the hand within the glove"という"hand-in-glove"の皮肉な言葉の反響は、悲劇的な結末にある種の必然性をも感じさせる。ボウエンは「手」と「手袋」といった多義性をもった日常的な語彙を巧みに使いこなしながら、「結託した」した者の裏切り行為に対する「報復」を見事に描出している。手袋の強靭な力はさらに勢いづき、「縫い目がぷつぷつと切れる」（一二五頁）。上品なグローヴの縫い目がひとつひとつ切れていく様子に、凝縮された情念の噴出が感じられるのである。

死にいたる凄惨な場面であるものの、ここでもボウエンは「ともあれ手袋はエセルの手には小さすぎた」と一点の愛嬌をにじませることを忘れてはいない。悲劇でありながら、深刻すぎることなく、どことなく軽快さが感じられるボウエン独自のゴースト・ストーリーの真骨頂がうかがえるといってもいいだろう。

メリッサ・エドムンドソンは『女性の怪奇』で、一八九〇年から一九四〇年までの英国女性作家の怪奇短篇を論じ、モノへの憑依を描く怪奇物語の多くが「伝統的に女性作家の領域」であると分析している。[*10] 多くの場合、それは「女性の役割の変化、家庭生活やセクシュアリティの複雑化」と結びついていると述べ、その典型的な例としてボウエンの「手と手袋」を挙げている。日常身近にあるモノを主題としたゴシック作品を「女性」（しかも「英国女性」）と結びつけるフェミニスト的な読解の是非はともかくとして、ボウエンのモノに対するなみなみならぬ視線は誰しもが認めないわけにはいかない特徴であるといってもいいだろう。

『最後の九月』やその他の短篇といったフィクション、『ボウエンズ・コート』（*Bowen's Court*, 1942）といったノン・フィクションで、アイルランドをさまざまな側面から語り続けたボウエンが、ノスタルジーに惑溺することなく、再びアイルランドを語り始めるとき、視線の先にあったのは社会全体といった大きなカンバスではなく、人々の生活の細部だった。ボウエンは自らの作品を「言葉による絵画[*11]（verbal painting）」と呼んでいるが、「手と手袋」には、輪郭、色合い、空間などをひとつひとつ確かめながら物語の構成を考え、普遍的な人間存在そのものを描き出すために必要な素材を手に入れようとする作家の姿が垣間見られる。「手と手袋」に続いて書かれた『愛の世界』には「屋根裏部屋」のメタファー、「手袋」の代替ともいえる「手紙」の役割、そして「モスリン」を着て登場する主人公ジェインなど、既視感を漂わせる表現がうかがえる。「手と手袋」はおそらくボウエンにとって『愛の世界』を完成させるための「習作」、あるいは「エチュード」といった役割を担っていたのだろう。そのことに気づくことによって、私たち読者はあらたなる語りの可能性を模索し完成させたボウエンの文学的な偉業を深く理解することができるのである。

【注】

＊1　Elizabeth Bowen (Victoria Glendinning ed.), *Elizabeth Bowen's Irish Stories* (Dublin: Poolbeg Press, 1978), p. 7.

＊2　Hermione Lee, *Elizabeth Bowen* (London: Vintage, 1999), p. 181.

＊3　Elizabeth Bowen (Victoria Glendinning ed.), *Elizabeth Bowen's Irish Stories* (Dublin: Poolbeg Press, 1978), p. 114. 以下、同書からの引用は本文中、頁数のみを括弧に入れて示す。日本語訳はエリザベス・ボウエン『あの薔薇を見てよ――ボウエン・ミステリー短編集』（太田良子訳、ミネルヴァ書房、二〇〇四年）を用いるが一部改変している箇所がある。

＊4　Lee, p. 14.

＊5　ウィリアム・ダルリンプル『略奪の帝国――東インド会社の興亡』上・下（小坂恵理訳、河出書房新社、二〇二二年）を参照のこと。

＊6　太田良子「相続ならず」、エリザベス・ボウエン研究会編『エリザベス・ボウエンを読む』（音羽書房鶴見書店、二〇一六年）二五五頁。ボウエン作品にみられる「人の心理とモノの相関関係」と聖書を結びつけた興味深い指摘がある。ボウエンは敬虔なプロテスタントだった。

＊7　Sarah Jackson, *Tactile Poetics: Touch and Contemporary Writing* (Edinburgh: Edinburgh University Press, 2015) の第八章を参照のこと。

＊8　Elizabeth Bowen, *A World of Love* (New York: Anchor Book, 2006), p. 27. 日本語訳は、エリザベス・ボウエン『愛の世界』（太田良子訳、国書刊行会、二〇〇九年）を用いた。

＊9　Elizabeth Bowen (Hermione Lee ed.), *The Mulberry Tree: Writings of Elizabeth Bowen* (London: Vintage, 1999), p. 118.

＊10　Melissa Edmundson, *Women's Weird: Strange Stories by Women, 1890-1940* (Handheld Classics, 2019) を参照のこと。

＊11　Victoria Glendinning, *Elizabeth Bowen: A Biography* (New York: Anchor Book, 2006), p. 49.

短篇「幸せな秋の野原」にみるアイルランドの表象とボウエンの技法

米山優子

1　選ばれた季節――ヴィクトリア朝の秋

エリザベス・ボウエンの「幸せな秋の野原」[*1]（"The Happy Autumn Fields," 1944）は、「戦時を扱ったボウエンの作品の中で最も複雑で謎に満ちた」[*2]短篇であると言われる。ボウエンにとって、短篇という形態は創作上の技巧を試し、その効果を検証するための実験の場であった。実験を重ねながら作家としての自信を増していったボウエンは、当初から自身の文学的な特性が短篇に向いていると自覚していた。

「幸せな秋の野原」は短篇としては分量が多く、ボウエンの「長い短篇」の一つとされる。一九五二年に発表した論考で、ジョスリン・ブルックは「現時点でボウエンの才能が最も活かされる」のは「長い短篇」であると述べている。[*3]一九八五年に至っても、「長い短篇」は「ボウエンの才能と能力が他に類のない方法で発揮される」[*4]ジャンルであるというクレア・ハンソンの見解は、ブルックと合致している。

表題の「幸せな秋の野原」は、アルフレッド・テニソン（一八〇九－九二）の『王女』（*The Princess*, 1847）に含まれる「涙よ、むなしい涙よ」[*5]（"Tears, idle tears"）からとられている。ボウエンには、この詩と同名の短篇[*6]（一九四一年）もあり、「幸せな秋の野原」はそれに続く同作品への言及となっている。

涙よ、むなしい涙よ、そのわけを私は知らない、
涙は神の絶望の淵から
心に込みあげ、瞳に溜まるのだ、
幸せな秋の野原を眺め、
過ぎ去った日々を思う時に。
（一－五行）

引用は全四連の第一連で、最終行の「過ぎ去った日々（the days that are no more）」がすべての連で繰り返される。ヴィクトリア朝の桂冠詩人が詠んだ追憶の詩歌の一節から、読者はボウエンの短篇の冒頭へと誘《いざな》われる。そこには、地主の父親がさまざまな年頃の息子や娘、親戚の子どもを従えて、一面に広がる麦畑を散策する場面が描かれている。父親を先頭に、列を成して広大な所有地を歩みゆく家族の姿は、ヴィクトリア朝の家父長制を体現している。

この構図が、麦の穂が色づく中で示されているのは示唆に富んでいる。秋は、ボウエンが「小説の中でアングロ・アイリッシュのアイルランドに逸脱する際に選ぶ季節」[*7]とモード・エルマンが指摘するように、「幸せな秋の野原」には、「ボウエンのアングロ・アイリッシュへの感情が要約されている」[*8]とも言われる。この場景の舞台がどこであるかについては直接語られてはいないものの、ハーマイオニ・リーは「ボウエンが常にコーク州の

景色で強調する特色」として「明るく、何もない田園地帯」を挙げている。[*9] また、ニール・コーコランは「景色の描写からだけではなく、当時の社会制度によってそれとなく窺い知れる半封建的な地主気質からも、直感的に[*10]」ここがアイルランドだと感じとることができると述べている。

秋という季節とアイルランドの表象、そして前世紀の典型的なアングロ・アイリッシュの家族像をボウエンが冒頭で同時に描いた意図は何か。これらの要素を織り交ぜた相乗効果により、その後に挿入される第二次世界大戦下のロンドン大空襲の場景との対照は一層際立っている。本稿では、「幸せな秋の野原」のヴィクトリア朝の世界に焦点を当て、これらの要素を関連づけているボウエンの技法を考察する。なお、英語文献からの日本語訳は拙訳を用い、参考にした翻訳は注に示した。

2　短篇とボウエンの文学的特性

ボウエンの作家としての出発点は、一九二三年に出版された『出会い』（*Encounters*）と、その三年後に出版された『アン・リーの店、その他』（*Ann Lee's and Other Stories*）である。どちらも短篇集で、前者の所収作品はすべて未発表であった。それから四半世紀以上を経て、両作品の第二版を出版するにあたり、ボウエンは回顧的な序文を寄せている。それは、作家が初期の自作を客観的に分析する文章としても読むことができる。

ボウエンは、『出会い』初版の出版時に「素描集（a collection of sketches）」と評されたことに触れ、本来であれば「素描と物語の寄せ集め（a collection of sketches and stories）」とみなされて然るべきであったと述べている。[*11] ボウエンによれば、物語は型にはまった「筋」から解き放たれることがある一方で、物語となるためには転換点が必要である。それに対して、素描には転換点が不要だが、それは素描が「並外れた洞察力による実録」に過ぎないからであるという。当時は、『出会い』の所収作品の特長である「場所、特定の時、物、四季に対する感受性」が物語性をはらんでいることは注目されなかった。

そもそも、当時は短篇（story; short fiction）が創作の一形態であるという認識は薄く、小説（novel）の「副産物」という位置づけであったとボウエンは指摘する。[*12]『出会い』が「縮小版の小説（novels in miniature）」という評価を受けて、ボウエンは自分が書いている作品が小説として認められないのかと自信を失いかけたという。[*13]ボウエンは当時の自分が抱えていた課題として、「ある出来事や時間の範囲を超えて洞察力を膨《ふく》らませることができない」点を挙げている。「スポットライトを当てることはできたが、ずっと照らしつづけることはできなかった」と内省し、劇的な展開を「一冊の本全体を通じてどのように持続できるのかわからなかった」という。「小説であるための要件とは、ゆっくりと燃焼することである。つまり私は、一瞬のきらめきが好きだったのだ」。自らの性急な気質をこのように表現したボウエンは、短篇こそ本領を発揮できる形態だと自負していたであろう。

「縮小版の小説」という酷評に触発されて、ボウエンは二作目の『アン・リーの店、その他』の所収作品で改善を試みた。その成果は、場面設定、会話、動作などに反映されていると作家自身が認めている（『アン・リーの店』一九三－九四頁）。『アン・リーの店、その他』の脱稿後に書かれたのが、最初の小説『ホテル』（*The Hotel*, 1927）である。ボウエンは短篇における技巧の実証を踏まえて、長篇への足掛かりを築いた。その後、長篇の発表を重ねたボウエンは、「小説執筆に関する覚書」[*14]（"Notes on Writing a Novel," 1945）で筋や登場人物、進行、妥当性などの点から小説の技法を解説している。次節以降では、「長い短篇」である「幸せな秋の野原」に当てはまる項目について、事例を挙げながらボウエンの技法の効果を検討する。

3 「幸せな秋の世界」にみる視点の技法

先述した冒頭の場面で紹介されるのは、父親と息子のロバート、ディグビー、ルシアス、アーサー、長女のコンスタンス、次女のエミリー、三女のサラ、四女のヘンリエッタ、そして子どもたちのいとこシオドアである。父親は、学寮に戻る少年たちの休暇の最後の日の午後に、一家で所有地を散策するという壮行会を催していた。父親と手をつないでいる末っ子のアーサー、結婚を間近に控えたコンスタンスに続いて、周囲に構わず勉強の話に没頭するロバートとシオドア、二人の話についていくのをあきらめたエミリー、左右を向きつつカラスを撃つまねをするディグビーとルシアスの後に、サラとヘンリエッタが歩いていた。

ここで読者の注意を引くのは、サラの思考や感覚を中心にして物語を俯瞰しようとしている点である。

ほかの者たちが黄金色の麦が刈り取られた跡を前に進んでいくのを見やり、その者たちを知っていて、互いにどのような間柄かを知っていて、その者たちの名前を知っていて、自分の名前を知っていたのは、サラであった。刈り取られた跡を足の裏に感じ、それをほかの者たちが踏んで、それぞれもっと離れたところから静かな硬い音を立てつづけているのを聞いたのは、彼女であった。

〔…〕

コンスタンスの思いがどこにあるか見出し、アーサーの手がねじれて自由を奪われているのを知っていて、無頓着ないとこのシオドアにエミリーがひどく機嫌を損ねているのを感じ、ディグビーとルシアスが狩猟ごっこでこんなにもたくさんのカラスを仕留めたことを喜んだのは、サラであった。ただし、彼女はロバートとシオドアの会話からは、岩山でそうするように退却した。大方のところ彼女が知っていたのは、空に照り映えながらその日の午後のことを訝《いぶか》しむヘンリエッタの幼く敏感な顔つきと瞳のそばで、自分が愛情にあふれているということであった。

彼女には別れの気分がわかり、快い悲しみを味わった〔…〕。

（七五五－五六頁）

右記の引用では、「見た（saw）」、「知っていた（knew）」、「感じた（felt）」、「聞いた（heard）」、「喜んだ（rejoiced）」、「わかった（recognized）」、「味わった（tasted）」という知覚動詞の動作主が、「ほかならぬサラであった」という強調構文によって示されている。また、前半の引用の後には、一家が歩いている麦畑自体も「サラが知っていたように、ここがパパの所有地であると知っていた」（七五五頁）と擬人化された文が挿入され、麦畑とサラだけが動作主としてほかの登場人物と識別されている。

サラとヘンリエッタは、兄弟が学校に戻り、コンスタンスが結婚しても、自分たちは今と変わらずにいようと言い交わす。何をするのも一緒で、同じベッドで眠る二人は、今も「同じ目」で秋の光に満ちた麦畑を見渡した。サラとヘンリエッタは、ほかの者たちよりだいぶ遅れて二人きりになっていた。そこへ、長男のフィッツジョージと隣人の大地主ユージーンが馬に乗って現れる。ヘンリエッタは、家族に合流するために近づいてくるフィッツジョージとユージーンにハンカチを振り、サラにも合図を送るように言うが、ユージーンに思いを寄せるサラは頑なに動かなかった。「この上なく輝き、この上なく雄弁だった」ヘンリエッタの瞳は、姉の気持ちを察すると、「孤独からくる理解のない不安でどんよりした」（七五九頁）。

姉妹から、ほかの者たちは先を歩いていると告げられたフィッツジョージは、追いつこうと再び馬を走らせるが、ユージーンは素早く下馬してサラの右側を歩きはじめる。ヘンリエッタは、ユージーンの右側を行く馬を挟んで一人ぼっちになり、その構図は、一心同体とも言える姉妹の仲が引き裂かれたことを象徴している。堪らずに歌い出したヘンリエッタの歌声は、馬とユージーンを貫通してサラの心に射し込み、姉は妹の気持ちを痛感することになる。

ボウエンは、小説における視点を視覚的な視点（visual angle）と、判断や思考に関わる精神的な視点（moral angle）とに分けて考えている（「覚書」四二頁）。ここでは視覚的な視点に限って検討してみよう。ボウエンは、一人の登場人物の視点から物語を進行させる場合、一人称の「私（I）」の使用には限界があり、その登場人物が知りえない事柄に関しては冗長な文章に陥りやすいと述べている。また、複数の登場人物の視点を設定する場合、物語全体を「見ている者」と、その登場人物から「見られている者」とを慎重に区別する必要があるという。ボウエンによれば、視点として最も優れているのは、作者自らの視点に基づく「全知の語り手」の視点である。作者は、「すべての登場人物の記憶、感覚、思考の過程を筋に合わせて制御し、統括する権利を保持しなければならない」（「覚書」四三頁）とボウエンは主張する。そして、ある登場人物が「見られている」状態を保つことで物語に必要な効果を増し、「全知の語り手」である作者にとってさえ、一見秘められた部分があることが重要であるという。「幸せな秋の野原」は「全知の語り手」によって進行するが、物語がヴィクトリア朝の世界からロンドン大空襲の世界へと移行する辺りで、視点が込み入ってくる。ロンドン大空襲の世界では、空襲の最中に自宅へ所持品を取りに戻ったメアリが中心人物として登場する。天井が崩れ落ちた室内で、サラの一家にまつわる写真や書簡などを発見したメアリは、サラの人生のある午後のひとときを追体験するのである。ヴィクトリア朝の世界からロンドン大空襲の世界に移行する間際の段落で、語りは突然一人称の「私たち（we）」に変わり、時制は過去形から現在形になる。

私たちはスカイラインの上にいる。家族が見えてきて、私たちの姿も彼らに見えてくる。彼らは立ち止まり、石切り場への下り坂で待っている。美しい彫像となった一団は強く黄色い日射しを浴び、パパに整列させられてフィッツジョージが最後尾となり、遅れてきた者たちに評定を下すようなまなざしを向け、ヘンリエッタとサラとユージーンが列に加わるのを待っている。もう少しで間に合わなくなるところだった。これ以上はやりとりできないだろう。ああ、胸が張り裂けるようなヘンリエッタの歌をやめさせて！　もう一度きつく抱きしめてあげて！　唯一言えることばを言って！　言って——ああ、何を言うのだろう。ああ、そのことばを見失ってしまった！

（七六〇頁）

この「博物館のガイドや紀行映画の解説者と思われる語り手」[15]の声で、読者は視点の特定に混乱する。間一髪で間に合ったのは誰か。誰とやりとりできなくなるのか。ことばを見失ったのは誰か。第二次世界大戦下にいるメアリの登場で、その様相は複雑さを増す。ヘンリエッタの名前を呼びながらロンドンの自宅で意識を戻したメアリは、サラとして体験した臨場感に圧倒されて「絶望の涙」を流す。これは、テニソンが詠んだ「むなしい涙」に相通じる涙とも考えられる。

箱から出てきたサラとヘンリエッタの写真を覆い隠すために、「彼女は、本能的にメアリの服の胸ボタンを外そうとしてできなかった」（七六三頁）。この文は、「彼女」が「メアリ」とは別人と読める文構造になっている。「彼女」とは誰か。メアリと精神が一体化したサラだろうか。「私たち」にサラが含まれているとすると、サラは「見ている者」でも「見られている者」でもある。

その後、物語は再びヴィクトリア朝の世界に戻り、「彼らは帰ってきた」（七六四頁）という文で家族が散策から帰宅した場面が始まる。「彼ら」にはサラも含まれ、「私たち」という視点で物語が進行することは二度とない。ボウエンは、「見ている者」が必ずしも物語の中心にいるとは限らず、「見られている者」がその立場ゆえに重要性を増す場合もあると指摘している。

「幸せな秋の野原」では、「見ている者」と「見られている者」が重複したり、入れ替わったりすることで、「転位（dislocation）」という感覚が及ぼす効果を高めている。

4　「幸せな秋の世界」にみる会話の技法

ボウエンは、小説の構成要素の中で最も芸術性が求められるのは会話であると述べている（「覚書」四〇 - 四一頁）。会話の役割とは、筋を進め、登場人物を表現することであり、話者の考えを表すだけの手段になってはならないという。会話によって話者の考えが伝えてもよいのは、「それを表現する登場人物に鍵を与える場合」に限られる。登場人物のことばを単に連ねるのではなく、読者がその言外の意味を推し量れるように、作家は会話の運びを工夫しなければならない。登場人物が向き合って話すことで変化が生じ、そこから物語が展開すると、会話は「登場人物の間柄を示す理想の手段」となる。

「幸せな秋の野原」で散策から館に戻った人々のうち、アーサー、ヘンリエッタ、サラは、黄昏時の光に赤く染まった居間で母親とくつろぎ、ユージーンもその仲間に加わっている。サラとヘンリエッタにとって、この時間帯は毎日、思う存分二人だけのおしゃべりや遊びに夢中になれる特別なひとときであった。しかし、今日は「ほのかな光が射しこむまさにこの時」を「ヘンリエッタは胸にしまい込んでいた。〔…〕ただサラを見ないというだけで、ヘンリエッタは二人の仲が永久に破綻してしまったことを確かに認めていた」（七六五頁）。

麦畑でユージーンが姉妹に与えた影響を知らぬ母親は、居間で近寄ろうとしない姉妹の様子に違和感を覚える。一方、一緒に散策したはずのアーサーに「今日は何をしていたの」と尋ねたサラは、奇妙な感覚にとらわれる。

「お姉ちゃんもそこにいたよ。麦畑を散歩しに行って、フィッツジョージが馬に乗っていて、僕は転んじゃったんだ」というアーサーのことばで、母親はアーサーの転倒を知る。姉と弟の会話から、母親はしみじみとこう言うのだ。

「アーサーはもう大人よ。怪我をしたからって私のところへ飛んでこないもの。転んだことだって知らなかったんだから。気づかないうちに、学校へ行くようになってしまうのでしょうね」。ママはため息をついて、ユージーンを見上げた。「明日は悲しい日になるでしょう」

（七六六頁）

サラの問い掛けは、その午後にサラがメアリと入れ替わっていたかもしれないことを示唆し、アーサーの返答は母親に息子の成長を伝えている。二人のやりとりは、表面的なことばからは生じえない変化を引き出している。実はこの居間は、母親が気持ちを自由にできる唯一の空間であった。室内に置かれた楽器、家具、花瓶、アルバム、貝殻、人形などが、ここを母親の独自の世界に仕立ててあげていた。

ママの感情は、この居間の中でしか口にされなかったのかもしれず、そこは広くて堅苦しいところだったが、抒情的で異国風とも言えるほどであった。〔…〕落ちたり変わったりするものは一つもなかった。そして、居間にあるすべてのものが、ママに音を消され、重みを付けられ、向きを変えられていた。「まったく同じようには、きっと感じなくなるでしょう」とママが言い添えた時、パパのテーブルで向かい側の端の席に座っていたら、ママがこんな風には言わなかっただろうとわかるのは、先のことだった。

（七六六頁）

ひとりごとのような母親のことばは、まわりの誰に向けられたのか定かではない。母親自身、若者がその真意を理解するのはまだ早いと知りながら、心を許せるこの居間でつい口にしたのであろう。読者は、相手を特定しないこの会話で、母親の言い表しがたい微妙な心境に触れるのである。

「互いの心の内を知る」姉妹は、「人前で相手に話し掛けたり問い掛けたりすることはほとんどないと思われていた」(七六六頁)。しかし、麦畑から帰宅した姉妹は「ことばを見失ってしまった」間柄となり、ヘンリエッタはアーサーへの不可思議な質問について、その場でサラに問いただす。さらにヘンリエッタは、ユージーンに対してはヘンリエッタがハンカチを振ったことを、サラに対しては馬で麦畑にやってきた兄とユージーンのことを、忘れないかと尋ねる。アーサーへの質問に表れているように、サラには麦畑の記憶はなかった。「眠っていたような気がする」というサラの返答は、気づくとこの居間にいたという「転位」の感覚と「ぼんやりとした恐れ」を伝えようとするものだった。このことばからは、サラとメアリの無意識下の一体化が改めて読みとれる。

ことばに詰まったサラが両手を投げだしたはずみに、それまで指につまんでいたゼラニウムの葉が落ちた。母親は姉妹の変化がユージーンに関係あると気づくが、居合わせた者がみつめる中、サラが落とした葉をユージーンが拾い上げ、ハンカチに包んで胸ポケットにしまった時、「本能的に」ヘンリエッタにささやいた。「アーサーが出ていっても、おまえは私の子よ」(七六八頁)。母親は、アーサーが兄たちのように学寮に入ることよりも、コンスタンスに続いてエミリーやサラが嫁いだ後のことをほのめかしている。これはヘンリエッタに向けて言われたことばだが、何にでもすぐに反応するヘンリエッタの返答は、この時に限って記されていない。

本作で「本能的な／に (instinctive/instinctively)」という語が用いられるのは、これが三度目である。父親が散策でアーサーとコンスタンスに自分のそばを歩かせていたのは、「本能的な」選択によるものであった(七五六頁)。ロンドンのメアリの自宅では、特定されない「彼女」が「本能的に」メアリの服の胸ボタンを外そうとする(先述)。

そして母親も、サラの行く末を思って「本能的に」直接の言及を避けながら、末娘に本心を漏らすのである。理屈ではなく、直観に基づくこれらの行為は、サラやメアリが理屈で説明できない「転位」の感覚を連想させる。

この場面は、重要な会話が途切れなく続き、物語に深みを与えている。会話は、物語を先に進めるための橋であり、その橋には作品全体の重みに耐える強度が求められるとボウエンは述べている（「覚書」四二頁）。黄昏時の居間で交わされる会話は、物語の展開や解釈に不可欠な鍵を呈している。「幸せな秋の野原」が「黄昏時の物語」[*16]と呼ばれるのは、黄昏時のこの場面が作品の中枢を占めている証であろう。

5 「幸せな秋の世界」にみる場面の技法

「幸せな秋の野原」は、「戦時が最も深く刻み込まれた作品」[*17]と言われる。本作で戦禍の凄惨さを際立たせるのは、ロンドン空襲下のメアリと、ヴィクトリア朝のサラとの間に生じる「転位」である。先述のように、本文ではサラの父親がどこの地主か明示されていないが、ボウエン一族の所領であったアイルランド南部のコーク州が舞台と目されてきた。サラの一家もアングロ・アイリッシュとされ、その家族写真を発見したメアリは、穏やかな「理想化された過去の麦畑」[*18]に「逃避」する。エルマンによれば、「転位」に対するボウエンの感覚は、アングロ・アイリッシュが置かれた状況に特有のものだが、それをさらに増幅させたのはボウエン自身の戦争体験であるという。[*19]

作家の感受性が敏感に反応するものとして、ボウエンは「環境」、「経験」、「既存の芸術の様式と活力」を挙げている。[*20] 直接の「経験」とは、出来事そのものではなく、出来事が「起こっているということへの反応」であり、その意味で「経験」は「ある程度選びとられた」ものであるという。作家は身辺で起きたあらゆる出来事に反応するのではなく、反応する出来事を自ら選択し、それを「経験」として積み重ねていくのである。ボウエンは、「幸せな秋の野原」が含まれる短篇集『恋人は悪魔、その他』(*The Demon Lover and Other Stories*, 1945)の収録作品について、すべてが戦時を描いた物語であり、戦争自体を主題にしたものではないと述べている。[*21] 戦時を描いた作品とは、戦争という出来事自体ではなく、戦争が起きていることを実体験として作家自らが選択し、それへの反応に基づいた作品と言い換えられよう。本作で「転位」の必然性を支える要素の一つは、ボウエンの戦争体験に裏打ちされる情景である。

では、メアリが「転位」する先が、ヴィクトリア朝のアングロ・アイリッシュの世界なのはなぜだろうか。ボウエンは、自分が読者として最も強く反応するのは、作中の場所の要素であると述べている。[*22] フィクションが実在する世界のように読めるのは、地勢(Topography)が虚構の世界を本物らしく見せるからであり、物語の背景や出来事の雰囲気が漠然としたものであってはならないという。「出来事の舞台は出来事に彩りを添え、そしてたびたびある程度、出来事を形作る」(「覚書」三九頁)と述べているように、ボウエンは具体的な場所を舞台に選び、その場所が物語の進行に深く関わることを意図していた。作家が依拠するのは作家自身が「認識できる世界」であり、その世界は「地理的に矛盾がなく、作家に超現実性をもたらす」ことが求められるからである(「挿絵と会話」二八三頁)。

しかし、「実生活」という自分の「経験」から引き出された場所の要素は、そのままではなく筋に合わせて「ほぼ確実にゆがめる必要がある」とボウエンは主張する(「覚書」四〇頁)。ボウエンの場面設定の目的に最も適うのは、「既に想像によってゆがめられているはるか昔の記憶」であり、その記憶を通して、なじみのない場所は、なじみのあるよく知っている場所よりも役立つという。自らの想像力は、「なじみのないものによって最も強く引きつけられ、最も強くかきたてられ、最も強く影響を受ける」というボウエンのことばが思い出される(「挿絵と会話」二八二頁)。

「はるか昔の記憶」に残る故郷の風景を明確に描写したボウエンは、作家の感受性に及ぼす右記の三つの要因の中で、その影響が最も長く続くのは「環境」であると述べている（「影響の源」七九―八〇頁）。環境から受けた影響は、「子ども時代のぼんやりした、半分しか覚えていない風景が頭から離れない」状況となって持続し、「心の奥底まで作用する」という。ボウエンの人生で、子ども時代を過ごしたコーク州の館ボウエンズ・コートは、重要な環境の一つである。ボウエンは、自分がまだ若く「手つかずの状態」で直接得た「混じりけのない」感覚が、作家となった自分の技法にとっていかに頼りになるものかを認めている。[*23] 先述した「経験」と同様に、「環境」もまた作家によって選びとられ、記憶されることで、「印象と感情がその場所で形となり、ことばの基底を成し、比喩的な表現の選択を決定する」。その源となるのは、「詩趣に富み自ずから湧き起こってきたもの」、そして「この上なく真似のしようがない個人的なもの」である（「影響の源」八〇頁）。環境に感化されたことばは、ボウエンの豊かな表現を生み出す原動力となる。

『エリザベス・ボウエン自選短篇集』（*Stories by Elizabeth Bowen*, 1959）の序文で、ボウエンは「短篇に私的なものを一切交えないことは絶対にできない」と述べ、青春期と子ども時代を繰り返しテーマとしてきたことを回顧している（「短篇集」一二八―一三〇頁）。私たちは安心という「最も切望し、最も事欠いているもの」を、「最も具体的で最も私的な過去」である子ども時代に投影しつづけるという。[*24] リーが「幸せな秋の野原」のヴィクトリア朝の世界から子ども時代のイメージを読みとるように、[*25] ボウエンにとって幸せな子ども時代は、七歳まで両親と暮らしたボウエンズ・コートとダブリンでの日々であった。本作のヴィクトリア朝の世界は、戦時という「無秩序な世界に、時代錯誤的に保たれた」[*26] 過去として描かれている。空襲で命の危険にさらされるメアリは、ボウエンの「想像力と安定の源」[*27] を象徴するアイルランドへと「逃避」する。戦時を扱ったボウエンの短篇を「生き残りの文学」[*28]（a literature of survival）」と呼ぶ時、ボウエンはアイルランドを舞台に選ぶことで、生き残るための安全地帯を登場人物に与えていると言える。

しかし、その根底にある感情は単なる「郷愁（nostalgia）」ではないとボウエンは明言する（「短篇集」一三〇頁）。ボウエンにとって文学における「郷愁」とは、過去を思い出すという安易な創作の手段であり、第二次世界大戦後の文学界が、新たな題材となる「今現在」をしまい込んで読者に「郷愁」を促す傾向に警鐘を鳴らしている（「ノスタルジア」九七－九八頁）。第一次世界大戦前、「よりよき時代（better days）」とは未来を指していた。終戦後、アイルランド国民は「よりよき時代」であったはずの現在に対する信頼を喪失し、現在への愛情も弱まった。*29 第二次世界大戦を経て、「郷愁」という「広く行き渡った雰囲気」に作家が迎合した結果、国民は過去を「よりよき時代」とみなすようになった。しかし、「心と想像力」を再び満たしたいという国民の精神的な渇望に応えるために、作家は、「人生が生きがいのある、愛情を寄せるに値するものだという考えを取り戻す」べきであるとボウエンは主張する。

傷ついた国民を鼓舞し、満足させるものとして、現在という時代は信頼を回復するには至っていない。国民の精神の充足が、追憶に根ざす「郷愁」を拠り所とすることに懸念を示しながらも、ボウエンは、過去という「よりよき時代」に戻る道筋は二つあると述べている（「時を遡ること」五五－五六頁）。それは、直接得た記憶と、「作りこまれた記憶」である。「作りこまれた記憶」とは、「芸術によって、実際には知らないことを覚えているかのように思わされている」記憶である。これは作家の常套手段とされ、故人の伝記や時代小説の場合は、最も重要な素材となるという。「作りこまれた記憶」として手が加えられるのは、個人の過去ではなく、歴史上の出来事であり、「芸術的なことばで再現される」ことによって、歴史的な風景が新たに「創造」されるのである。作家は、作中で描く「話し方、衣服、風俗、習慣、建築、情熱、心理状態」で「よき時代」の再現を試み、「説得力があるだけではなく魅力的な」ものとして「作りこまれた記憶」を伝えなければならない。また、本人が直接記憶したことであっても、それを喚起する刺激が必要であり、その刺激を通して記憶の「全体像が額縁に収まる」と、そこに安心感が見出せるという。ボウエンは、記憶を呼び覚ます刺激となることこそ、文学の果たすべき使命であると認識している。

このような道筋を辿って私たちが立ち返る過去とは、「生きている記憶との境界をほんのわずか越えただけに過ぎない」とボウエンは説く（「時を遡ること」五七頁）。「幸せな秋の野原」で、アイルランドの場面がヴィクトリア朝に設定されている理由については、十九世紀という時代が「特別な魔法」をかけているというボウエンのことばが手掛かりとなる。「私たちは、ヴィクトリア朝の考え方に基づくタブーや制限がなくて幸運だと思う一方で、ヴィクトリア朝の堅固さ、信頼、活力に満ちた自信、家庭での幸福感に憧れるのだ」。ボウエンにとって十九世紀は「両親が若かりし頃、祖父母や曽祖父母の人生の盛りの頃」であり、「直接の先祖が生きた時代」という事実が、「私たちの心をこの上なく微妙に奪い去る」のだという。本作の場面設定には、時空を超えたアイルランドとのつながりが不可欠であり、それをボウエン自身の過去とのつながりと切り離して考えることはできない。

6 「幸せな秋の野原」の世界を形作る必然性

小説の構成要素の中で、小説家が作品における自分の力を最も強く意識するのは、その力に内在する「場面」であるとボウエンは述べている（「覚書」四〇頁）。「幸せな秋の野原」でボウエンの力量が最も発揮されているのは、前節で述べた「場面」の技法であろう。

本作では、一日のさまざまな時間帯に射す屋内外の光の色合いや強度が、全篇を通して精緻に描かれている。それは各場面のつながりや転換点を示すだけではなく、一つの場面の中でも読者に注目を促すきっかけを与えている。ブルックは、ボウエンが自らの感受性を、風景を美しく見せる光になぞらえていることに言及して、その独特な作品にも光に対して鋭敏な「絵画的特質」があると論じている。*30 アイルランドの風景に占める光の重要性と、ボウエンの「長い短篇」の風景描写については拙稿[*31]で考察したが、「幸せな秋の野原」においても印象的な光の場面は多い。既に言及した黄昏時の居間の場面のほかに、家族が麦畑を整然と進む場面を再検討したい。

サラとヘンリエッタが二人でみつめる風景は、尽きることのない午後の光に包まれている。フィッツジョージとユージーンがサラとヘンリエッタのもとにたどりついた後、ユージーンだけが馬を降りて姉妹と一緒に歩き出す。サラとユージーンは馬の左側に、ヘンリエッタは馬の右側になり、孤独なヘンリエッタの歌声は、強烈な「科学の光線」のようにサラの心に響く。その後、スカイラインから麦畑を俯瞰する語りでは「強く黄色い日射し」が登場人物を照らすのに続き、メアリが目覚めるロンドンの室内には「ぼんやりとした、それでいて鋭い白い光」が満ちている。再びヴィクトリア朝の世界に戻ると、まだ暖炉に火が焚《た》かれていない居間には、日没の残照を背に受けた木々の「赤黒い影」が伸びている。窓から離れた暖炉の前に立つユージーンには、その影すら届いていないが、サラの目にはユージーンの顔の後ろでランプが灯《とも》されているように見えるのである。このように光の描写は、「転位」が挿入される作品全体をつなぐ連環にもなっている。

場面は、それ以前の場面とは異なるという新鮮さによって筋の進行を促すとボウエンは述べている（「覚書」四六頁）。季節や一日の中の時間帯や出来事の移ろいを通して、場面が絶えず変化しているように見せるボウエンの技法に、光は大きな役割を果たしている。また、視点となる登場人物を徒歩なり乗り物なりで移動させて、場面を変わりやすく動きのあるものにする技法（「挿絵と会話」二八五頁）も、「幸せな秋の野原」の場面が停滞するのを回避している。麦畑での散策の途中で、家族の一人が靴ひもを結ぼうとして急にしゃがみこむと、その後ろを歩く者たちがつまずいたり転んだりして列が乱れる。その様子は「秩序の崩壊（dislocation）」と表現され、それを見てヘンリエッタは笑いを抑えられなくなる。父親は、憚《はばか》りなく大笑いする娘を「節度がない（out of order）」ともてあますが、表面上はささやかなこの混乱状態は、やがて迎える姉妹の関係の崩壊と「転位（dislocation）」をほのめかしているとも言えよう。

ウィリアム・トレヴァーは、『エリザベス・ボウエン短篇集』(*The Collected Stories of Elizabeth Bowen*, 1980)の書評で、「幸せな秋の野原」の冒頭の場面と、帰宅後の居間の場面を引用し、サラとメアリの「転位」をめぐる謎を「それ自体は聞こえなかった爆発音の残響音」[32]にたとえている。二人の関係の詳細を明かさずに、過去と現在をつなぐ「転位」を成功させたのは、「短篇作家の冒険心に富んだ好奇心と、小説家よりも軽やかで気紛れになれた想像力」[33]がボウエンに具《そな》わっていたからであろう。「幸せな秋の野原」では、必然性に感化されてボウエンが寄せ集めてきた心象風景(「挿絵と会話」二八二-八三頁)と共に、「儀式化された伝統的な一族の生活に満ちあふれて栄華を極めたビッグハウスの有様」[34]が、作品の世界を形成する必須の要素となっている。ボウエンが自らを「視覚に訴える作家で、分析に向く性質ではなかったので短篇の方が合っていた」(「挿絵と会話」二九六頁)と認めているように、本作のヴィクトリア朝のアイルランドの表象は、ボウエンの技法を包括的に具現しているのである。

【注】

*1 同作品からの引用は Elizabeth Bowen, *The Collected Stories of Elizabeth Bowen* (London: Vintage Books, 1999; first published by Jonathan Cape, 1980), pp. 755-71 を用い、頁を括弧に入れて示す。日本語訳は、エリザベス・ボウエン『幸せな秋の野原――ボウエン・ミステリー短編集2』(太田良子訳、ミネルヴァ書房、二〇〇五年)を参考にした拙訳を用いる。

*2 Jessica Gildersleeve and Patricia Juliana-Smith, eds., *Elizabeth Bowen: Theory, Thought and Things* (Edinburgh: Edinburgh University Press, 2019), p. 42.

*3 Jocelyn Brooke, *Elizabeth Bowen* (London: Longmans, 1952), p. 30.

*4 Clare Hanson, 'The Free Story', *Short Stories and Short Fictions 1880-1980* (London: Palgrave Macmillan, 1985), rpt. in Harold Bloom, ed., *Elizabeth Bowen* (New York: Chelsea House Publishers, 1987), p. 148.

＊5　*Tennyson: Poems and Plays* (London: Oxford University Press, 1965), p. 173. 日本語訳文は、西前美巳編『テニスン詩集――イギリス詩人選（５）』（岩波文庫、二〇〇三年）を参考にした拙訳を用いる。

＊6　Elizabeth Bowen, "Tears, Idle Tears," Bowen (1999), pp. 536-43.

＊7　Maud Ellman, *Elizabeth Bowen: The Shadow Across the Page* (Edinburgh: Edinburgh University Press, 2003), p. 170.

＊8　Hermione Lee, *Elizabeth Bowen* (London: Vintage, 1999; first published by Vision Press and Barnes & Noble, 1981), p. 18.

＊9　Lee, p. 55.

＊10　Neil Corcoran, *Elizabeth Bowen: The Enforced Return* (Oxford: Oxford University Press, 2004), pp. 148-49.

＊11　Elizabeth Bowen, "Preface to *Encounters*" (1949), rpt. in *Seven Winters: Memories of a Dublin Childhood and Afterthoughts: Piecies on Writing* (New York: Alfred A. Knopf, 1962), p. 189. 本段落での同書からの引用はすべて同頁。

＊12　Elizabeth Bowen, "The Short Stories in England," *Britain Today* 109 (May, 1945), rpt. in Phyllis Lassner, *Elizabeth Bowen: A Study of the Short Fiction* (Boston: Twayne Publishers, 1991), p. 138.

＊13　Elizabeth Bowen, "Preface to *Ann Lee's*" (1951), rpt. in *Seven Winters: Memories of a Dublin Childhood and Afterthoughts: Piecies on Writing* (New York: Alfred A. Knopf, 1962), p. 196. 本段落での同書からの引用はすべて同頁。以下、同書からの引用は本文中に括弧で『アン・リーの店』と記して頁を示す。なお、全訳は本書第五部に収録した。

＊14　Elizabeth Bowen, "Notes on Writing a Novel" (1945), rpt. in Hermione Lee, ed., *The Mulberry Tree: Writings of Elizabeth Bowen* (London: Vintage, 1999), pp. 35-48. 以下、同書からの引用は本文中に括弧で「覚書」と記して頁を示す。

＊15　William Heath, *Elizabeth Bowen: an introduction to her novels* (Madison: University of Wisconsin Press, 1961), p. 126.

＊16　Allan E. Austin, *Elizabeth Bowen* (Boston: Twayne Publishers, 1989), p. 84.

＊17　Jessica Gildersleeve, *Elizabeth Bowen and the Writing of Trauma: Ethics of Survival* (Amsterdam and New York: Rodopi, 2014), p. 92.

＊18　Ellman, p. 169.

＊19　*Ibid.*, p. 52.

＊20　Elizabeth Bowen, "Sources of Influence," *Seven Winters: Memories of a Dublin Childhood and Afterthoughts: Piecies on Writing* (New York: Alfred A. Knopf, 1962), p. 78. 以下、同書からの引用は本文中に括弧で「影響の源」と記して頁を示す。

＊21　Elizabeth Bowen, “Postscript by the Author,” in *The Demon Lover and Other Stories* (London: Jonathan Cape, 1952), p. 217.

＊22　Elizabeth Bowen, “Pictures and Conversations,” rpt. in Hermione Lee, ed., *The Mulberry Tree: Writings of Elizabeth Bowen* (London: Vintage, 1999), p. 282. 以下、同書からの引用は本文中に括弧で「挿絵と会話」と記して頁を示す。

＊23　Elizabeth Bowen, “Preface to *Stories by Elizabeth Bowen*,” rpt. in Hermione Lee, ed., *The Mulberry Tree: Writings of Elizabeth Bowen* (London: Vintage, 1999), p. 130. 以下、同書からの引用は本文中に括弧で「短篇集」と記して頁を示す。

＊24　Elizabeth Bowen, “The Cult of Nostalgia,” *Listener* 46. 1171 (9 August, 1951), rpt. in Allan Hepburn, ed., *Listening In: Broadcasts, Speeches, and Interviews by Elizabeth Bowen* (Edinburgh: Edinburgh UP, 2010), pp. 98-100. 以下、同書からの引用は本文中に括弧で「ノスタルジア」と記して頁を示す。

＊25　Lee, p. 156.

＊26　Robert Tracy, *The Unappeasable Host: Studies in Irish Identities* (Dublin: University College Dublin Press, 1998), p. 235.

＊27　Eibhear Walshe, “A Time for Hard Writers,” Eibhear Walshe, ed., *Elizabeth Bowen* (Dublin: Irish Academic Press, 2009), p. 101.

＊28　Gildersleeve, p. 109.

＊29　Elizabeth Bowen, “The Bend Back,” *Saturday Review* (1950), rpt. in Hermione Lee, ed., *The Mulberry Tree: Writings of Elizabeth Bowen* (London: Vintage, 1999), p. 54. 以下、同書からの引用は本文中に括弧で「時を遡ること」と記して頁数を示す。

＊30　Brook, p. 5-7.

＊31　米山優子「『夏の夜』夕映えの世界に交錯する諦念と充足——二つのアイルランドに向けられたまなざし」、エリザベス・ボウエン研究会編『エリザベス・ボウエンを読む』（音羽書房鶴見書店、二〇一六年）二七一－九一頁。

＊32　William Trevor, “Between Holyhead and Dun Laoghaire,” *Times Literary Supplement* (6 February, 1981), p. 131, rpt. in Phyllis Lassner, *Elizabeth Bowen: A Study of the Short Fiction* (Boston: Twayae Publishers, 1991), pp. 168-69.

＊33　*Ibid.*, p. 171.

＊34　Lee, p. 133.

【参考文献】

Glendinning, Victoria, *Elizabeth Bowen: A Biography* (New York: Anchor Books, 2006. first published by George Weidenfeld and Nicolson, 1977).

Laurence, Patricia, *Elizabeth Bowen: A Literary Life* (Cham: Palgrave Macmillan; Springer Nature Switzerland AG, 2019).

Lee, Hermione, "The Bend Back: *A World of Love* (1955), *The Little Girls* (1964), and *Eva Trout* (1968)," Harold Bloom, ed., *Elizabeth Bowen* (New York: Chelsea House Publishers, 1987), pp. 103-22.

奥山礼子「時空間を飛翔する想像力――『幸せな秋の野原』を読み解く」、エリザベス・ボウエン研究会編『エリザベス・ボウエン――二十世紀の深部をとらえる文学』（彩流社、二〇二〇年）二〇一－一四頁。

イギリス、アイルランド、アングロ・アイリッシュの表象をめぐる問題

✺短篇「奥の客間」と「彼女の大盤振舞い」における心霊主義

小室龍之介

エリザベス・ボウエンの属性としてよく持ち出されるアングロ・アイリッシュという民族的アイデンティティは、さまざまな問題を内包している。アングロ・アイリッシュのはじまりは、いわゆるピューリタン革命を経てイギリスに共和政を敷いたオリヴァー・クロムウェル（一五九九－一六五八）の時代にまで遡る。クロムウェルが司令長官としてアイルランド征服を開始したのが一六四九年、このとき、現地住民の虐殺が発生した。クロムウェル軍は翌一六五〇年にアイルランド征服を完了させると、一六五二年にはアイルランド入植法制定と土地収奪にまで及んだ。ただ、クロムウェルがアイルランド征服へと乗り出したのは、イギリスによる入植や土地収奪だけが目的だったわけではなく、一六四一年にアイルランドで発生したカトリックによるプロテスタント（新教徒）虐殺に対する報復という目的もあった（波多野 二一一－二六頁）。このプロセスによってイギリスからアイルランドに渡り代々定住した人々のことを、一般にアングロ・アイリッシュと呼ぶ。このような領土と宗教をめぐるイギリスとアイルランドとの抗争は、現在にも尾を引いている。

エリザベス・ボウエン自身の祖先は、クロムウェルによるアイルランド征服に乗じる形でアイルランドに上陸

した。ボウエンの高祖父にあたるヘンリー・ボウエンがクロムウェル軍の陸軍中佐として最初にアイルランドに渡ると、ヘンリーの息子で二番目にアイルランドに渡ったジョン・ボウエンの息子、ジョン・ボウエン二世が、一族にとって初のアイルランドにおける拠点となる自宅を建てた。エリザベス・ボウエンがアングロ・アイリッシュ作家と呼ばれるのも、こういった祖先のルーツがあるからに他ならない。それ以降、この一族は土地所有権をめぐる訴訟を数々起こしながらも、ジョン・ボウエンの玄孫《やしゃご》にあたるヘンリー・ボウエン三世が財政難にもかかわらず広大な土地を購入し、一七七五年にボウエンズ・コートとして知られる屋敷を建築するに至った。[*1]この屋敷の最後の相続人となったボウエンは、一族の回想録という形で『ボウエンズ・コート』を著した。ボウエンズ・コートは、そのかさむ維持費に耐えられなくなった彼女が一九五九年に近隣住人に一万二千ポンドで譲渡すると、その近隣住人はこの屋敷をすぐさま取り壊してしまった。

　ボウエンズ・コートもその一つに数えられているビッグハウスとは、プロテスタント・アセンダンシーと呼ばれる地主階級によって所有される屋敷のことであり、その地所は十六世紀から十七世紀にかけて現地のカトリック系住民から収奪したものであるゆえ、アイルランド人に対してアングロ・アイリッシュを上位とするヒエラルキーの象徴となっている。[*2]アングロ・アイリッシュ作家によってたびたび執筆されてきたビッグハウス小説は、マライア・エッジワースの『ラックレント城』（一八〇〇年）をその嚆矢とする一つの系譜となっている。その系譜はボウエンにも継承されており、『最後の九月』と『愛の世界』はビッグハウスが登場するボウエンの長篇小説として、「彼女の大盤振舞い」、「夏の夜」、「幸せな秋の野原」、「日曜日の午後」、「手と手袋」はビッグハウスが登場する短篇テクストとして知られている（リトフカ 九七頁）。

　ボウエンの時代にも英愛間の文化的、政治的衝突は激化した。クロムウェルがアイルランドを植民地化して以来の英愛対立がずっと燻る中、一九一六年に発生したイースター蜂起を皮切りに、アイリッシュ・ナショナリズムの高揚が見られた。これはアイルランド文芸復興のような文化的戦略という形をとることもあったが、多くは軍事的衝突を含み、殺戮、待ち伏せ、報復や報復への反撃が横行したアイルランド独立戦争（一九一九－二一年）へと発展した。「ザ・トラブルズ」とも言い表されるこのアイルランド独立戦争は、アイルランド自由国の成立を約束する英愛条約締結をもって幕引きとなったものの、北アイルランドをイギリス統治下に置くとされるその内容をめぐり、今度はアイルランド内戦（一九二二－二三年）という市民戦が勃発した。

ボウエンズ・コートに限らず、ビッグハウスはイギリスとアイルランド間の階級、宗教を主軸とする文化的、政治的抗争の象徴的な空間として一般的に認識されている。これはビッグハウスがプロテスタント・アセンダンシーによって所有されているがために、アイリッシュ・ナショナリズムの格好のターゲットになってしまうからで、このことはジェイムズ・S・ドネリー・ジュニアが詳述しているように、アイルランド独立戦争の折、アイルランド勢がアイルランド南部のコーク州に多数存在するビッグハウスを焼き討ちしていったことに表れている。コーク州に位置するボウエンズ・コートは焼き討ちから逃れたのとは対照的に、ボウエンはＩＲＡやブラック・アンド・タンズによるアイルランド独立戦争を背景とする長篇第二作『最後の九月』において、主要登場人物が暮らすビッグハウスの焼失をその結部にて描いている。

本稿の目的は、アングロ・アイリッシュ作家エリザベス・ボウエンの短篇テクスト「奥の客間」と「彼女の大盤振舞い」において、アイルランドやイギリス、そしてアングロ・アイリッシュが受ける表象について考察することにある。一九二〇年代初頭の英愛関係は、政治的かつ軍事的激変を経験した。泥沼化した英愛関係を象徴するアイルランド独立戦争の終結とともに結ばれた英愛条約によりアイルランドは自由国化したことで、アイルランドにおけるイギリス、とりわけアングロ・アイリッシュのプレゼンスは大きく低下した。

本稿で扱うテクスト二篇はどちらも、そのような時代背景のもと、英愛対立の象徴的存在であるビッグハウスを盛り込んだ作品となっている。問題は英愛関係を端緒とするアイルランドやイギリス、そしてアングロ・アイリッシュがリアリズム的手法で表象されることはなく、むしろゴシックやファンタジー、そして超自然現象を介した手法でのみ表象されることである。英愛関係というコロニアルな軍事的かつ政治的抗争に対するボウエンの政治性と超自然現象――この一見無関係に見える二つの事項が密に連動していることを、主にテリー・イーグルトンの『表象のアイルランド』(一九九五年)における議論やフレドリック・ジェイムソンの「モダニズムと帝国主義」を参照することで示したい。これを行うことで、ボウエンの超自然現象をとおした描写には、イギリスに根差した保守的政治性、たとえばアングロ・アイリッシュやイギリスに対する彼女の批判的で冷ややかな視線が露呈されていることを、考察の中で示したい。

1　帝国主義、モダニズム、超自然現象、そしてボウエンの政治性

アングロ・アイリッシュ文学一般をめぐる議論について、アングロ・アイリッシュ作家が長篇よりも短篇テクストを得意とし、リアリズム小説よりもファンタジーや超自然現象を扱う傾向が強く見られるという指摘、また、この事象はイギリスによるアイルランドの植民地化と大いに関係しているという指摘がある。たとえば、アン・フォガティは、十九世紀の英愛間の政治的不穏さのために、アイルランドではリアリズム小説が確立されることはなく、不条理な寓話、政治的アレゴリー、ゴシック・ロマンスなどといった形式がリアリズムに取って代わられたことを指摘している(フォガティ 一〇二頁)。この主張は、リアリズム長篇小説とは「定着と安定性の形式」であって、「啓蒙された進歩のイデオロギー」(イーグルトン 一四七頁)を持つイギリスでは可能であった一方、そのようなイデオロギーを持たないアイルランドではリアリズム長篇小説が生起せず、その代わり興ったのはアングロ・アイリッシュの「恐怖と幻想がもっとも明確な形で生じる場所」であるプロテスタント的ゴシック小説、「狂気やオカルト的なもの、恐怖や超自然的なもの」(イーグルトン 一八七頁)であるというテリー・イーグルトン

の見解に発展していくのだが、イーグルトンはここにアングロ・アイリッシュの「政治的無意識」を見ている。[*3]言うまでもなく、この時のイーグルトンは後述するジェイムソンのことを意識している。

この議論は、ボウエンの短篇テクストについても妥当であると言えよう。ヘザー・イングマンは超自然現象を頻繁に駆使するボウエンの短篇テクストとモダニズムとの関連について考察し、ボウエンにとっての短篇とは、「夢、幻視、残像や無意識を探る閾《しきい》の空間」（イングマン 七九頁）であり、そこでは「決定的な読み方の拒絶、自由間接話法、作品の骨組みを作るためのエピファニーやシンボルの使用、雰囲気や空気感を優先してのエンディングの回避やプロットの軽視」（イングマン 八〇‐八一頁）といったモダニスト的技巧が発揮されうると述べている。[*4]ここまでの議論をまとめれば、ボウエンをその一部とするアングロ・アイリッシュ文学において、長篇小説よりも短篇テクストが多く生産され、リアリズムよりもファンタジーや超自然現象を扱った小説、それもモダニスト的テクストが多く生産されてきたことの鍵をにぎるのはイギリスの対アイルランド植民地政策であり、そういったテクストにはアングロ・アイリッシュの「政治的無意識」が埋め込まれているということになろう。[*5]ゆえに、次に必要なのはジェイムソンの議論への参照である。

ジェイムソンの「モダニズムと帝国主義」における最大の目標は、モダニスト期文学において、帝国主義の構造が、一見モダニスト的に見えないテクストにさえ陰に陽に刻まれるメカニズムを明らかにすることにあるようだ。その際、二十世紀初頭の帝国主義の主体となる第一世界とアジアやアフリカをはじめとする第三世界との関係性に着目するジェイムソンにとって看過できないのは、この頃の宗主国たる第一世界と被植民地となる第三世界との関係性の表象のされ方にある。

一八八四年から第一次世界大戦までのより以前の時期に、第一世界と第三世界の支配関係は、本質的に第一世界の覇権国家間、つまりは帝国の保持者間の関係であるものとしての、何よりもまして重要な（そして恐らくはイデオロギー的な）帝国の意識によって隠蔽され追いやられた。そして、この意識はより根本をなす他者という軸を抑圧しがちだったり、植民地主義の現実という問題をただ偶発的に提起したりする傾向にあった。

（ジェイムソン 四八頁）

「第一世界と第三世界との間の支配関係が隠蔽され追いやられてしまった」ことを、ジェイムソンは「帝国主義的システムの構造に対するどんな適切な意識をも体系的に遮断すること」、すなわち「表象にまつわる包摂の戦略」（ジェイムソン 五〇頁）とする。このために、「植民地化された他者が〔…〕不可視となってしまうがために、新たな帝国主義的世界のシステムのマッピングが不可能になってしまうという美学的領域」（ジェイムソン 五〇頁）における問題が引き起こされてしまう。このことを、海を隔てた植民地が宗主国側からすれば「未知で理解不能な」ままの状態になるという「空間的断絶」（ジェイムソン 五一頁）が引き起こされてしまうと換言してもよいだろう。この問題を克服するために「形式的な、構造的な、もしくは言語的な発明」による「新鮮かつ前例のない美学的な反応が求められることになる」（ジェイムソン 五〇頁）ので、ジェイムソンがここで殊更モダニズムを取り上げるのも当然と言える。

Ｅ・Ｍ・フォースターの『ハワーズ・エンド』で右記の議論を例証しようとするジェイムソンは、「帝国の言語と一致し、しかもその土台となる構造が第三世界もしくは植民地の日々の生活と実際にははるかに近い」（ジェイムソン 六〇頁）例の必要性を訴えており、それをジェイムズ・ジョイスの『ユリシーズ』に求めているのは周知のことであろうが、この議論をエリザベス・ボウエンによる短篇テクストにおける超自然現象を考察するために、援用してはどうだろうか。フォガティやイーグルトン、そしてジェイムソンの議論を思い起こせば、ボウエンが短篇テクストで行おうとしたこととは、「他者」という「未知で理解不能な」存在を表象するために、超自然現象やファンタジーという新たな形式もしくはスタイルを用いることなのではなかろうか。従って、次に検証すべきはボウエンの帝国主義的イデオロギーに対する態度である。

ボウエンの政治性を焦点化した研究はあまり見受けられないものの、さまざまな局面において彼女の保守的な政治性が濃厚に表出したことは事実である。ボウエン研究の中でよく取り上げられるのは、第二次世界大戦中のチャーチル政権下において、アイルランドの港湾使用を望むイギリス海軍に対するアイルランドにおける考え方を調査し諜報省に報告する任務をボウエンが遂行していたスパイとしての彼女の姿だ。*6 また、戦後のイギリスにおいて労働党政権が発足し福祉国家体制が幕を開けると、右派的な富裕層が高課税をはじめとする社会主義的政策を恐れアイルランドへ転居したという「モスクワからの逃避」のことを当時の不倫相手チャールズ・リッチーへの手紙の中で触れる際、イギリスという国名の前に「赤い」という形容詞を用いたこともあった（『愛の内戦』一二二頁）。さらにボウエンは、一九六〇年代のイギリスのいわゆる「ニュー・レフト」にはシンパシーを全く持たなかったことに加え、プリンストン大学での講演中に目の当たりにしたベトナム反戦運動に加わる学生たちを「愚か者」と一刀両断し、当時のニクソン大統領側につきベトナム戦争参戦賛成派のサイレント・マジョリティを支持していた（ローレンス三一三頁）。

これらはボウエンの保守的政治性を示す揺るぎない伝記的事実であるが、イギリスの対アイルランド植民地政策についても同様の保守性、それもイギリスに根ざした保守性がボウエンには認められるようだ。英愛間を幼い頃から行き来していた生い立ちを鑑みれば、ボウエンのアイデンティティは不安定だったという見解もなるほど納得がいく。*7 が、彼女の政治性を考慮に入れると、その診断は再検討を要することになろう。ボウエンの政治性を詳述するリーによれば、対アイルランド植民地政策に関するボウエンの態度とはトーリー的で保守的、なかでもディズレイリやバルフォアを高評価する「啓蒙の帝国主義」（リー 二六頁）に他ならず、さらには、その思想的背景にはエドマンド・バークがあるという（リー 二六、二九、三〇頁）。ゆえに、土地法や教育などの改革を通してアイルランドの自治領化を狙った自由党グラッドストンを嫌うのも驚くにあたらない。リーは続けて、ボウエンがゲール文化に歩み寄ったためしも一度もないと述べる。ボウエンは、自身の文明の凋落に強く関心を寄せていたものの、ゲール文化が忘却されることについては一切の関心を示さなかった（リー　四三頁）。最もイギリス的なアングロ・アイリッシュの生活を死守すること、イギリスやヨーロッパの影響からアイルランドについて書くようにイギリスについて書くというのがボウエンのスタンスであるのだ（リー　四五頁）。くり返すが、文化的にも政治的にも、ボウエンを貫くのはイギリスに根ざした保守性である。

右記の考察や伝記的事実から判断するに、ボウエンは（右派とも言えそうな）保守的イデオロギーからイギリスの対アイルランド植民地政策を支持し、「他者」たる存在を超自然現象やファンタジー、もしくは心霊主義などの装置を用いて表象させていたと考えられ、そこにはアングロ・アイリッシュの「政治的無意識」が見え隠れしているのではなかろうか。以降の節で、ボウエンが英愛対立を象徴するビッグハウスを盛り込んだ短篇テクスト「奥の客間」と「彼女の大盤振舞い」における超自然現象に着目し、アイルランドやイギリス、そしてアングロ・アイリッシュの表象の受け方を吟味することで、これら短篇テクストから読める政治性を炙《あぶ》り出したい。*8

2　「奥の客間」におけるアイルランド、イギリス、そしてアングロ・アイリッシュの表象

「奥の客間」（"The Back Drawing-Room"）は『アン・リーの店、その他』（一九二六年）に初出の短篇である。ミセス・ヘネカー、ミス・イヴ、ベリンガム、ロイスやメガネをかけた若者メニスターなどが魂の不滅もしくは死後の世界について議論をしているところを、何者かに連れてこられたイギリス人の「小柄で丁寧、ふくよかな男」（「奥の客間」二〇〇頁）が、訪問先のアイルランドで体験した超自然現象を語るという物語である。物語の設定につい

ての明記はないものの、アイルランドに居住するいとこ夫妻の招きに応じ小柄な男がその地で超自然現象を経験したのは「市民間の動乱」の後、つまり一九二〇年代初頭のアイルランド独立戦争やその直後の内戦の終結後とあることから、一九二〇年代以降のイギリスに設定されていると判断できよう。

小柄な男の心霊体験とは以下のようなものだ。小柄な男はいとこ夫妻が用意してくれた新しい自転車に乗りサイクリングに出かけると、自転車の後輪がパンクする事態に見舞われた。小柄な男は「とある紳士の地所」（「奥の客間」二〇五頁）の存在に気づき、そこでタイヤ修理をしようと思い立った。ところが、その屋敷には誰一人としている様子がないにもかかわらず、小柄な男は輪郭でしか確認できない一人の女性に出迎えられ奥の客間へと案内される。が、やはりその女性をすすり泣きの声でしか確かめられないという恐怖のあまり、小柄な男は「盗人と思われようが共和国側の人間だと思われようがどうでもいい」（「奥の客間」二〇九頁）と屋敷から慌てて退散する。この顛末を聞かされたいとこ夫妻は、小柄な男が立ち寄ったキルバランにあった屋敷は二年前に焼き討ちされ、この所有者バラン家の現在の居住地はダブリンかイングランドであると語った。結部では、謎が謎を呼ぶ仕掛けが施されている。この一部始終を語った小柄な男が何者かによって部屋から連れ出される。その理由は判然としない。というのも小柄な男はみなにとって得体の知れない人物であるし、そもそも「誰が連れてきたの?・」（「奥の客間」二一〇頁）という問いに対し誰も答えられないのである。その後メニスターまでもが姿を消してしまっても、ミセス・ヘネカーはただ沈黙を貫くだけだ[*9]。

「奥の客間」全体が超自然現象に溢れている。周波数や振動といった音響にまつわる概念によって超自然現象が表象されているという点が一つの際立った特徴となっていることは間違いないにせよ、この短篇テクストを英愛関係、さらにはアングロ・アイリッシュという政治性を通して考察するにあたって看過できないのは、語られる超自然現象がアングロ・アイリッシュの所有するビッグハウスだけでなく、この超自然現象を語り合うイギリス人登場人物たちの会話の一部にも起こっている点であろう。前者については粗筋のなかで触れたので、ここでは後者について例証してみよう。

「奥の客間」全体に横溢する超自然現象に対する肯定的な姿勢は、まずはミス・イヴによって、次にミセス・ヘネカーによって、音響という物理的現象をとおして示唆される。冒頭に登場するヴァイオリン奏者のミス・イヴが発する声に伴う「かすかな振動」（「奥の客間」一九九頁）が語り手によって提示されるのを皮切りに、この短篇における超自然現象やその引き金とされる音響的現象が次々と言及される。「物理的なこと」によってのみ物事は表象可能なのだから「死後における魂の不滅」（「奥の客間」二〇〇頁）という現象は考察不能であるという見解に対し、場の中心的存在であるミセス・ヘネカーは、「とてつもない無知の中で、私たちの友人の魂の来世や私たちが魂と呼ぶ友人の永遠なる霊的存在とかかわらない」（「奥の客間」二〇〇頁）ことに触れ、「もしそういうことが想像できるものでしたら、分析する楽譜が目の前にないことを理由に、音楽の感覚的な魅力を拒絶するようなものですね――」（「奥の客間」二〇一頁）と述べる。彼女は音楽学における「アナリーゼ」を彷彿とさせる「分析」という言葉を用いることで、音楽も心霊現象も物理的観点では説明不能なことがあると考え、これを理由に「死後における魂の不滅」を否定せずむしろ擁護する。

心霊主義《スピリチュアリズム》を「卑俗的」とし、「言葉によるコミュニケーションの必要性」を暗に否定しながらも、ミセス・ヘネカーは「こう言ってよければテレパシーによるより優れたやりとりを得るように、それら〔心霊主義者の感覚的な明示〕に対する意識を得るのだと思います」（「奥の客間」二〇一頁。強調は原文通り）と述べる中で、「周波数」の意でもある「頻度（frequency）」を用いることで非物理的で認識を超越した領域を暗示する。

> 「このやりとりを延長することによって」と彼女〔ミセス・ヘネカー〕は続ける。「このやりとりの頻度をこれまで以上に上げることによって、存在あるときも不在のときも、私たちの内にますます完成度を増していく人格を備え、手に入れ、それは自身の人格に融合していく。大理石から作られるガラテアのように、私たちの

非認識という混沌からその人格がすっかり姿を現すとき、ある決まった人間関係が完成する」（「奥の客間」二〇一頁）

小柄な男がアイルランドでの「不可解な」（「奥の客間」二〇三頁）出来事を周囲に説明する場面描写においても、超自然的な現象がふんだんに盛り込まれている。ベリンガムの話に割り込むミス・イヴの発話を語り手はここでも「振動」（「奥の客間」二〇五頁）によって表象させることにとどまらず、小柄な男の体験談に耳を傾ける聴衆たちも、自ずと小柄な男への「振動」をくり返してしまう。小柄な男が屋敷での出来事について説明に用いた語句をそのままくり返し聞き手が反応する様子から、両者間のオカルト的な共振ぶりが簡単に見て取れる。[*10]

時期的にはアイルランド独立戦争やその直後の内戦後に設定された「奥の客間」からは、アイルランド、アングロ・アイリッシュとそれを象徴するビッグハウスの表象、ならびにイギリスの表象に対する洞察が、イーグルトンの議論を軸に加えられそうだ。「奥の客間」におけるアイルランドは、否定的に表象される。総じて、小柄な男もメニスターもアイルランドやそこでの超自然現象を「不可解」、「獣じみた国」（「奥の客間」二〇三頁）、「慣習の欠如そのもの」（「奥の客間」二〇五頁）と認識している。ミセス・ヘネカーは、アイルランドは「忘れがたくひどいと言えるほどの変化を私にもたらした。人付き合いはとても親密で耐えられないと言えるほどだった〔…〕そこでは人は夢の中に、抑圧され移ろう夢の中に住んでいる」（「奥の客間」二〇三頁）と認識している。イギリス側が持つアイルランドへの恐怖がこれらの認識の中で露呈しているということになろう。

興味深いのは、アイルランドのみが否定的な描写を施されているのではないことだ。ビッグハウスをいわばゴースト化させたことがその最たる例であろうが、ビッグハウスの所在地が「キルバラン（Kilbarran）」であり、その元住人が「バラン家（the Barran）」（「奥の客間」二〇九頁）とされていることを見逃すわけにはいかない。死や不毛さを喚起させるアイルランドの地名やアングロ・アイリッシュの一族に対する冷ややかさが語り手から滲んでいる。

「奥の客間」について特異なのは、イギリスまでもが超自然現象的な表象を、すなわち否定的な表象を帯びていることではなかろうか。アングロ・アイリッシュの象徴たるビッグハウス自体が超自然現象を生成させてしまう場と化してしまうことに加え、この出来事を語り合うミセス・ヘネカーと彼女を取り囲む登場人物間のやりとりも超自然現象に限りなく近接してしまっている。「奥の客間」は英愛条約締結後を設定とし、アイルランドが自由国化しイギリスのアイルランドに対する覇権が徐々に減じていく時代背景を考慮に入れると、対アイルランド植民地政策をとってきたイギリス、その手先となってきたアングロ・アイリッシュやアセンダンシーとされる地主階級の衰退や凋落のために、ボウエンはアイルランドはもとより、イギリスやアングロ・アイリッシュまでをもいわば他者化し、そこに生じる「空間的断絶」の結果としての「未知で理解不能な」対象としたのではないか。そして、ボウエンがイギリスを描くにせよアングロ・アイリッシュを描くにせよ、超自然現象を思わせる仕掛けを用いることでそれらを否定的に描写することになったのは、保守的なボウエンが抱く「啓蒙の帝国主義」の衰微が「政治的無意識」の形をとって顕在化してしまったからではなかろうか。

3　「彼女の大盤振舞い」におけるイギリス、そしてアングロ・アイリッシュの表象

「彼女の大盤振舞い」（“Her Table Spread”）は、「カンバセーション・ピース」（“A Conversation Piece”）として一九三〇年五月に『ブロードシート・プレス』誌に掲載されたのが初出である。アイルランドのとある入江近くの城（ビッグハウス）の所有者であるヴァレリア（ミス・カフ）の婚姻相手をめぐる物語で、登場人物にヴァレリアの叔母のミセス・トレイ、ミセス・トレイの叔父であるミスター・ロシター、ミス・トレイの話し相手ミス・カービン、そしてヴァレリアの結婚相手の候補としてロンドンから来たオルバンがいる。これら登場人物が参集するとある

雨の晩、オルバンの来訪と同じタイミングでイギリスの駆逐艦が入江に停泊していた。その水兵たちは以前、この城でのディナーに招待されたことがあったがために、ヴァレリアはオルバンのことはお構いなしに水兵のミスター・ガレットやミスター・グリーヴスとの夢想に耽り、駆逐艦の水兵たちが城の灯《あか》りに気づき城を訪問してくれないかと望むものの、その望みは叶わぬまま終わる。そんな折、ミスター・ロシターとオルバンがボート小屋に向かうとコウモリに襲われ、二人は慌てて退散する。オルバンが城に戻ると、城は暗闇に包まれてしまっているため、ヴァレリアのすすり泣く音だけを頼りにオルバンは彼女へと近づく。すると、ヴァレリアはオルバンをミスター・ガレットと勘違いしてしまうが、その勘違いはミス・カービンやミセス・トレイにも伝播してしまう。結部では、駆逐艦が入江を後にするとき、「〔灯りの〕消された城」（「彼女の大盤振舞い」四二四頁）ではヴァレリアが両手を広げ横たわり、ボート小屋ではミスター・ロシターが意識を失った状態で横たわっている。「彼女の大盤振舞い」は「奥の客間」より単純な構造を示している。「奥の客間」と同様、この短篇テクストはビッグハウスを登場させながら、アイルランドをあまり表象させない。むしろ、この短篇テクストが専ら問題化させているのはイギリスとアングロ・アイリッシュの関係性である。

この短篇テクストは一貫して、アングロ・アイリッシュを否定的に描いており、アセンダンシー階級の没落が通奏低音のように響いている。冒頭において語り手は、ヴァレリアは「異常で――二十五歳ではあるが彫像のような体の発達をしており、未だに子供時代に閉じ込められている」（「彼女の大盤振舞い」四二〇頁）とし、オルバンは「彼ら〔屋敷の住人〕はみな狂っていると聞かされていた」（「彼女の大盤振舞い」四二三頁）ともしている。[*11]「城」とされるビッグハウスも「窒息した島」（「彼女の大盤振舞い」四一八頁）に建つことに加え、ヴァレリアが未婚のままだと「城は売りに出され」（「彼女の大盤振舞い」四二〇頁）、みな路頭に迷ってしまいかねない状態にあることが示される。アングロ・アイリッシュが否定的に描かれているのは明白だ。

「彼女の大盤振舞い」の怪奇性は結部に集約されている。ヴァレリアがオークションで入手したマルスとマーキユリーの彫像（「彼女の大盤振舞い」四一九、二〇頁）が結部において動き出すこと、鍵盤がひとりでに動き出すこと、オルバンがミスター・ガレットと勘違いされることは超自然現象の分かりやすい事例だろう。*12 最後の事例として指摘すべきは、城そのものが消えてしまうことだろう。セクシャリティの観点による「彼女の大盤振舞い」の読み込みを狙う刮目《かつもく》すべき桃尾論文で「お城では灯りが消え（extinguished Castle）」（桃尾 四六頁）となっているものを「消え失せた城」と解すれば、結部における一連の超自然現象としてより確たる位置付けが可能であるし、駆逐艦がこの城を後にして入江を去ることの意味もより明瞭となるのではなかろうか。

恐らくこれがみなにとって最善だったのだ。次の日が真っ先に雨を照らす朝早い頃、駆逐艦は流れるように――ヴァレリアが両腕を広げて横たわっている消え失せた城の下を通り過ぎ、そしてミスター・ロシターが感覚もなく横たわりコウモリが羽で姿を隠しぶら下がっているボート小屋の下を通り過ぎ――入江から外海へと向かっていった。

（「彼女の大盤振舞い」四二四頁）

桃尾論文はこの結部からヴァレリアと水兵が「同衾していない可能性も否定できない」（桃尾 四六頁）とし、ヴァレリアは子孫に恵まれず城は「絶えて（extinguished）」しまう運命を読みとっている。ボウエンの文体を彷彿とさせる二重否定による桃尾論文のこの説明に含みがあるとすれば、それはヴァレリアもミスター・ロシターもイギリス駆逐艦の水兵によって殺されたという読みの可能性のことだろう。すなわち、駆逐艦が入江を去る結部で示されるのはアングロ・アイリッシュに見切りをつけるイギリスと考えられ、これはいかにもボウエンの政治的保守性と合致する。*13 すなわち、「奥の客間」と同じく、「彼女の大盤振舞い」におけるアングロ・アイリッシュの世界に超自然現象的な描写が施されているのは、アングロ・アイリッシュの世界が、リアリズムによる表象が土台無理な領域に化してしまったことの帰結であり、「啓蒙の帝国主義」を信奉するボウエンは、英愛条約締結後にあっては用済みで「理解不能な」アングロ・アイリッシュを他者化し、「空間的断絶」とされる第一世界と第三世界の間に生じる垣根を凋落のアングロ・アイリッシュとの間に設けてしまっている。「彼女の大盤振舞い」においてて、イギリスに立脚するボウエンの「政治的無意識」が発露しているのではなかろうか。

クロムウェルがアイルランドを植民地化して以来、英愛関係は政治的、民族的、そして宗教的に常に緊張関係を孕んでおり、アセンダンシーとして知られるアングロ・アイリッシュの地主階級やその所有物であるビッグハウスは、英愛対立の象徴として、マライア・エッジワース以来、文学テクストの中で描かれてきた。そしてボウエンもこれを描いてきた。ビッグハウスという空間をアングロ・アイリッシュ作家が描くのであれば、そこでは緊迫する英愛対立が焦点化されるのだろうという期待を、ボウエンは裏切る。『キム』におけるキプリングや『インドへの道』におけるフォースターがインドに向けたような視線を、ボウエンはあまり持ち合わせてはいない。ボウエンの眼差しはアイルランドからは遠のき、アングロ・アイリッシュやイギリスの方に向いているようである。*14

イーグルトンやジェイムソンの議論を通過してしまうと、いわゆる「空間的断絶」のために、他者たるアイルランドこそがイギリスやアングロ・アイリッシュの恐怖や不信の対象となり、そのために、アイルランド表象にはゴシックやファンタジー、そして超自然現象を駆使した記述がつきまとうと考えてしまいたくなる。だが、これはボウエンには当てはまらない。くり返すがボウエンはアイルランドをあまり描きたがらないし、何よりも忘れてはならないのは、アングロ・アイリッシュやイギリスこそが超自然現象をとおした描写を受けるということである。

アングロ・アイリッシュ作家として知られるボウエンにしては不可思議ともとれるこのことは、一九二〇年代の英愛関係やそれに対するボウエンの態度を考慮すると合点がいくのではないか。一九一六年のイースター蜂起に始まる英愛対立関係の悪化はアイルランド独立戦争を招き、その後の英愛条約で一応の決着を見たが、アイルランド自由国が成立したことにより、イギリスのプレゼンスは低下し英愛関係は変容した。保守的な「啓蒙の帝国主義」に強くこだわるボウエンにすれば、この英愛関係の変容が受け入れがたいものであったことは想像に難くなく、衰退するアングロ・アイリッシュやイギリスに対し超自然現象めいた描写が数多く与えられているのは、それらに対するボウエンの不信とも幻滅ともいえる姿勢が起因となっているのではなかろうか。[*15] ボウエンにとって、対アイルランド植民地政策から手を引くようなジェスチャーを示すアングロ・アイリッシュやイギリスといった世界までもが、「空間的断絶」によって遮られた「未知で理解不能な」領域になってしまったということなのだろう。そして、そのような領域はリアリズムという手法で描写することがそもそも不可能であるため、別の手法——すなわちモダニズム的手法——を駆使することが課題となり、ゴシックやファンタジー、オカルトや超自然現象を盛り込んだ描写がアングロ・アイリッシュやイギリスの表象に起用されたのだと考えられはしないだろうか。

それにしても、ゲール文化にも接近せず、アングロ・アイリッシュをもイギリスをも見限るボウエンの軸は、一体どこに存在するのだろうか。それを探るには、一九三〇年代以降のボウエンのテクストを他の作家・作品と比較し吟味するのだろうが、それについては別稿にて議論したいと思う。

【注】

＊1　厳密に言うと、ボウエンの祖先はウェールズ出身である。ハーマイオニ・リーは、ウェールズ出身のアングロ・ア

イリッシュを「珍しい」(三二三頁。出典は参考文献を参照、以下同)としている。また、ボウエンの祖先についてもリーに詳しい(三三二-三三五頁)。

＊2　ビッグハウスについては、ヴェラ・クレイルキャンプ(六〇頁)が詳しい。また、オレナ・リトフカによると、プロテスタント・アセンダンシーはアイルランド人から土地を収奪し彼らを周縁化していった一方で、「アイルランド人としてのアイデンティティを身につけ、自分たちをアイルランド人として考える」(リトフカ 九三頁)ようになった。ビッグハウスは「階級、民族性、宗教や言語といった差異を映し出し、それゆえにアングロ・アイリッシュの人々の間で疎外感や不安、アイデンティティの曖昧さが生まれてしまう」(リトフカ 九三-九四頁)ゆえに、ビッグハウスは「孤立」(リトフカ 九四頁)の象徴となってしまう。

＊3　この見解は、十作品あるボウエンの長篇小説のうち、主たる舞台をアイルランドに設定してある長篇小説が『最後の九月』と『愛の世界』の二作だけであることを説明するものでもあるし、ボウエンの短篇テクストの多くが心霊主義や超自然現象を用いていることを説明するものでもある。

＊4　イングマンは、ボウエンの執筆した序文や一九六〇年にヴァッサー・カレッジの学生向けに行った講演を参照し、それらが短篇における結部の不在について論じたり、短篇という形式の持つ怪奇小説との密接な関係について論じたりしていることを紹介している。読者の想像力を喚起させることにボウエンの狙いがあったようだ(イングマン 八〇、八四頁)。

＊5　ジェイムズ・F・ウルツも同様に(一一九-一二二頁)、アイリッシュ・モダニズムと二十世紀初頭の社会的混乱(アイルランド独立戦争、内戦)とは不可分とする。アングロ・アイリッシュの凋落は、多数派を占めるアイリッシュ・カトリックと連合法によるものであるので、ビッグハウスが不吉さや死に取り憑かれていて当然であり、これがアングロ・アイリッシュ・ゴシックの生起へと繋がったと議論する。また、ウルツは帝国主義なるものは植民地の生活、苦難や搾取を取り込めるものが存在しないために、「自国の文学では想像し得ない中心部の空白」(ウルツ 一二一頁)、すなわち「空間的断絶」が生じ、この空白を埋めるのがモダニズム的技巧であると主張するジェイムソンの「モダニズムと帝国主義」を基に、ボウエンのテクストでは、ゴーストがその役割を担っているとする。

＊6　チャーチル主義者たるボウエンを示すこのエピソードは、反逆者または裏切り者としてのボウエンの姿をアイルラ

ンド人に決定づけたものでもあった。ボウエンはコーク出身であるにもかかわらずコーク北部の文学アンソロジーからは除外されてしまった要因として、ボウエンのスパイ活動があるという。この点についてはエイビアー・ウォルシュの論考に詳しい（一四一－四二頁）。

＊7　たとえばリーは幼少期のボウエンの持つ「(場所の）喪失や異国の感覚」（リー 一六頁）を、パトリシア・ローレンスは成人となったボウエンの文化的なノマド状態（ローレンス 八三頁）を指摘している。

＊8　ボウエンのエッセー「ビッグハウス」（"The Big House," 1940）において、ボウエンはビッグハウスの特徴に「孤立」とか「孤独」とかを含めているものの、ボウエン自身にとってのその特徴はむしろ「魔術」とか「ミステリー」とかであると述べている（二五頁）。

＊9　「遅刻して入室した誰かが彼（＝小柄な男）を連れてきた」（「奥の客間」二〇〇頁）ことになっているが、その誰かとはメニスターであるというのが大方の読みだろう。そして、この二人が結部で姿を消してしまうのだが、その時の「誰が連れてきたの?」という言い方そのものがこの二人の存在を怪奇的なものにすることに留意されたい。最後はメニスターがいなくなってもミセス・ヘネカーは沈黙を貫いている訳だから、すべてがミセス・ヘネカーの仕業なのだと読みこめるのではなかろうか。

＊10　「溺死したような」、「恐怖で」（「奥の客間」二〇八頁）、そして「やり返す」（「奥の客間」二〇九頁）という言葉が小柄な男と聞き手の間で共振している。

＊11　ヴァレリアの体つきについては、ボウエンがエッセー「エール」（"Eire," 1941）の中で、戦間期のアイルランドを「国全体の幼稚さ」（三三頁）と書き表したことを思い起こさせる。

＊12　ヴァレリアが冒頭で「彫像のような体の発達をしている」（「彼女の大盤振舞い」四一八頁）とあるのは、この結部に対する伏線だろう。

＊13　この点は桃尾論文が提示するヴァレリアと水兵との「同衾」という読みと齟齬をきたさないのではなかろうか。それはイギリスがアングロ・アイリッシュを侵す／犯すという一点に尽きる。

＊14　アイルランドに対するボウエンの視線が希薄であること自体、（ポスト）コロニアリズムの観点からすれば深刻な問題であろう。本稿で扱った短篇テクストだけでなく『最後の九月』といった長篇テクストにおいても、アイルラン

ドやゲール文化のプレゼンスはほぼ皆無と言ってよい。ボウエンのアイルランドやゲール文化に対する態度は、リーによるボウエンの伝記的記述にある通り、冷ややかであるのは確かだろう。

＊15　本論の考察は、イギリスのアングロ・アイリッシュに対する「罪の意識」が「奥の客間」にも「彼女の大盤振舞い」にも垣間見られるとするイングマンの見解とは大きく異なる（イングマン 八八－九〇頁）。

【参考文献】

Bowen, Elizabeth, "Eire," 1941. *The Mulberry Tree: Writings of Elizabeth Bowen* (London: Vintage, 1999), pp. 30-35.

———, "Her Table Spread," *The Collective Stories of Elizabeth Bowen* (London: Vintage, 1999), pp. 418-24.

———, "The Back Drawing Room," *The Collective Stories of Elizabeth Bowen* (London: Vintage, 1999), pp. 199-210.

———, "The Big House," *The Mulberry Tree: Writings of Elizabeth Bowen*, edited by Hermione Lee (London: Vintage, 1986), pp. 25-30.

Bowen, Elizabeth, and Charles Ritchie, *Love's Civil War: Letters and Diaries, 1941-1973*, edited by Victoria Glendinning (Toronto: McClelland and Steward, 2008).

Corcoran, Neil, *Elizabeth Bowen: The Enforced Return* (Oxford: Oxford UP, 2004).

D'hoker, Elke, "The Poetics of House and Home in the Short Stories of Elizabeth Bowen," *Orbis Litterarum*, vol. 67, no. 4 (2012), pp. 267-89.

DiBattista, Maria, "Elizabeth Bowen's Troubled Modernism," *Modernism and Colonialism: British and Irish Literature, 1899-1939*, edited by Richard Begam and Michael Moses (Durham: Duke UP, 2007), pp. 226-45.

Donnelly Jr., James S., "Big House Burnings in County Cork during the Irish Revolution, 1920-21," *Eire-Ireland*, vol. 47, nos. 3&4 (fall/winter 2012), pp. 141-97.

Eagleton, Terry, *Heathcliff and the Great Hunger: Studies in Irish Culture* (London: Verso, 1995)〔テリー・イーグルトン『表象のアイルランド』鈴木聡訳、紀伊國屋書店、一九九七年〕.

Eatough, Matt, "*Bowen's Court* and the Anglo-Irish World-System," *Modern Language Quarterly*, vol. 73, no. 1 (2012), pp. 69-94.

Fogarty, Anne, "Ireland and English Fiction," *The Cambridge Companion to the Twentieth-Century English Novel*, edited by Robert L. Caserio

(Cambridge: Cambridge UP, 2009), pp. 102-13.
Glendinning, Victoria, *Elizabeth Bowen: A Biography* (New York: Anchor, 1977).
Gonzalez, Alexander G., "Elizabeth Bowen's 'Her Table Spread': A Joycean Irish Story," *Studies in Short Fiction*, vol. 30 (1993), pp. 153-60.
Ingman, Heather, *Elizabeth Bowen* (Brighton: Edward Everett Root, 2021).
Jameson, Fredrick, "Modernism and Imperialism," *Nationalism, Colonialism and Literature* (Minneapolis: U of Minnesota P, 1999), pp. 41-66.
Kreilkamp, Vera, "The Novel of the Big House," *The Cambridge Companion to the Irish Novel*, edited by John Wilson Foster (Cambridge: Cambridge UP, 2007), pp. 60-77.
Laurence, Patricia, *Elizabeth Bowen: A Literary Life* (Cham: Palgrave Macmillan, 2019).
Lee, Hermione, *Elizabeth Bowen* (London: Vintage, 1981).
Lytovka, Olena, *The Uncanny House in Elizabeth Bowen's Fiction* (Frankfurt: Peter Lang, 2016).
Norris, Claire, "The Big House: Space, Place, and Identity in Irish Fiction," *New Hibernia Review*, vol. 8, no. 1 (spring 2004), pp. 107-21.
Piette, Adam, "War and the Short Story: Elizabeth Bowen," *British Women Short Story Writers: The New Woman to Now*, edited by Emma Young (Edinburgh: Edinburgh UP, 2015), pp. 66-80.
Walshe, Eibhear, "Several Landscapes: Bowen and the Terrain of North Cork," *Estudios Irlandeses*, no. 0 (2005), pp. 141-47.
Wurtz, James F., "Elizabeth Bowen, Modernism, and the Spectre of Anglo-Ireland," *Estudios Irelandeses*, no. 5 (2010), pp. 119-28.
波多野裕造『物語アイルランドの歴史――欧州連合に賭ける〝妖精の国〟』（中公新書、一九九四年）。
桃尾美佳「ビッグ・ハウスという境界地――Elizabeth Bowen "Her Table Spread" を読む」、『了徳寺大学研究紀要』（一号、二〇〇七年）三一－四九頁。

第三部

少女の問題、女の問題

少女の世界とその時空間

✺短篇「ジャングル」を読む

伊藤節

1　少女とは何？

「夏学期が終わるころに、レイチェルはジャングルを発見した」[*1]の書き出しで始まる短篇「ジャングル」（"Jungle," 1929）は、規律、規範に縛られる学校の敷地の外部にジャングルを見出し、それが表象する心のジャングルに分け入っていく寄宿女学校の少女の行動と内面心理を追っている。誰にも知られない秘密の荒地で同性の友と至福の時を味わうという少女の同性愛物語でもあるこの短篇は、夏の終わりから初冬にかけてのイギリスの美しいカントリーサイドの風景に溶け込む少女世界の心象風景を絶妙なタッチで描き出している。アンガス・ウィルソンもボウエンの短篇集（一九八〇年）の序文において、このコレクション中で最大の満足をもたらす作品は子どもに関するもので、「ジャングル」はその一つだと指摘している。[*2]

主人公のレイチェルは子どもであり女、すなわち「少女」である。この「少女」というのはいったいいつ頃の年齢を指すのかは微妙な問題を孕んでいる。彼女は学期が終わった休み期間に十五歳になったばかりである。スカートを二インチおろしてくれた母親から「もう女の子《リトル・ガール》じゃないんだから」（二三二頁）と言われ、招待されたテニスパーティーでも彼女の呼称についてとまどう若者たちから「レイチェル」ではなく「ミス・リッチー」と呼ばれるようになる。しかし結婚している姉のアデラからは、今年ではなく来年の夏休みになったら「少年少女のダンスパーティーに連れて行ってあげるから家にいらっしゃい」（二三二頁）と招かれるのである。「じゃあ、あたしって今は少女じゃないってこと?」と不思議に思うレイチェルに対して、姉はきっぱりと「十六歳になるまで、その意味ではあんたは少女じゃないのよ」（二三二頁）と言うのである。

十五歳といえば肉体的、性的に成熟しつつある時期である。しかしレイチェルは寄宿女学校という閉ざされた時空間に留め置かれている少女である。イギリスでは中流階級の家庭の少女は家庭教師の教育か、私塾のような学校に行くだけで、あとは母のもとで家政手腕を身につけ、結婚の機会を待つのだが、二十世紀に入るとレイチェルの置かれた場が示すように、教育は家庭から学校へと移り変わりつつあった。しかし少女にとってはやがて訪れる妻、母としての時間を待つという事情は基本的には変わらないものであった。その到達点まで何をするでもなく、どこに属するでもなくモラトリアム人間のように過ごす未婚の時期が「少女期」であり、「少女」とはその意味で年齢的には幅のある女性をさすものである。純真無垢性が求められ、よき家庭婦人になることへの期待のまなざしが注がれる少女とは、少年からも成人からも区別され、二重の意味で下位におかれ、まさに周縁を生きる存在なのである。

ボウエンは「ジャングル」のみならずその作品中でたびたび多様な年齢の少女――それは往々にして母のない少女――を登場させ、その「少女期」が大人という「結婚を迎えるための成熟期」につながらない世界を描いている。初期の短篇である「ジャングル」は長篇第一作『ホテル』（*The Hotel*, 1927）の二年後に出されたもので、ともに少女の同性愛という共通するテーマを扱っており、少女と同性愛はボウエン文学において不可欠な主題の一つになっている。

本稿では「ジャングル」における少女世界とその時空間はいったいどのように描かれ、その意味するものは何なのかを、『ホテル』や、同じく少女についての短篇「マリア」(“Maria,” 1934)、「少女の部屋」(“The Little Girl's Room,” 1934) を参照しながら探っていく。

2 無垢性の囲い込み

ボウエンの「少女」の世界を見る前に、これまでの「少女」物語について少し概観してみたい。とりわけ少女につきまとう「無垢性」という特質の由来についてである。まず思い浮かべるのがルイス・キャロルの『不思議の国のアリス』(*Alice's Adventures in Wonderland*, 1865) である。西欧近代の「少女」物語の発端となった作品であり、西欧児童文学のファンタジージャンルの系譜の起点とみなされるものである。*3 この作品では無垢な少女の冒険が面白く魅力的に語られている。だがアリスのファンタジー世界での体験は、物語の終わりでは過ぎ去った「少女時代」として消えてしまう。アリスは作者キャロルによって無垢のまま、不思議の国に永遠に留め置かれるのである。ここでの少女の無垢性とは、アリス自身の欲求とは関係なく、少女の裸体写真のコレクターでもあったキャロルという男性作家の欲望と夢想が少女に付与した特性ともいえよう。*4 それは少女の肉体を客体化しようとする時の男性の意識ともつながっている。そこに読み取られるのは少女という存在の本質的な客体性である。古今東西多くの人々を魅了する「少女」についてまとめた『少女コレクション序説』で澁澤龍彦は、「少女は一般に社会的にも性的にも無知であり、無垢であり、小鳥や犬のように、主体的には語り出さない純粋客体、玩弄物的な存在をシンボライズしている」*5 と述べている。当然のことながら一個のオブジェと化した純粋客体としての少女は、男性の観念の中にしか存在しない。

少女の無垢性はこのように男性の欲望を背負ってファンタジー文学上に現れてくるが、一方でこれと同時期のヴィクトリア朝時代末期、現実世界の日常レベルでも、将来の良妻賢母へと変じていく少女像も誕生している。パトモアの詩に由来する〈家庭の天使〉がその元型とされるが、イギリス文学には無垢で美しく、従順な家庭の天使の性格を帯びたヒロインが登場してくる。[*6] イギリスが産業資本主義の支配権を確立し、利益追求の激しい競争が進行するなかで、職場という男性の領域と、家庭という女性の領域がはっきりと分離した時代である。産業社会が女性に求めるのは子どもを産むという再生産、また「精神的オアシス」である愛と絆の家庭であった。夫と子どものためにそれを守る女性は「祭壇を司る女神、魂の浄化をもたらす天使」となるよう求められたのである。[*7] その準備期間である「少女期」に置かれた女性は、このため母になるという未来の栄光を想像しながら、自らの現在を押しつぶして生きる〈過渡的な存在〉にされてしまったのである。

こうして少女に幻想を託すのは男性作家だけでなく、当時は女性作家の作中においてもこの〈家庭の天使〉を目標とする少女像は尊重されたのである。その後も女性に関する規範、秩序遵守路線は『赤毛のアン』（*Anne of Green Gables*, 1908）などいわゆる家庭小説（少女小説）のジャンルに引き継がれ、少女の成長物語は相変わらず「家庭」とのかかわりで描かれてきた。さらに十九世紀末からは少女の高等教育機関が創設され、続いて女子の全寮制学校も出現するようになるにつれて、寄宿制学校を舞台とする少女のいわゆる「学校小説」[*8]と呼ばれるものも数を増していくが、これも同様の路線を踏襲していた。そこでの女性の人生の選択肢を広げるかのような女子教育の実情は依然として枠にはまった少女の成長を促すものであった。

当時のそうした学校の性格は短篇「マリア」にも窺うことができる。母のない、感じやすく内気な少女、それでいて奇想天外なことをしでかす少女についての物語である。評判の寄宿女学校に入れられたマリアは、「品格に関してはすでに仕上げ《フィニッシュ》が終わり、後は社交界に出るときに備えて、髪型と容貌を仕上げるばかり」になっており、加えて「水泳とダンスとフランス語を少しばかり習い、とりわけ無害な初歩の歴史、そして高貴な義務《ノーブレスオブリージュ》について」(四〇八－〇九頁)学んでいる。一方男子の方は、将来男の領域に参入させられるために、女子には教えられることのないギリシャ語、数学などが教えられ、スポーツも重視されたのであるからその差異は歴然としていた。作者ボウエンはこのマリアに、「あたしくらいの年齢の少女の教育をいい加減にすると、その子の人生は丸潰れになるのよ」(四〇九頁)と意味深くも、伯母に向かって果敢に言わせている。つまり〈家庭の天使〉像は十九世紀末には影を潜めていくものの、近代資本主義社会と家父長制が求めるジェンダー・ロールの考え方はそう簡単に揺らぐことはなかったのである。つまり教育機関である女学校とは、結婚相手を見つけるまでの「少女期」にある少女を囲い留め置くための場でもあった。

日本に目を向けても状況は同様のものであった。十九世紀末に良妻賢母主義に基づく高等女学校令(一八九九年)が公布されると、家父長社会の娘として家を守る存在に育つような教訓性に満ちた少女雑誌がいくつも生み出され、メディアにおける「少女」の領域が開かれていく。言い換えればそれは少年から区別するための少女の「囲い込み」でもあった。この時期に生まれた少女物語のスター作家である吉屋信子もボウエンと同じく一九一〇年代より書き始め、デビュー作『花物語』(一九一六－二四年)において女学校を舞台にした少女だけの交流を描き、エロティシズム漂う少女の世界を可視化している。

このように肉体的、性的生産能力の封じ込めと学校への囲い込みは、都市型の生活を営む少女たちが経験する近代化への道程であったのであり、それは欧米社会にも日本にも共通してみられるものであった。少女の時空間を語る少女物語が近代社会で生まれた文化現象とすれば、「少女」とは近代の製造物、モダニズムの申し子ともいえるのである。

3　赤い革命はまだ遠い

十三歳で母を亡くしたボウエンはその二年後、十五歳から三年間ダウン・ハウス・スクールという寄宿女学校で過ごしている。「幸福な時代を過ごしたものの、母のない少女だったので、私は永遠に大人になれないという潜在的な不安をずっと抱いてきた。〔…〕おそらくその不安が私を書くことに駆り立てたのだと思う[*9]」と後にボウエンは回想している。短篇「マリア」においては、母のない少女マリアに、「あたし、思うんだけど、あたしのような立場にいたことのない人に期待しても無駄なのよ、家庭がない人の気持ちを理解してもらおうなんて」(四〇九頁)と口にさせている。ボウエンの「少女」について考えるうえで、彼女が母のない、つまりア・プリオリに家庭のない少女であったこと、また彼女が作家になった二十世紀の初めが、女性にとって近代の家庭至上主義ともいえるようなイデオロギーに依然として支配されていた時代であったことは、作品との関係を考えるうえで無視できないものである。ボウエンの「少女」物語においてそれらはどのように描かれているのだろうか。

「ジャングル」が少女の囲い込みからの脱出物語であるとして、一方で、そこにとどまっている少女についての短篇「少女の部屋」があり、ここに少女の置かれた状況とその無垢性についてボウエンの意識の一端を窺うことができる。それは「少女の部屋」という牢獄に囲われた十二歳のジェラルディンという少女の物語である。彼女は母親を亡くし、祖母にあたるレザトン＝チャニング夫人に預けられている。「祖母というエーテルのような立場は、それ以前の厄介きわまりない母親時代がないだけに、ことのほか快適だった。同様に、結婚生活という慌ただしい時期の後に訪れた未亡人という立場は、夫人の心の波止場であり、勲章であった」(四三〇頁)と語られるように、この未亡人は、本心は母役、妻役をやりたくなかった女性である。だが預かった少女については、社会の要請する少女の育て方に完璧に従い、「少女の傑作」を作り上げようとする。ジェラルディンは「無心に清らかな花」として、中身が空っぽのまま、「神格化の準備段階」（四二六頁）に置かれていた。夫人の午後の客であるミス・エリスは思わず叫ぶ。

「みんな、よくやるわ！」
「みんなって？」
「女たちのことよ――どうやって自分の子供を育てるのかしら！」（四三〇頁）

この時、レザトン＝チャニング夫人は「枯れた薔薇」を一つ、二つ摘《つ》みとると、「まあ見てなさい、みんな失敗するから」と不気味に言ってのけるのである。孫娘を観賞用の薔薇のように育てながら、囲い込みによる少女の育て方がうまくいくはずがないとの真実を彼女は皮肉にも口にしているのである。

無垢な少女の置かれた部屋は次のように描かれる。

柔らかなピンク色と庭から入るやさしい光にあふれた部屋は、物理的な壁というより、渦巻くような繊細さと生きいきしたピンク色の陰影に囲まれていて、巻貝の内部、花芯だった。〔…〕ここでは金色に微笑む時計の周囲に時間が捕獲され、小さな蛾の羽ばたきだけがそれを乱す。ここに足を踏み入れると、甘美な若さが死すべき運命を甘受する意識から蒸留されて、その姿を現していた。狭いベッドは幼い墓のように、無垢そのものだった。（四三〇頁）

レザトン＝チャニング夫人はこの少女の部屋に入るたびに快感を覚えるのであった。部屋は夫人の理想とする平和に満ちており、子供のベッドは眠りのイメージに包まれている。だが当の少女はというと、周囲の大人たちはみな敵と考え、ベッドの中で、町が血で染まる「赤い革命」が起きることをひとり夢想しているのである。

夫人と一緒に少女の部屋に入ってきた老女のミス・エリスは甘美なベッドで眠る少女を見て思わずつぶやく。

「あなたの年にもどりたい！」（四三四頁）

この言葉を聞いてしまった少女は、もどりたいだって？　そうだったのかと、「赤い革命」はまだ遠い先のことだと悟る。ドアが閉じられ老女たちが去っていくと、少女は囲い込みからの解放をもたらす革命が起こるまで、「少女の部屋」という「牢獄」でため息をつきながらしぶしぶ眠るのである。

無垢性を守ろうと少女を甘美な部屋に囲い込む状況は変わりそうにないところで終わるこの短篇は、少女の未来が墓場であることを暗示したものとなっている。

4　宙づりの少女の反逆

一方「ジャングル」では、レイチェルは同じように閉ざされた時空間に囲繞《いにょう》されている少女であるが、彼女はある日行動を起こし、その空間から抜け出していく。

学校の野菜農園の奥にある壁を越え、そこで敷地の外に出てから、膝まであるスイバやギシギシの原っぱを通り、モーデン氏の所有地の境界線の生垣に沿って進んでいたら、生垣の下に小さな隙間があったので、思いっきり腹ばいになって潜り抜けた。さらにモーデン氏の馬場の周囲を半周回って反対側にわたり、池をぐるりと周り、板張りの高い門をよじ登ると、その先に見通しの悪い道が一本あったのである。その道を外れてさらにもっと行くと、上が貧弱な生垣になっている土手が出てきて、その生垣の裏手にいくつかある抜け道を通り抜けてみる。（二三一頁）

するとそこに「ジャングル」があったのである。「完全に見捨てられた荒れ果てた場所で、どう見ても私有地ではないし、来るのは浮浪者くらいのもの、猫の死に場所のようでもある」（二三一頁）。最初一人でここへ来たレイチェルは、心臓が飛び出しそうになった。彼女はこの時十四歳。そのアイデンティティに関し一見何の問題もなさそうにみえるレイチェルであったが、実は自分が何ものでもない、不安定な宙づり状態にあることを感じ取っている。「時々抑圧を感じ、苦しくなる時があった」（二三二頁）と語られるように、彼女は自分の意識では気がついていない感情を、身体によって教えられるのである。ドキドキしながらも身体が動き出し、イバラの茂みに隠れて完全に見捨てられている荒地を見つけ、これを彼女はなぜか「ジャングル」と呼ぶ。ワイルドな生命力と破壊力、混沌、自由などをイメージさせる「ジャングル」を探検するこの少女の物語はどこか反秩序的、反逆的色彩を帯びたものとなってくる。

「ジャングル」とは、レイチェルが身体的感触によって得たもう一つの「発見」でもある。それを示すようにジャングルでは、レイチェルの想像力に「異変が起きる」。「ジャングルの中にあるものが一斉に回転したと思ったら、次の瞬間バラバラになり、互いの関係が微妙に入れ替わって何かが少し変化していた」（二三二頁）。家庭内の存在であるべきだという少女に課された規範の中で生きているレイチェルだったが、いったんジャングルに入ると、その拘束が想像力によって緩められ、呪縛が解かれていく。

目下のところ親友がいないため「暫定期間」にあるレイチェルは、誰一人自分を理解してくれそうにないと思い悩む。彼女の必死の親友探しは、自己のアイデンティティを同性の友を通じて確認したい気持ちの表れともいえる。「ジャングルになら自分を理解してくれる完璧な人間がいるかもしれないが、しかし完璧な人間ならジャングルのよさがわからないかもしれない。ジャングルはジャングルのままでいい」（二三二頁）と、この少女は言い放つ。こうして彼女はじっと座ったまま、「先が見えないイバラのしげみ」に瞳を凝らすのである。女性は本来の居場所である家庭でその力を発揮するには「完璧」でなければならないとされてきたが、そうした近代的価値観を想起させる「完璧さ」をレイチェルは拒絶しようとする。囲いの外にある「ジャングル」で、ボウエンの描く少女は、それと意識しないまま、情動的に身体が解放を求めて動き出す。その先にあるのは墓場ではなく同性の友との恋である。

5　留め置きの場と同性愛

先にも触れたようにボウエンの長篇小説は一九二七年の同性愛を扱った『ホテル』からスタートしており、「ジャングル」はその二年後の短篇となっている。ここで注目されるのは、この一九二〇年代はモダニズム文学が勢いを強めていく時代であり、レズビアン小説のエポック・メイキングとなる『さびしさの泉』（一九二八年）のラドクリフ・ホールをはじめとして、ヴァージニア・ウルフや、キャサリン・マンスフィールド、ロザモンド・レーマンなどの女性作家たちが次々と同性愛を描き出し、自己にとっての「リアリティ」を表出するため、物語の異性愛プロットから逸脱しようと試みている。すなわち女性同士の至福の恋愛がオンパレードで描出される時代であった。[*10]

『ホテル』はシドニーという男性的名前をもつ二十二歳の少女の同性愛物語である。彼女は疲れた神経を休めるために、親戚のはからいによってホテルでホリデーを過ごしている。「ホテル」という空間に少女が一時期留め置かれるという設定は、寄宿女学校に留め置かれる「少女期」の比喩的表現とも考えられ、ここにボウエン特有の作品構造を読み取ることができる。『ホテル』、「ジャングル」の両作品はボウエンの「少女」物語の基軸のようなものを示していることから、その共通する同性愛の世界について少し覗いてみよう。

ホテルの滞在客はほとんどがイギリス人の女性客である。シドニーはその中のカー夫人に心惹かれ、その魅力のとりこになってしまう。彼女にとってリアルな世界は、夫人との関係だけに絞られたものとなる。医師を志しているシドニーは将来が開かれているモダンな少女のようにみえる。それにもかかわらず精神破綻寸前というのは、彼女のアイデンティティの危機を表したものだろう。二十世紀初めの激しい社会変動のなかで、少女は自分の未来が見えなくなっている。周りはホリデーが終わればロンドンへと戻り、誰かと結婚して子供を作るという女性たちである。ロマンスにも結婚にも興味のないシドニーにはロールモデルがまったくない。彼女にとって「少女期」は、結婚への「準備期間」とはなっていない。こうした女性客のなかにいたのが、ステレオタイプな妻や母といった女性像を拒絶する未亡人のカー夫人である。

カー夫人は彼女のことをどう思っているのだろう。——というより、夫人は彼女のことを考えたことがあるのだろうか。心の中にとどめてもらえていないという可能性は、シドニーにとって自分が消滅したようなものだった。[*11]

シドニーは夫人に心奪われ、激しい恋に陥っていく。夫人のまなざしに見つめ返されることで自分のアイデンティティを確認したいというこのようなボウエン独自の同性愛の光景は、母の子宮内における母子間の一体的愛といったイメージとも重なっており、最後の長篇『エヴァ・トラウト』（一九六八年）でも十六歳の少女エヴァと女教師との熱愛の情景において繰り返すように描かれている。*12 ボウエン作品のこうした少女たちに見られる特徴は、自分の存在理由を男女の恋愛を通じて得ようとする姿勢がないものである。

シドニーはしかし、エヴァと同じようにこの年配の女性から裏切られてしまう。やがて彼女は滞在客のミルトン氏から求婚されることになるのだが、そのあと彼女が共同墓地を訪れるシーンが現れ、墓がミルトンと彼女の未来のイメージに重ねられてしまう。少女の行く先は墓場であることがここにも暗示されている。『ホテル』はカー夫人の裏切りとシドニーのホテル出立で終わっている。しかし二人のつながりは切れたものの、これを補塡するかのように作品の最初と最後には、本筋とは関係のない未婚女性二人の友情にまつわる挿話が置かれ、少女の物語をサンドイッチ状に挟んでいる。この女性たちの一方がここで晴れればれとした思いで「人生の素晴らしい土台は友情――友情は人生の素晴らしい土台になる」（『ホテル』一九七頁）と実感し、これが作品のメッセージのようになっている。

少女の同性愛物語を成人女性同士の友情物語で挟み込むというこの小説の特異な構造は、明らかにボウエンの少女物語は異性愛制度にはなじまないものとして構築されていることを示している。この長篇第一作におけるカー夫人像は、その後のボウエンの作品に見られる、『パリの家』（*The House in Paris*, 1935）におけるマダム・フィッシャーや、先に挙げた「少女の部屋」のレザトン＝チャニング夫人のような、押し付けられた女性の役割から逃れようともがく、パワフルでいびつな様相を呈した女性像の元型であり、少女たちはこうした女性たちとの抱き合わせで描かれているのである。ボウエンは少女の物語を通して、ジェンダーとしての女性に距離を置き、男性からのまなざしに曇らされない存在としての女性を描こうとしているかのようである。その手段として女性同士の関係は、新たな意味を付与されて描出される。

6 少女の至福の時空間

ホテルという留め置きの場である「少女期」を出ていくシドニーの未来は曖昧なものとなっている。これに対して短篇「ジャングル」では、社会からも自己の身体からも制御され限定されている少女レイチェルは、その抑圧を払おうと囲いを抜け出すことによって、「ジャングル」という身体感覚の増幅される解放の場を見出す。そして彼女はここで、周りの思惑にまったく左右されずに行動する「反抗的英雄」ともいうべき少女エリースに激しく引き寄せられていき、やがて少女同士の至福の時空間が開かれていくというものである。そこには身体、精神に力関係を生じさせるものは皆無であり、少女たちはただ寄り添うだけである。以下この物語の情景をざっとたどり、その意味するものを考えたい。

＊

学期の最終日にレイチェルは、帰省する列車の中で、男子のように短髪でフランス語が抜群にできる以外は劣等生とみられている一級下の少女エリースと一緒になる。この直後に記される「レイチェルはこれから夏休みになるのが惜しくなった」という一文が、レイチェルの心に突如何かが燃え上がったことを鮮やかに物語るのである。レイチェルはエリースに文通をしようと声をかけ、受け入れられる。

夏休みにレイチェルは十五歳になり、なぜか「ジャングル」の恐ろしい夢を見て震えながら目を覚ますようになる。それは死体の一部と見える少女の腕が繁みの下から突き出している夢であった。「ジャングル」を頭から追い払おうと懸命になるのだが、また数日後の夜に夢で「ジャングル」に行ってしまい、背後から人影のようなものに追われ、それがエリースであることがわかる。

最初の夢の中で腕を隠していた繁みまで来たとき、レイチェルはエリースにその話をし、あれは確かに夢だったと納得したかったのだが、途中でそれを思いとどまったのは、あの殺人を犯したのは自分なのだとわかっていたからだ。逃げ出したかったのに、エリースがそばにきて、激しい愛情をこめてレイチェルの腕をとった。レイチェルは感情におぼれそうになって目を覚ましたが、その夢はどうしても栓が締まらない執拗な蛇口のように、午前中、いや、ときには一日じゅう流れが止まらなかった。（一三二頁）

レイチェルの内部では、エリースに対して高まっていく感情がジャングルのイメージを伴って渦巻き、夢と現実の区別がつかなくなってしまう。夢の中では激しい愛情を示してくれたエリースであったのに、届いた手紙は乗馬と兄のことしか書いていないがっかりするようなものであった。しかしレイチェルの想像力の激しい動きは止まらないものとなる。

結局レイチェルの夏休みは、自分では抑えられない情動に突き動かされ押し流されたような形となり、次学期が始まる。エリースは器械体操に取り組み始め、別の少女と一緒にいるようになる。レイチェルはジャングルにも足が遠のき、ジャングルがあること自体を恥ずかしいと思うようになる。

ある日偶然すれ違った二人はひさしぶりに連れだって摘み残されたリンゴの木に出かけていく。すると教師に見つかり咎められ、エリースは「チキショー」と口にする。「ジャングル」を心に抱き、囲いの世界の厳格な道徳的規範から抜け出し始めたレイチェルは、このような冒瀆的言葉を使う反抗的なエリースの態度にすっかり嬉しくなってしまう。

これがきっかけでレイチェルは大切な秘密の場所である「ジャングル」にエリースを伴い、自分の夢想を現実に追体験するのである。

こうしてその日の礼拝にひどく遅刻し、「燃える剣を手にして」扉口に立っていた教師から中に入ることを禁じられてしまう。

いつもより厳しい処分になったのはエリースのせいで、エリースの下唇の突き出し方が問題だった〔…〕。彼女は頭のそびやかし方にも問題があり、レイチェルは銃殺される寸前まで反抗する英雄的な人物を思い出した。（二三七頁）

少女たちは「アダムとイヴ」の楽園ならぬチャペルから「追い出され」てしまうのである。「一緒に罰を受けるということは、親密であるということ」であり、こうしてレイチェルとエリースは「一つに溶け合う」（二三七頁）ことになる。二人の少女が合一するイメージは、『エヴァ・トラウト』でも主人公の少女の原体験として鮮やかに描き出されている。他者を内在させるようなこうした自己イメージをボウエンはたびたび描き、輪郭を明確にした近代の個とは異質な、自己限定的ではない「主体」を少女に付与しようとする。

幸いにも「学校の敷地の外に出た」という脱出の事実は露見せず、「ジャングル」は荒されずにすんだ。しかし二人の仲はクラスでからかいの的となり、その対応をめぐってレイチェルとエリースは喧嘩別れの状態になってしまう。やがてエリースはラクロスで頭角をあらわし、試合の活躍で表彰されて、みなに一目置かれる存在になる。

十二月の金色に晴れた日曜日、レイチェルが一人ジャングルに出かけてみると、人間の腕が繁みから突き出ていた。ドキドキしながら近づくと、そこにエリースが寝ていたのである。去ろうとするレイチェルを引き留め、「行かないで、座ったら」とエリース。レイチェルは素直に「表彰、おめでとう」と口にすると、「どうもありがとう」と言ってエリースはまっすぐにレイチェルを見つめる。

「あたしたち、狂ってるんじゃない、これ、十二月にやること?」
「温かいから、いいんじゃない? レイチェル、どこがいけないの?――答えて」
「もうすぐ暗くなるもの」
「あら、あなた目が悪いんじゃない! 時間だったらいっぱいあるわ――。ねえレイチェル、いいことをやらない……」
（二四一頁）

注目すべきはこのラストシーンにおけるエリースの「いいことをやらない」の言葉である。どきりとしたレイチェルは、「抵抗するように自分のマフラーをぐっと巻きつけ」、くすぐったいような、心が踊り出すような心地になる。何でもする、何だってするわ、という気持ちであったのだが、言葉だけは用心深く「内容によるけど」と言ってエリースの次の言葉をじっと待つ。

しかしそれは、レイチェルが「ぐるぐる、ぐるぐる、気持ちよくなるまで回ること」（二四一頁）。それからエリースも「ぐるぐる回って」、最後にレイチェルの膝の上に頭をのせた。

二人は「身体」を「気持ちよくなるまで回す」ことで、その「身体感覚」によって至福の時空間に入り込んでいくのである。少年のように刈り上げた丸い頭が膝の上にのるとレイチェルはいやに緊張するのだが、母と子が一体化したようなこの上なく心地よい時が作り出されていく。こうして「静寂に包まれたジャングルは、少女たちのまわりでいったん縮み、それから大きく伸びて、非現実と孤独のリング」(二四一頁)となる。

この情景が暗示するのは、少女たちにとってあるべき結果へと向かって一直線に進む近代的時間がここで消えようとしていることである。近代の資本主義的時間は常に今を殺し、未来の目的に向かって一直線に進む。少女とは、無為に過ごす少女期を耐えることで母になる目的へと進む、この近代的な直線的な時間上を邁進しなければならない存在である。その直線的時間のレールからぐるぐる、ぐるぐる回ることによって「脱出」し、レイチエルとエリースは夢と現実の境がなくなったかのように、漂う船に乗ってゆらゆらと揺られるように幸せな「今」を味わうのである。ここに少女にとってのリアルな生の歓びが表出される。

＊

このように「ジャングル」においては、〈過渡的存在〉としての少女は、「今」を生きている存在へと書き換えられ、少女像が刷新されているのである。隷属的立場にある少女の解放とは、生きた時間としての「現在」を取りもどさせることであり、「今」こそ二人は特別だという意識と、「今」という時のこの上ない歓びを土台としている。

少女を囲い込む諸制度の拘束から逃れた少女の時空間は豊饒の母性といった予定調和とは無縁であり、来るべき「母の時空間」に接続するものとして描かれてはいない。このことがボウエン文学独自の時間感覚の表出につながっていると考えられる。時間は連続的に流れるものではなく、経験や内面の心情とともにいわば空間的に存在するものとなり、書き換えられた「少女期」の歓びの「今」は、少女たちの一生に強力な影響力を持つものとなるのである。

【注】

＊1 Elizabeth Bowen, *The Collected Stories of Elizabeth Bowen* (London: Vintage Books, 1999), p. 232. 以下論考で扱う短篇に関しては同書に収録された各作品の頁数で記した。邦訳に関しては、エリザベス・ボウエン『あの薔薇を見てよ――ボウエン・ミステリー短編集』（太田良子訳、ミネルヴァ書房、二〇〇四年）を用いるが一部改変している箇所がある。

＊2 Angus Wilson, "Introduction," *The Collected Stories of Elizabeth Bowen* (1980. London: Vintage Books, 1999), P. 9.

＊3 久米依子「少女の世界――二〇世紀『少女小説』の行方」、岩波講座文学6『虚構の愉しみ』（岩波書店、二〇〇三年）一〇三頁。

＊4 ヴォルシュレガーは、キャロルは道徳的、抑圧的なヴィクトリア時代に「少女たちとのロマンスに社会的、道徳的圧迫からの解放を見いだした」のであり、「アリスの無垢と純粋こそが彼女を欲望の対象」としたと述べている。ジャッキー・ヴォルシュレガー『不思議の国をつくる』（安達まみ訳、河出書房新社、一九九七年）三三頁。

＊5 澁澤龍彦『少女コレクション序説』（中公文庫、二〇一七年）一三頁。

＊6 〈家庭の天使〉は、コヴェントリー・パトモア（一八二三‐九六）の詩集『家庭の天使』（*The Angel in the House*, 1854-63）のタイトルから生まれ、理想の女性像のメタファーとして当時の社会に流布したもので、長く女性たちを呪縛していく。

＊7 川本静子『〈新しい女たち〉の世紀末』（みすず書房、一九九九年）八‐一一頁。

＊8 「学校小説」とは、男子の寄宿制の学校を舞台とした物語であり、十九世紀半ばのイギリスのパブリック・スクール改革運動から生まれた『トム・ブラウンの学校生活』（*Tom Brown's School Days*, 1857）が始まりとされる。

＊9 Elizabeth Bowen, *The Mulberry Tree: the Writing of Elizabeth Bowen* (London: Virago, 1986), P. 121.

＊10 Rau Petra, "Telling It Straight: The Rhetorics of Conversion in Elizabeth Bowen's The Hotel and Freud's Psychogenesis," *Sapphic Modernities*, Edited by Laura Doan and Jane Garrity (New York: Palgrave Macmillan, 2006), p. 217.

＊11 Elizabeth Bowen, *The Hotel* (U of Chicago P, 2012), P. 17. 以下引用頁は本文中に（『ホテル』頁数）で示す。邦訳に関して

は、エリザベス・ボウエン『ホテル』（太田良子訳、国書刊行会、二〇二一年）を用いるが一部改変している箇所がある。

＊12　これについては拙論「ボウエン文学の土壌としての少女領域」、エリザベス・ボウエン研究会編『エリザベス・ボウエン――二十世紀の深部をとらえる文学』（彩流社、二〇二〇年）を参照。

ボウエン的主題と手法のつまった短篇「闇の中の一日」

✺場所・記憶・少女を中心に読み解く

甘濃夏実

一九五〇年代に書かれた傑作「闇の中の一日」

二〇二一年にエリザベス・ボウエンの短篇集を編集した英国人作家テッサ・ハドレーはその序文でボウエンを「小説と短篇、どちらも同等に得意だった稀有な作家のうちの一人」と評し、彼女の文章の特色を「過剰な想像力と、抑制された強力な知性は、ボウエンの本質的なしぐさの中で、分離不可能なものだ。この両極が、ボウエン自身の階級や歴史由来であるのは間違いない。つまり上流階級のスタイルから生まれるドライでスマートなしぐさ、アイルランドのプロテスタント的ゴシックの長い歴史から生まれる過剰さ、そしてボウエンの個人的経験。それらから生まれたものだ」とまとめる。[*1]ハドレーは、この短篇集の最後の一篇に、「闇の中の一日」（"A Day in the Dark"）を選んだ。「アイルランドを舞台にした、素晴らしく暗示的な一篇であり、エドナ・オブライエンやクレア・キーガンを予感させる、ある少女の初恋が略奪された物語」と評し、読者の想像力を刺激するエンディングの一節（本稿二二二頁を参照）を引用して、序文を結んでいる。

「闇の中の一日」は、一人の少女の分水嶺となる夏の一日を描いた短篇である。ひとりの少女の初恋という幻想が崩壊し、今まで見えていなかったものが「見える」ようになる瞬間、知らなかったことを「知る」ようになる瞬間を描いた短篇だ。一九五六年に雑誌『ボッテゲ・オスキュア』に掲載され、一九六五年にボウエン短篇集の表題作として出版された。作家ユードラ・ウェルティーはこの作品を、「人が知っていく深い感情の意味を、思いがけない形で学ぶ少女の成長物語」とし、「独自の色を持つ傑作」と評した。*2 リス・クリステンセンは、「ボウエンの古典名品（クラシック）として迎えられるべき作品」であり、特に「語り手の操作は、曖昧さと複雑さを作品に与え、それがこの短篇をボウエン作品の中でも最も洗練された短篇の一つにしている」*3 としている。

本論考では、「闇の中の一日」をボウエンの円熟期後半に書かれた「ボウエンの地勢（Bowen terrain）」が詰め込まれた傑作とみなし、特にボウエンが好み、繰り返し扱った主題である場所、記憶、少女という三つのポイントからこの作品を読み解いていく。

ボウエンの主題や手法への関心

三つのポイントに入る前に、エリザベス・ボウエンという作家がどれほど自分の作品の主題や手法に関心があり、意識的であったかを確認していく。ハーマイオニ・リーが編集した、ボウエンのノンフィクション作品三冊をまとめた『マルベリー・ツリー』のなかで、ボウエンは繰り返す。「すべての作家は独自の地勢（terrain）や精神的風土（psychological weather）を持っている」*4 と。ボウエンは絶え間なく、雑誌『スペクテイター』、『リスナー』、『サタデイ・レビュー』などに、他作家（ヴァージニア・ウルフ、アイヴィ・コンプトン＝バーネット、ロザモンド・レーマン、キャサリン・マンスフィールド、シェリダン・レ・ファニュなど）の作品の書評を書き続け、また多くの作品の序文も書き、他作家の作品の「地勢」を分析し、考察し続けた。同時に、自分自身の短篇集を編みなおすこと、つまり自分自身の作品を「冷淡な親しみ」をもって「再読」し、再評価することにも熱心だった。

一九二三年に作家ローズ・マコーリーの尽力もあり、短篇集『出会い』を出版したボウエンは、一九二〇年代にアングロ・アイリッシュ一族とビッグハウスの運命を描いた半自伝的小説『最後の九月』を出版する。一九三〇年代には、「家」という舞台を存分に生かし、孤児である少年少女を主人公にしながら裏切りと喪失に象《かたど》られる人間心理を描いた小説『パリの家』、『心の死』を発表し、また「マリア」、「彼女の大盤振舞い」、「リンゴの木」、「あの薔薇を見てよ」など様々な少女（一筋縄ではいかない、無垢でありながら、意地悪だったり、精神的に遅れていたり、人一倍冷めた視線をもつ奇妙で魅力的な少女たち）を主人公とした多くの短篇を書いた。そして一九四〇年代、ロンドン空襲下で彼女の代表作である小説『日ざかり』を、そして短篇集『恋人は悪魔、その他』で鮮やかな幻想（時に幽霊）を使い、傷ついた人びとの生活を映し出した（ボウエンは戦時中に書いたものは全てレジスタンスである、とも表明している）。戦後は、小説『愛の世界』、『リトル・ガールズ』で、過去への遡及性、つまり記憶の「曖昧で選択的な」行為にさらに注目し、過去に惹きつけられつつも、その餌食になることを恐れる視点を強調する。そして一九六五年に短篇集『闇の中の一日、その他』を、一九六八年に小説『エヴァ・トラウト』を出版し、一九七三年に他界する。

「闇の中の一日」には、ボウエン的手法や主題がつまっている。短篇には「必要性」があり「確かな中心的感情」があるべきだとしたボウエンは、この短篇の中で、「少女のイノセンスの喪失」という中心テーマを軸に、場所・家の重要性、「曖昧で選択的な」記憶の不思議さ、イノセンスと大人世界の価値観の衝突と複雑な拮抗というボウエン的手法を駆使している。一九四五年に発表された、少年時代の魅力的な女性との出会いによって「愛する能力」を失った中年男性の視点から始まる短篇「蔦がとらえた階段」の少女版といっていい作品だが、読後感はだいぶ異なる。「蔦がとらえた階段」の主人公ゲヴィンの「過去の餌食」になった自分への絶望感と、読者の感じる虚無感とは異なり、「闇の中の一日」のヒロイン、バービーのエンディングでの姿は、少女の諦観に加えて、何か一筋の希望のようなぼんやりとした光のようなものも感じさせ、彼女の未来を読者に想像させる余地を残す。ここではタイトル「闇の中の一日（A Day in the Dark）」の意味も併せて考えていきたい。

場所の重要性――豊かな色彩と移り変わりの表象

「闇の中の一日」というタイトルで示唆される闇とはなにか？　この短篇の始まりは、その闇を感じさせない、豊かで柔らかな色彩あふれる自然豊かな情景だ。舞台は、昔から製粉業が盛んなアイルランド北西の町モーハ（実在の町。町の名前は、「木の集まり」を意味するゲール語の地名「モタール」の英語化）だ。川のそばの、「花盛りのライムが重たげ」に垂れるテラスハウスを見つめる俯瞰的視点から始まる。時代設定は不明である。七月の「死んだように静かな」午後、川とそこに架けられた橋下にあるテラスハウスの褪せたアンズ色の正面ドアとそこに幕のように垂れているライムの木々が描かれる。緑の木々とライムの黄緑色、正門のアンズ色、川の水色が塗り重ねられ、非常に絵画的な、セザンヌの絵のようなオープニングシーンである。

「クレヨンで描いた絵画」のようなモーハの町は、古城とアイルランドの「青い」山々が観光客の目をひき、そして小さな広場にはホテルやカフェがゆったりと並ぶ。色彩の豊かさと美しさを感じさせると同時に、「褪せた（faded）」という単語が繰り返される。テラスハウスの側を流れる川も象徴しているように、この短篇の主要テーマである「移ろい・変化（transition）」を暗示する言葉もさりげなくそこかしこに埋め込まれている。橋の反対側には、廃墟となった古城（ruined castle）が、険しくそそりたつ。渓谷にはうつろいやすい（elusive）光に包まれ、もともとは製粉業の町であるモーハは廃れた（obsolete）石造りの建物が立ち並ぶ。そのような経年・歴史を感じさせる、のどかで色彩あふれる風景描写から突然「あなたもきっと、わたし同様、わたしのお目当てのテラスハウスなどは見逃してしまうだろう。〔…〕わたしはひとえにそれを探しているので、見逃さないだけだ。つまり、その四番にミス・バンデリーが住んでいたのだ」[*5]と、読者は俯瞰的視点から焦点がぐんと狭められたのを感じる。また現在形から過去形への変換により、語り手（わたし）の視線は現在から過去へ向けられたのだと気づく。語り手は主人公のバービーである。バービーが十五歳の自分を、ひと夏のある出来事を、自分の記憶を思い返している。そういう物語であると読者も気づく。バービーは、叔父の家にひと夏滞在し、叔父に恋をする。叔父の年齢は明示されないが、三十代後半から四十代前半ぐらいだろうか。

> 七週間、八週間と彼の家で、一つ屋根の下で過ごし、ヨーロッパブナの木々に囲まれていると、その木の葉が春から夏になるにつれてピンク色から紫色に変わるように、わたしは叔父に恋していた。
> （「闇の中の一日」七七九頁）

「ピンク色から紫色」へと濃く深まる恋心をつのらせるバービーは、犬をなでる叔父の手をじっと見つめ、「官能的で大切なつながり」（「闇の中の一日」七七九頁）も感じていた。その叔父への恋心に水を差すのがミス・バンデリーだ。そこからミス・バンデリーという人物の説明に入っていく。

テラスハウスの所有者ミス・バンデリーは、製粉業一族の末裔で、町一番の資産家である。家業を継いでいた兄は事業に失敗し、全てを売却した。ミス・バンデリーは容赦なく自分の正当な取り分を要求し、個人的な借金を返済できなくなった兄は、「古い水車小屋の天井の十字架の梁」（「闇の中の一日」七七六頁）に首を吊って自殺した。そのようないわくつきの過去を持つミス・バンデリーは、隣の地所に住むバービーの叔父が気に入り、好きな本や雑誌について「彼の意見を死ぬほど聞きたがった」。人の心をつかむ独創的な語り口の魅力的な叔父に、十五歳の少女バービーは恋をし、またミス・バンデリーも彼を欲している。ボウエンは、叔父とミス・バンデリーの関係性をはっきりとは説明しない。読者は、ミス・バンデリーのバービーへの敵対的な視線や言葉から、二人の間には何かしらの関係性があったのかも、と想像する。「皺だらけの甘い笑顔」を持ち、どっしりした厚みのある胸に「ダイアモンドをちりばめたエナメルの時計が、同じくエナメルのリボンから吊り下げて留めて」あるドレスを着たミス・バンデリーは、叔父より少し上の年代だろうか。

叔父がミス・バンデリーに借りた雑誌『ブラックウッズ』を返すお役目を果たすため、バービーは七月のある昼に、ミス・バンデリーのテラスハウスのドアのベルを鳴らす。橋の欄干にたたずむ人びとから「見張られている」と感じてしまうほど自意識過剰で、この訪問に不安と動揺を感じている十五歳の少女バービー。「子どものいない」静寂に閉ざされた「美しく、落ち着いた色の赤」で塗られた門の前で、川に流れる水音が「催眠術の呪文」のように聞こえ、頭上にある窓から「籠の中の小鳥」が飛び回る音がする。物憂げで、つかみどころのない停滞感と平和な雰囲気が兆《きざ》す夏の午後の空気は、少女の無垢と無知を同時に映し出す。ミス・バンデリーの部屋のドアが開くと同時に、バービーの記憶のドアも開いていく。

ミス・バンデリー邸の内部

姪のナンに迎えられ、バービーは客間でミス・バンデリーを待つように言われる。明るい屋外から、一段暗いトーンの家の内部に舞台が移る。厚いレースのカーテンのかかった客間は薄暗く、「私の目には醜いが荘厳な」マホガニーの家具がぎっしり並び、針が止まった「大理石の時計」が掛けられ、中央に丸テーブルが置かれている。

敬意は払っても入る人間はいない部屋という感じがあり——とはいえ、ある意味ではいろいろな人がいた。代々の一族が油絵の肖像画になって周囲の壁にずらりと掛けられ、写真のたぐいは中央のテーブルに縁まで隙間なく並べられ、いまにもこぼれ落ちそうだった。

（「闇の中の一日」七七八頁）

「すでに消滅した」バンデリー家の人々、つまり死者たちの視線に囲まれ監視されているかのような、それでいて時が止まったかのような暗い客間の様子は、『最後の九月』の舞台であるビッグハウス、つまりアングロ・アイリッシュ一族の館、ダニエルズタウンの停滞感と気だるさの流れる「過去」に依存した内部の雰囲気に通じる。その客間の片隅に置かれた鏡に映る自分の姿をバービーは直視する。

背の高い少女が、素朴な柄の木綿のドレスを着ている。腕は細く、あまり目立たない容姿だ。髪の毛は二本のお下げにして肩から前に垂らし、叔父が言うには、アメリカ・インディアンの乙女にそっくりだそうだ。

（「闇の中の一日」七七八頁）

バービーが自分の幼く、お世辞にもまだあまり魅力的ではない姿を再認識すると同時に、読者も彼女の姿を初めて具体的に想像する。そこにミス・バンデリーが客間に入ってくる。彼女はバービーが「よく見える」位置に座り、叔父本人が自分に会いにこないことへの怒りを抑えつつ、「トランプのカードを配るように」、棘のある言葉をくり出す。叔父がトーストのバターの指跡をべたべたにつけた雑誌のページを睨むミス・バンデリーに、バービーは「叔父は時間がないものですから」と言い訳する。ミス・バンデリーは「それはあなたへのつまらないお愛想です」、「あなたは彼の大切なお相手ですものね！」と続ける。はたから見ると滑稽なおかしみさえ感じさせる場面だが、バービーは、突然自分の叔父への秘密の恋心が、「叔父の刈られていない芝生の青草がいずれ干し草になる」のと同じくらい自然に秘めていた叔父への愛情が、そのすべてをミス・バンデリーにはお見通しなのではないかと、ショックを受ける。バービーがもう一度アザミの伐採機を借りられないかと尋ねたとき、抑えていたミス・バンデリーの怒りが爆発する。叔父を「あの無礼者！（That brute!）」とののしった後、気をとり直し、「あの方（my lord）」にお伝え下さい。とにかくご自分でこちらに来て下さい、と。あなたの『スカートの後ろ』に隠れていないで」と性的なほのめかしをにじませ、バービーを責める。そしてこう続ける。「さぞお忙しいことでしょう。来る日も来る日もお忙しいこと。今まで生きてきて、あなたの叔父さんみたいに忙しい人を他にたった一人だけ知っています。わたしの哀れな兄さんよ」。自分のせいで自殺したらしい兄を引き合いに出して、姿を見せない叔父をなじる。

　ここで突然「死者」を、バービーの初恋の叔父に結び付けてくるのが、ボウエンらしい。アンドリュー・ベネットとニコラス・ロイルは、「ボウエンの小説は、魅力的で非常に特異な方法で、人生の真っ只中において、私たちはすでに死んでいるという不穏な真実を考察している」とし、また「おそらく、二十世紀に英語で書かれた他のどの小説よりも率直かつ明快に、ボウエンは生者が死者によって影響を受ける深遠でありながら揺れ動く様をたどっている」とまとめ、[*6] ボウエン作品がいかに、生死の分かちがたさを独特の方法で何度も提示しているかを確認する。バービーの初恋相手であり、ミス・バンデリーの心もつかんでいる叔父は、あくまで語り手のバービーの視点からの推測になるが、非常に魅力的で、「生」を満喫しているように思える。そんな叔父に突然ミス・バンデリーは、自分の要求のために自殺したと思われる自分の兄の影をかぶせる。バービーの幻想に、ぽたりと墨汁を落とされたかのような黒い染みがじわじわと広がっていく。十五歳の少女が初めて複雑な暗さを抱える大人の世界をかいま見る。

バービーとミス・バンデリーの関係性

ミス・バンデリーという人物の造形は、興味深い。大人になったバービーから「とくにフランスやアイルランドの小説は、彼女の原型にあふれている」（「闇の中の一日」七八〇頁）と回想されるミス・バンデリーは、イノセンスな少女に大きな試練と知識とトラウマを与えるという役割からも、容易に『パリの家』のマダム・フィッシャーを想像させる。

松井かやは、小説『パリの家』をアイルランドのプロテスタント的ゴシック小説、レ・ファニュの『アンクル・サイラス』の延長線上に置き、特にマダム・フィッシャーは、『アンクル・サイラス』に出てくるマダム・ド・ラ・ルジェールを原型としていると推論する。*7 続けて松井は、『パリの家』の少年レオポルドは、「異質な他者」であるマダム・フィッシャーにより残酷で辛辣な言葉と現実を突き付けられ傷つけられるが、同時にそれは彼にとって初めて触れる現実であり、彼を救う言葉でもある、と論じる。自分の殻に閉じこもるのではなく、見て見ぬふりをするのでもなく、異質な他者と連携、関連することによって、厳しくとも新しい未来に進んでいくこと。「闇の中の一日」でのバービーとミス・バンデリーとの会話において、これと似通ったことが起きていると考えることもできるのではないか。

バービーは叔父とのプラトニックでありながら、なにか罪悪感をぬぐえない関係性への願望を、ミス・バンデリーにずばりと見抜かれたと感じ、ショックを受ける。同時に、魅力的でいながら、危険な、もしかすると有害にもなりうる叔父の側面を、皮肉にもミス・バンデリーによって教えてもらってもいる。ある意味でミス・バンデリーはバービーを大きな落とし穴、危険から救う役割を果たしている可能性も否定できない。

辛い記憶と幸せな記憶

このように、テラスハウスの一室での、時間にすれば二、三時間であろう一見、何気ないミス・バンデリーとの会話が、少女の内面と認識を静かに、ドラマティックに変化させたことが、その客間のシーンの後の次の言葉で分かる。

こうした年月のあとは、あのテラスハウスが恐怖の的に見える。〔…〕あの単調な色に、ピンクの色褪せた正面に、六つのドアに行きつくだけの道路に、それらを覆い隠すだけの以前どおりのライムの木の花に、ぬぐい切れない汚点がまだ残っている。川の堰と飛び回る鳥の単調な音。あのテラスハウスの中の一部屋にわたしは一度だけ、たった一度入っただけなのに。

(「闇の中の一日」七八〇頁)

この後、現在のバービーの心情の吐露が数段落続いた後、視点は過去に戻り、エンディングシーンに突入する。この現在のバービーの内面と記憶に関する心情を記した箇所は非常に貴重な挿入だ。「たった一度」入ったテラスハウスが、のどかで色彩豊かなオープニングの情景全てを「ぬぐい切れない汚点」、暗い思い出で覆われたものとして、語り手バービーは見つめ直していたことに読者は気づく。色彩豊かな情景は、恐怖を想起させる薄暗いもの、闇のように見える情景に、バービーの記憶の中で変質している。

事件の起こったテラスハウスは「恐怖の的」でしかない。バービーの心の闇、亀裂が、テラスハウスという「家」に集約され、象徴的に思い起こされているのはボウエン作品では珍しくない。つまりトラウマ的記憶を家に象徴させて描くのは、タイトルそのものが示唆する小説『パリの家』を始め、短篇「蔦がとらえた階段」でも明らかだ。トラウマ的記憶に関して、カズオ・イシグロ作品を記憶という観点からとらえ直しているヴォイチェフ・ドゥロンクは「トラウマ的記憶を受け入れていく過程で、自らの物語を語り、過去について叙述し、過去を再構成して想起することが重要だ」とする。*8

記憶の叙述的側面は以前にも述べた事後性（Nachträglichkeit）という概念によっても特徴づけられる。「後からやってくる効果あるいは行動」と訳されるこの概念は、記憶が本質的に再構成される性質のものであることを示すためにフロイトによって導入された。これは記憶がそれ以後に起こった出来事によって脚色されることは避けられず、もとの経験の忠実な記録では決してないと主張するものである。〔…〕またこの概念は、起こった当時には大したことには思われなかったある出来事に対して記憶が後から重要性を見いだしたり、過去の経験に、懐古的に論理的つながりや意味を与えたりする働きを説明してくれる。したがって記憶はその内容を現在の状況における視点から再構築する、すなわち「現在の中で過去を変化させる」のである。

（ドゥロンク 三四頁）

ボウエンはエッセイ「過去への遡及」の中で言う。

過去は幻想、私たち自身の幻想によってヴェールをかけられている。それこそが、私たちが求めることだ。私たちを惹きつけるのは過去ではなく、過去に対する考え方だ。

（『マルベリー・ツリー』五八頁）

過去に対する考え方、過去をどのように捉えるか、どのように過去を想起するか、記憶しているかが、私たちを惹きつけているのであり、問題なのは、過去そのものではない。このボウエンの過去に対する考え方はこの短篇にも色濃く出ている。つまりドゥロンクの言う「記憶はその内容を現在の状況における視点から再構築する」、すなわち「現在の中で過去を変化させる」作業であるという考え方だ。バービーは、ミス・バンデリーを客間で待つ時間に関して、このように当時を回想する。

記憶のなかでは、待つまでの時間が、待ったあとにきた時間を凌駕するときがある。わたしは、ミス・バンデリーを待っている時間を思い出していた――あのときまでは、何一つなかったのに。やがて彼女がわたしのいる部屋に入ってきた。

（「闇の中の一日」七七八頁）

自分の幼い姿を映し出す鏡をみながら、バンデリー家の肖像画に囲まれた部屋でミス・バンデリーを待つひとときを、このように現在の（おそらく）大人になったバービーは思い返している。何一つ知らなかった自分が、「あのとき」つまりミス・バンデリーとの面会でのひととき以降、「知った」自分になった、と思い返している。そう、「経験した・知った」自分になる（バービーにとっての）辛い記憶を思い起こすとき、同時にその前の自分、その前の幸せな記憶も同時に思い起こされる。十五歳の少女が叔父に恋をする。「犬の耳元を物憂げに撫でている叔父の手をじっと見つめ」、「二人で橋の上にたたずみ、肘と肘をくっつけたまま川上を見やる」そんなひと夏の幸せな思い出を、ミス・バンデリーとの辛い記憶と同時に思い出し、記憶を再構築させている。『記憶と人文学』のなかで、三村尚央は述べる。

プルーストのような幸福感に満たされた記憶の場合も、トラウマ的な苦痛の記憶の場合も生き生きとした（あるいは生々しい）過去が現在に侵入してきて主体を圧倒する。〔…〕重要なのは、それが事実の記録を再生したものではなく、「回想されて語りなおされたもの」だということであり、その記述は現在においてはすでに失われているものをその断片や残り香から再構成する試みである。*9

「闇の中の一日」という短篇は、バービーという女性が、十五歳だった自分を回想し、幸せで光り輝くようなひとときの初恋の記憶と、同時にその初恋を破壊した辛い出来事両方を思い起こし、現在の自分の視点から過去を再編集している物語なのだ。

引き裂かれた記憶のページ

そして、その行為にバービー自身は非常に自覚的だ。

わたしが交わしたミス・バンデリーとの対話は、記録をやめたところで終わったのではない。しかしあの時点で記憶が真横に裂けてしまい、読むに堪えないページになった。あとの半分は行方不明になっている。という理由でわたしが描いた彼女の肖像は、あれがもし肖像だとすれば、未完成のものだ。〔…〕しかしわたしが彼女に会ったときは、わたしはまだ何も読んでおらず、わたしの猜疑心は汚れなき乙女そのものだった。

わたしは彼女が描いた輪郭線の中を、自分で回顧して埋めていくことはしない。わたしはあのときに見たものだけをお見せする。彼女の正体ではなく、彼女がわたしにしたことだけを。

（「闇の中の一日」七八〇頁）

記憶を、日記がつづられたノートのように表現し、そのノートである記憶が真横に裂け、「読むに堪えないページ」になった、とする。記憶を客観的なものとして見ている。バービーは、ミス・バンデリーとの対話は、ここに書かれたものだけではない、彼女の正体はこんなものではない、と示唆する。ただ、「汚れなき乙女」だった無垢で無知だった自分が、あの時見たものだけ、彼女が自分にしたことだけを記述するので、「自分で回顧して埋めていくことはしない」と強調する。あえてこう強調し、自分が記憶を操作していない、編集していないと声高に現在のバービーが言うのはなぜだろうか。

続けてバービーは言う。

わたしに不吉な予感が兆したのは、わたしと叔父の関係が深く関わっていた——しかし罪悪感はどこにもなかったと、わたしは神かけて断言できる！　誓って言うが、わたしたちはたがいに何の害も与えなかった。

（「闇の中の一日」七八〇頁）

本当に叔父はバービーに何の害も与えなかったのだろうか。彼女は「喜んで」叔父とミス・バンデリーのトラブルの仲裁にあたろうとし、進んで叔父の隠れ蓑になろうとし、ミス・バンデリーに責め立てられる。ままごと遊びのような、「実現不可能な」恋愛ごっこは、「ぎりぎりの線上」にあった、とバービーは回顧する。しかしそう自覚しつつも、叔父との関係を楽しんでいたバービーは本能的にその関係性がちょっとしたきっかけで深入りしたものになる期待と恐れを漠然と感じていたのではないか。「姪を世話する叔父役」を楽しみながら、姪を誘惑するスリルも感じていたであろう叔父への盲目的な恋心を抱かせた不信感、その自らの内なる拮抗を思い起こすと、現在のバービーは苦々しい複雑な気持ちになり、進んでそれを認めたくはなかったのかもしれない。

「ここではないどこか」を探す少女たち

次にこの短篇の主人公が少女である意味を考えていく。ボウエンは少女を中心に据えた物語を多く紡いだ。『パリの家』のヘンリエッタ、『心の死』のポーシャ、『最後の九月』のロイス、「あの薔薇を見てよ」のジョゼフイン、「マリア」のマリア、「幸せな秋の野原」のサラ、ヘンリエッタ、メアリー、「幻のコー」のペピータとコーリー、「夏の夜」のダイとヴィヴィ、そして「闇の中の一日」のバービーなど数多くの印象的な少女たちがボウエン作品のヒロインとして挙げられる。多くが孤児もしくはひとり親で、今いる場所ではないどこかへ行きたいという隠れた願望を持った少女たちだ。イノセンスでありながら意地悪だったり、風変りだったり、大人を冷めた目で見つめるリアリストでありながらどこか夢見がちで幻想に恋していたり、どこにでもいそうで、どこにもいない、読者を惹きつけるキャラクターだ。

なぜボウエンはこのような少女たちを繰り返し描いたのか？　ボウエンは父の精神的な病を理由に、七歳から母と二人でアイルランドを離れ、イングランド南部の親戚の家やホテルを移動する日々を過ごしていた。しかし十三歳の時に母を病気で亡くし、そのショックでもとからあった吃音（生涯、完治することはなかった）が激しくなった。数年後、父は再婚し、またボウエン自身も二十二歳でアラン・キャメロンと結婚し、小説家としても成功し、自分自身の居場所を確立する。しかしこの子供時代の記憶、母と過ごした安心でいながら不安定な漂流したような生活に感じた幸せと不安、そして突然自分の隠れ家だった母を失うという経験の記憶は生涯消えず、彼女の創作活動の原点になったのではないだろうか。そのような記憶、原体験からボウエンは執拗に「ここではないどこか」を探す少女たちを描き続けた気がしてならない。*10

バービーの多面性

バービーという少女は、ただのおとなしい人畜無害な少女ではない。それが読者に分かるのは、ミス・バンデリーの姪ナンとの対面の際である。バービーの持っていった薔薇の花びらがテラスハウスのドアの前に落ちると、ナンは「この薔薇は開きすぎね（overblown）！」とすかさず嫌味を言う。それに対してバービーは「〔盛りを過ぎているのは〕ご自分でしょう」とひとり心のうちで呟《つぶや》く。

彼女は叔母のミス・バンデリーの信頼がなく、多かれ少なかれ奴隷同然に扱われていた。〔…〕未亡人になったこの姪ナンは、やがて金持ちになるべく、だまされた欲張りな女のような表情をしていた。叔母が死ねば叔母の金が入るから、彼女は当面それでよしとしている、との了解があった。わたしとしては――彼女は何ゆえにその臭い息で、わたしの叔父の話をするのか？

（「闇の中の一日」七七七頁）

最後の一文からも分かるように、バービーはかなり毒舌であり、そして当時のナンの状況を客観的に細かく観察し分析できる賢くも意地悪な目を持った少女である。その心中を決して外には出さない少女であるが、内面は多面的なものを秘め、多くの言葉を呑み込んでいる。

ここで思い出すのは、ボウエンの小説『心の死』の主人公ポーシャだ。「溺れそうな子猫」のような「蛇なのかウサギなのか分からない」などと描写される十六歳のポーシャ。同居する義理の姉のアナはポーシャの黒い二つの瞳が決然とした無垢をたたえて何度も自分の顔を盗み見ているのを感じていた。包囲するようなポーシャの視線にアナは恐怖を感じ、「ミイラになったような」気持ちになる。*11 じっと大人の世界を見つめ、日記を書き綴る少女ポーシャは、バービーのほんの近い将来の姿かもしれない。

セピア色と蒼白い膜に覆われた情景

最後にエンディングシーンについて細かく見ていく。テラスハウスを出る際、バービーは姪ナンから「叔父の車が広場近くのホテルに停めてあった」と「共犯者」のように意味ありげに告げられたことに心を乱されつつ、橋の欄干にもたれる。川に流れる「紙でつくった舟」が「不安定に」傾きながら、橋の下に「消えた（vanished）」のを不安な気持ちで見つめる。何週間か前に叔父と一緒に見つめた「白鳥の巣」もいまは「空っぽ（deserted）」だった。目をさらに上げて白い城壁を見つめると、城壁の「崩れた（broken）」箇所に空がキスをしているような情景が広がる。「不在」を強調する単語が連発され、オープニングのぼやけた夢のような色彩豊かな絵のようなシーンとは異なったセピア色で覆われた、その時のバービーの寄る辺なさ・心細さを象徴している幻想的で儚く美しいシーンだ。

この橋から町へ、ゆるやかな丘をバービーは降りていく。その日、石の壁に咲いた「真っ赤なカノコソウ」にも「重そうな白い埃の幕」がかかり、「蒼白い色が宙吊りになったように」バービーには見えた。物憂げなセピア色の情景から、「蒼白い」ヴェールがモーハの町全体にかけられた印象に変わる。時間は「午後と夕刻の間」くらい、午後四時前後だろうか。夕方間近の寂しくも美しい青みがかった情景を歩くバービーの目に、いまは「空っぽの劇場」である広場に並ぶ、ホテルの前に駐車された叔父の車が飛び込んでくる。

そこから俯瞰的視点だった語り手の視点がぐっと焦点を絞ったものに変わる。焦点は「つやつやした緑の蔦」に覆われてクリーム色のポーチと名前が金文字で縁取られた入口をもつホテルに絞られる。緑と金でくっきりとした印象を残すホテルの前に、叔父の車が置いてある。それをぼんやり見つめるバービー。彼女が「叔父のために」ミス・バンデリー邸に行っている間に、叔父はホテルで何をしていたのか、読者には何も説明がなされない。ミス・バンデリーの最後の言葉やナンの共犯めいた表情を思い起こしながら、バービーは叔父の車をみつめていたのではないだろうか。

茫漠としたエンディングシーン

その場面から、語り手による空間描写が変わる。茫漠とした、先行きが見えない、ただ遠くへ伸びていく空間を感じさせる描写に変わり、最後のオープンエンディングに突入していく。バービーが乗ろうとしていた叔父の家行きのバスはもう出発した後だったと知らされる。

しかしバスがくるべき場所には何もなく、何も見えなかった。バスがくる地点には何もなく、あるのは地面にこぼれたガソリンの跡と、破れた切符だけだった。〔…〕そうか、もう出てしまったのか、わたしは安全圏へと運ばれていく乗客の仲間になれず、同時に孤独でいたいという願いも遠ざかっていった。手が届かなくなったのは、誰もいない家に戻ることができるという救いだった。

（「闇の中の一日」七八二頁）

実際はバスに一本乗り遅れただけなのに、バービーの切実な悲しみと彼女の未来の不確定さが強調される。何もない（nothing）という語が二回繰り返され、手が届かない（out of reach）という言葉が三回繰り返され、バービーの「行き場のなさ」と先行き不透明だが存在する「茫漠とした広がり」の両方が暗示される。

そして、ホテルのポーチに叔父が姿を現す。恋を楽しんでいたバービーの妄想の内と、ミス・バンデリーとの会話の中以外で、初めて読者の前に、叔父の姿がさらし出される。彼は煙草を投げ捨て、手をポケットに入れたまま、「ホテルの金文字の下」に立った。

彼は領主（a lord）ではなく、ただの土地所有者（a landowner）だった。モーハの方を向いた彼は、その物腰と血色がすべてだった。彼はコートを着るように人生を着ていた――彼はもうホテルでの用は済んで、メランコリーのかすかな気配が彼の周囲に忍び寄っていた。

（「闇の中の一日」七八二頁）

初恋の夢に浸っていたバービーの叔父への視線が変質している。もう彼女が恋焦がれた叔父はいない。「物腰と血色がすべて」の魅力的だが軽薄で、「コートを着るように」、気軽に人生を渡り歩いているそんな叔父の姿を、バービーはじっと見つめる。

次がラストシーンだ。叔父とバービーが彼の車の前で合流するシーンにジャンプする。カメラのショットが切り替わった感覚だ。ラストシーンに登場するバービーは、オープニングに登場したバービーではない。現在からこの物語を語る大人になった（だろう）バービーに、つながっていく予感、そのようなジャンプを想像させるオープンエンディングだ。


彼がきいた。「彼女、どうだった、あの老いたる暴君は？」

「知らない」

「食われなかったかい？」

「うん」私は言って、頭を横に振った。

「あるいはまた別の雑誌をよこしたかな？」

「ううん、今回はなかった」

「やれやれだ」

彼は自動車のドアを開け、わたしの肘に軽く触れて、入りなさいとうながした。


（「闇の中の一日」七八二頁）

叔父からの質問にすべて否定形の短い言葉で答えるバービー。もう彼女の心はここにはない。自分を安全圏へ運んでくれるバスもない今、彼女をとりあえずの仮の居場所へ連れていってくれる手段は叔父の車しかない。彼の車にのって、また別の「ここではないどこか」を、「遠いどこか」[*12]を探す旅にバービーはまたいつか出るのだろうか、と読者は想像する。

闇の中の光を求めて

エリザベス・ボウエンは自身の円熟期後半に、短篇「闇の中の一日」のなかで、巧みな場所・空間描写と記憶の不思議を駆使し、少女と大人世界の複雑で曖昧な拮抗を背景にしたある少女のイノセンス喪失の一日を描いた。タイトル「闇の中の一日（A Day in the Dark）」の「闇」とは、ミス・バンデリーとの対話でバービーが感じた「ぬぐいがたい恐怖」の象徴であり、また初恋に心躍るバービーの心理状況を反映した様々な色彩と自然描写で彩られた美しいアイルランドの夏の一日が、現在から過去を思い返すバービーにとっては、薄暗いヴェールに覆われた暗い光景に変質していることも示唆している。この短篇は、その「闇」の中のある「一日」をバービーが思い返している物語であると同時に、このデイ（Day）をなんらかの希望、光と読み解くことはできないだろうか。

読者の想像力に任された最後のオープンエンディングは、少女バービーが、痛みを知り、現実を受け入れ、何かを諦めた上で、人生を進んでいく姿を想像させる。エンディングに近づくにつれ、感じさせる「余地」「空間」は、少女のまだ見ぬ未来を予感させるものに感じられてならない。

【注】

＊1　Elizabeth Bowen, *The Selected Stories of Elizabeth Bowen*, Selected and Introduced by Tessa Hadley (London: Vintage Digital, 2021), pp. ix-xix.

＊2 Phyllis Lassner, *Elizabeth Bowen: A Study of the Short Fiction* (New York: Twayne, 1991), pp. 178-79.

＊3 Ira Mark Milne ed. *A Study Guide for Elizabeth Bowen's "A Day in the Dark"* (Michigan: Cengage Learning Gale, 2006), p. 278.

＊4 エリザベス・ボウエン、ハーマイオニー・リー編『マルベリーツリー』（甘濃夏実・垣口由香・小室龍之介・米山優子・渡部佐代子訳、而立書房、二〇二四年）七頁。以下引用頁は本文中に（『マルベリー・ツリー』頁数）と示す。

＊5 Elizabeth Bowen, *The Collected Stories of Elizabeth Bowen* (London: Penguin Books, 1980), p. 776〔エリザベス・ボウエン『ボウエン幻想短篇集』（太田良子訳、国書刊行会、二〇一二年）〕. 論文内の「闇の中の一日」からの全ての引用は主として太田訳に基づく（一部、筆者の判断で変更している）。以下引用頁は本文中に（「闇の中の一日」頁数）と示す。

＊6 Andrew Bennett and Nicholas Royle, *Elizabeth Bowen and the Dissolution of the Novel* (New York: St. Martins Press, 1995), p. xviii.

＊7 松井かや「『パリの家』異質な他者との連携の可能性――引き継がれるレ・ファニュ『アンクル・サイラスの新しさ』」、エリザベス・ボウエン研究会編『エリザベス・ボウエンを読む』（音羽書房鶴見書店、二〇一六年）一〇三－二〇頁。

＊8 ヴォイチエフ・ドゥロンク『カズオ・イシグロ　失われたものへの再訪――記憶・トラウマ・ノスタルジア』（三村尚央訳、水声社、二〇二〇年）三四頁。以下引用頁は本文中に（ドゥロンク 頁数）と示す。

＊9 三村尚央『記憶と人文学――忘却から身体・場所・もの語り、そして再構築へ』（小鳥游書房、二〇二一年）八四－八五頁。

＊10 拙論「『ここではないどこか』を探す少女たち――ボウエンとマンスフィールドの短編を比較して」（中央大学人文科学研究所、二〇一六年）七七－九九頁を参照。

＊11 Elizabeth Bowen, *The Death of the Heart* (London: Vintage Classics, 1998), pp. 48-49〔太田良子訳『心の死』（晶文社、二〇一五年）〕. 引用は太田訳に基づく。

＊12 鴻巣友季子『文学は予言する』（新潮社、二〇二二年）一四三頁。カーソン・マッカラーズ『結婚式のメンバー』（村上春樹訳、新潮文庫、二〇一六年）のヒロイン、フランキーのラストの様子について、鴻巣は次のようにまとめる。「ほとんど狂気と紙一重の境地にはまりこみ、少女は一度ならず転落への危機におちいる。だから親の言うことを聞いて、道徳と節度を守りなさい?　いや、マッカラーズの描くこの小説には、そんな教訓も答えもない。雄々し

い少女はつぎの『遠いどこか』を想って微笑むだけだ」。全くテイストの違う作品だが、「闇の中の一日」のラストと相通ずるものを感じる。

【参考文献】

Ellmann, Maud, *Elizabeth Bowen: The Shadow Across the Page* (Edinburgh: Edinburgh UP, 2003).
Lee, Hermione, *Elizabeth Bowen* (London: Vintage, 1999).
Shaw, Valerie, *The Short Story: A Critical Introduction* (London: Longman, 1992).
大串尚代『立ちどまらない少女たち――「少女マンガ」的想像力のゆくえ』（松柏社、二〇二一年）。
河内恵子編著『現代イギリス小説の「今」――記憶と歴史』（彩流社、二〇一八年）。
――――編著『書くことはレジスタンス――第二次世界大戦とイギリス女性作家たち』（音羽書房鶴見書店、二〇二三年）。
斎藤美奈子『挑発する少女小説』（河出新書、二〇二一年）。
ホワイトヘッド、アン『記憶をめぐる人文学』（三村尚央訳、彩流社、二〇一七年）。

短篇「よりどころ」の「不気味なもの」

✺亡霊が女の孤独のよりどころ

清水純子

ボウエンの「不気味なもの」

エリザベス・ボウエンの短篇には、「不気味なもの」がたびたび出現する。この正体不明の「不気味なもの」がボウエンの短篇にゴシック調の陰影に富む雰囲気と風格を加え、読書意欲を増進する香辛料の役割を果たす。この必須の調味料は、ボウエンが曖昧な記述を意識的に好むため、正体解明は容易ではない。言葉の表面だけではその「不気味なもの」の出どころも、出現の理由もわからず、オープン・エンディングの山場を抑えたほどほどの怖さのゴースト・ストーリーだとする誤読の可能性すらある。ボウエンの「不気味なもの」の筆頭は亡霊だが、ボウエンの短篇においては話題の中心を占めながら、亡霊自体は姿を見せずに終わる。ボウエンの幽霊譚は、この世に未練を残した亡霊があの世から甦って生者（命ある者）に悪さをしたり、復讐するゴースト・ストーリーの定番から逸脱するのが特徴である。ボウエンは、亡霊の正体をほのめかしているが、よほど勘のいい読み手でないと見過ごしてしまう。かくも複雑で巧妙なボウエンの亡霊短篇を正確に読み解き、理解するのには、精神《サイコアナ》分析《リテイック》の視点が助けになる。精神崩壊の極みで苦しむ人物を好んで取り上げているからである。ボウエンの主人公たちが遭遇する亡霊は、胸の中にわだかまる不安と不満、恐怖が形になった幻覚だと解釈できる。本稿では、「よりどころ」（"Foothold"）における「不気味なもの」を分析して、この短篇においてその「不気味なもの」の意味するところを探る。

幽霊の出る不気味な家

ジクムント・フロイト（一八五六 – 一九三九）はエッセイ「不気味なもの」（一九一九年）において、「この上なく不気味に思われるものとは、多くの人々にとって、死と、死体、死者の回帰、霊魂や幽霊と関わりのあるものである」とする。多くの場合「不気味な家」は「幽霊が出る家」に言い換えられる（フロイト 二五五頁）と述べる。「よりどころ」のロンドン郊外の屋敷では女の幽霊クララが出没する。幽霊のクララ・スケップワースは、一八五〇年に四人の子供を残して中年期に死亡するが、結婚のプレゼントとしてこの館を父親に買ってもらった。クララの名前は、この家の権利証書に書いてあるので、女の幽霊はクララだとされる。奇妙なことに、クララの姿を見たのはこの家に移り住んだ妻のジャネットのみで、夫ジェラルドには見えない。ジェラルドは、クララが部屋に無断で出入りしているとジャネットから聞いて腹を立て二階まで追いかけたが、誰もいなかった。ジャネットのよき理解者であり、思索的で繊細な友人のトマスは、ジャネットが見た亡霊クララの存在を否定することはせず、クララはジャネットの幻覚であり、ジャネットの分身である可能性をほのめかすにとどまる。

「彼女は君にあんなに似てるの？」
「まあ！……あなたはそうとったの？」
「きちんと見たわけではないんだが、あれは君の身のこなし方だった。それに彼女の足音――いや、僕は足音を聞き間違ったことはないんです。それに彼女はあそこを通り過ぎながら中を覗いたんだ、肩越しに、君がよくやるように〔…〕彼女のほうがやや熱心で、ややほっそりしていたかな。そのときにもし何か考えていたら（実際は考えなかったんだが）、僕はきっとこう思っただろう、『何かがジャネットの身に起きた、何だろう？』と。〔…〕どうして君にはわかるんだい、このクララ・スケップワースが――このクララ・メイが君のクララだと？」
「わかるからわかるの」ジャネットは穏やかに、ちょっと疲れたような切り口上で言った――子供相手によく使ってきたに違いない言い方だ。

（一〇七－〇八頁）

トマスは、クララの実在を疑っていても、ジャネットに向かってクララを否定することは避けている。しかし、ジャネットのクララ幻想に悩まされる夫ジェラルドの問いかけに対しては、「彼女はジャネットのイデアなのさ」（一一三頁）とクララの実在をズバリ否定する。それでいてトマスは、「誰かがこの午後、僕の部屋のドアを通り過ぎたが、それがジャネットではないことがわかったんだ、誓ってもいい、あれは彼女だった」（一一五頁）とジェラルドに話し、そのことをジャネットに話したことを認める。

トマスは、クララのことを一体どのように考えているのか？　トマスは、夜になって眠たげなジャネットとジェラルドとに向かって、「クララは夢なんだ」、「ジャネットと僕はクララごっこをしているんだ」（一一九頁）とうそぶく。トマスはクララの実在を信じないが、クララがジャネットの分身、つまり抑圧されて普段は姿を見せないもう一人のジャネットだと認識している。クララは、ジャネットから生まれたもの、つまり影なのでジャネットにそっくりであり、その一部なのだが、ジャネット自身とは違うと理解している。

フロイトは、生きている人間が幽霊や死んだ人間を怖がるのは、「死者は生き残った者の敵となり、〔死後の〕新しい生存の仲間として道連れにしようともくろんでいるとする古《いにしえ》の感覚が依然として含まれているのである」（フロイト 二五六頁）と言う。しかしジャネットは、クララを怖がることはない。夜中に二階の寝室で休むジャネットは、階下に残してきた二人の男――夫ジェラルドと親友トマス――が上がってきたのをクララと間違えて親しみをこめて語りかける。幽霊クララは、ジャネットにとっては敵ではなく相棒であり、夫やボーイフレンド以上に心を打ち明けられる愛しい女友達である。トマスですら近づけないほどの心理的近距離でジャネットのベッドにまで滑り込まんとする親密さを勝ち得ているのはクララである。クララがジャネットの幻覚であって、実体のない亡霊であったとしても、ジャネットの心理的防御の必要性から生まれたクララを、ジャネットは怖がらない。亡霊クララが冥界に誘ったとしても精神崩壊の危機に瀕しているジャネットは、断らずに受け入れたかもしれない。亡霊と情を交わすとは正気の沙汰でない。フロイトが指摘するように、クララは客観的には危険で怖い存在になりうる。しかしクララはジャネットの抑圧された分身であるからジャネットにとって慈しむ対象であり、ジャネットの自己愛を鏡のように反射する存在である。ジャネットの家は「幽霊の出る家」というよりも、幽霊が出たように感じられる家と言った方がよい。幽霊屋敷と呼ばれる家に幽霊がいたという事実は客観的に科学的には検証されないだろうから、ボウエンの幽霊屋敷も幽霊が威嚇する場面がないだけで、ゴースト・ストーリーの伝統を破っているとは言えない。

伸び縮みする不気味な家

ジャネットの屋敷は、伸びたり縮んだりする「不気味な家」である。トマスは、「部屋がすっかり小さくなったみたいな感じがしてしょうがない。君は部屋が順応することに気がついたかい?」と言うと、ジャネットは「私は、ここにきてから、屋敷が成長したような気がしてならないのよ。部屋を横切るのにずいぶん時間が掛かるみたい。こんなに大きなのを買ったつもりはなかったわ。〔…〕小さい家にしたのよ」（九八頁）と逆のことを言う。より客観的視点を持つトマスは、ジャネットが亡霊クララをこの家の住民に加え、さらにジャネットの二人の子供が大きくなって「子供たちは部屋をたくさん占領するからね」（一〇二頁）と家を狭く感じる理由を理路整然と説明する。その反対にジャネットは「私たちが入ってから、この屋敷が成長していて、部屋が伸びているって?」（一〇三頁）と家の不気味な成長を告げる。

フロイトは、「不気味なもの」の例としてE・イエンチュを引き合いに出して「生きていない事物がもしかして生命を吹き込まれているのではないかと疑われるケース」（フロイト 二三七頁）を挙げる。生きていないはずのものが生きているように見える時に抱く不気味な感情をフロイトはイエンチュの言葉を借りて「あるものが生きているか生命がないかについて、知的不確かさの念が引き起こされ、生命のない存在が生きているものにあまりに似すぎている場合というのは、不気味な感情の発生にとってことのほか有利な条件だ」（フロイト 二四六頁）と説明する。フロイトは、不気味な感情の源泉は、不気味だと感じた人の不安ではなく、欲望であり、確信である、と言っている。フロイトの論理に従えば、トマスが家が小さくなったと感じるのは、トマスが現在のジャネットにはもっと多くの部屋が必要だと感じているからであり、ジャネットが家が成長したように思うのは、心の空虚感と孤独がこの家の無人のスペースが増したように感じさせ、以前より家が成長したと錯覚させたからである。

ジャネットは、「クララはともかくあの場所を満たしてくれているのよ」と屋敷の空間だけでなく、ジャネットの心の隙間を埋めるためにクララが必要であると言う（一〇三頁）。主観的な家の成長をトマスに語った直後にジャネットは「あの、それがそうじゃなくて、私の生活が――この生活なのよ――なぜか伸びているみたいなの。余地が増えたのよ。だからといって、時間が増えたのではないの――まったく単純な話、私のすることが増えたのよ。知ってるでしょ。『だらしない』女を私がどれほど憎らしいと思っているか。一日が目いっぱい埋まらないなんて、どういうわけか理解できない。いつの間にか満杯になるのよ。屋敷があって、庭があって、友達、書物、音楽、手紙、自動車、ゴルフ、その気になったら、けっこうロンドンまで行くし。ええ、そういうわけで、その合間の時間など一分もないわ。それでも余地が毎日どんどん増えて。きっと隠れているんだと思う」（一〇三－一〇四頁）と、屋敷の成長は自分の主観であることを認める。

生きていない事物に生命を吹き込んでいるのは、その事物を所有し、管理している人間である。ジャネットは忙しい日々を余儀なくされ、やることをたくさん抱えて心にゆとりのない毎日を送っている。だらしない女だと言われたくないために気を張り、体は忙しく働かせているが、楽しい生活を送っていないので、ストレスにさらされた日々を送っている。ジャネットは日常的には、理解してくれる友人を持たず、心は空虚なので、家を空っぽだと感じ、家がどんどん広くなっていくように感じる。ジャネットを理解するトマスにジャネットは、本音を漏らしたわけである。敏感で聡いトマスは、彼女の心境を察して心配する――「『何かスピリチュアルなことがあるのかい？』とほのめかしたが、彼は距離を置いていて、気後れと、ある種の敬意が見てとれた」（一〇四頁）。トマスは、ジャネットの精神が危うい状態にさしかかっているのではないか？　と感じているが、それ以上踏み込んではジャネットを傷つけるので危険だと思って踏みとどまる。するとジャネットは、「『それはみなが言うことなの』と彼女も同じく距離を置いて同意した。『ただね、私の居心地がよくないの。いままでいつも居心地がよかったので、面白くないの』」（一〇四頁）と婉曲にしかし正直に告白する。

家が成長したり縮んだりしているように見えるのは、家を見る人の精神状態が家に反映されているからである。本来生命のないはずのものに生命を吹き込んでいるのには、見る人間の意識、とりわけ潜在意識が関わっている。ジャネットは、自分の意識が歪んでいるとは思いたくないので、家が成長したことにして家を見る。不気味なのは、家ではなく、家が変化したと見るその人の心の状態である。「不気味なもの」の正体についてトマスは十分気づいているし、ジャネットも認めたくはないが半ば気がついている。フィリス・ラスナーも「フィクションであれノンフィクションであれ、ボウエンの作品のすべてにおいて、家にはその所有者の願いと恐怖が亡霊のように出没する」（ラスナー 五頁）と住み手の心と家の一体化を指摘する。

生きていないはずのこの家に生命を吹き込んで「不気味なもの」にしているのは、住み手ジャネットの意識であることは明白であるが、ジャネットはこの家に自分の特質を埋め込んで成長させたとも言える。それだからか、ジャネットの女性としての心身に惚れこんでいるトマスは、屋敷を眺めるジャネットに向かって「君の家は大好きだ」（一〇三頁）と言う。ジャネットの複雑に分離した精神を反映するかのように、階段には二重の戸口があるこの家の知的で品のよい贅沢な造り、「フランドル絵画に見る室内の冷たい光を思わせ」（一〇〇頁）、「客間は暗い黄色の影に沈み」（一〇九頁）、「暖炉の上の繊細な陶器」（一一〇頁）、「重厚に垂れたカーテンとカーテンの間から、寒そうな庭」（九七頁）は、ジャネットの個性を映し出す。社交的な夫ジェラルドは、旅行を提案するが、ジャネットは「私たちはここに根が生えているのよ」（一一八頁）と拒絶する。ジャネットは、家で孤独とストレスを感じているが、家から離れることができない。この家はジャネット自身を象徴し、もう一人のジャネットの影をも表すからである。この家が「不気味なもの」に感じられるとしたら、それはジャネットの精神が「不気味なもの」に変容しつつあるから、つまりジャネットの精神が崩壊の危機に瀕しているからである。

ドッペルゲンガー

フロイトは、不気味な効果を引き起こすモチーフの筆頭に「ドッペルゲンガー」を挙げる。「ドッペルゲンガー」は、「人間における自我の分裂」(フロイト二四八頁)である。

外見がそっくりであるために同一人物と見なされてしまう人々の登場であったり、この事情がエスカレートして、それらの人物の内の一人から他の一人へと心の中の出来事が飛び移り――われわれなら、テレパシーと呼ぶ事態だ――その結果、一方が他方の知識・感情・体験を共有するにいたることであったり、異なる人物と同一化した結果、自らの自我に混乱をきたしたり、あるいは自分の自我を他人の自我で置き換えてしまうこと、つまり自我の二重化、自我の分割、自我の交換であったり、最後に、等しきものの絶えざる回帰、同じ容貌・性格・運命・犯罪行為、いや同じ名前まで何世代にもわたって連続して反復されるという事態であったりする〔…〕ドッペルゲンガーとは、もともと、自我の没落に掛けられた保険だったのだから。つまり、「死の力を断固否認すること」(O・ランク)であり、「不死」の魂とは、おそらく肉体の最初のドッペルゲンガーだったのだ。破壊から身を守るためそのように複製を創り出す行為に対応するのが、夢言語のなす描写である。

(フロイト二四七－四八頁)

それではここで、それぞれの「ドッペルゲンガー」についてみておこう。

1 クララ

フロイトが「病的な心の出来事」（二四八頁）と呼ぶ「ドッペルゲンガー」は、ジャネットに起きた現象である。屋敷に主として彼女にだけ見える亡霊クララが、ジャネットのドッペルゲンガーである。ジェラルドは、クララを見たことはないが、一見正常に見えるクララが亡霊を見たという話を否定することもできず、悩んでいる。トマスはクララが悩みを抱えたジャネットの想像の産物、つまりドッペルゲンガーであることを見抜いているが、事態を重く見て軽々しい発言はしない。パトリシア・コフランは「よりどころ」のテーマは、ドッペルゲンガーだと明言する――「主人公は女らしさの概念に適合しようとするあまり、自己と不気味なダブルに引き裂かれる人格分裂を起こしている」、「幽霊のクララは、ジャネットのドッペルゲンガーであることは明らかだ」、「ジャネットは、精神崩壊の過程にあることが次第に明らかになる」、「失意にあるジャネットが呪文で呼び戻した死んだ女はオルター・エゴ（分身、もう一人の自分）であり、愛人でもあるのだろう」、「『よりどころ』は、幽霊を用いた人格分裂が主題である」と述べる（コフラン 五三－五四頁）。

2 トマス

コフランはトマスも人格分裂の疑いがあるとし、「トマスは懐疑的な姿勢にもかかわらず、クララを最初はジャネットだと見誤っていたが、結局二階の踊り場を歩くクララを見てしまう」（コフラン 五四頁）と述べて、トマスもジャネットの分身だと言う。トマスがクララをジャネットとは全く別の他人と認めたのか、それとも分身とみてクララその人ではないと感じたのかは議論の余地があるが、トマスもジャネットの分身である可能性をボウエンは最初の方でヒントを与えて暗示する――「鼈甲ぶちの眼鏡を読書用にかけていて、これが彼女とトマスの顔に通じる奇妙な類似性を完成させていた。どちらも感じやすく、心を乱さない人間で、安楽な暮らしが柔らかいしわになっていて、勤勉さ、自己不信、苦悩の受容力を示す、まだ若い厳しいしわを覆っていた」（九三頁）。トマスは、カール・グスタフ・ユング（一八七五－一九六一）が提唱する「アニムス」に相当する。「アニムス」とは、女性の内なる男性像であり、「女性の心の中で活動する男性像」、「女性の『男性的な』面の基礎をなす」「心のイメージ」であり、「こころの構成要素として」「意識下にあり、無意識的なこころの内部から働きかける」（サミュエルズ「アニマとアニムス」の項目）。女性の下位パーソナリティに属するアニムスは、「無意識的レベルに存在している」ので、この「異性の元型は、無意識への案内者、自我と内的生活の間の仲介者の役割を持っている」（ホプケ 一三九頁）。つまり、女性のジャネットが男性の影の人格を得て、異性に人格分裂しているのは不可解な現象ではない。

アニムスは「無意識的であるため、一般に未発達である」（サミュエルズ 一三〇頁）とされるため、トマスも現実感がなく頭でっかちな印象を与える。「よりどころ」は、妻ジャネット、夫ジェラルドが滞在客トマスと共に朝食をとる場面で始まる。ジャネットもジェラルドも完全に覚醒しているが、トマスは「少し寝ぼけたまま」で「まだ目が覚めていないみたい」（九四頁）な頼りない状態で現れる。それにもかかわらず、アニムスをつかさどるトマスのロゴス（理性）は目覚めていて、ジャネット由来であろう「昨晩の陰気な余韻」（九四頁）をあてこすって「君が朝の食卓では憂鬱《ブルー》でないのがありがたい」、「僕は憂鬱《ブルー》症は苦手でね」（九五頁）と言う。

その直後に、ジェラルドが「トマスはクララを見たのか？」と尋ね、ジャネットは答えず、素知らぬふりをして他のことをしているので、昨晩ジャネットが亡霊クララを見た件でひと騒動起こしたことが暗示される。トマスは、スペインのことを聞かれると「食事の前だと、僕はいつも自分の経験に自信が持てなくてね。ほかの人の経験ほど現実的に思えたためしがないんだ。手ごたえがないというか、手垢がついたというか。それほど夢中になれないんだ、本質的すぎて〔…〕」（一〇六－〇七頁）と奇妙に返答を避ける。子供嫌いのトマスは、ジャネットの子供たちが宿舎に入っている時にだけ滞在することに決めている――「〔人生の二つの状態は〕絶対に交錯しないんだ。〔…〕だって、僕は一つのほうにいて、君の子供たちは別の方にいるのだと確信したい。約束だよ。絶対に交錯しないね?」(一〇二頁)と奇怪な現実逃避によって自分を守ろうとする。またジャネット家の犬の散歩を嫌々手伝ったトマスは、「つまり、僕は労働の意味を知らないと」(一一〇頁)とうそぶく。

　非現実的で肉体を伴った男のように見えないトマスが、ジャネットのアニムスであり、ドッペルゲンガーであるとするならば、「無意識的であるため、一般に未発達である」(サミュエルズ 一三〇頁)特徴を備えているのは納得がいく。

　服部雄一は、「女性患者に男性の人格がいると、保護者の役割を持っている場合が多い」(服部 八七頁)、「交代人格の中には、第三者の立場で他の人格を観察しているオブザーバーのような人格が生まれることがある。〔…〕共通する特徴は患者の心の中をよく理解していて、人格システムにおける各人格の特徴や役割等をかなり正確に把握していることである」(服部 八一頁)と指摘する。トマスがジャネットのドッペルゲンガー、つまり交代人格(解離性同一性障害の人に代わるがわる現れる複数の人格のこと)だとすると、男性の保護者であり、ジャネットの心の中をよく知り理解するオブザーバー(観察者)の役割に合致することは、以下の記述が証明する。

> トマスは、この上なく細かい器具を使う非の打ち所のない歯医者のように会話を進め、自分の領域を選び、その中で徐々に近づき、相手がたじろぐと見ると引き下がるのだった。彼は、手足が八本ある、外見からはわからない、裏切る被造物という、幸せに結婚した夫婦との間に、一種特別な友情関係を築くことを専門にしていた。つまり、合成された人格に親しく軽やかに自分自身を適応させていた。人生のいくつかの局面への無関心と、明らかな無意識が、種々の気恥ずかしさに対する彼の武装だった。ジャネットが言うように、彼はいつの間にか誰かのあとについて誰かの寝室に入ることができた。しかしあまりにも目に付く「如才なさ」が、と彼女は言うが、彼の資質を表す文字通りの言葉になっていた。トマスはすべてが手に取るように

わかった。（九七頁）

3　ジェラルド

夫ジェラルドまでもジャネットのドッペルゲンガーだと疑うのは、行き過ぎた解釈かもしれないが、その可能性はある。トマスをドッペルゲンガーだと仮定するならば、ジャネットばかりでなく、ジェラルドもトマスと会話し対等に交流しているので、トマスと同レベルの存在だといえる。トマスは、ジャネットばかりでなく、夫のジェラルドをも「手足が八本ある、外見からはわからない、裏切る被造物という、幸せに結婚した夫婦」と評するので、ジェラルドもジャネット同様、不気味な尋常でない存在である。そして奇妙にもこのカップルをひとまとめにして「合成された人格」ととらえている。クララの幽霊が見えないのでジャネットの精神状態に不安を覚えるジェラルドに向かって、トマスは「僕が君だったら、クララの話はしないよ。冗談にするよ」（一一三頁）と諭《さと》し、「ジャネットと僕はクララごっこをしているんだ。ジェラルドは病人さ」（一一九頁）とジェラルドの現状把握の甘さを揶揄する。ジェラルドは「彼女はこの幽霊をいやというほど見ているんだ。〔…〕もし物事が彼女に都合よく行っていたら、幽霊など見ないのだろうが。僕が幻想とか医者とか物事について口にできないのは、彼女は僕と同じくらい見るからに健康だし、僕よりむしろ正気なんだよ。このものはちゃんとここにいる、と言わざるをえない」（一一五頁）とあるように、表面しか見ることができない男である。

　しかし、深夜、ジャネット、ジェラルド、トマスの三者は、居間で話し合ううちに奇妙なまでの一体感を覚え、時と空間を超越して互いにつながった存在だと自覚する。

三人は、話すうちに、奇妙な平等感覚を互いの中に作り出し、平等につながっているという感覚が生まれていた。トマスは散発的だが強力な「ホーム」と言う感覚を、三角形をしたこの交際関係に集中させていた。〔…〕ここにはいつもトマスがいるような感じがした。〔…〕特別な親密さの中に寄りそっていて、長い間、三人に共通する思い出の中で暖かく生きてきたみたいだった。トマスが話している間、部屋は宙に浮いてた。「あーあ」話が終わるとジャネットがため息をついて周囲を見回し、みんなで旅から戻ったみたいだった。（一一七―一一八頁）

オリジナル・パーソナリティ（本体）であるジャネット、その交代人格であるトマスとジェラルドが平等に同一平面に存在している。ジャネットを長とするこの人格システムグループ（本体と交代人格で構成される。服部 六九頁）の堅固なつながりを示す場面である。

服部雄一は「交代人格」について以下のように説明を与えている。

交代人格は全く人間と同じように振る舞うが、しかし、彼らは人間ではない。交代人格はばらばらになった記憶、感情、内部の葛藤、衝動から生まれた人格状態である。言い換えれば、交代人格は人間の人格の一部分にすぎない。〔…〕交代人格はそれぞれが一人の人間であると主張するが、実際は、交代人格が集まって一人の人間を構成しているのである。〔…〕必ず、人格システム全体の中から理解すべきなのである。コリン・ロスの言葉を借りれば、「交代人格は一種の装置」である。（服部 六九頁）

ジェラルドがトマスに対して「もしも君が半分だけ人間で」、「クララが半分だけ幽霊だったら、君は今朝、ぶるぶる震えながら下に降りてきて、髪は真っ白になり、最初の汽車で帰るから送れと言い張っただろうね」（九六頁）

という意味不明の謎の言葉が、ふつうの人間に見えるが、完全に独立した一個の人格にはなりえないパーツ（部品）としての交代人格（ドッペルゲンガー）の特性に触れていると解釈できる。

パーツとしての交代人格同士は、交流できる可能性があるらしい。ジャネットはトマスに「ちょっと驚いたわ。あなたの部屋から出てくる彼女（クララ）に会ったのよ」（九八頁）と言うと、トマスの心の中の言葉――「あの午後、クララになれたら大いに頑張ったのに」（一〇一頁）という謎の言葉が、「人格の断片」（服部 七〇頁）同士の交流の可能性を物語る。特に「第三者の立場で他の人格を観察しているオブザーバーのような人格」であるトマスには可能な技である。

4　ジャネットのドッペルゲンガー現象（自我の分裂）の原因

フロイトの「ドッペルゲンガー」は、分離性障害つまり多重人格を指す。「多重人格とは、一人の人間が複数の人格状態をも持つ」ことである。服部は、「自分（自我）が二つ以上になるので、アメリカの専門家の中には『自我状態異常（Ego state disorder）』と呼ぶ人もいる。〔…〕注意する点は、我々は本来は一つの人格だけをもっており、複数の人格を持っていないことである。多重人格という名前だが、実際は多重交代人格症なのである」（服部 三九頁）とする。そして、「人格の分離では、二つ以上の人格が存在し、しかもお互いに統合されずに、別々に活動する。この人格の分離がなければ多重人格症にはならない」としたうえで、人格分離を起こす原因の一つに「虐待による苦痛」があるとする。「人格を分離させて苦痛を『別の人間』に背負わせてしまうのである。これにより本人は苦痛を感じなくなる」（服部 五一－五二頁）。つまり多重人格は、「生き残りのテクニック」（服部 五九頁）なのである。虐待から逃れるための「死ぬか、発狂するか、人格分離するか」の三つの選択の一つであり、「人格分離しなければ精神的に生き残ることは不可能」（服部 五九頁）だという。また、交代人格の平均的な数は四から一六で、虐待のひどさに比例して交代人格の数が増えるという（服部 七〇頁）。

悩みを抱えるジャネットもドッペルゲンガーを「生き残りのテクニック」として無意識のうちに採用していた。ジャネットはまず夫ジェラルドを生成し、親友トマスを製造した。しかし、二人の男の交代人格をもってしてもジャネットは救われなかった。理解者トマスからは「事のならぬうちに知らぬふりをする冷たい女」(一〇九頁)、またトマスとジェラルドからは「彼らは二人とも、もっと屈辱を感じないでいられただろう、もしジャネットが愛人を作っていたら」(一〇九頁)とまで思われる。

男たちの無理解と、女性に「母性的で官能的なもの」(一〇九頁)を主として求めるのに失望したジャネットは、同性の亡霊クララを呼び寄せて心の隙間を埋めようとした。ジャネットとは違って「クララは本質的に女性的」(九六頁)であり、四人の子供を産んで幸福に死んだ「満ち足りていた女」(一〇七頁)であった。理知的だが満たされず、孤独に苦しむジャネットは、平凡で「面白い女じゃなかった」(一〇七頁)が、クララに惹かれて、その霊を呼び出した。クララは出現まもないので成熟しておらず、ジェラルドやトマスと交流できるほどに育っていない。異性の交代人格では十分に癒されなかったジャネットは、同性のクララを生むことによって、苦悩から、孤独から救われるのであろうか？　ジャネット救済の鍵を握るクララには、ジャネットのベッドにいつでも滑り込む愛人としての特権が与えられている。ジェラルドとトマスの二人の男たちは、ジャネットの寝室から締め出されて迷子になり、真っ暗闇の中で立ち往生する。この最後の場面は、ドッペルゲンガーの男たちはジャネットの心の闇を取り除けず失敗したことを暗示する。

では、ジャネットが狂気を免れるためにドッペルゲンガーを次々と生み出す原因は何なのだろうか？　有産階級のインテリ・マダムであり、物質にも階級にも恵まれたエリート家庭のジャネットが、生命と精神が危うくなるような虐待を受けているようには見えない。その原因は作品内には明示されず、その曖昧さがボウエン的である。しかし、ボウエンはいつもながらその端々を断片的に埋め込んでいる。それは「孤独」であろう。ベッドに近寄ったかに見える亡霊クララに向かって、ジャネットは心境を吐露する——「私はもう我慢できない。どうしてあなたは我慢できるの？　このむかつくような孤独」（一一三頁）。「女の孤独」は男には理解できない、だからジャネットのことを案じている夫ジェラルドも、理解ある親友トマスですら、ジャネットを救えない。ジェラルドとトマスは男同士で、ジャネットの精神状態についてきわめて婉曲に幽霊譚を交えて意見交換するが、「クララ事件」は「よりどころの問題」（一一六‐一一七頁）だという結論に達する。亡霊クララだけがジャネットの孤独を癒し、正気を保てる「よりどころ」の可能性を示唆しているのである。男二人の力をもってしても、ジャネットの女の孤独と忍び寄る狂気をとどめられず、彼らのプライドは傷ついている。

経済的に社会的に恵まれているように見えても、「家庭の天使」であることに縛られて、自己実現できない二十世紀初頭の進歩的知的女性の孤独と悩みをジャネットは体現する。彼女らは家庭以外で活動して評価されることがむずかしく、家庭婦人の枠に閉じ込められていた。当時の女性に課されたジェンダー・ロールがジャネットの抑圧になっている可能性がある。

5　ダゲレオタイプ写真

トマスがジャネットに見せるために持参した「祖母のダゲレオタイプ写真」（一〇五頁）も女性の抑圧を象徴的に表している。ダゲレオタイプ（仏：daguerréotype）は、一八三九年フランスのルイ・ジャック・マンデ・ダゲール（一七八七‐一八五一）によって発明された世界初の実用写真撮影法である。

二〇一六年製作の黒沢清監督による映画『ダゲレオタイプの女』は、このダゲレオタイプ写真がどのようなものであったかを巧みに表現する。「長時間の露光を必要とするため、人物を撮影する場合は長時間に渡り身体を拘束される。ネガを作らず、直接銅板に焼き付けるため、撮影した写真は世界にひとつしか残らない。『写真を撮るとは命を削り取ること』と思われるほど、モデルになる者は命がけで被写体になっていた。その撮影は被写体と撮影者の愛情交換であり、束縛でもある」（「ダゲレオタイプ」、映画『ダゲレオタイプの女』パンフレット）。「ダゲレオタイプが生まれたころ、その写真技術は死んでしまった子供たちなど、『もう二度と会えない者に永遠の命を与えるため』に頻繁に撮影が行われていた」、ダゲレオタイプのモデルを務め狂気の果てに首吊り自殺を遂げた女は「永遠の命を銅板に刻み付けた」とされる（「その撮影は永遠の命を与える愛」、同映画パンフレット）。異様な拘束器具を用いてモデルの女性に長時間の苦痛を強いる百七十年前の写真術であるダゲレオタイプは、死者と結びつく「不気味なもの」のイメージに加えて、女性に対する加虐性《サディズム》を喚起する。

映画『ダゲレオタイプの女』では、狂気の写真家ステファンのモデルになって首つり自殺を遂げた母の後を継いで、娘マリーも毎日、異様な拘束器具に縛りつけられて父ステファンの長時間露光撮影に耐えていた。撮影の作業に没頭する父と、そのしごきに耐える娘の姿は、サディストとマゾヒストである。女の亡霊に導かれダゲレオタイプ撮影に魅せられた青年ジャンは、父に痛めつけられるブルーのクラシックドレスのマリーを愛する。ダゲレオタイプの撮影は、生と死の境界、正気と狂気の境界を曖昧にしていく。崩れていく人間関係と現実は恐ろしい結末を招く。この映画は、強大な父権性に押しつぶされる女たちの悲劇を描く。男のエゴは女の献身と忍耐の限界を超えて女の身を滅ぼした後もとどまることなく膨《ふく》れ上がり、次々と女の生贄を求め続けた結果、女は亡霊になって復讐に出るのである。

ダゲレオタイプのような女性蹂躙の小道具をさりげなく作品に挟み込むのはボウエンの得意技である。

「不気味なもの」を凌駕する未来性

1　ボウエンは人間心理の達人

「よりどころ」だけをみても、ボウエンの心理学への造詣が深いことに疑いの余地はない。ボウエンは、高名な哲学者にして心理学者のウィリアム・ジェイムズ（一八四二－一九一〇）を兄に持つヘンリー・ジェイムズ（一八四三－一九一六）と交流があり、深い影響を受けている。ジョン・バンヴィルは、ボウエンは父ヘンリーが躁病を患ったので、七歳の時に母と共にボウエンズ・コートから英国に移り住み、母の死去により十三歳の時に父の家に戻った。ボウエンの吃音は、父の病いが影響したと言う（バンヴィル xiv－xv頁）。ボウエンは父の精神疾患が契機となって、人間の心理や精神をつぶさに観察し表現するに至ったのであろう。それゆえにボウエンは、慎みと恥の気持ちもあって一部の識者にしかわからない書き方を選択したのではないか？　露骨な表現が理解を促すとは限らないからである。

2　「よりどころ」はメタバース内「アバター」、つまり「分人」の世界

ボウエンの婉曲で曖昧で、一見不可解な心理描写は、仮想現実の世界に通じる。「メタバース」（「meta（超越した）」と「universe（世界）」の合成語）はボウエンの心理小説に似た構造を持つ。ネット上に構築される仮想の三次元空間であるメタバースは、利用者がアバターと呼ばれる分身を操作して空間内を移動し、他の参加者と交流するオンラインのバーチャルリアリティであり、「比喩世界」の一つとみなせる。ボウエンのペンは、メタバースでは頭に付ける装置、ヘッドマウントディスプレー（ＨＭＤ）に置き代わり、登場人物ジャネット、ジェラルド、トマス、クララは、ボウエン自身の分身キャラクター「アバター」になって仮想空間に入り込む。作家が紙の上で登場人物の性格付けや行動を操作するように、アバターはコントローラーで動かされて、他のアバターたちと会話してコミュニケーションする。現実に自分の身を置きながら、意識は仮想空間に没入して冒険したいという欲求は、昔も今も変わらない。

「よりどころ」をメタバースに置き換えると、登場人物はすべてボウエンのアバターかもしれない。メタバース内のアバターである登場人物たちは、平野啓一郎の「分人」（一人の人間に潜在するいくつもの人格の一つが具現化したもの）たちであるといえる。平野は、「対人関係の中で生じている複数の人格」を「分人」（平野 六八頁）と呼ぶ。人間は、直面する社会的関係や立場が異なるごとに、その時々に応じて違う複数の人格を使い分けて「別の自分」になっている。両親、目上の人、友人、恋人と接する時など同じ一人の人間であっても、別の人格と側面を見せている。したがって「本当の自分」などなきに等しいのであって、「一人の人間は『分けられない individual』存在ではなく、複数に『分けられる dividual』存在である」（平野 六二頁）。「一人の人間の中には、複数の分人が存在している。〔…〕人間はこれらの分人の集合体である」（平野 六八頁）と説く平野は、「リアルとネットとの間、本当と虚構との境界線を引くことは間違いである」とまで言い切る。

ボウエンの「よりどころ」ではヒロインは孤独が生む憂鬱症を軽減するために「分人」の技を利用して現実逃避を試みたが、普通の人々も日常的社会生活において「分人」機能を無意識に活用している。その意味では、「よりどころ」は、特異な心理状況を描いたかのように見えて、意外なまでの普遍性を持つともいえる。ボウエンの「よりどころ」は、メタバース内で、一人のユーザーが幾人もの「分人」を切り替えて生活する未来の光景を先取りして示しているのかもしれない。メタバース内でユーザーが使用するアバターの性別は、現実のユーザーのそれには縛られないのもボウエンの「よりどころ」と同様である。

このように考えると、分人たちの行動を記すことによって心の健康と平安を保とうとしたのは作者ボウエンなのか、と想像してしまう。「よりどころ」は、「不気味なもの」を提示しながらその想像力と示唆性ゆえに「不気味なもの」を凌駕して、未来に広がる短篇だということがわかる。

【参考文献】

Banville, John, "Introduction," *Elizabeth Bowen: Collected Stories* (New York: Everyman's Library, 2019).

Bowen, Elizabeth, "Foothold," Elizabeth Bowen, *The Collected Stories of Elizabeth Bowen* (London: Vintage, 1999), pp. 326-44. 本文中の訳文はエリザベス・ボウエン「よりどころ」、『ボウエン幻想短篇集』（太田良子訳、国書刊行会、二〇一二年）に拠り、頁数のみ示す。

Coughlan, Patricia, "Not like a person at all," Bowen, 1920s and "The Dancing-Mistress," *Elizabeth Bowen*, Ed. Eibhear Walshe (Dublin: Irish Academic Press, 2009), P. 40-64.

Lassner, Phyllis, "The Short Fiction," *Elizabeth Bowen: A Study of the Short Fiction* (New York: Twayne Publishers, 1991).

サミュエルズ、アンドリュー他『ユング心理学辞典』（浜野清志・垂谷茂弘訳、創元社、一九九三年。「アニマとアニムス」の項目）。

平野啓一郎『私とは何か――「個人」から「分人」へ』（講談社、二〇一四年）。

服部雄一『多重人格――知られざる心の病の真実』（ＰＨＰ研究所、一九九五年）。

フロイト、シグムント「不気味なもの」、『フロイト全集』第一七巻（須藤訓任・藤野寛訳、岩波書店、二〇〇六年）。

ホプケ、ロバート・Ｈ「第二部　元型的形象　アニマ／アニムス」『ユング心理学への招待』（入江良平訳、青土社、一九九二年）。

映画パンフレット『ダゲレオタイプの女』（二〇一六年、ビターーズ・エンド）。

映画『ダゲレオタイプの女』二〇一六年製作／一三一分／ＰＧ12／フランス・ベルギー・日本合作／原題：*La femme de la plaque argentique*／配給：ビターズ・エンド／監督&脚本：黒沢清／出演：ジェローム・ドプフェール、タハール・ラヒム、コンスタンス・ルソー、オリビエ・グルメ、マチュー・アマルリック。

第四部

戦争を背景に

死の過去から生の未来へ

✺短篇「恋人は悪魔」「幸せな秋の野原」「幻のコー」における幻想表現

丹治美那子

1　二つの幻想

エリザベス・ボウエンが戦時を題材として描いた短篇の多くには、幻想がしばしば登場する。空襲に苛まれる中で不意に見る夢ともつかぬ幻想や、瓦礫の街をさまよいながら急激に膨《ふく》らんでゆく幻想などは、一見場違いなようでありながら、鮮烈な印象を読者に与える。ボウエンはこれら全てを「自己防衛の幻想[*1]（saving hallucination）」と呼び、人々が戦時の混乱を生き抜くための「頼り」とするものだと述べる。しかし一方で、ニール・コーコランが疑問を呈するように[*2]、短篇における幻想は時折登場人物を「防衛」するどころかむしろ生命の危機に晒しさえもする。つまり幻想は、作家の説明とは異なり、登場人物を守る幻想と生命を脅かす幻想に大別できると考えられるのである。この二つの幻想の相違に焦点を当てることで、作家が無意識に幻想に託した意味を明らかにすることが期待できるのではないか。

本論では、空襲に苛まれる第二次世界大戦下のロンドンを舞台とする三つの短篇「恋人は悪魔」「幸せな秋の野原」「幻のコー」を取り上げ、それぞれの幻想を「自己防衛」もしくは生命の危機のいずれかに区別する要素をあぶり出すことで、ボウエンが戦時の幻想を通して表現したことについての一つの解釈を提示したい。

2　生命を脅かす過去の幻想

「恋人は悪魔」（"The Demon Lover," 1941）では、第二次大戦下のロンドンで、先の大戦で死んだはずの昔の恋人が、幽霊なのか生身の人間なのか定かではないが、二十五年もの時を超えて主人公の元へ会いにやってくる。この現実か幻想か釈然としない出来事を本論では、現実に起きたことではなく、ドローヴァー夫人が迷い込む幻想と捉える。また本短篇には、現在と二段階の過去という重層的な時間が存在する。この複数の時間の存在との関連を追いながら、幻想に込められた意味を探ろう。

一九四一年八月末を現在としてドローヴァー夫人が家族と共に暮らすのは、ロンドンの自宅から離れた疎開先の田舎である。一九四〇年九月の空襲を逃れての疎開であると暗示されることから、疎開生活も丸一年を経過する頃と思われる。「今や田舎暮らしに慣れている」[*3] 家族とは対照的に、夫人はというと自宅の様子を「見ておきたいと切望していた」（七二一―七二三頁）と重ねて述べられるように、心は常にロンドンの自宅での生活にある。言わば夫人にとっては、現在もロンドンの自宅で暮らしているも同然なのだ。

ところがその思いは、荷物を取りに一人でロンドンの自宅へと戻ることで、突如として覆される。住人も家具も不在の変わり果てた自宅の光景に、夫人は愕然とする。そして、家具が配置され人が暮らしていた頃の姿を必死になって探して、空っぽの部屋の至る所に次々と視線を投げかける。

〔ドローヴァー夫人は〕辺りを見回し、目に見える全てに、かつての長い生活習慣の名残の数々――白い大理石についた煙草の黄色いしみ、書き物机の上に置いていた花瓶の輪型の跡、ドアが勢いよく開いた際にいつも陶器のノブが壁にぶつかってできた壁紙の傷――に、想像以上に戸惑いを覚えた。

（七二二頁）

いくら見渡せどもその痕跡しか見当たらない空しい状況により、自分の中では今も息づいているはずの自宅での生活が、既に過去のものとなっていたことに、ここで初めて夫人は気づく。確信していた、ロンドンの自宅で暮らす自己が、大きく揺らぐ現実に直面するのである。さらに、夫人の自己の動揺は止まらない。荷物を取ろうと入った部屋の鏡に映る夫人の姿は、自己喪失の危うさに満ちている。

一人の四十四歳の女性と向き合った。〔…〕夫が結婚する時にくれた真珠のネックレスはすっかりやせ細った喉首にだらりと垂れ下がり、昨年の秋に家族で暖炉の側に座っていた時に姉が編んでくれたピンク色の毛糸のセーターのVネックの中に入り込んでいた。

（七二三―二四頁）

見慣れたはずの自身の姿さえ「一人の四十四歳の女性」と赤の他人であるかのように見え、ネックレスや服など身につけている物に一つひとつ視線を向けて人や出来事を思い出そうとするかのような様子からは、ロンドンの自宅の住人としての自己ばかりか、現在の家の自己までをも見失いつつあることが読み取れる。以上のことから、現在のドローヴァー夫人の自己を支える基盤となるのが、ひとえにロンドンの自宅での生活であったことが分かる。その生活が今や失われた事実を突きつけられることで、家族のように疎開先に馴染むことが難しい夫人にとって、どの場所にも精神的に属せない自己喪失の危機に陥っていると言える。

ドローヴァー夫人としての自己喪失の危機に直面することで立ち現れるのが、二十五年前の過去にまつわる幻想である。夫人は自宅で昔の恋人からと思しき一通の手紙を見つけるが、そもそもこの手紙は現実的にあり得ない場所で見つかっている。郵便物は全て疎開先に転送される手筈になっているうえ、厳重に戸締まりされた家の中に誰かが手紙を置いて出て行った可能性は考えにくい。そして、今日の日付が記され約束の時間に会いに行くという旨が書かれたその手紙の差出人は〝K〟であるが、これはドローヴァー夫人の名前 Katherine の頭文字と同じである。手紙の存在自体、夫人が作り出した幻想であるかも知れないのだ。つまり、この手紙の発見こそ幻想への入口なのである。

こうして自己を見失いかけたドローヴァー夫人が入り込むのはしかし、決して救済の幻想ではない。手紙を読んだ夫人は恐怖に怯《おび》え、封印していた二十五年前の過去に思いを馳せる。瞬時に、第一次大戦中に戦地に旅立つ当時の恋人との別れの記憶が蘇る。

二人は木の下で別れの言葉を交わしていた。〔…〕彼女が彼の存在をもうしばし実感したくて手を伸ばすと、そのたびに彼はぞんざいにその手を取り、軍服の胸ボタンにぐっと痛いほど強く押しつけた。手のひらにボタンが付けた切り傷だけが、辛うじて彼女が持つことのできる全てだった。〔…〕彼が早く出発してしまったらいいのにと彼女はひたすら願っていた。〔…〕この後母と姉の安全な腕の中に駆け戻って「どうしよう、彼は旅立ってしまったわ」と叫ぶ瞬間のことを考えて、彼女は息をついた。

（七二四頁）

相手の手を傷ができるほど手荒に扱う昔の恋人の暴力性が際立つこの場面で、後にドローヴァー夫人となるキャサリンは恋人と距離を取りたがっているようである。名残惜しいはずの恋人同士の今生の別れとなるかも知れない場に際しても、その時間から早く解放されることを「ひたすら願」いながら、「母と姉の安全な腕の中」に戻ることばかりを考えている。さらにこの直後、恋人から「自分の帰りをずっと待っているように」と言われ、「これ以上に邪悪な約束に誓いを立てさせられることがあるだろうか」（七二五頁）と嫌悪感さえ覚える。なぜこれほどまでに、キャサリンは恋人であるはずの相手を嫌うのだろうか。ニール・コーコランは、元恋人の暴力性に対して抱く嫌悪が魅了という相反する感情と混在すると解釈し、キャサリンの抑圧された性的欲求という個人的理由から読み解く。*4 ボウエン自身も戦時を舞台とした複数の短篇については「個人の宿命」（『マルベリー・ツリー』九七頁）に関わる物語と述べている。しかしあえてここでは、キャサリンが恋人を忌避する理由を個人的問題から離れて考えてみたい。というのも、昔の恋人につきまとう没個性が、尋常ではないためである。

作中で正式な名前は一度も登場せず、外見や人柄に関しても一切描写されない。婚約者であったにもかかわらず、なぜかキャサリンの家族は彼について「ほとんど何も知らなかった」（七二五頁）。二十五年経過した現在においても、ドローヴァー夫人はどうしても彼の顔を思い出すことができない。このように昔の恋人は、その存在自体が茫洋とした実体に乏しい人物なのだ。そして、ドローヴァー夫人が昔の恋人が会いに来る幻想を深めるにしたがって、過去の記憶が少しずつ思い出されはするが、詳しい内容は読者には伏せられたままとなる。その最たる例が、最後の場面である。昔の恋人から必死の思いで逃げようとするドローヴァー夫人がようやく拾ったタクシーの運転手が、皮肉にもまさにその張本人だったらしいことが印象的な描写でほのめかされる。

運転手は停車するかのように急ブレーキを踏み、振り向いて運転席と後部座席を仕切るガラス板を横に滑らせ開けた。急ブレーキの衝撃でドローヴァー夫人は前につんのめり、危うく顔がガラス板の開口部にはまり込みそうだった。その開口部越しに、運転手と乗客は、六インチにも満たぬ近さで、果てしなく目と目で見つめ合った。ドローヴァー夫人の口があんぐりと開き、すぐさま最初の悲鳴が上がった。それから見境なく叫び続け、手袋をつけた手で窓という窓を叩いたが、タクシーは無情にもアクセルを踏み、彼女を乗せて、人気のない通りの奥へと入っていった。

（七二八頁）

二人の意味深な見つめ合いの直後にドローヴァー夫人が激しく取り乱す様子から、どうしても思い出すことができなかった昔の恋人の顔に夫人がついに出会ったことが読み取れる。しかし、その顔が読者に向けて明かされることはない。それは夫人のみぞ知ることなのだ。昔の恋人の没個性は、特に読者に対して徹底されていると言える。そのため、夫人がなぜ昔の恋人に異常なほどの恐怖を覚えるのか、若い頃二人の間にどのような関係が築かれていたのかなど、肝心なことが読者には何も伝わらないのだ。

しかし、読者に具体的に何も伝えない昔の恋人のこの没個性にこそ、重要な意味があるように思われる。それを明らかにするために、本短篇と同様に、過去のトラウマをテーマに扱う短篇「相続された時計」[*5]とを概略的に比較してみよう。「相続された時計」は親戚から譲り受けた置き時計によって、その置き時計にまつわる子ども時代の忘れていたトラウマに直面する三十路の女性が主人公であり、「恋人は悪魔」でドローヴァー夫人が若い娘時代の記憶と共に蘇るトラウマに襲われる物語構造と近似している。けれども、「相続された時計」では「恋人は悪魔」で曖昧にされる情報が全て具体的に読者に提示される点で、大きく異なる。

まず、主人公クララにトラウマを与えるポールは、短髪黒髪で、淡泊だが尊大な人柄として活写され、没個性とはほど遠い。そして、クララが古い置き時計を親戚から譲り受け嫌悪する理由も、ポールの口から微に入り細を穿《うが》って語られる。二人の子ども時代に、置き時計の内部にポールがクララの手を入れて出血させたことがあったのだ。すると一度も止まったことがないと親戚が自慢する時計が止まってしまい、ちょうど時計の定期点検に来ていた修理師にそのことが知られ、親戚の怒りを買うだろうとポールは青ざめる。だが、親戚はけがをしたクララの手当で姿が見えずに、時計をもとどおりに直した修理師はしばらく時計が止まっていたことの報告は次回でよいと判断し、帰路につく。ところがその道中、バスに乗り遅れまいと慌てて車道に出た彼が車にはねられて死亡したことで、クララとポールは時計が止まったことを親戚に知られるのを皮肉な形で免れる。

このように、「相続された時計」では過去のトラウマの原因とそれを与えた人物について、非常に詳細な描写をする。よってこれは、一個人の過去のトラウマを表す目的を持って書かれた物語だと推測できる。そうすると、過去のトラウマという共通のテーマを扱っていながら、曖昧な描写に留まる「恋人は悪魔」で描かれるのは、少なくとも個人の過去のトラウマではないようだ。

では「恋人は悪魔」で描かれるのは、いったい何のトラウマなのだろうか。それを考えるために、作品に登場する年月に注目してみよう。昔の恋人の描写が曖昧である一方で、「恋人は悪魔」はボウエンの戦時の短篇では類を見ないほど、年月の設定が妙に具体的である。ドローヴァー夫人がロンドンの自宅に戻る現在は一九四一年八月末であり、キャサリンが戦地に旅立つ恋人を見送る過去は一九一六年八月である。二つの年月の共通点は、大戦のそれぞれ開戦二年目の戦時中ということである。つまりこの作品は、現在の第二次世界大戦という状況に、かつての第一次世界大戦の記憶が重なる構造となっている。そうすると関心は戦争の時代に向けられていると推測が可能である。したがって、昔の恋人の没個性は、彼が個性ある一人の人物というよりは、戦時の軍隊の大勢の兵士の一人であることを表すのではないか。ドローヴァー夫人が幻想の中で出会うのは、おそらく昔の恋人ではない。第一次大戦という戦争それ自体の記憶が、戦死した恋人の姿をとって、再びの大戦を機に不意に蘇ったのではないか。現在においてタクシー運転手に扮し会いに来た昔の恋人の顔が、ドローヴァー夫人だけに見えて読者には伏せられているのも、そのためと言える。

ボウエンは、戦争により生み出される特殊な状況を捉えるのがいかに困難であるかを、創作でも随筆でも述べている。短篇「日曜日の午後」におけるある登場人物は「これほどまでに不合理なものを言い表す言葉は存在しない」[*6]と実感と共に述べ、またボウエン自身も後に戦時を振り返り「当時起こっていたことは、私たちが理解したり思考したり対処したりできる能力を超えていた」（『マルベリー・ツリー』九六頁）と書いている。こうした言葉を超えた戦時の状況を、読者には見えない顔で表現したのではないだろうか。最後の場面でドローヴァー夫人が目の当たりするのは、恋人の顔ではなく、戦争の顔だったのだ。したがって、ドローヴァー夫人が幻想において直面するのは、個人的な過去のトラウマではない。過去の戦争という集団的トラウマなのである。

以上のことから、「恋人は悪魔」における幻想が「自己防衛」の役割を持たないのは明白である。それどころか、この幻想は見る者を死の恐怖に追いやる。ドローヴァー夫人が昔の恋人の記憶を通して怯えるのは、戦争に脅かされる生命の危機である。そして、最後の場面でタクシーに「人気のない通りの奥」へと連れ去られるのは、死の比喩である。ドローヴァー夫人が迷い込むのは、死の気配に満ちた生命を脅かす幻想なのだ。

加えて、生命を脅かすこの幻想は過去と密接に結びつくようである。現在において、普段から「精力的な態度」（七二四頁）であり、恐怖の中にあっても自身が「家庭生活の中心的存在」であることを意識すれば「断固とした行動」（七二六頁）をとることができる、生命力に満ちたドローヴァー夫人が、引きずり込まれるように死の幻想へと向かうのは、空虚なロンドンの自宅を前に現在の自己を見失ったことで、封印されていた二十五年前の過去に直面するからである。このように弱々しいどころか、むしろ生命力に溢れた人物を死の幻想へと走らせるのが、過去が持つある種の魔力かも知れない。このような、生命を脅かす幻想が過去と結びつけられる可能性をさらに明らかにするために、次節では「幸せな秋の野原」についてみていこう。

3　過去の幻想から救う未来の力

「幸せな秋の野原」（"The Happy Autumn Fields," 1944）に登場する幻想は、理想の過去の時代である。ロンドンの自宅で空襲に遭うメアリがやまぬ爆撃の刹那に見るのは、ヴィクトリア時代のアイルランド上流階級の娘サラとして暮らす夢とも判別のつかぬ幻想である。幻想の中で垣間見る古き時代を理想化するメアリは、次のように現代と比較して悲観する。

人間の本質も持たず私たちはどうやって生きていけばいいのかしら。私たちに分かるのは悲しみというより不便さだけ。〔…〕あなたや私が生まれる前に、源泉、活力の元が枯渇したか、もしくは鼓動が止まってしまったに違いないわ。昔の人には沢山流れていたのに、現代の私たちにはほとんど流れていない。私たちにできるのは愛や悲しみの真似事だけ。[*7]

ヴィクトリア時代の人々が持つとメアリが主張する本物の「愛や悲しみ」は、幻想の中でサラとして経験する、妹ヘンリエッタとの異常なほどに堅い絆と、その絆が自身と相思相愛のユージーンの存在に脅かされることによる妹の孤独の悲しみを指すのだろう。この妹の悲しみを、姉は我がことのように強烈に感じ取る。

ユージーンは馬を連れてゆっくりと姉妹の間に割って入った。そのことで、サラが彼の左側を歩き、馬が彼の右側を歩き、馬の向こう側をヘンリエッタが歩くこととなった。〔…〕馬の向こう側で、ヘンリエッタは歌い始めた。すると彼女の痛みが、科学的な光線のように、馬とユージーンを通り抜けて、サラの心を貫いた。

（七三八－三九頁）

メアリの言うこの「本物の愛や悲しみ」が存在する理想の時代の幻想の中に没入することを、メアリは熱烈に望む。その執着ぶりは尋常ではなく、幻想から目覚め自宅が爆撃に遭ったことを知っても、心配して訪ねてきた恋人トラヴィスの反対を押し切って、幻想世界の続きを知りたいがために更なる爆撃も顧みず再び眠りにつくのである。この一見不合理な行動は、危機的状況から精神的に逃避するための、まさにボウエンの言う「自己防衛の幻想」のようにも思われる。しかし、「幸せな秋の野原」の幻想は「自己防衛」として働くどころか、見る者を破滅へと誘う構造となっている。メアリが二度目の爆撃で再び幻想から現実に引き戻されると「〔爆撃で〕天井が落下してもメアリが無事だったため、〔幻想の〕野原に戻る道は閉ざされた」（七四八頁）と描写され、現実での命拾いが幻想を断ち切り、幻想世界が実は死への入口であったことが暗示される。

そもそも、メアリの幻想は最初から死の気配に満ちている。モード・エルマンが「紅葉した葉や夕暮れの太陽などの全てが落ちる」と指摘するように、*8 幻想世界では生命力の衰退のイメージが繰り返される。また、姉妹の絆を揺るがすユージーンに向けて激しい嫉妬の感情に狂うヘンリエッタがぶつけるのは「私とサラの仲を引き裂こうとする者は皆、無に帰するのよ」（七四七頁）という、相手の死を連想させる不吉な言葉である。さらに、メアリの家でトラヴィスが見つけた箱に入っていた手紙の束から、サラとヘンリエッタ姉妹、ユージーンが皆若くして死んだであろうことが最後の場面で明らかになる。そのうちユージーンの死は、何もないはずの場所で何かに怯《おび》えた馬から落馬したことによるものとされるが、モード・エルマンは馬を怯えさせたのはヘンリエッタが歌い出した際にサラを貫いた「〔孤独の〕痛みの光線」と同じと解釈する。*9 そして姉妹の名前が「ある特定の日から」（七四九頁）ぱたりと手紙に登場しなくなることから、おそらく二人の死は同時期だったと推測できる。この不気味な死期の一致から、年若い三人の死は、姉妹の強い絆と男女の恋愛との両立が不可能であるがゆえに激しく衝突せざるを得ない複雑な三角関係にあったのではないだろうか。

このように、メアリが見るのは実は死の幻想なのである。そして皮肉にも、幻想世界の三人を死に急がせたのは、現代を生きるメアリが言うところの過去の時代の「本物の愛や悲しみ」なのである。よって、メアリが望み通りに憧れてやまぬ幻想世界の続きを見ることに没頭し続けたならば、遠からず彼女自身にも死が待ち受けていたことだろう。

しかし実際は、メアリは死に誘う幻想世界から、恋人のトラヴィスによって半ば強制的に現実に引き戻される。トラヴィスは、過去に傾くメアリの意識を未来へと向かわせる人物である。過去の時代の幻想に夢中になるあまり、爆撃の危険も顧みずに半壊した自宅で眠り続けようとするメアリに声をかけ続け、部屋をとったホテルにタクシーで移動するよう励ます。[*10] これを三つの時空間に分類するならば、幻想世界が過去で、爆撃只中の自宅に留まっているのが現在、避難先のホテルは未来を表すだろう。すなわち、死に向かう過去の幻想から目を覚まさせ、生命の危険が伴う現在の空襲の状況から救い出し、安全な避難先に身を寄せる未来を差し出すトラヴィスは、メアリを死の淵の過去から生還の未来へと橋渡しする役割を担うと言えよう。

以上のことから、「恋人は悪魔」と同様に過去の幻想は、見る者の生命を脅かすものと判断できる。一方で、死に向かわせる過去の幻想を断ち切る可能性を見出しうるのは、未来が持つ生還の力であると言えよう。この未来が持つ力についての可能性を確かにするために、次に「幻のコー」をみていこう。

4　未来志向の幻想に宿る生命力

「幻のコー」（"Mysterious Kôr," 1944）では、空襲で荒廃した月夜のロンドンを舞台に、三人の登場人物それぞれの未来を夢見る幻想が交錯する。まずとりわけ際立つのが、街をさまよい歩く恋人たちが束の間見る、架空の廃墟都市「コー」[*11]の幻想である。休暇で一時兵役を離れているアーサーと、ロンドンでルームメイトと暮らすペピータは、人口過密の街で二人きりで一晩過ごせる場所を見つけられずにいる。満月の異様に明るい光に照らされた街は、さながら別世界の様相を帯びる。

満月の光が街を満たし、隅々まで明るく照らしていた。暗闇に紛れて立っていられる隙間はどこにもなかった。それがもたらす効果は容赦なかった。ロンドンは月の都のようだった。高い建物はなく、クレーターだらけで、生物はみな絶滅したかに見えた。[*12]

ペピータはこの不可思議な光景を「見捨てられた」「誰もいない」（七九九頁）架空の廃墟都市「コー」に見立て、「ここは私たちが二人きりになれる」（八〇一頁）場所だと興奮気味に話し、当惑するアーサーと幻想を共有しようとする。戦時のロンドンの街の現実から、彼らが半ば強引に作り上げようとする「コー」の幻想は、戦争もない、街にひしめく人々もいない、恋人二人だけの静穏で茫漠とした無の世界である。[*13]この「二人きりになりたい」は、「幻のコー」の登場人物それぞれが幻想に託すも、作中では一貫して叶うことのない儚い願望である。というのも、三人の登場人物は全員が「余り者（a third）」（八〇一頁）だからである。「二人きりになりたい」「余り者」たちの幻想は何を表すのだろうか。

「余り者」としての立場が最も明白なのは、アパートで恋人たちの帰宅を待つコーリーである。ペピータのルームメイトである彼女は「恋人たちを二人きりにするのは不適切」（八〇三頁）と考え、自分のベッド半分をペピータのために「犠牲」（八〇四頁）にして恋人たちの寝室を分けつつ、消灯まで三人でココアを飲むことを提案してお目付役のように振る舞い、特にペピータから反感を買う。そんなコーリーが夢見るのは、未来の恋の幻想である。恋愛未経験のコーリーは、日頃ペピータから聞く恋の話に「友の代わりに顔を赤らめ」「恋愛の熱に思いを致す」（八〇三頁）という間接的に楽しむ恋愛模様に、無邪気な喜びを感じているようだ。

一方で、会う前から「アーサーに対するある種の所有者の誇り」（八〇二頁）を一方的に持つなど友人の恋路に水をさすような不穏な思考もする。さらに、恋人たちの帰宅を待つ間にベッドに横たわりペピータが眠る側に差し込む月光を、恋人たちが経験しているだろう「恋愛の熱」だとして手をかざす描写からは、自分がペピータに成り代わるという隠れた願望を読み取ることもおそらく不可能ではない。

ベッドの自分側のスペースは影になっていた。だが、ペピータが眠ると思しき月光で白くなった場所に手を置くことはできた。その手が自分自身のものでなくなるまで、コーリーは置いた手を見つめ続けた。

（八〇五頁）

月光により自分の手をペピータのものに変えるというやや不気味な想像は、恋愛を単なる憧れではなく自らの体験とすること、すなわちペピータになって自分がアーサーと「二人きりになりたい」という裏切りの願望の表れと言えるのではないか。しかしコーリーの幻想は、生身のアーサーと対面し想像以上にドライな恋愛の現実を知ると瞬く間に霧散する。「あんな月を見ることは二度とないだろう」（八一〇頁）という終盤のコーリーの感慨は、「月」に喩えられる恋愛への無邪気な憧れが自身の中で失われたことが示唆される。結局コーリーの幻想は恋愛自体への強烈な憧れのなせる技であり、幻想の域を超えることはない。コーリーは恋人たちに対し「余り者」のままでいることに徹するのだ。

アーサーについては、アラン・オースティンは幻想とは無関係と捉えているようだが、[14] ここではアーサーは眼差しで幻想を見ると考えたい。円満な恋人関係を維持するかに見えるアーサーが「二人きりになりたい」のは、実のところペピータではない。三人で過ごす中でアーサーが目で追うのは、コーリーである。「アーサーは今コーリーを見ていたが〔…〕ペピータのことは見ていなかった」（八〇六頁）という描写は、言葉通りの視線の行方のみならず、好意の行方をもほのめかす。恋人ペピータを差し置いてその友人と恋仲になる密かな願望が込められた不実な眼差しの幻想は、ペピータを「余り者」としコーリーと「二人きりになりたい」という、ひょっとして起こるかも知れない未来に対する願望の表れである。

こうして知らぬ間に恋人に「余り者」にされるペピータだが、実はアーサーには既に見切りをつけているようである。終盤、ペピータが見る廃墟都市「コー」の夢では、覚醒時には語られない謎めいた本音が描かれる。

ペピータは横たわっていた。アーサーが始まりであるが目標ではない夢を、貪るように見ていた。〔…〕アーサーは合言葉であるが、答えではない。ペピータが求めるのはコーの行く末である。
（八一一頁）

ここから、アーサーが「コー」の幻想の「始まり」で「合言葉」でありながら、「目標」ではなく「答え」でもないことから、アーサーの存在はあくまで幻想世界を作り出すきっかけに過ぎないことが読み取れる。ここで「目標」であり「答え」である「コーの行く末」が何を意味するかは定かでないが、もともと「コー」が誰かと「二人きりになりたい」願望を叶えるために作り出された幻想であることを考えると、アーサーとは別の、将来共に「コー」の幻想を見るだろう相手のことであると解釈できるのではないか。つまり、ペピータのほうでもアーサーを「余り者」とし、いつの日か別の誰かと「二人きりになる」未来への期待を秘めていると言える。

以上から、三人の登場人物は誰かと「二人きりになりたい」願望を幻想に託しながらも、皮肉にも三人全員が誰かの幻想の中では他の二人の「余り者」となる。この円満とはほど遠い、他の誰のものとも調和しない三人それぞれの願望はしかし、奇妙な生命力に満ちている。ペピータは「コー」の幻想について無我夢中で話し「貪るように」夢を見るし、アーサーは恋人の就寝後に幻想に突き動かされるようにコーリーに他愛ない話をひたすら語りかける活発さを見せる。「堅苦しい」印象で、「明かりを灯《とも》されていない蠟燭（unlit candle）」（八〇六頁）と形容されるコーリーも、儚いけれどもしばしば未来の恋の幻想を見ることで燃やす生命力が、彼女を満たす「光[*15]（light）」の描写で表現されるようである。

何よりも、異様に明るい月に活気づけられるかのように三人が夢見る、未来に起こるかも知れない幻想は全て、恋愛に関わっている。フロイトが、愛の欲動を破壊し殺害しようとする欲動の対極に置くように[*16]、恋愛は死に最も遠く、言わば生命力の象徴である。作品の終盤の「通りは生還の様相を呈していた」（八一〇頁）という描写は、敵国の探照灯による偵察が無事に過ぎ去ったことを表すのみならず、未来の幻想を夢見る三人が戦争の時代を「生還」することを暗示するようにも読み取れる。

以上のように、「幻のコー」に登場する幻想には、一貫して未来志向が息づいている。戦時ロンドンの空襲の恐怖と人口過密に伴う煩わしさに苦悩する現在とは、恋愛面で少し異なる未来を、三人の人物は夢想する。そして、空襲に苛まれる状況下にもかかわらず死にまつわる描写がほとんど見当たらない上に、三人の幻想は不思議に強い生命力を発散する。このような、死をはねのける生命力を持つ「幻のコー」の幻想は、間違いなく「自己防衛」の役割を果たしていると思われる。それと同時にやはり未来には、死を断ち切る生還の力が宿る表現がなされていると言える。

5　過去への不信と未来への希望

ここまで、三つの短篇を取り上げ、それぞれの幻想表現に焦点を当ててきたところ、生命を脅かす幻想が過去と密接に関わるのに対し、「自己防衛」の幻想が一貫して未来を志向していることが読み取れた。しかし、なぜボウエンは、このような形で幻想表現を過去と未来とで描き分けたのだろうか。その手がかりは、ボウエンが第二次大戦中に書いた、所有するアイルランドの古い屋敷の歴史に関する著書『ボウエンズ・コート』にある次の文章に求められるかも知れない。

私たちの繊細な感情が、私たちの親しい人間関係が、私たちの活気ある会話が、性別や階級や国籍の縛りから解放されたいという私たちの願望が、全ての人に公平であろうと努めたいという私たちの願いが、私たちをどこに向かわせただろうか。一九三九年に、である。*17

ボウエンはこの文章で、第二次大戦の遠因となる社会の在り方が、十八世紀頃には既に存在していたと述べている。戦時中も空襲に苛まれるロンドンで暮らした作家の戦争体験の只中に書かれたこの文章に滲むのは、戦争への嫌悪、そして大戦へと続く道筋を作っただろう過去の時代への根深い不信感である。この不信感が、短篇における過去にまつわる幻想を生命の危機に結びつけるのではないだろうか。戦時という死の世界へとつながるのは常に過去であるというボウエンの認識が、創作に表れているのではないか。

他方で、未来は、過去とは異なり、大戦へと続く道筋からは自由である。戦争の時代を脱した後の未知の世界が伸びやかに広がる可能性に満ちている。この可能性にボウエンは希望を見出し、未来の幻想に死を凌駕する生命力を託したのかも知れない。戦時を描いた短篇における幻想表現には、ボウエンの過去への不信と未来への希望を見出すことができる。

【注】

＊1　Elizabeth Bowen, "The Demon Lover," in *The Mulberry Tree: Writing of Elizabeth Bowen*, ed. Hermione Lee (London: Vintage, 1999), p. 97. 以下、同書『マルベリー・ツリー』からの引用は、作品名と頁数を括弧に入れて示す。

＊2　Neil Corcoran, *Elizabeth Bowen: The Enforced Return* (Oxford: Oxford University Press, 2004), p. 166.

＊3　Elizabeth Bowen, "The Demon Lover," in *Collected Stories of Elizabeth Bowen* (New York: Alfred A. Knopf, 2019), p. 722. 以下、同書からの引用は括弧内に頁数のみを記す。日本語訳は、『ボウエン幻想短篇集』（太田良子訳、国書刊行会、二〇一二年）を参考にした。

＊4　Neil Corcoran, *Elizabeth Bowen: The Enforced Return* (Oxford: Oxford University Press, 2004), pp. 161-62.

＊5　Elizabeth Bowen, "The Inherited Clock," in *Collected Stories of Elizabeth Bowen* (New York: Alfred A. Knopf, 2019), pp. 679-98.

＊6　Elizabeth Bowen, "Sunday Afternoon," in *Collected Stories of Elizabeth Bowen* (New York: Alfred A. Knopf, 2019), p. 673.

＊7　Elizabeth Bowen, "The Happy Autumn Fields," in *Collected Stories of Elizabeth Bowen* (New York: Alfred A. Knopf, 2019), p. 748. 以下、同書からの引用は括弧内に頁数のみを記す。日本語訳は、エリザベス・ボウエン『幸せな秋の野原――ボウエン・ミステリー短篇集2』（太田良子訳、ミネルヴァ書房、二〇〇五年）を参考にした。

＊8　Maud Ellmann, *Elizabeth Bowen: The Shadow Across the Page* (Edinburgh: Edinburgh University Press, 2003), p. 170.

＊9　*Ibid.*, p. 171.

＊10　奥山礼子は、「恋人は悪魔」でタクシーがドローヴァー夫人を連れ去るのとは反対に、トラヴィスはタクシーでメ

アリを現実の世界に引き戻す役割を果たすと指摘する。奥山礼子「時空間を飛翔する想像力――『幸せな秋の野原』を読み解く」、エリザベス・ボウエン研究会編『エリザベス・ボウエン――二十世紀の深部をとらえる文学』（彩流社、二〇二〇年）二一〇 – 一一頁を参照。また、「恋人は悪魔」のタクシーがドローヴァー夫人を引きずり込むのが過去の世界とすれば、トラヴィスがタクシーでメアリを連れ出すのは未来の世界だろう。

＊11　「コー」とは、ライダー・ハガード（一八五六 – 一九二五）が書いた幻想小説『洞窟の女王』（*She: A History of Adventure*, 1887）に登場する古代都市のことである。

＊12　Elizabeth Bowen, "Mysterious Kôr," in *Collected Stories of Elizabeth Bowen* (New York: Alfred A. Knopf, 2019), p. 798. 以下、同書からの引用は括弧内に頁数のみを記す。日本語訳は、『ボウエン幻想短篇集』（太田良子訳、国書刊行会、二〇一二年）を参考にした。

＊13　太田良子は、「コー」を「近未来の死の都」と述べる。太田良子「戦争のエピファニー――『ラヴ・ストーリー一九三九』、『幻のコー』を中心に」、エリザベス・ボウエン研究会編『エリザベス・ボウエン――二十世紀の深部をとらえる文学』（彩流社、二〇二〇年）二四一頁を参照。

＊14　Allan E. Austin, *Elizabeth Bowen: Revised Edition* (Boston: Twayne, 1989), p. 83.

＊15　コーリーが恋の幻想を見る場面では、"beams" "blazed" "glittered" など、光に関わる言葉が多用される。

＊16　アルバート・アインシュタイン、ジグムント・フロイト『ひとはなぜ戦争をするのか』（浅見昇吾訳、講談社学術文庫、二〇一六年）三九頁。

＊17　Elizabeth Bowen, *Bowen's Court & Seven Winters: Memories of a Dublin Childhood* (London: Vintage, 1999), p. 125. 日本語訳は拙訳。

七歳まで字が読めなかった

✺短篇「幻のコー」vsロンドン大空襲

太田良子

エリザベス・ボウエンは自分らの世代について、「世界は戦争だった。戦前の人々とはつながりは完全に断たれてしまった」と語っている。そして一九二〇年代、我々はジェイムズ・ジョイス（一八八二－一九四一）を夢中で読んだ。「［ジョイスは］バイブルだった。人々は『ユリシーズ』を買いにパリに行き、下着の包みに隠して税関検査を逃れたものだった。『ダブリン市民』はかつて書かれたうちで最も素晴らしい短篇集である」と続けている。[*1]

戦争と短篇とジェイムズ・ジョイス、ボウエンはこの三つを引き受けて作家活動に邁進した作家である。短篇集『出会い』(*Encounters*, 1923) でデビューし、相当の評価を得て、その後の生涯で百篇近い短篇を書いた。一九二七年には処女小説『ホテル』(*The Hotel*) を発表して小説家としての地位も得たが、世界が戦争だった世代にあって、戦時下の公務もあり、多面的で重層的に長くなる小説を書く時間と環境がなかった反面、着想を得て一気に書ける短篇執筆に多大な勢力を注ぎ、多くの秀作を生み出した。

「ビタ」と呼ばれて

ボウエンは父方のボウエン家に神経症の遺伝があり、ヘンリー・ボウエンと一八九〇年に結婚し九年目に生まれた一人娘のエリザベスにその発症を案じた母フローレンスは、エリザベスが七歳になるまで文字に触れることを禁じた。幼少時ボウエンは、母や女家庭教師《ガヴァネス》の読み聞かせを好み、自分ではあまり好まない Elizabeth の愛称「ビタ（Bitha）」で呼ばれ、大勢の従兄妹や叔父伯母に囲まれて育った。それでもボウエンは後日、手紙などで、B・B（ビタ・ボウエン）とサインしている。だがボウエンは七歳の時に母とともにイングランドに渡り、ケント州に在住する母方の親戚の家々を転々とすることになった。父親の「心気症」が高じ、精神安定のために家族別居を医師が勧め、別居先も海の向こうのイングランドへ、妻と娘がアイルランドの国内にいるという近接感が父の神経に障るからだった。*[2]

ボウエンは七歳までを過ごしたアイルランドのダブリンの日々を随筆集『七たびの冬』（*Seven Winters*, 1943）に書いて回顧、そこには文字を学んだとか本棚にあった本のことなどは書かれておらず、ただ、子供部屋の壁にかかっていた絵画のうち、炎上する甲板の上に立つ少年の絵と、赤子の入った揺り籠が大波に揺られている絵のことが書かれ、火炎と洪水の不安にあおられたのが忘れられないとしている。*[3]

七歳で渡ったイングランドは明るい海で少女を迎え、薄暗い森の中にあったボウエンズ・コートとは環境が一変した。母と娘は海浜の町シーブルックにひとまず落ち着き、ボウエンは近隣の町フォークストンの学校に入った。母は頭の使い過ぎを案じたが、私は「呑気な生徒」で、母の心配は杞憂だったと思うとボウエン。「私は頑丈で馬か、いや仔馬のように元気な子供だった。そして、押し黙ったかと思うといきなり怒声を浴びせる父の病状に起因する緊張感と恐怖は何とか乗り越えられたものの、私に吃音症をもたらした」と自叙伝（未完）に書いている。[*4] 英国王ジョージ六世（在位一九三六－五二）においては吃音の治療と第二次大戦が重なった緊急の劇的な経緯が記念すべき映画『英国王のスピーチ』（*The King's Speach*, 2011）になった。ボウエンも様々な治療法を試みたものの、吃音症は生涯残った。ボウエンは成長して吃音が愛すべき魅力となる人格を獲得している。

少女ボウエンの本棚

時が来て七歳を過ぎても読むのが遅く、小説を読み始めたのは十歳になったころだった。チャールズ・ディケンズ（一八一二－七〇）、E・F・ベンスン（一八六七－一九四〇。ロマンティックで超自然的な小説『ドードー』（*Dodo*, 1893）で人気を得て、シリーズ化され、二〇年代に人気のアイドルだった二人をモデルに書いた『地図とルチア』（*Mapp and Lucia*）も評判になりシリーズ化）、イーディス・ネズビット（一八五八－一九二四）、ジョン・ゴールズワージー（一八六七－一九三三）、コナン・ドイル（一八五九－一九三〇）、そしてもちろんコンプトン・マケンジー（一八八三－一九七二。代表作は『怪しき街路』（*Sinister Street*, 1914）、『ウィスキーをしこたま』（*Whiskey Galore*, 1947））、その他エドワード朝の小説もたくさん読んだ（『マルベリー・ツリー』八六頁）。バロネス・エマ・オルツィ（一八六五－一九四七）の『紅はこべ』（*The Scarlet Pimpernel*, 1905）は、「エドワード朝の子供の私にとって、初めて見た恐怖（terror）が支配する治世だった」（『マルベリー・ツリー』一三三－一三四頁）。フランス革命のさなか「紅はこべ」というスパイ組織が、追放された貴族を救出する波乱の物語は、刺激的で魅了された。革命は内部分裂して恐怖政治と化し、だから私は生涯トーリー党になったとのちに述懐している。

児童文学者イーディス・ネズビットは児童向けの冒険小説の発明者とされ、大人気を呼んだ『宝探しの子供たち』(*The Story of the Treasure Seekers*, 1899)等々、我を忘れる冒険ものに心惹かれた少女が好んで読んだのだろう。『不思議の国のアリス』(*Alice in Wonderland*, 1865)のアリスは、「絵も会話もない本のどこが面白いの?」と言ってウサギの穴に落ちて、無敵のイノセンス(ナンセンス)でマナーや世間体にうるさい社会の裏をかくボウエンの好きな少女の典型になる。しかし、一九一一年、十二歳のボウエンはライダー・ハガードの *She: A History of Adventure*(『洞窟の女王』)に出会う。フィクションの世界がロンドンやカントリーハウスを出て、ワイルドで超自然的な異界に飛翔することを知った本との運命の出会いであった。

ボウエン十二歳

ボウエンは十二歳になったころの自身についておよそ以下のように述懐している。世界は小さすぎて、どうでもいいゲームをするだけの退屈な裏庭のように見えた。雷雲が一九一四年に大嵐の到来を地平線に見せていたが、私の目には入らなかった。成長することが意識にのぼるようになったが、その意味合いはまだ漠然としていた。ただリアリティと無関係でいることはできないと考えた。フェアリテイルは元からあまり興味はなく、ゴシック物に心惹かれたこともなかった。歴史という学問に何かがあると期待、だが「歴史的な小説」の方が「歴史学」より面白かった。歴史学を諦めて地理学に、面白い「時間」はなくても、面白い「場所」ならあるかもしれない。だが「地理学」も行き止まり、まだ発見されていない国は地上のどこにもないと教えられた。これからの見通しはどうなる? この先の「見通し」に何もすることがないとは? 十二歳でボウエンは失望した、無力な人類の運命は、現状維持にしかないのか? 何かが欠けているのではないか? 不満が頂点に達していた。

そこを狙ったかのように、ボウエンは *She* に出会った。だが *She* にのめりこむまでに、ボウエンは以下のように、「耐えられない一年」を経験しなければならなかった。一九一二年（ボウエン十三歳、ボウエンは一八九九年生まれ、西暦の下二桁に一年足せば年齢に）、まず親しく行き来していた母の実家コリー家の誉れ、才色兼備で憧れの女医になったコンスタンスが結核で他界。ついで四月、一家の最愛の末息子エディが、処女航海に出た「タイタニック号」が氷山に激突して沈没、命を落とした。五月、母フローレンスが体調不良で受診した時は癌が末期症状にあるとわかり、余命と言われた半年を待たずに他界した。

ボウエンはMotherと言う時にMの音で激しくどもり、母を失ったショックに打ちのめされたまま、ハートフォードシャーにあるハーペンデン・ホール・スクールに学期半ばで入った。「この世に一人取り残され、相貌も変わり、行き場のない無念、屈辱」を抱えながらも、事情を知らず同情もしない学友の存在がありがたかった（『マルベリー・ツリー』二八九頁）。『パリの家』のヘンリエッタとレオポルド、『心の死』のポーシャ、その他、母のない子供、親戚をたらい回しにされる子供、教会の牧師館に預けられる子供、彼も彼女もみな独りで夜を過ごす。みなボウエンの子供たちである。

ボウエンの学校生活

ハーペンデン・ホール・スクールは評判通りいい学校で、教育方針は冷静で権威的、ボウエンは学校行事には活発に参加、催事でリーダーになることもあった。学業では「怠け者」で、「できない生徒」だったのは、哀しみを押し殺していたからだろうと言っている。一九一四年八月、第一次大戦勃発のニュースは、夏を過ごしていたボウエンズ・コートで開いたガーデン・パーティの最中に父から知らされ、それがコーク州のアングロ・アイリッシュの最後のパーティになった。出席者たちの住まい、近隣のビッグハウスは数年後に焼き払われる。

ボウエンは大戦勃発直後の一九一四年九月にケント州にある寄宿制のダウン・ハウス・スクールに入った。オクスフォードのサマヴィル・コレジ生だったオリーヴ・ウィリスが仲間のアリス・カーヴァーと一緒に一九〇七年に開設した女学校で、「レッテルなし、試験なし、個々の人間を重視し、まともな人生と淡々とした人間関係を育てる」（『マルベリー・ツリー』二九九頁）を理念とした。育ちも頭もいい生徒が集まっていて、豊かな会話力が評価された。先生のミス・ウィリスは学内にボウエンも参加した六、七人の文学グループを作り、ボウエンは「書かない方法（how not to write）」を教えられたことを特記している。授業は楽しく、予習もした。時間があれば詩と聖書を読み、人生の事実を知るために『ブリタニカ大百科事典』を読んだ。学生間の恋愛沙汰はなく、教員と生徒の恋愛関係もなかった。

後日、一九三一年封切のドイツ映画『制服の処女』を見たし、色々な青春・学園ものも読んだが、母校が散文的だったのか、自分自身が鈍感なのか、そのどちらかだろうとしている。『制服の処女』はプロシアの軍人関係の女子寄宿学校を舞台に、抑圧された校風に生徒と先生のレズビアン関係が持ち上がる話である。性に関する流行や表現から距離をとるボウエンの姿勢は、早くから見られた。ボウエンは健康で身体も大柄、特技はおしゃべり、自信たっぷりに熱弁を振るった。口にできないこととしゃべりたいことが両方ある典型的な少女がボウエンだった。雄弁と沈黙には、劣等感、疎外感、孤独や悲哀、あるいは感動や笑いがどちらにも隠れている。

学校では「愛校心」は議論されず、「未来の母」と呼ばれたことは一度もなかった。学友は友情を裏切らない、人を堕落させない、人の劣等感を突かない、そして、お金がもっと欲しいと思わせたと。のちにロンドンでパーティを開くボウエンは、大判振る舞いと会話の楽しさで評判の名ホステスとなる。作家になってから希望の年収はと訊かれ、三千ポンドは欲しいとボウエン（通常千ポンド前後とする作家が多かった、十九世紀までは使用人数名を置く「紳士生活」の目安が年収五百ポンド）、お金はいくらあっても多すぎることはないのだ。ともあれ学校生活の一番の歓びは「群れ」の一人になれたこと、「中に入った（stuck in）」と実感できた。アイルランドから来たアングロ・

アイリッシュの少女、吃音症があり、住む家もなく、母親を失った少女ボウエン。当時のイングランドの学校はボウエンが自ら言うとおり、「オールド・スクール」だったであろうが、同時にクリスチャン・スクール、「自分を愛するように汝の隣人（敵）を愛せよ」を暗黙の理念とする学校だったことをボウエンが証している。

第一次世界大戦が一九一四年に始まり、一九一八年に終わった。戦争と切り離せなかったボウエンの学生時代、学友たちは戦争や戦死した親族のことでは概して寡黙だった。戦地に赴いた兄弟がいないのが劣等感になったとボウエン。女学生たちの枕元には親族の写真が置かれ、そのほかナポレオンやチャールズ一世（処刑後に頭部を持って歩いたという噂を女学生たちが好んでいたという）らもあり、英文学史上もっともハンサムな詩人ルパート・ブルック（一八八七－一九一五。第一次大戦で戦病死）を女学生が好んだのはよく分かるが、サー・ロジャー・ケイスメント（一八六四－一九一六）の写真も誰かのベッドわきにあったという。ケイスメントは祖国アイルランドの独立を願い、イースター蜂起にドイツの協力を志向して起訴され、同性愛が表面化し、反逆罪で一九一六年に死刑。彼の写真を誰がベッドわきに置いたのか？[*5]

食事は一台に八人掛けのテーブルに仲のいい友達と並んで座り、行儀が悪いとテーブルの班長が足で蹴って合図。朝昼晩、ボウエンは出された食事はすべて完食、おかげで味覚が鈍感になったと。だからどこでも何でも食べられる。土曜日の夜はダンスやお芝居、スポーツはラクロス、ホッケー、クリケット。一方、馴染めなくて独り庭に出る女子も二、三いた。ダウン・ハウス・スクールは爆撃にも遭わず、今は元の住人だったチャールズ・ダーウィン記念館になっている。

センスゼロの制服のせいでみな「ものすごいブス（violently plain）」だった生徒たちは、衣食住を共にして人を知り、とくに就寝前の一刻の女子同士のおしゃべりは、戦争をいっとき忘れさせたか？　ホリデーで自宅に帰り、誰かと「会った」人はいても話題にはならず、彼女らは主に芸術論、宗教論（ローマン・カトリックのこと）、自殺、あるいはみんなが嫌いな誰かの悪口を言い合い、夜九時にベルが鳴るとみな寝室に戻って、お祈りをした。自分たちは戦地で兵士に戦われている、戦争で死ぬ人がいることを忘れたことはなく、「私たちは小さく身をかがめて暮らした、戦争が終わらない理由が分からなかった。誰かが好きで望んだから、戦争があるのだ」と（『マルベリー・ツリー』一四‐二二頁）。

ライダー・ハガード

十二歳のボウエンの世界観を一八〇度転換させた小説 *She* を書いたライダー・ハガードは、法廷弁護士だった父ウィリアムの十人の子供の第六子に生まれた。陸軍士官学校の受験に不合格、作文に文才を見せたほかは凡庸な学生だった。十九歳の時父親のつてで南アフリカへ行き、ついで二十一歳の時にボーア・トランスヴァール共和国に行き、アフリカ見聞記を書いてイギリスの雑誌に投稿した。一八八〇年ボーア戦争。ハガードは複雑な政治問題に行き詰まり、愛妻ルイザと長男アーサーとともにイギリスに帰国、法律を学び法廷に立つようになった。熱烈なクリスチャンとして社会に貢献、「救世軍」の宣伝のために二冊の本を書き、国家と教会の提携に尽力、また富裕な地主階級でもあったハガードは、宅地開発で田園や農地が侵食され荒廃してゆく事態の実態調査に乗り出し、それを『田園のイングランド』（*Rural England*, 1902）に著わし、田園の保護と農地改革にも献身した。叙勲を二度受けている。*6

ヴィクトリア朝を象徴する紳士であったハガードは、反面に信じがたい異能を持っていた。かねてから小説執筆に関心があり、諸説あるが、R・L・スティーヴンソン（一八五〇‐九四）の『宝島』（*Treasure Island*, 1883）に触発されて書いたという、のちにシリーズ化されるアラン・クウォーターメインものの第一作に当たる小説『ソロモン王の洞窟』（*King Solomon's Mines*, 1885）は発売されるや、子供たちから熱狂的に歓迎され、大成功を収めた。さらに新作を求める読者の声にこたえて一八八七年、『二人の女王』（*Allan Quatermain*）と*She*を書いた。アラン・クウォーターメインものはさらに十六冊書いたという。

She (who-must-be-obeyed)

ボウエンは一目見るなり、*She*が「約束（promise）」していると知る。著者の名前でいきなり霊感がひらめく。Rider Haggard（本名）、これを日本語に直訳すると「荒れ狂う騎手」、ボウエンの連想はErl-king（「ユールキング」はゲルマン伝説にいう妖精の王。これを元にしてゲーテが詩を書き、十八歳だったシューベルトがゲーテの詩に打たれて歌曲『魔王』を作曲した）へと飛び、さらにはDemon horseman（魔性の騎手）かと、若い想像力は奔放に掻き立てられた。Erl-kingに続いてstaring, awful, visionary, paleと形容詞が続き、連想はPale Horse, Pale Riderへ。Demon horsemanとは、『ヨハネ黙示録』に第四の封印が開いた時、「見よ、青白い馬が現れ、乗っている者の名は『死』」とあり、「これに黄泉が従っていた」（六：七－八）と描写が続くPale Horseを指す。その蒼ざめた薄暮のような色調と聖書が告げる死の使いの意味から、ボウエンに機知がひらめき、ヴィジョンで受け止めるまさに想像力が揺さぶられたのだろう。

「私の視線は本の表紙に注がれた〔…〕、頑丈な素朴な表紙は美味しそうなピンク・ブラウンで、お砂糖入りのココアまたはミルクチョコレートのようだった」（『マルベリー・ツリー』二四七頁）と続く。イノセントな声は、やがて変調する。一人称小説*She*の語り手のおどけた口調に残虐な殺戮の現場がいとも簡単に入り込み、廃墟、暗闇、松明《たいまつ》、洞窟、白いベール、そしてついに浮かぶ「月下の都市、死に瀕した廃墟の都市」のイメージが心に忘れ難く刻み付けられる。*She*は「冒険小説」といいつつ、ボウエンには「情熱の小説」であって、桁外れで、教訓もなく、セックスは度外視して、「天翔ける非現実性（soaring unrealism）」（『マルベリー・ツリー』二四七頁）が無体で奇矯なラブストーリーを演出、それが幼いボウエンの好みに合っており、時代の風土でもあったと。

長いこの小説をボウエン自身が要約している。あらすじは必要だが紙数がないので、その要約をごく簡単にまとめる。語り手のホレス・ホリーは四十歳、ケンブリッジ大のドンで、心は美しいがバブーン（狒々《ひひ》）のような醜男、ホリーが後見人をつとめるレオ・ヴィンシーは二十五歳、金髪の巻き毛でライオン（Simba）のごとく、ギリシャ神さながら。ヴィンシー一族は古代エジプトのイシスの神官カリクラテスの子孫ながら、結婚から逃れたレオはエジプトに逃げ、リビアの海で船が難破、蛮族の白い女王に出会い、彼が既婚者だったと知った女王は激怒して彼を斬り殺す。背景は中央アフリカの東海岸、現れた土着のアマハガー族は山奥のコーの洞窟墓所に棲み、捕虜をすべて釜茹でにし、She に支配されている。She（「彼女」）とは、「服従されるべき女（王）（She-who-must-be-obeyed）」であった。

「コーの都は落ちた、倒れた（Imperial Kor is fallen, fallen!）」ホリーの悪夢にこの叫びが繰り返される。沼地と山岳に囲まれたコーの草原には「消滅した都市」の遺跡があり、六千年の死滅の年月を経て傷一つなくそそり立っている。She-who-must-be-obeyed は、斬り殺したカリクラテスの保存死体と墓所の寝屋をともにする。語り手のホリーは喘ぎながら続ける、日没の赤光が何マイルと続く廃墟を照らす——円柱、神殿、祭壇、そして王たちの宮殿を。目にも綾な光景は、「満月の光が廃墟の神殿コーを見降ろしている。幾千年もの間不滅の球体は上空に、死滅した都市はその眼下に、互いに見つめ合って……」。これが満月が照らし出した廃墟の都市ロンドンにそのまま重なる。

ここで背骨に悪寒が走ったというボウエンは後日、「私はコーを見た、ロンドンを見る前に」と言う。そして続ける。「田舎娘の私はテムズの河岸に失望した、ホレス・ホリーが私に期待させたものには到底及ばないほど狭かったからだ。どんな大都市もはかなく、行く手に運命が待ち受けている。この奇妙な観念がエドワード朝の子供だった私にとり憑いていた。だが同時に、人間は死んでも、建物は何があろうと生き残る、という認識もあった。私はどこへ行っても廃墟を目にしたが、何かが物足りなかった私の想像力に *She* はピクチャレスクなイメジを与えてくれた」（『マルベリー・ツリー』二四九頁）

She その名は *Ayesha*（アイシャ、邦訳書ではアッシャ）がレオ・ヴィンシーに恋して狙いを定め、彼と結婚して英国に行き、手初めに英国を乗っ取るという。その想像を絶するプロット！ レオがアイシャに言う、「英国にはすでに女王がいる」と。それを聞いたアイシャは、それは衆愚政治だ、その頂点にいる女王など、殺してしまえばいいと言う。アイシャの底知れぬパワーを知るホリーは不安に駆られる。彼女の誇り高い野心的な精神は今解き放たれて、長い孤独の歳月に対して復讐を果たすに違いない。アイシャは？ 英国は？ ボウエンは、十二歳の私には全容は摑めなかったと打ち明ける。

アイシャはホリーを証人にしてレオとの結婚を宣言。そしてもう一度焰《ほのお》を浴びて美と永遠の生命を、と言って、渦巻く火柱の前に立つ。奇怪な焰がアイシャの美しい漆黒の髪、象牙のような白い肌をいっそう輝かせて燃え上がった時、突然アイシャの笑顔が消え、醜くなり、見事な身体の線が捻《ね》じ曲がる。そしてしわがれた声で、「私を忘れるな、私は死なない、また現れる」と言い、骸《むくろ》となって死に絶える。ホリーとレオは命からがらコーの廃墟をあとにし、ケープタウンからイギリスに帰港する船を捕まえ、母国に帰った。中央アフリカの旅行家の旅行記録のようなものを書いた、というのが語り手ホリーの結びである。なお *She* はさらに二冊続篇が出る。『女王の復活』（*Ayesha: The Return of She*, 1905）と『*She* とアラン』（*She and Allan*, 1921）である。

ボウエンは一年半 *She* を読んだ（「耐えられない一年」が入る）。がそれ以来、昨日までピンク・ブラウン色の表紙を開いたことはなかったと語る。私が覚えていることと書かれていることには、驚くべき相違（divergations）があった。それでも書かれていることは蒸発しないでほとんど残っていた。私はレオには何も感じなかった。心打たれたのは「諦めないこと（obstination）」である。執拗さがついには勝つ、一つのことを長い間十分に求めれば、自分の道が開ける。初めて出会った彼女（She）が、「強くなって戻ってきた（reinforcement）」ように感じたとボウエン。これまで受けてきた上品なまともな教育は私の意志に反していたと気づいたという。今（も昔も）私が心惹かれているのは「彼女」ではなく、ホレス・ホリーだ、マジックをコントロールしていたのは彼だったのだから。「マジックをコントロール」するとは、自分の文体を掴んで創作すること。何十万とある語彙から自ら選び、文章を書く。「あの軋るような、衒学的な、出しゃばりで、いたずらっ子のような、上品ぶった、オパールのように不透明な、しつこく繰り返す文章〔…〕何でもできる！　これぞ啓示だった。〔…〕それはペンの力。創り出す文章（[...] that creaking, pedantic, obtrusive, arch, prudish, opaque, overworded *writing* [...] what it could do! That was the revelation; [...] The power of the pen. The inventive pen）」（『マルベリー・ツリー』二四九－五〇頁）であった。

例えばここに七個並んだ形容詞はホレス・ホリーの文体をボウエンが自らの語感で解釈しているように見える。これらのやや自虐的な形容詞は、独自な創意が導く文体と一体となって、しばしば難解と批判されるボウエンの文体の規範になったのではないか。一九四七年二月二十八日、ＢＢＣに招かれて放送した「ライダー・ハガード *She*」というスピーチを、ボウエンはこの一句 The inventive pen で結んでいる。ちなみにＢＢＣに招かれた時、『紅はこべ』で話そうか一瞬悩んだというが、『紅はこべ』のスピーチも聞いてみたかった。

ロンドン大空襲

第二次世界大戦は、一九三九年九月一日にドイツ軍がポーランドに侵攻、戦争防止の提案も空しく、英仏は同月三日にドイツに宣戦布告。ドイツはフィンランド、ノルウェイ、デンマークを攻撃、次の標的はフランス、と知ったイタリアは一九四〇年六月に対英仏に宣戦布告した。宣戦布告後は経済封鎖などの作戦で膠着状態に見えた戦況は、ドイツ軍が六月にフランスに侵入、十四日ドイツ軍がパリに進軍した。フランスを失い、イギリスはドイツ軍の全面的な攻撃対象となる国家的な危機に直面、そこに立ちふさがったのが一九四〇年に首相になったウィンストン・チャーチル（一八七四－一九六五）だった。同盟国フランスなき今、英国がドイツの直接攻撃に打ち勝つほかに戦争終結の道はないと信じ、「我らは決して屈しない（We never surrender!）」と、戦地と本土にいる全国民を鼓舞した。

一九四〇年八月から九月にかけてイギリス本土上空で始まった対ドイツ空中戦が「イギリス本土決戦」すなわち The Battle of Britain である。英空軍の高速戦闘機スピットファイアの猛攻はすさまじく、イギリスの制空権を奪取できないドイツ軍は、夜間の空襲に戦術を転換、これが The Blitz すなわち「ロンドン大空襲」である。Blitz とはドイツ語で稲妻、すなわち「電撃戦」は一九四〇年九月から翌年五月まで、夜陰に乗じて連夜やみくもに執拗にイギリス本土を爆撃した。

「幻のコー」、レジスタンス＝ファンタジー

一九四五年に六冊目の短篇集『恋人は悪魔、その他』（*The Demon Lover and Other Stories*）を出版（「幻のコー」を収録）、ボウエンがその序文に書いている。ここに収録したのは、戦時のロンドンにあって、一九四一年の春から一九四四年の晩秋までの間に書かれた短篇で、これらは「レジスタンス＝ファンタジー」であると。そしてファンタジーについて、ボウエンはさらに主張する。

幻覚（hallucination）は、本能的な無意識であって、登場人物の方からいうと、救いをもたらす拠り所なのであ

る。〔…〕とくにロンドンでは多くの人が、戦争が続く間、不思議な、張り詰めた、深い夢を見ていた。〔…〕夜毎の夢と、ファンタジー——子供じみたもの——は、〔…〕代償（compensations）だった。それらを離れては、戦争によって干からびた我々の日常生活のストレスを十分に語ることはできないと私は思っている。〔…〕これらの短篇をレジスタンス＝ファンタジーと言ってもいい、そのどれもが恐怖の中にある。私に言えるのは、人は恐怖は恐怖で、ストレスはストレスで対応するということである。〔…〕過去は、すべて、その感情の重荷を麻痺した、戸惑う現在に投げてしまう。取り戻すべきは〝I〟である。〔…〕幽霊たちは敵なのか味方なのか、ときに出没して、不確実な〝I〟の空白を埋めてくれる。そしてとくにレジスタンスを戦時において確認している。

（『マルベリー・ツリー』九六－九八頁）

戦時ニュースの桁外れの重圧は圧倒的で消化できるものではない。〔…〕今起きていることは我々の認識能力を超えてしまい、知ること、考えること、調べることもできない。〔…〕戦時下で書かれたものはある意味で、すべてレジスタンス文学ではないのか？〔…〕イギリスにおける個人の生活はレジスタンスそのものであり、恐るべき殲滅行為（annihilation）——つまり戦争に抵抗してきたのだ。

（『マルベリー・ツリー』九六頁）

「幻のコー」（“Mysterious Kôr,” 1945）は大空襲下の帝都ロンドンの一夜を描いた短篇である。左にその冒頭の一節をあげる。[*7]

満月の光が街を濡らし、偵察していた。身を隠す窪み一つ残さなかった。無情なほどの威力であった。ロンドンの街は月の都に変じていた――薄っぺらで、火口があり、死に絶えていた。

（「幻のコー」一三〇頁）

この情景は直ちに幻を招き、もう一つの廃墟の都市ミステリアス・コーが映し出される。

幻《ミステリアス》のコー、汝《な》が城壁は人知れずそびえ立ち、

汝が孤高なる塔は、孤高なる月下にありて――、

その在処《ありか》は沼地と砂漠の彼方なる荒野にはあらず、
熱病猛る、森林と湾湖の彼方にもあらず、
幻のコー、汝が城壁は――

（「幻のコー」一三二頁）

これはライダー・ハガードが*She*を書く時のインスピレーションとなったアンドルー・ラング（一八四四－一九一二）が書いたソネットの一節。*She* の初版は一八八七年、ボウエンが見たピンク・ブラウン色の本誌にはグレイフエンハーゲン（ハガードの多くの小説の挿絵画家で、英国の詩人エドワード・フィッツジェラルドが英訳したオマル・ハイヤームの『ルバイヤート』の挿絵も描いている）のイラストの表紙があり、それに続く二ページ目には、「この歴史をアンドルー・ラングに捧ぐ、敬愛の念と彼の学識と作品に対する心からの称賛のしるしに」というハガードの献辞がある。アンドルー・ラングは、民俗学者、作家、編集者。セント・アンドルー大学に学び、オクスフォード大に進み、のちにロングマン社の編集顧問。民話、妖精物語が主たる専門領域。ラングのソネットが詠う Mysterious Kôr は、ハガードの意識に死滅した都市を召喚し、*She* となって、古代都市が鮮やかによみがえる。ラングのソネットの

出典は、ジェイムズ・キンズリーが選定・編集した『オクスフォード・ブック・オブ・バラッド』（*The Oxford Book of Ballads*）である。*8

大空襲下のロンドンをさまよう若い兵士はアーサー、若い娘はペピータといい（おそらく愛称、本名は？）、アーサーに一時休暇が出た夜、満月が照らす公園は真昼のようで、その片隅でさえ照らし出され、二人が寝る場所にはならない。ペピータは店員か交換手かタイピストか。ロンドンはおそらく彼女が生まれて育った街なのだろう。大英帝国の帝都ロンドン、文化も歴史も産業も世界一の大都市ロンドン、それが今ドイツ軍の爆撃で廃墟同然の姿をさらしている。その姿がペピータをして、何千年の年月を超えた廃墟の都市コー、すなわち神秘のコーを幻覚に甦らせた。セント・パトリック大聖堂は爆撃されて噴煙を浴びてなお立っている。コーの廃墟に立つ白骨のような孤高の白い塔が二重写しになる。「あらゆる場所を一息で吹き飛ばせるなら、一息吹き込めばあらゆる場所を元に戻せる。〔…〕いよいよ終わりがきたら、地上に残った都市はコーだけになるかもしれない。これぞ永遠の都市（the abiding city）よ」（「幻のコー」二三四頁）と。

十二歳の少女ボウエンの胸中に刻まれた幻想都市、絶対に倒壊しない都市は永遠の都市を表象して、ボウエンに成り代わったペピータの幻想の中で屹立する。伝説のミステリアス・コーは廃墟の都市ロンドンの予型であり、孤高のロンドンは永遠の都市（the abiding city）の予型にほかならない。

ボウエンを二十世紀文学、モダニズム、戦争文学、戦後と廃墟文学の場における最も重要な不可欠の作家と見ているレオ・メラーは、第二次大戦をロンドンの満月の一夜に凝縮した「幻のコー」が、戦時文学を書く作家たちの意図的趨勢にある「神聖視」を表象し、「爆撃された都市は本質的に幻覚に浮かぶ（apparitional）都市なのだという理解にいたる」と述べる。*9

「幻のコー」にはもう一人の娘コーリーがいる。フィリス・ラスナーは、戦争と二部屋のフラットが「永遠の都市の抒情的なイメジ」を見せると言う。*10 これを言い換えれば、「幻のコー」は戦争を前景にして、銃後のホームフロントを後景に描いていると言えよう。コーリーは田舎医者の一人娘、だが今は彼女もロンドンで働き（看護師か？）、家賃を払って二部屋のフラットに住む時代になった。ロンドンは連夜の大空襲、コーリーはペピータとアーサーが来るのを待ちながら、灯火管制を守ってカーテンを閉め、お茶の用意をし、時計を見て湯を沸かす時間を計っている。もう来るという一瞬が過ぎても人は来ない。列車やフェリーが目の前で出ていく。ボウエンは時間が人を待たないシーンをしばしば作品に挿入する。コーリーはそういう時間を生きて、永遠の都市ロンドンの永遠の時間、伝統や慣習や貞節観に従っている。それが戦争に抗して永遠の都市を守るコーリーのレジスタンスなのではないか。

ボウエンは「戦争」の時代二十世紀に「待つ」時代を見たのか。戦争は連鎖して、そして終わらない。

一九二三年、第一短篇集『出会い』出版

七歳になるまで字が読めず、十歳でようやく小説を読み始めた少女ボウエン。読書歴と学校生活を経て、当初の願い、詩人になること、画家になることに見切りをつけ、二十歳で短篇を書き始め、二十二歳までに書いた十五の短篇を収録したボウエン最初の短篇集が出た。その二十三年後の一九四九年、ボウエンはこの『出会い』について回想している（『マルベリー・ツリー』二一八―二二二頁）。作家が初めて著作を出すとき、それは「興奮」によって生み出され、自分が書いたことの「妥当性」は「出版」によってのみ証明されることは分かっていたと。ボウエンは二十三歳、出版される目当てがなかったら、書いたりしなかっただろう。出版は読まれるためにくぐらなくてはならない門である。本を出すために、私は今も昔も変らぬ苦労をして書いていると続く。「出版せよ、さもなくは消えよ（Publish, or perish）」。ボウエンは最初からプロになる覚悟があったのだ。

ボウエンはさらに言う。「短篇は、私の若いころ、その地位は不確定で、短篇に内在する力も問題も批評家の議論にならなかった。あえて正直に言えば、私は利口（clever）で、短篇は私が飛びついた手段だった。私が目を離せなかったこと、私が凝視したもの、私を面白がらせたものに形を与え、正当化させるための方策だった。一人っ子で大人たちに囲まれて彼らの癖を間近に見て暮らし、十三歳で母のいない子になった。親戚の家を転々とし、二つの国アイルランドとイングランドを何回行き来したか。みんなの言いなりになって、それで十分幸福だったが、大人という身分になれない不安を隠して生きていた。不利な自分は嫌だったので、短篇の中の登場人物の弱点や不信感を暴露して、不利な立場から救い出そうとしたのかもしれない。自分の短篇を思い切ってヴィジュアルに描いた。今まで誰も言っていないことを言おうとし、最善の短篇ではそれができたと思う」

ボウエンは謝辞を三名の人に送っている。原稿をタイプする費用を払ってくれた旧友のM・J、作家になれると判断して推薦してくれたローズ・マコーリー（一八八一－一九五八。英国の作家、ダウン・ハウス・スクールの校長ウィリスとオクスフォードのサマヴィル・コレジで同級、ボウエンの短篇を称賛して紹介、出版を助けた。小説に『外観をキープする』（*Keeping up Appearances*, 1928）、名作『荒野こそ我が世界』（*The World, My Wilderness*, 1958）など多数）。マコーリーの手紙を読んで自信をもって新進作家を激励し、その「途方もない夢」を実現してくれたフランク・シジウィック（『出会い』の出版社 Sidgwick & Jackson の社主）、彼は『出会い』をE・M・フォースターの『天国行きの乗合馬車』（*The Celestial Omnibus*, 1911）と同じ装丁で出版してくれた。のみならずタイトルも彼が賛成して決まった。「出会い」が生んだ短篇集であり、作家の誕生をもたらした「出会い」であった。

ニール・コーコランは自著『エリザベス・ボウエン――強化された帰還』（*Elizabeth Bowen: The Enforced Return*, 2004）で、その副題「強化された帰還」（The Enforced Return）は、子供時代の読書について書いたボウエンのエッセイ「一冊の本から」（“Out of a Book”）にある語句だとして「書くこと。強化された帰還」をそのまま序章のタイトルにした。ボウエンのこのエッセイは、「私の最も強烈な記憶は半分だけ真実である」と始まり、「想像力は、実を結ぶように見えるとしたら、忘れてしまった本がその培養土になっている」、「私は起きた事件を話してもらったのか、本で読んだのか」、「私が書くときは、私のために造られたことを、私は再創造しているのだ」と続けている(『マルベリー・ツリー』四八－五三頁)。

ボウエンは半分だけ真実の自分の記憶を売り込もうとしたのではない。人類の歴史は創作家の記憶に残る鮮明なイメジによって歴史的・社会的に「再強化」されて伝わるとの思いから執筆したのだ。The Enforced Return は、作家の本分を極めたエリザベス・ボウエンに捧げるコーコランの賛辞にもなっている。コーコランは「幻のコー」について、ペピータは性的欲望とアーサーの戦死の不安から呪文にかかり「ラングのソネットを再構築」することで、廃墟同然のロンドンの街を見た耐えがたい現実を否定しようとしている。アーサーが夜明け前にコーリーに語った言葉は「暗闇の中の言葉、暗闇に語った言葉」としてリフレインとなり、ボウエンは戦争で文明が陥った暗闇、分裂、荒廃を告発しているという(コーコラン 一六六頁)。

ボウエンは二十三歳で初めての短篇集を出して以来、二度の戦争の時代と社会を生きて書いたフィクションやレポートやエッセイで、人々の心身をはじめ国家や文化や社会の戦後の変化に深く関わり、国家間と人間関係と自然環境の前途に警鐘を鳴らし、没後五十年になる今も二十一世紀の検証と解読を試みる文献にはボウエンの著作からの引用が必ず見られる。

【注】

＊1 Elizabeth Bowen, ed. by Allan Hepburn, *Listening In* (Edinburgh: Edinburgh University Press, 2010), p. 23.

＊2 ボウエンの略歴については以下の文献を参考にした。Victoria Glendinning, *Elizabeth Bowen: Portrait of a Writer* (London:

Weidenfeld & Nicolson, 1977. Penguin, 1985); Elizabeth Bowen, ed. by Hermione Lee, *The Mulberry Tree: Writings of Elizabeth Bowen* (London: Harcourt Brace Jovanovich, Publishers, 1986); Patricia Laurence, *Elizabeth Bowen: A Literary Life* (Cham, Switzerland: Palgrave Macmillan, 2019).

＊3　『七たびの冬』については下記を参照。米山優子「アングロ‐アイリッシュとしてのボウエンの源流」、『エリザベス・ボウエン――二十世紀の深部をとらえる文学』（エリザベス・ボウエン研究会編、彩流社、二〇二〇年、四五一―六二頁）。

＊4　Elizabeth Bowen, ed. by Hermione Lee, *The Mulberry Tree: Writings of Elizabeth Bowen* (London: Harcourt Brace Jovanovich, Publishers, 1986), pp. 246-50. 引用箇所のあとに、（『マルベリー・ツリー』頁数）で示す。

＊5　ロジャー・ケイスメントについては、ノーベル文学賞受賞者マリオ・バルガス＝リョサが二〇一〇年に書いた小説が『ケルト人の夢』（野谷文昭訳、岩波書店、二〇二一年）として出版、さらには小関隆『アイルランド革命 1913-23――第一次世界大戦と二つの国家の誕生』（岩波書店、二〇一八年）で扱っている。アングロ・アイリッシュなる出自にあるボウエンは寄宿制の女学校時代の思い出に、サー・ロジャー・ケイスメントの写真がベッドサイドにあったことを、一九三四年に書いたエッセイに記している。一九一六年の称号剝奪・処刑に関わらず、称号を付けてサー・ロジャー・ケイスメントと銘記している。

＊6　小説 *She: A History of Adventure* とライダー・ハガードについては、H. Rider Haggard, *She*, ed. with an Introduction by Daniel Karlin (Oxford: Oxford University Press, 1991) を参照し、編者による序文、ノート、年譜を参考にした。大石和欣『家のイングランド』（名古屋大学出版会、二〇一九年）、また、H・R・ハガード『洞窟の女王』（大久保康雄訳、創元推理文庫、一九七四年）を参照し、同書にある生田耕作による「解説」を参考にした。

＊7　Elizabeth Bowen, "Mysterious Kôr," ed. by Angus Wilson, *The Collected Stories of Elizabeth Bowen* (New York: Alfred A. Knorf, 1980), pp. 728-740〔エリザベス・ボウエン「幻のコー」、『ボウエン幻想短篇集』（太田良子訳、国書刊行会、二〇一二年）二三〇－五二頁〕.

＊8　Neil Corcoran, *Elizabeth Bowen: The Enforced Return* (Oxford: Clarendon Press, 2004), pp. 150, Note 6; *The Oxford Book of Ballads* (Oxford: Oxford University Press, 1969. 1989), pp. 83-85.

*9 Leo Mellor, *Reading the Ruin* (Cambridge: Cambridge Printing House, 2011), pp. 164-65.

*10 Phyllis Lassner, *Elizabeth Bowen: A Study of the Shorter Fiction* (New York: Twayne Publishers, 1991), p. 93.

第五部

ボウエンによる短篇論（翻訳）

短篇小説（『フェイバー版現代短篇集』序文）

エリザベス・ボウエン著

小室龍之介訳

短篇は若い芸術だ。周知のとおり、これは今世紀が生み落としたものだ。詩のような緊迫感や明快さが短篇にとって本質的であるがために、短篇は散文の周縁にあると言えよう。アクションの使用において、これは小説よりも劇に近い。映画はそれ自体が技術のことで煩雑になっているが、短篇と同世代のものだ。この過去三十年間において、この二つの芸術様式はともに高め合ってきた。この二つには共通点がある。どちらも伝統に支えられてはいないが、そのぶん、どちらも自由が利くのだ。にもかかわらずどちらも自意識的で、自らに規律を課し形式を尊重する。着手するにも途方もないこと――この時代の方向性を失ったロマン主義に取り組まなければならない。新たな文学は、文章にせよ、映像にせよ、反射やとっさの反応、理性によるチェックを経ない連想を伴う。統合を試みることはない。どんな長さのナラティヴも連続性を、時には強いられた連続性を含む。小説がかなりの頻度で説得力を失ってしまうのはこの点においてだ。だが、アクションは、小説においては複雑で動機づけもなされるが、短篇においては大胆な単純さを取り戻す。

背景に伝統をおよそ持たない芸術は衝動的であるし、たどたどしくもある。そして、とても感化されやすい。

これを実践する人々はいまだためらいがちで、互いに見張りあっている。衝動を新たにするためにも、もしくはそれを方向づけさせるためにも、前向きで独自の精神が求められる。芸術としての短篇は、ある方法で人生を見ようとする特質によって生まれた。しかし、他の芸術領域で新たなる特質が明らかになるのをまだ見ていないのならば、作家自身はこの新たな特質に気づかないままでいるのかもしれない。前例を探さなくて済むのは、稀に見る作家だけだ。イングランドにおいて、真実を危険にさらす伝統的手法、長たらしく退屈な一節を含む散文物語の制約は、長きにわたり不可避と思われていた。遠回しの語り、（映画にあるような）カッティング、思いもよらない強調の置き方、そして象徴主義（対象を、それ自身のためにもイメージとしても効果的に用いること）は知られていなかった。短篇は、かつては凝縮した小説だった。複雑な主題を必要とし、真価を求めて凝縮をもたらす技巧に頼っていた。ジェイムズやハーディの短篇は、その高みにおいて、さりげない技量を示している。これらは熟練した名手による力作で、ぎっしり詰まった想像力から生じた副次的なものだ。彼らの短篇は、短篇として、差し迫った美学的な必要性を示さない。その主題は形式を決めない。その短さを前向きに捉えてはいない。長くしないということだ。それは偉大な建築家の気まぐれ、厳然たる設計図の小型の建築物なのだ。唐突で特別な感情もない。小説家の探検力の外側において、雰囲気や出来事に重要さが与えられることはない。まさにこの秀逸さが原因となり、袋小路に陥ってしまう。模倣されることもなければ、短篇本来の進化をいかなる形においても促すこともなかった。短篇が必要としたその衝動を、イングランドの短篇は海外から持ち込まなければならなかった。海外書籍の口コミ、翻訳や流通の向上、そして好奇心の広がりにより、チェーホフやモーパッサンがイギリス人の目に留まるようになった。

感化されやすい新形式に対する海外の巨匠二人の影響は、必然的に相反する方向性を示している。チェーホフは、不完全に、あるいは曖昧に見えるものを採り入れるために、機能の解放や物語形式のロマンティックな広がりを象徴する（もしくは私たちと共に提唱する）。モーパッサンは厳格さ、強い関連性を提唱する。チェーホフは作家にむけて情感のある風景の領域を切り開いた。彼は主観性に経験の編集や支配をさせ、さりげなく芸術をその方向へと牽引させた。彼の作品は美化された苛立ちの体系だった。彼は自身の貝の内部に小石を忍ばせた。彼の主人公は低俗な人間だった。不満、怠惰、不快、虚しさ、無駄な望み、はにかんだ、もしくは狡猾なうぬぼれを具現化させた。その時代精神のそんな不本意で低俗な人間を、芸術という落ちつきのある光の中へ持ち込んだ。その苦悩はあまりに聡明で従順な俗物なのだが、主人公の中に表れている。彼は、自らの破滅を招く階級、革命が消し去ることのできない階級の出だった。芸術的な意味において、彼は芸術における政治的な力であり、作風のために主題が貴族的意向のために却下されることに反抗した。彼は自分自身の作風を作ったが、その作風を徹底的に用いたので、それ以前ほどの規律を示さなかった――そして、このことは総じて、彼に危険な影響力を与えることになってしまった。彼はエゴイズム、芸術家の自由裁量、偶然の守護神にさせられてしまっている。

モーパッサンは生まれながらの大衆作家であり、フロベールに簡潔さを叩き込まれた。彼のテーマは欲情、残虐さ、金銭、そして隠れた場所にそんな納骨堂を備えたローズピンクの空想といった具合に簡素だった。彼は情熱を唯一可能な言い回しで文字にした――感情のこもらない控えめな表現だった。彼の思考と感覚のあいだには途切れぬやりとりがあった。書いた事柄に対する彼のある種のエロティックな接近のゆえに、彼は芸術を決して超えることのない慎重な言葉遣いをした。彼は人生をぎらつく光の中にみた。人生は原色の絵、黒チョークの縁取りに自ずと姿を現した。彼の筆致はエネルギーに満ち、無情、神経質で平明であった。チェーホフは自分の主題とともに、敏感で時に痛ましい一時の関心を維持した。モーパッサンは自分が犠牲とならないものには触れなかった。自分の無情さと能力がゆえに、彼はあのような稀有なもの――第一級の非文学的な作家になったのだ。

最近まで、モーパッサンは大勢のイギリス人を不快にさせてきた。あるいは、芸術とは関係のない理由で読まれてきた。彼の作品は、動物の目にも似た非人間的な炎を見せた。彼に複雑さがないのは、好ましくない。彼の仕上げたものにはアトリエの感覚、まだ「完成品」にはなりきれていない、色褪せた厳しさがあるようだった。

彼は非個人性を何の目的もなく教えられたわけではなかった。要領を得ていない芸術家が流派を始めることはめったにない。チェーホフの陰気で超然とした様子は哀れみに満ちているのだが、ここにおいてはより許容される。彼の見かけ倒しのゆるさは模倣者を生み出した。チェーホフはイングランドにおいて、新しい、散文のロマンティシズム、郊外や地方のロマンティシズムを起こした。彼はキャサリン・マンスフィールドの作品をとおして、彼のことを直接知らない作家たち、もしくはのちになって彼に着目した作家たちに間接的に影響を及ぼした。そして現在、今度はこの作家たちが影響力を発揮している。ということは、チェーホフをまったく読まない作家、まったく読もうとしない作家によって、彼は間接的に模倣されているのかもしれない。もしチェーホフが翻訳されておらず、数名の折衷主義者によってそもそも流行することもなかったとしたら、大多数のイギリスの物語は書かれないままだったろう。彼は大いなる刺激とはなったが、モデルではないはずだ。彼は熱烈に、そして無意識にパロディー化されてきた。私たちはわずかばかりの戸惑いや平凡な感情の表出にゆきあたっている。彼の残滓に対し、私たちの最も重要な短篇作家がいま反乱を起こしているようだ。

しかしながら、このチェーホフ崇拝には自然と境界ができてしまっている。感覚面においては、大西洋よりもアイルランド海の方がより大きな断絶となっており、アイルランドとアメリカの短篇作家は――気質における違いがあるにせよ、強い共通の特質を持っている。芸術における外向きの冷淡さ、客観性というものは、現在、もしくは昨今において物理的にエキサイティングで不確かな生き方の結果なのかもしれないし、せっかちで粗く、神経の緊張が高まった生き方の結果なのかもしれない。そういった生き方では、性的情熱か政治的情熱のいずれかが社会を危険にしてしまう。拙速な感覚が芸術においての堅固な形式を生みだす。およそ全ての若手のアイルランド人作家は武器を手にした。アメリカ文明はアメリカ人を、臆病にも、武装させたままでいる。そこでは事実が幻想を凌駕してしまう。出来事が想像を襲い気絶させる生のあり方が存在する。そのような生のあり方は、それ自身の、そして今ではもはやユニークでもなくなった文学を引き起こす。驚きは――意志によらず、ある程度推測されるものなのだが――詩の一部となっている。短篇では、半詩的ながら、驚きは推測されることも述べられることもないが、明白にしておかなければならない。作家は事実から中和の要素を除去させなければならない。それは、そもそもの事実の力を事実に戻すため、その力を事実のために持続させるためだ。人生における一瞬の理解であったものが永遠のものとならなければならない。外向きの短篇は――分析がなく、感情についての記述はまばらなのだが――詩が描く驚きのための決まったやり方なのであって、その書き写しでは決してない。この手法は特殊な事柄には一般的な重要性が与えられなければならない。語りは的確で冷静でなければならない。この手法はモーパッサンのものであったが、今ではアイルランド人、アメリカ人、そして若いイギリス人の一部のものになっている。リーアム・オフラハティやヘミングウェイがこれを完成させた。これには危険がつきまとうのだが、その危険が今や明白になりつつある――文体があまりに収縮しているかもしれず、感覚を粗野で退屈にする過剰な単純化のために、感覚が脅かされる。

当然のことながら、このコレクションは――およそ一九一〇年以降の英語で書かれた短篇の発達について学び、その多様性に着目したりその動向を観察したりするよう読者を誘うものなのだが――アメリカ人による作品を収録せねばならない。総じて、イギリスの短篇に対してのアメリカの短篇の優位性は、大西洋の遥かあちら側ではあまりにも熱く訴えられている。が、その訴えがあまりに熱くなされすぎているからといって、この主張が根拠に欠けることにはならない。アメリカ人作家の技量はより高いものとなっている。そして現在、アメリカ人の筆から、私たちの使い古された言葉が新たな生命力をもって始まる。アメリカの短篇作家には、自分のこととして、ハイブリッドな心理、素晴らしくも不気味でもある都市生活、芸術によってまだ完全に探検し尽くされていない広大な大陸がある――だから作家には旅の習慣があるのだ。ここにおいてアメリカの短篇を収録していたら、このコレクションの水準を高め、より多くの注目を集めたであろう。だがこのことは、その完成度がそれほどでもないにせよ、等しく重要で本格的なイギリスの多くの短篇が、紙幅から弾かれることを意味しよう。加えて、フランスの作品がフランス的であるのと同じく、最良のアメリカの作品は確かにアメリカ的だ。その人目を惹く外国らしさは、イギリスの作品研究とは無関係のあらゆる種類の問題を提起するはずだ。イギリスの短篇は──当初はどれほど多くを海外に負っていたかもしれないにせよ──常に国という制約の中で進まなければならない。アイルランドの短篇が含まれているのは、両国の結びつきが、それがどんなにうんざりさせるものだとしても、不自然であろうとも何らかの類似性をもたらしているからだ。アイルランド側からすると、憤りは有益であり続けている。長たらしく望みもない、ロマンティックな不和が文学を生み出してきた。そして、アイルランドでは、英語はまだ古びてはいない。

芸術における擁護は、自国の創作物へのかなり強い要求によってのみ正当化される。そのような要求をこそ、ここにある短篇は実証しなければならないのだろう。選定は簡単なことではなかった。この国の過去十五年において、非商業的だったり自由だったりする短篇──すなわち、原稿料の高い大衆雑誌には適さない物語、もしくは適そうとしない物語、そして、自由で、それゆえにいわゆる大衆の好みに迎合しない物語──がより大きな好機を見いだした。幅広い流行を勝ち得てしまった。こういった分野の創作が結果的に増えてしまった。だが不幸なことに、自由な物語は鑑識眼よりも、忠誠心によって育まれてしまっている。非商業的であることによる物語は、芸術性をただちに自負してよかろうとあまりに広く考えられている。商業的な慣習からの解放は結構なことだった──だが今は、新たな慣習が登場し、今ある作品に対し圧制的で有害となる恐れがある。技術と主題の両面で、みじめで弱々しい類似を見せている自由な物語が多すぎる。そういった物語をあまり好意的に受容せず、そういった物語の掲載誌を支援しないといって、社会は自由な短篇の支持者たちから批判されてしまう。だが、だらしなく説得力に欠け芸術気取りの作品──ほんの少しお高くとまった自己満足を示してばかりいるイディオムを含む作品を、なぜ許容せねばならないのか。商業性の高い短篇作家は、しっかり体得した自分自身の実力を備えていた。新種の非商業的な物語は、もし重要作となろうとするならば、どんな道のりであってもその独自の真価によって前進できねばならない――そうだとしても、なんらかの意味で経済的支援を得なければならない。経済的支援は広い意味で、大衆芸術であってしかるべきものを汚してしまう。目下、あまりに多くの自由な物語は真実性に欠け仰々しく、満足のいくものではない――基準に達していない。それにしても、基準とは何か。

基準とは完全性、球体のような完成形のことであるが、これは正しく設計されたどの物語にも潜んでいる。ありありとした描写の萌芽のあるどんな物語も完全性に発展させられるはずなのだが、ここに到達する物語はまずもってない――ふとした瞬間に、作家の目的がゆるみ、冒険に満ちたなんらかの感情が物語を歪めだしてしまう。最初の時点で短篇に第一に必要なのは、必要性である。言わば物語は、作家に書かせてしまうほどの切迫し鋭利な印象なり認識から生じなければならない。執筆は自発的で慎重でなければならないが、着想は非自発的であったはずで、これはなくてはならない偶然のできごとだ。探し回って得た主題は、どれほど巧みに言葉が当てられたとしても、物語の核を殺してしまう。言語は望まれると非有機的なままだ。人為的で非自発的な感覚は活気を失った散文を生み出す。物語には叙情なるものの中心となる適切な感情と内部の自発性がなくてはならない。想像力を引きつけ、快感を生み出さなければならない――どれほど厭わしく、痛ましく、もしくは複雑なものであったとしても、である。物語は造形の感覚で絵画のように構成されていなければならないし、視覚的でなければならない。緊迫感と明瞭さがなければならない。作品全体と美学的に関係しない一節を含んでいてはならない。必要な主題がそれ自身の関連性を支配する。物語の作風が簡素だったり活気があったり控えめであったりしようとも、中心的な感情――遠いところで関わっていたり仄《ほの》めかされていたりする感情――は、重厚で長大でなければならない。主題にはそれとない荘重さがなくてはならない。作家のうちに、自分自身の主題に対する半ば意識的な畏敬の念が欠けているのであれば、物語は偽り、感傷、気まぐれ、もしくは隠された悪意に溢れてしまう。プロットは、独創的で目覚ましかろうがなかろうが、追求の道のりがどれほど短いものであるにせよ、それが頭の中でとどまれるようになんらかの問題を提起しなければならない。短篇の技巧は、小説におけるプロットの重要な箇所となろうところでの中断を許容する。短篇は小説の長たらしさからは解放されているわけだが、小説の結部の感覚からも解放されている――小説の結部はこじつけだったり偽りだったりすることがあまりに多い。ゆえに、短篇は小説よりも美的かつモラルの真実に近づけるのかもしれない。まさに散文的であり偶発的でありながら、場面、アクション、出来事、そして登場人物に、詩的なる新たな現実を生み出せるのだ。作家にすれば、未知の瞬間が、それが居すわったところに起こってしまったに違いない。

作家の想像力は、事実に基づく世界であろうと空想の世界であろうと、その想像力に最も自然である世界の中で展開しなければならない。英語で専ら短篇を手がけた十九世紀の作家の一人、エドガー・アラン・ポーは、ほぼ全てにわたり空想を扱った。同世紀のイングランドでは、ずっと慎ましいF・アンスティが、知名度の低い数篇で後を追っていた。ポーの時代以降、空想の領域を占めているのはアメリカ人よりもイギリス人だ。（私的で逃避的空想とは反対に、もしくはボヴァリーイズムとは反対に）純粋で対象化され投射された空想は概して、若くして自ら命を断ったリチャード・ミドルトンのような私たちより年長の作家、あるいは過去の作家とともに記憶に残っている。ラドヤード・キプリングやH・G・ウェルズや彼らの数篇の傑作物語、そしてウォルター・デ・ラ・メア、E・M・フォースター、アルジャーノン・ブラックウッドやM・R・ジェイムズもそれぞれにかなり似通った世界を強化していったのだが、その世界の奇妙さには超越した理性があり、その理性は日常における経験のちょうど際にて待ち構えている。時折、若い世代の作家が各々自分自身の光をそこに投射していく。空想物語は往々にして、人を和ませる文学的美しさを備えている。人によっては以下の問いを持つかもしれない。想像はそれを見込めるものと考えるだろうか、と。月明かりを背にした狂気の家屋はどれも、アッシャー家のように、真っ二つに裂けて月をのぞかせる。すぐに了解を得たとて確かめる術《すべ》はない。空想には理性が異議申し立てできぬ威力がある。純粋な空想作家は自由な領域で仕事をする。内なるイメージと外なるイメージを擦り合わせる必要がないのだ。

本書には純粋な（つまり具体化された）空想物語が一つだけ収録されている。この空想物語がもつ特殊な性質と問題が、この作品を際立たせる。また、空想物語の最近の一般的な傾向は、内面の、もしくは、いわば応用された機能的な空想へと向かっており、これは日常から乖離はしないが日常を抑制する。（応用の空想に対する）純粋な空想がディラン・トマスの黙示録的な著作に再び登場したのは本当だ。それは狂乱だったり夢だったりする。これはもう一つのはじまりなのかもしれない。しかしながら、現在に至るまで、そしてこのコレクションが網羅するほとんどの時期において、作家はむしろ、様々な種類の逃避や慰めを探索し注釈する傾向にある。私的な空想がもたらす現実からの退却は、私的な空想の多様性が芸術にとって魅力的であるのと同様に、日常にとっても心地よい。人は生きられるように生きなければならない。自分自身のステージを自らの手で人目から逸《そ》らし味気なくさせてしまう。内界のドラマは英雄的なのだろうか、病的なのだろうか。外界での行動はしばしば、内界の重大性を有している。短篇は、小説よりも短い時間幅の中で、無理強いされた複雑さからの解放や短篇が生み出せる明快さがあり、ポエティック・ドラマのように人間をその野望や恐れによって測ることができ、各々が内面においてたった一人での支配を意識するそのステージに、その人物だけを乗せることができる。

このコレクションから省かれた作品について説明すべきだろう。二人の重要な作家、ラドヤード・キプリングとH・G・ウェルズの物語を省いた。すでに定評があるし、あまりにも知名度が高いし好まれてもいるので、これ以上評価を上げたり紙幅を割いたりすることもない。しかしながら、ウェルズやキプリングの物語は、他の作品が二人の作品との関係性の中で見られるという意味で存在するものとして受け取られるよう意図されている。サマセット・モームは、自作品集に寄せた序文にかなりのことを記しているが、彼を含めたのは彼の重要度に比例したのではなく、その作品が本当に短いからだ。『高原平話集』や続く『幽霊リキシャ、その他』のキプリングとともに、彼はモーパッサンの伝統の中で最も安定的に留まっている。キャサリン・マンスフィールドの物語は掲載不可となった。H・E・ベイツは短篇作家として、すでに相当量の作品を出版している。そのクオリティーはだいぶ認識されているし、その特徴はとても際立っているので、彼は参照点になっている。彼はチェーホフほどは解放されていない。彼の作品は影響力をふるい行き渡らせているが、ここでは読み物として心に留めておかれるべきだ。読み応えのあるおよそ全てのイギリス人小説家が短篇を手がけており、副産物に過ぎないものはほとんどない。だが、私が好んできたのは、他にどんな作品を書いてきたにせよ書かなかったにせよ、この形式において自分の持ち味を特別に、ユニークに示す作家による物語、もしくは、その持ち味で、短篇に新たな方向性や力を与えた作家による物語である。紙幅に限りがあるため、弁護するつもりはないが悔やむべき除外を、その他にもすることになってしまった。いくつかの収録したかった短篇を外さなければならなかった。このコレクションが一九一〇年以降の短篇のあらましを掲載するためのものであるかぎり、その時期が均一に網羅されていないと感じざるをえない。より最近の作品が優先されてしまっている。この不均衡は（本書のスキームからして）ある程度不可避だったし、ある程度熟考した上でのことだ――直近の十年間において生産量が増加し、推力がより強くなった。また、ごく最近の物語は、それらが示す限りにおいて、短篇の最新のトレンドに対する細やかな関心を示している。これまでの浅い歴史のこの芸術は、どんなに頑張ったところで、未来の短篇を上回るだけの重きをなすことはなかろう。

　すべての芸術でそうであるように、未来は芸術家のみにかかっているのではない。読者や批評家もその役割を担っている。もし短篇が生きた尊厳を維持することになり、脇道へ逸《そ》れて体裁ぶることがなければ、一方では一般大衆の切望を、他方では少数派の狂熱を抑制せねばならないだろう。短篇の現状は概ね健康的だ。見込みは上々だ。現実においてはより良い証拠の蓄積が認められるが、感覚においてはあまり目立たない不安がある。作風は、作りこみすぎという危険にかつて晒されてしまったが、簡素化され主題に対して従属的になっている。伝統的手法への批判はより良い具合に向けられている。「稀少な」感覚もしくは誇張された感覚への反感がある――この反感は、しかしながら、時に危険なほど強い。というのも、短篇は偽の詩を当然のことながら避けつつ、短篇のまさにその性質のために散文的にはなりえないということを肝に銘じておくべきだからだ。政治的なバイアスはますます姿を現しつつあるが、役に立っている。新たな英雄性に質するからだ。今世紀の感情は混乱し疼《うず》いているが、少なくともこの価値を有している。感じやすい一人ひとりの人間に半ば気づいている芸術家を作りだす。ありふれた経験のピークはとある高さの一線を超え詩へと高まっていく。このラインの真下のレベルというものも存在するが、そのレベルで人生は一層絶えず生かされ、そのレベルにて感情は凍《い》てつくことなく結晶化し、このレベルからかなりの広い視野が思いのままになる。このレベルをこそ短篇はわがものとするだろう。

【底本】Elizabeth Bowen (ed.), *The Faber Book of Modern Stories*, Ljus English Library, vol. 7 (1937. Stockholm: A/B Ljus Förlag, 1944).

【解題】エリザベス・ボウエンのエッセー「短篇小説」は、ボウエンが編者として二十六篇をセレクトした『フェイバー版現代短篇集』（一九三七年）の序文として執筆された。翻訳時においてこの初版を入手することが叶わずリプリント版を底本とした。ボウエンのエッセー集『印象集』（一九五〇年）への収録時において、このエッセーのタイトルは「『フェイバー版現代短篇集』序文」へと変更された。『フェイバー版現代短篇集』が出版されるまでの経緯についてまとめた、本書収録の松本真治「『フェイバー版現代短篇集』をめぐって――ボウエンとT・S・エリオット」をぜひ参照されたい。

イングランドの短篇作品

エリザベス・ボウエン著

米山優子訳

イングランドの短篇の発展を見るのは興味深い。芸術形態の一つとしては、短篇はまだかなり新しく――おおよそのところ二十世紀に誕生したものである。実は一九〇〇年以前にも短篇は書かれていた――しかも多くの場合、秀作であった。しかし、短篇を、副産物として小説家の満ちみちた想像から偶然にあふれ出たものとみなす傾向があったように思う。優れた短篇は、大衆を喜ばせたかもしれないが、技術的には批評家の関心を引くまでには至っていなかった。キプリング――大半の作品をこの形態で書いた主要な人物――は、まさしくキプリングその人であった。つまり、独創的で、疑問の余地なく受け入れられて、自身の地位を築いていたのである。

キプリングの文体の新鮮さと影響力、テーマの多様さ、人や国に関する広範な知識、喜劇にも悲劇にも同じように詩的な霊感を使える能力――同時代の読者の心を打ったのは、まさにこれらの事柄であった。読者は、キプリングの作品がどのように語られたのかを躊躇することなく検証した。すると芸術家キプリングは、全国民におなじみのキプリングのせいで、わかりにくくなりがちであった。ごく最近――つまり短篇という形態に対する芸術的な関心が芽生えはじめてようやく――キプリングの技法の真価を遅まきながら認める活動といってもよさそうな状況になった。今や私たちは、キプリングをほかならぬその分野で最初の芸術家というだけではなく、最も偉大な芸術家の一人とみなしている。

いかにも、私たちはキプリングを当然のごとく認めていた。ただ皮肉にも、イングランド人が短篇に関心を寄せたのは、おそらく海外からの刺激を待ち受けてのことだった。十九世紀後期に、ヨーロッパは二人の傑出した短篇作家を輩出していた――フランスのモーパッサンとロシアのチェーホフである。モーパッサンの作品は、フランス風の趣きが強く、イングランドの特定の人々しか引きつけなかった。それでも、その作品の名声は広まった。キプリングの場合のように、モーパッサンの作品は当時、そのテーマの方が、秘められた技巧よりも際立っていたのだ。チェーホフが私たちに与えた影響は、非常に異なるものであった。というのも、チェーホフの作品が英訳されるとたちまち、影響力のある作家と思われるようになったのである。なぜか。それは、チェーホフの作品では行動よりも雰囲気の比重が高く扱われているからである。イングランドの私たちにとって、それは非常に新鮮なことであった。そしてそれが無限の可能性を広げたのである。雰囲気は（異なる種類の雰囲気かもしれないが）、イングランド人にとってもロシア人にとってと同じくらい強力な要素だと思う。雰囲気を表現するという発想は素晴らしく、この目的を果たすのに短篇が適しているとすぐにみなされるようになった。

短篇は、これまで詩でしか為されてこなかったことを散文でやってのける見込みがあった。短篇は、おそらく非常に些細な出来事を切り離して、感情的な彩りをもたらすことで、その重要性を強調したのである。

イングランドでチェーホフの技巧に最初に熟達した才気あふれる人物は、キャサリン・マンスフィールドであった――チェーホフへの信奉を強めたのが明らかであろうと、非凡な才能は完全に彼女自身のものであった。その若きニュージーランドの女性は、イングランドに定住し、この上なく幸運な時期に作品が出版された――第一次世界大戦の終戦後である。思慮深さへの揺り戻し、行動することへの反感、暴力、組織化された活力のいかなる形であれ、これらはどの戦後の時代であっても特徴となると思う。個人の感情がよみがえるのだ。春の小さな花や、個々人の愛や喜び、空想が再び登場するのだ、戦時の厳しい抑圧的な冬の後で。

その悲劇的な早逝で、キャサリン・マンスフィールドは私たちにとって失われた存在ではなく、感化する人物でありつづけた。一九二〇年代を通して、さらに一九三〇年代に入っても、マンスフィールドの模倣者は予想通り大勢いた。さらによかったのは、非常に独立心の強い才能をもつ人々が、マンスフィールドの業績から短篇への信念に自信を抱いたことであった。A・E・コパードとH・E・ベイツは、イングランドの田園地方の、抒情的でありながら雄々しい物語を書き、イングランドらしい「雰囲気に包まれた」短篇が、必ずしも女性の領域だけに留まらないことを示した。また、女性の短篇作家エセル・コルバーン・メインは――キャサリン・マンスフィールドよりも先に執筆を開始していたと思う――いっそう目立つ存在になりはじめていた。それほど目立つには値しなかったのだが。

ウィリアム・プルーマーは、二十歳前で最初の作品集『アフリカについて語る』を出版した。プルーマーは（今やその他多くの作品の著者であるが）、依然として進歩が最も継続的で、最も着実なイングランドの短篇作家であると思う。現在彼は、作家として最盛期にあり、注目すべき存在である。というのも、二つの世界大戦の間の数十年間に、ますます短篇が文学界の流行となるにつれ、単に技巧が優れている作家（書くこと自体を目的とする作家といえるかもしれない）と、第一級の想像力をもつ男女を区別しなければならなくなったからであり、後者はまったく斬新なことを述べる作家だったのである。

この部類で最高水準にいるのは、D・H・ロレンスである。ロレンスの短篇は、自身の小説の進行を減速させるかもしれない余分な部分のために、重視されていないのだが。洞察力、燃えるような情熱、優しさ、本物の観察力、ロレンスが駆使できたこれらすべてが、その短篇に混じりけのないまま表出している。ロレンスは、一九一四年から一八年の戦中に執筆していた。そして『イングランド、我がイングランド』と『てんとう虫』の所収作品は、イングランドの文学のどの作品にも匹敵するほど、実によく当時の心理的な雰囲気を捉えているように思える。それでいて、ロレンスの戦後の作品が貧弱になっていくことはなかった。ほぼ間違いなく（私はその主張を支持できたのだが）、ロレンスは私たちの最も優れた短篇作家である。ロレンスは、確かに上位六名に含まれる。ロレンスに加えて、キプリング、サマセット・モーム、オルダス・ハクスリー、ウィリアム・プルーマー、キャサリン・マンスフィールドをそこに位置づけよう。ただここで、私は異論を招くことを危惧する。ウォルター・デ・ラ・メアの立場は説明できない。そもそも、デ・ラ・メアは通例は大方、詩の分野に属しているからである。そして、ジェイムズ・ジョイス、フランク・オコナー、リーアム・オフラハティ、ショーン・オフェイロンはアイルランド人であり、目下の私の範疇外にいる。

文学界において短篇の威信が高まるにつれ、「過度の文学性」という危険をはらむようになった。この危険をサマセット・モームは——おそらくは、その作品によい意味で世界文学的とみなしてもよい資質がそなわっていたがために——避けた。それからオルダス・ハクスリーもまた、一九二〇年代の豊かな美的感性をそなえて高潔な表現を見出して、この危険を避けた——おそらくは、とてつもなく強い精神力によってであろう。しかし、ああ、有望に見えた何人かの作家は、曖昧すぎる表現で、後に「行き詰った」。彼らは、度を超えて筋を軽視したのである。チェーホフの影響は、ここに示してきたように最初の頃は素晴らしかった。しかし、まもなくそれへの反発が出はじめることになる。

この反発は、一九三〇年代が進むにつれて明らかになった。その緊迫した重大な十年間は、イングランドがヨーロッパの騒乱、つまり自国の地平線をかげらせる嵐雲が立ち込める前兆を無視できなかった時期であり、それがイングランドの短篇に反映されはじめたのである——かつて演劇と詩に反映されたように。社会生活に対する意識は、美に対する感受性に続いて生じた。行動を起こすべきだという一般市民の感情が、私たちの作品の中で行動の重要性をよみがえらせたのである。魅力的な描写の一節は、進行の速い会話にとってかわった。登場人物は、詩趣に富んで一般化されていたにもかかわらず、わかりやすく、おそらくは平凡な、日常生活の様々な類型によって識別できるものにならざるを得なかった。私は、「ならざるを得なかった」といっているのだ。短篇の技巧は、外の世界から衝動を感じた状況下で、真に芸術たることを証明して見せたのである。そしてまた、そのような状況で、短篇の技巧は既に、魔法の鏡のように来たるべきことを映してもいた。倹約、活力、人間の（贅沢好みの感受性ではなく）闘争心への敬意、社会秩序を疑う傾向——これらはすべて、一九三〇年以前の数年間に書かれたさらに代表的な作品に表れていた。

この戦前の傾向をただちに示した作家は誰だったのか。アーサー・コールダー＝マーシャル、レズリー・ハルワード、ジェイムズ・ハンリー、G・F・グリーンは、真っ先に思い浮かぶ名前である。ハンリーの海にまつわる作品には、それらを別格に位置づけるぞっとするような、次々と移り変わっていく幻影のような特質が確かにある。アーサー・コールダー＝マーシャルは、主として小説家である。その短篇はそれほど多くないが第一級である。いくつかの散発的な秀作——多くの場合、たとえばスペイン内戦についての作品——は、寡作な作家によるものだった。一九三〇年代の短篇作家は自分たちのテーマに奮い立っていて、技巧そのものにそれほど興味をもっていたわけではなかった。つまりおそらく、こういった方がよいのだ、彼らは技巧が用いられたことを悟られないように懸命に努力したのだ、と。たとえそうであるとしても、彼らはアメリカ人の影響を受けた——主にヘミングウェイにである。ヘミングウェイは既に一九二〇年代にイングランドで称賛されており、スローモーションのチェーホフ風の作品に初めて疑問を投げ掛けた人こそ、ヘミングウェイだったかもしれない可能性は十分にある。

型にはまらない形式の短篇は、確かに一九三〇年代を通してまだ生み出されていた。テーマが流行に合っていて心に残り、その論じ方が非常に想像力豊かな作品は、たいてい詩人によって書かれていた。これまでにオズバートとサッシェヴェレル・シットウェル兄弟が発表した卓越した作品には、たとえば世間の出来事によって歪みが生じていない――ただいうなれば、オズバート・シットウェルの『敗北』は、一九四〇年のフランスの悲劇をそのまま具現化しているのだが。ピーター・ケネル、ディラン・トマス、スティーヴン・スペンダー（その作品集『燃えるサボテン』は推奨図書となるだろう）もまた、この形式での実験作となっている。

奇妙なことに――いや、それほど奇妙だろうか――長期にわたる非常に恐ろしい戦争が実際に勃発し、イングランドの短篇を急増させ、短篇は、新種の向こう見ずな生気をみなぎらせて、ユーモア、風刺、ファンタジー、気まぐれな空想作品の分野へと進出したのである。芸術の解放は、長い緊張状態が過ぎた後に訪れざるを得なかった。悲劇と強要も、イングランドの短篇に刻み込まれてこなかったといっているわけではない。また、短篇は称賛に値しないという意味で、「逃避」文学を供してきたといっているわけでもない。そうではなく――本物の芸術は見てすぐにわかるものを強調しないというのは、妥当なのだろうか。平時には、イングランドの短篇の芸術家は、一見平穏な表面下にある不安定な時流をテーマとしていた。戦時には、表面そのものが不安定だが、短篇作家は不変で安定した物事を見抜き、表現するのである――男女共に世界大戦の大変動の最中に自分たちを支え、アイデンティティを保ちつづける拠り所にした望郷の念、人間らしい愛情、昔の場所、子ども時代の思い出、（時には、ひょっとするとばかげていたり、たいてい感動的だったりする）心の奥底にあるおとぎ話と呼べるようなものさえも。

『ホライズン短篇小説集』は、一九四〇年以降に書かれた短篇の優れた代表作を収録している――しかも、私たちの世代を支持しているものだと思う。これらの短篇は、シリル・コノリーに精選されたもので、すべて『ホライズン』誌に毎月掲載された作品である。開戦以来、定期刊行物や本の形での出版物が快く新人の短篇作家を歓迎し、有名にしてきたことは非常に重要である。『ホライズン』誌に加えて、『コーンヒル』、『ライフ・アンド・レターズ』、『イングリッシュストーリー』、『ペンギン・ニューライティング』、『ニューライティング・アンド・デイライト』、『オリオン』、『ウィンドミル』の諸誌が例に挙げられる。イングランドでは、新しい才能のある人にとって、文学界がこれほど幸運な時代はほとんどなかった。しかし、ああ、皮肉なことに、思う存分に書く――つまり多作の若者がほとんどいないのである。軍隊あるいは軍隊以外の苛酷できつい戦争にかかわる労働が、そのような若者を求めているのだ。その状況下で（たいてい地球の果てから輸送されたのだが）、ロンドンの編集者のもとにこんなにも多くの原稿が届けられてきたのは驚くべきことである。また、想像を超えるかもしれないと思われた諸々の経験に、こんなにも豊かな想像が加えられてきたのも著しいことである。ウィリアム・サンソムの全国消防団の消防士の物語は、その一例である。また、『最後の調査』――これはアラン・ルイスが遺した作品だが、この若きウェールズ人のインドでの死が、短篇の技巧にどれほど悲劇的な損失をもたらしたかを示している。

D・H・ロレンスの二作品が、一九一四年から一九一八年の戦争の時代精神をいかに捉えたかについては前述した。私には今もなお、短篇が戦時の創作にとって理想的な散文の手段であるように思われる。たとえば、戦時に人生が途切れとぎれになると、小説家にとってそのような人生は難しいテーマになる。小説家にとっては、釣り合いのとれたものの見方、そしてある経験と別の経験とを関連づけるための期間もまた不可欠なのだ――私は戦闘の終結後、五年あるいは十年が経つまでは総括的な戦争小説を期待すべきではないと、それとなくいっているのである。短篇作家はよりよい立場にいる。まず、ある程度、詩人の領域を共有している――というか共有すべきである。そうすれば、些細な出来事を非常に意義深いものであると表現できる。ある瞬間の感情の彩りを記録できる。その場で起きていることに近づくと、失うよりも得るものの方が大きいのだ。作品のテーマに、街路で微笑む顔や、説明のつかない出来事や、バスや列車内で偶然耳にする会話の断片を用いることができる。

戦時のロンドンは――大空襲に遭い、国際色豊かで、期待にわくわくしていたが――今では、語られないにせよ、語るに足る物語で満ちていると感じる。作家に書いてほしいと大きな叫び声をあげる数々の場面で、きらめいているのだ。イングランドのほかの町、港、海岸、工場地帯、行き来が盛んな田園地方でも同様である。既に、最初の収穫は始まっている。戦後まもなく、短篇の大豊作となるだろう。イングランドで実践されているあらゆる芸術の中で、短篇の技巧よりも刺激に素早く反応しているものはないと思う。

【底本】Elizabeth Bowen, "The Short Stories in England," *Britain Today* 109 (May, 1945), pp. 11-16.

【解題】原文は、『ブリテン・トゥデイ』第一〇九巻（*Britain Today* 109, May, 1945, pp. 11-16）に掲載された後、『ブリティッシュ・ダイジェスト』第一巻一二号（*British Digest* 1. 12, August, 1945, pp. 39-43）に転載された。前者を底本とするフィリス・ラスナー編『エリザベス・ボウエン――その短篇の研究』(Phyllis Lassner, ed., *Elizabeth Bowen: A Study of the Short Fiction* (Boston: Twayne Publishers, 1991, pp. 138-143）と、後者を底本とするアラン・ヘップバーン編『人、場所、物』（Allan Hepburn, ed., *People, Places, Things*, Edinburgh: Edinburgh UP, 2008, pp.310-315）にも収録されている。

『アン・リーの店』序文

エリザベス・ボウエン著
米山優子訳

『アン・リーの店』〔『アン・リーの店、その他』〕は、またもや短篇集となった私の二作目であり、一九二六年にイングランドで出版された。物語の実際の執筆時期は、それより一、二年早い。中には『出会い』がまだ印刷中に書かれたものもある。そして、『アン・リーの店』を脱稿し、出版するまでの間に、私は最初の小説『ホテル』を書いた。

『出会い』は、私が大胆にも望んでいたより好評であった。本の装丁と、有名な特色あるシリーズの一冊という位置づけが、どこまでその理由になったのか、私はそう自問するほど現実的であった。一九二三年の批評家諸氏に謝意を述べる。私は、黙殺されることを思い描いていた。鼻であしらわれるのを覚悟していた。とりわけ、見下されるのを恐れていた。実際には、私は最も望んでいたものを受け取った。評価である。その年を顧みると、当時のその分野の書評家がどれほど優れていたかわかる。優れているというのは、経験の浅い作家に甘い、つまりやすやすと免除してくれる書評家のことではない。それまで無名であった作家の作品に眠っている特質を、進んで探し求めようとする人――作家が書きつづけるにつれ、当初の水準を維持できなくなることはないと必ずや主張する人のことである。ある程度は、若手作家が自分自身に抱く期待は育まれなければならない。唯一、若手作家自身の期待が競わなければならないのは、批評家が絶望と推量できる感情である。作家の側からすれば、若手作家はやすやすとばかにされることはない。批評家の眼識を測ることができるのである。評価を伴う称賛が、うぬぼれにつながったかどうかは疑わしい。世に出たばかりの作家にとって、最初の書評が重要であることは、強調してもしすぎることはない。では私は、あらゆる若手作家に自信をつけさせるべきだと主張しているのだろうか。私はただ、自分がそうであったことに謝意を表しているだけである。

『出会い』の売れ行きはよくなかった。シジウィック&ジャクソン社は、損失を被ったに違いない。当の出版社の新人作家にとっては、この投機的事業が利益となり、安定をもたらし、勉強になったのではあるが。励まされて、私は真剣にもなった。素人の地位からの昇格にはある種の心配が付き物である――私を強く支持してくれた人々を、後でがっかりさせるのではないかと不安になるだけではなく、再び執筆する意欲が猛威にさらされるのである。書きつづけるのは、書きはじめるのと同じくらい苦しい。一歩前進するたびに新たな危険地帯へと踏み込み、あるかもしれず、ないかもしれない力を行使することになるのだ。

『アン・リーの店』所収の第一話は「奥の客間」で、次が「嵐」であった。前者ではアイルランドを扱った。後者ではイタリアを扱った――「コンテッシーナ」でコモ湖を、「脱落」でローマを扱ったように。一九二三年から一九二六年の間、雑誌編集者への私の非難は続いていた――『出会い』に対する好評が安定した基盤をもたらしてくれるかもしれないという分別のある希望を抱いて。しかし、それはまったく的外れであった。これまでよりも良くなることはなかったのである。「アン・リーの店」自体は実際には、名誉なことに、一九二四年夏に『スペクテイター』誌に掲載された。本作は、その週刊誌に掲載された最初の短篇だったと思う。試しに載せてくれたジョン・ストレイチーに感謝する。当時、ストレイチーは自分の父親の新聞で文芸欄を担当していて、物語を応募するよう声を掛けてくれたのである。映画を観にいくように（というより再び足を運ぶように）強く勧めてくれたのもその人で、当時、映画は人気のない状態から抜け出したばかりであった。新しい映画の技術からは、学ぶべきことがたくさんあると彼は述べた。私はある程度そこから学んだ。

一九二四年秋に、『クィーン』誌の当時の編集者ナオミ・ロイド＝スミスの豪胆のおかげで、「コンテッシーナ」が掲載された。翌年には、『ロンドン・マーキュリー』誌が「オウム」の掲載を快諾してくれ、『イヴ』誌には「段取り」が掲載された。そのほかは沈黙であった。編集者たちにとって、私にはカインのしるしが付いていたのだろうか。すげない拒絶に、私の自信は揺らいだ。私は、意味のないものを書いていたのだろうか。新しい才能を探し求めていると公言する編集者たちの誠意に対して、私は気難しくなっていった。彼らはいまだに、名を成した人々しか気にかけていないように見えた。常に同じ顔触れの一団であった。新人は、その仲間入りをすることを望めなかったのだろうか。どうやらそうだったようである。

当時の新人短篇作家の立場が、現在よりも厳しいものであったかどうかはわからない。雑誌での相次ぐ失敗は、私にはいうまでもなく異常なことのように思われた。読者の心には、私の作品が必ずしも合格点に達しているわけではなかったということが思い浮かぶかもしれない。『アン・リーの店』所収のこれらの作品は、実験期の輝かしい前半と、当然維持すべき水準の運用能力が身につくまでの中途段階に位置している。その諸作品は進歩を表しているとはいえ、ぎこちない段階の進歩である――『出会い』に収録された心を和ませるような、へまで素朴な作品はない。ただ、『出会い』の後半の作品のように、『アン・リーの店』の作品は尊重に値する野心作である。昔の自分に代わって残念に思うのは、うぬぼれの強さではなく、用心深さである――それは、人間の過激さと怠慢を研究したいくつかの作品や、著者本人がよく知っている人物のかすかなほほえみに、うっかり表れてしまうのだ。著者というものは、決して自作の登場人物より知っていることがあってはならないのである。若者の非常に不愉快な高慢は弱まっていかねばならない――通例は、人生がそうなるべく手はずを整えるのだ。出版物という琥珀の中で永久に保存された自分の高慢を見ると、愕然としてしまう。

『アン・リーの店』の作品の一部に含まれる非情さは、技法が優れているがために一層、際立つのを余儀なくされているかもしれない。場面設定は『出会い』より確かなものである。会話は生きいきとして形を成し、動作は（常に私の課題なのだが）制御されている。これらの作品は、前作よりも質感や張りや実在性を増している。ためらいが弱くなっている。批評家は、私がどんな種類の作家かわかって、私が力を注ぐのに大いに手助けをしてくれた。私は、熟考を重ねた今もなお、雰囲気の可能性を重視している。一九二〇年代前半は私の初期の本が執筆された時期であり、当時は「雰囲気」という発想とその潜在的な力が新鮮なものとみなされていたことが思い起こされるに違いない。ほかならぬこの私でも、自分の論評を読むまで、そんなことを聞いたことはなかった。ある場所や大勢の人々がもつ漠然とした奇妙な感じを表すことばを見つけようとして、私は本気になった。文学界の流行の餌食になって、自分を責めることはできなかったのである。今になってみると、私にとって新鮮に思われたことの多くは、（私にではなく）活かされ、乱用されてきた。不明瞭となりうるものに対して、不信感を抱いているのだ。しかしそれでも、はっきり判断できないものを若者が好むのが、本人の甘えや、警戒心が強すぎるがためだとしたら、惜しいことだと私は思う。人は、最も驚いた時に最も率直になるのだ。初めて驚きを感じたものこそ、初めて知覚したものなのである。

『アン・リーの店』の作品には美しさがある――店内の帽子、花咲く栗の木に留まったオウム、きらめく湖の光景を背にしたコンテッシーナの若々しいモスリンの服、崩れたレンガ造りのローマの壁の美しさ――「しっかりと咲きながら、こんなにもはかない銀色を帯びたピンクの花」。その妹の美貌は、私を喜ばせた。私は、ある点に関しては、いまだに『出会い』を執筆していた頃と同じであった――人より景色や無生物を好んだのである。私のペンは、当時の作品が示す通り、罪や不幸を描いた光景を長々と綴る準備がすっかり整っていた。ただし、場所が心地よいこと、とにかく痛快で絵のように美しいことが不可欠であった。私にとって執筆はますますつらさの募る仕事となったものの、自分の浅薄さのはけ口となっているのに気づいた――そして今日では、それゆえに作品が劣っているとは思えない。私がもしその作品を楽しんでいなかったのなら、書かれないままだっただろう。

『アン・リーの店』での主な刺激は旅行であった。ある意味で、私が経験したあらゆることは旅行だったのである。実際に作家になってからというもの、私は自分の過去を苦もなく振り返ることができた――子ども時代を扱った二作、「訪問者」と「チャリティー」は、この所収作品の中で最も秀でていると思う。私は今や、作家であるばかりか既婚で、館の寮母たる女主人であった。実際にどこかに暮らしているという感覚は、どこかでキャンプをしたりどこかを訪れたりするのとは異なり、私にとって新鮮であった。私たちは、イングランド中部地方のノーサンプトン郊外で暮らしていた。テーブルが据えられた窓辺からは、起伏はないが穏やかな市民菜園の眺めが、水平線に届きそうなところまで広がっていた――最も近い山頂は、隣人によれば、ウラル山脈とのことであった。運河沿いの散策から「人の住処」の着想が生まれ、日射しを受けて揺れ動く栗の木は、花が咲きすべすべして通りの角に生えており、「オウム」を書くきっかけとなった。そのほかに、私は近隣よりも遠くの風景を利用した。列車に乗ってロンドンへ出掛ける日もあった。父親に会いに、アイルランドを訪れることもあった。毎年春には、数週間過ごすためにイタリアに赴いた。晩夏には、夫とフランスを旅した。旅から戻って再び出掛けるまでの間、張り出し窓に面した両袖机で仕事をしたが、今では羨ましいほど途切れなく書きつづけた。

『アン・リーの店』の作品を書く楽しみに、ある点でかげりが生じた。私は小説を書いているのだろうか。『出会い』のある書評家が「これらの小説の縮小版」という表現を用いたのである。そして、シジウィック氏は私の作品に確かにそれを見て取っていた。私の難題は、自分でそれを悟る才能はあったのだが、当時は、ある出来事や時間の範囲を超えて洞察力を膨《ふく》らませられないことであった。私はスポットライトを当てることはできたが、それをずっと照らしつづけることはできなかった。人の有様をさらけ出したり、驚かせたりすることはできたが、それを継続させることは認識していなかった。私は忙《せわ》しなく動き回る気質だった。私の考えは、ともかく考えといえるものは劇的でなければならず、人々が互いに影響しあう関係が一冊の本全体を通じてどのように持続できるのかわからなかった――私の登場人物は、あまりにも長い間寄り集まって疲れ切ってしまったのだろうか、それとも互いに飽きあきしてしまったのだろうか――もしくは、もっと悪いことに、私を疲れ切らせて飽きあきさせてしまったのだろうか。小説であるための要件は、ゆっくりと燃焼することである。つまり私は、一瞬のきらめきが好きだったのだ。長期的な見方に転換するというこの難題は、短篇作家として書きはじめた作家によく見られる。自分の作品を再読すると、ひょっとしてそのうちのどれかを広げられたのではないかと思ったものだった。できなかっただろうというのが、常々の判断であった。それでも私にとって、短篇への固執が紛れもなく臆病であったり、頑固であったり、能力の発達が妨げられたりすることに関わる問題であるとしたら、いつか私の手元で短篇が弱まっていく危機に瀕することになるだろう。私は小説を書くというよりも、書くことができる小説を書きたかったのだ、もし望んでいたとしたらの話だが。

『アン・リーの店』の作品に、私が書いている間の雰囲気が足跡を残しているかどうかはわからない。ことによると、緊迫感を生み出していたかもしれない――「嵐」のように、激怒して雷の来そうな天候を。人間に関する人知を超越したことに直面して、私はそれを自分の主題とした――何度そうしただろうか。その作品には、質問が呈されている――肩をすくめる結末もあれば、別れのため息の結末もある。「アン・リーの店」で、名もなく説明もされぬ男は――「二人の目に入るすき間を横切って、飛ぶように走っていた。手を突き出したら、男に触れられたはずであった。男はやみくもに二人を通り越した。男の息づかいは、すすり泣くようで、喘《あえ》いでいた。それがどんなに恐ろしいことだったか二人にわかったのは、男の息づかいだった――恐ろしかった。二人をやみくもに追い越して、霧の中に突き進んでいった」。「脱落」の行方不明の女の運命が、ほのめかされることはない。「人の住処」でウィリーが遅刻したことも、決して説明されることはない。「嵐」でティヴォリの村にいる夫婦――二人はこの後、どこへ行くのだろうか。それでも私は、落とし穴のある結末を考えることができない。さらにいえば、本当に困難な状況から抜け出す方法はないのである。
『アン・リーの店』は、『出会い』と同様に好評であった。新刊書としては、今日どうなっていくのだろうか。一九二六年以来、短篇は成長を遂げてきた。『アン・リーの店』の作品が生きつづけていることをうれしく思う。その作品は、私が、ある意味では知っているものの、一度も会ったことのない存命の作家の作品なのである。

【底本】Elizabeth Bowen, "Preface to *Ann Lee's*" (1951), rpt. in *Seven Winters and Afterthoughts* (New York: Alfred A. Knopf, 1962), pp. 190-97.

【解題】一九二三年に出版された最初の短篇集『出会い』（*Encounters*）と、一九二六年に出版された二作目の短篇集『アン・リーの店、その他』（*Ann Lee's and Other Stories*）は、一九五一年に『初期作品集』（*Early Stories*, New York: Alfred A. Knopf）として出版された。各本の序文は、『七たびの冬――ダブリンの幼き日の思い出・再考：書くことについての小品』（*Seven Winters: Memories of a Dublin Childhood and Afterthoughts: Pieces on Writing*, New York: Alfred A. Knopf, 1962, pp. 182-197）に転載された。

あとがき

二〇〇四年に最初のボウエン単独の短篇集『あの薔薇を見てよ――ボウエン・ミステリー短編集』(ミネルヴァ書房)が出ると、新聞・週刊誌に書評が出て、とくに鹿島茂は「ビタースイートなボウエンの短篇の翻訳を歓迎する。小説の翻訳が待たれる」と『週刊文春』に書いた。そのせいかどうか、この短篇集『あの薔薇を見てよ』は三刷まで出た。翌二〇〇五年に『幸せな秋の野原――ボウエン・ミステリー短編集2』(ミネルヴァ書房)が出版され、二〇一二年の『ボウエン幻想短篇集』(国書刊行会)が続いた。

一方小説では、〈ボウエン・コレクション〉として『エヴァ・トラウト』、『リトル・ガールズ』、『愛の世界』、〈ボウエン・コレクション2〉として『ホテル』、『友達と親戚』、『北へ』(いずれも国書刊行会、二〇〇八-〇九年、二〇二一年)、『最後の九月』(而立書房、二〇〇五年)、また『パリの家』、『心の死』、『日ざかり』(いずれも晶文社、二〇一四-一五年)が刊行され、ボウエンのノンフィクションを集めた『マルベリーツリー』(而立書房、二〇二四年)を上梓している。

二〇一三年に木村正俊なる方から自宅に電話があり、東洋英和女学院大学で非常勤講師をしていたと自己紹介、エリザベス・ボウエンについて話があるとのこと。何か意見が? と思い、私の本務校、六本木の東洋英和女学院の向かい側にある国際文化会館でお目にかかった。エリザエス・ボウエンは欧米では二十世紀を代表する作家としてすでに名声があり、エリザベス・ボウエンは有意の研究者が共に読むべき作家ではないか、との提案だった。

二〇一三年六月九日、会員十六名で「エリザベス・ボウエン研究会（Elizabeth Bowen Forum）」が発足した（以下、ボウエン会）。今は約四十名。ボウエン会は年に数回研究会を開き、会場は国際文化会館会議室で、創立会員のひとり米山優子が鋭意事務局をつとめ、ボウエン会は実質上、主査の太田と副査の米山で運営することとなり、その後十年余の間つつがなく続いて今に至っている。会員諸兄姉も本務校業務の合間を縫って東京で開催するボウエン会に参集、また、地方在住の会員も会議参加のため上京されたことはとくにありがたいことであった。

いまにして思えば、旧来、英文学研究で何度も集まって学んだ同士の窪田憲子、伊藤節、鷲見八重子が発会式に駆け付けてくれたのが大変嬉しかった。私は色々な事情で英文学研究を始めるのも大学に奉職するのも遅かったので、年齢が若いボウエン研究者の中にあって、長く共に学んできた彼女たちの顔が会議で見られるのがとても嬉しく、心強く、いまもありがたく思っている。鷲見八重子は別件で多忙だが、窪田憲子、伊藤節は本論集にも寄稿している（敬称略）。

『エリザベス・ボウエンの短篇を読む』について

ボウエンのフィクションが取り上げる三大テーマは、①アイルランド、②少年と少女、③戦争であることは、内外の研究者・批評家のみならず一般の読者がつとに承知していることである。本論集も十二名の執筆者から貴重な論考が寄稿され、論旨の内容から、三大テーマを中心に、以下のように分類することができた。

第一部　作家・作品論
第二部　アイルランド問題を中心に
第三部　少女の問題、女の問題

第四部　戦争を背景に
第五部　ボウエンによる短篇論（翻訳）

執筆者各位が得意とするテーマがバラエティに富んだ視点によって表出され、ボウエンの新しい一面を浮き上がらせた論集になったと思う。さらにボウエンの短篇論の翻訳・収録によって、本書全体が立体的に仕上がったのではないだろうか。短篇の歴史は小説に比して新しく、ボウエンは短いショットの連なりで視覚に訴える映画という新しいジャンルに短篇をなぞらえて共感し、短篇執筆に最適な表現方法をそこに見出したのではないか。以降、ファンタジー・幻想・超自然の世界、ゴーストの出現に挑戦し手放さなかった作家ボウエンを本論集が少しでもつまびらかにしていれば、成果があったと言えるだろう。

なお索引の必要を太田にメールでリマインドしてくれた杉本久美子は、索引の事項選定については私がやりましょうと申し出てくれた。米山優子、杉本久美子のお二人には、ここにあらためてお礼申し上げます。ありがとうございました。

本書の装丁は山田英春氏が引き受けてくださった。ラフデザインを拝見し、いかにも作家ボウエンらしい見事な装丁に感激した。出版社の国書刊行会の鈴木冬根氏の本書に対する真摯な編集方針と、『ボウエン幻想短篇集』、『ホテル』、『友達と親戚』、『北へ』に続き、ボウエンの文学に共鳴するような装丁をしてくださった山田英春氏に心よりお礼申し上げる次第です。ありがとうございました。

ボウエンの創作を短篇作品に特化して論集編纂を企画し、ボウエン研究会に提案したのはボウエン会幹事の一人である木村正俊氏だった。企画はボウエン会会員の賛同を得て、有意の執筆者が論文に着手し始めた矢先の二〇二二年に氏が急逝された。一同ここにあらためて心よりご冥福を祈ります。十三篇の論文が集まり、ボウエンの短篇論・エッセイの翻訳も収録した。表題を『エリザベス・ボウエンの短篇を読む』として、ボウエンに相応しい装丁も決まり、予定どおり国書刊行会から出版されることになりました。どうかご安心ください。ＲＩＰ。

二〇二四年十月七日

太田良子

人名・書名索引

あ行

アーノルド，エリザベス　Arnold, Elizabeth　14
阿部昭　26
アラン，ジョン　Allan, John　14, 15, 30
アレン，ウォルター　Allen, Walter　13, 14, 17, 22-24
アンスティ，F　Anstey, F　287
イーグルトン，テリー　Eagleton, Terry　28, 157-59, 164, 168
　『表象のアイルランド』（*Heathcliff and the Great Hunger*）157
イェンチュ，E　Jentsch, Ernst　222
イシャーウッド，クリストファー　Isherwood, Christopher　99
イソップ　Aesop　12, 13
　『動物寓話』（*Beast Fables*）12, 13
イングマン，ヘザー　Ingman, Heather　158, 170, 172
ヴァリ，アリダ　Valli, Alida　24
ヴァレリー，ポール　Valéry, Paul　16
ウィタカー，マラキ　Whitaker, Malachi　105
　「『X』」（"'X'"）105
ウィリアムソン，ヘンリー　Williamson, Henry　100
ウィリス，オリーヴ　Willis, Olive　263, 275
ウィルソン，アンガス　Wilson, Angus　11, 31, 176
ウェルズ，オーソン　Welles, Orson　24
ウェルズ，H・G　Wells, Herbert George　22, 287, 288
ウェルティー，ユードラ　Welty, Eudra　196
ウォートン，イーディス　Wharton, Edith　25
ウォルシュ，エイビアー　Walshe, Eibhear　171
ヴォルシュレガー，ジャッキー　Wullschlager, Jackie　193
　『不思議の国をつくる』（*Inventing Wonderland: The Lives and Fantasies of Lewis Carroll, Edward Lear, J.M. Barrie, Kenneth Grahame and A.A. Milne*）193
ウッド，エレン　Wood, Ellen　44, 45
　『イースト・リン邸』（*East Lynne*）44-48
ウッドハウス，P・G　Wodehouse, P. G.　22
ウルツ，ジェイムズ・F　Wurtz, James F.　170
ウルフ，ヴァージニア　Woolf, Virginia　29, 32, 55, 100, 185, 196
エッジワース，マライア　Edgeworth, Maria　155, 168
　『ラックレント城』（*Castle Rackrent*）155
江戸川乱歩　16
エドムンドソン，メリッサ　Edmundson, Melissa　130
　『女性の怪奇』（*Women's Weird: Strange Stories by Women*）130
エリオット，ジーン　Elliott, Jeanne B.　45
エリオット，ジョージ　Eliot, George　42, 44
　『アダム・ビード』（*Adam Bede*）44
　『サイラス・マーナー』（*Silas Marner: The Weaver of Raveloe*）44
　『ダニエル・デロンダ』（*Daniel Deronda*）42
エリオット，T・S　Eliot, T. S.　91-96, 98-104, 107, 110, 111
　『エリオット書簡集Ⅷ』（*The Letters of T. S. Eliot, Volume 8: 1936-1938*）94, 95, 99, 101, 103, 107, 110-112
エルマン，モード　Ellman, Maud　134, 144, 249
大石和欣　277
オーウェル，ジョージ　Orwell, George　72
オースティン，ジェイン　Austen, Jane　39, 75, 83, 119
　『エマ』（*Emma*）75, 82-85, 87, 88

『高慢と偏見』(*Pride and Prejudice*) 119
『マンスフィールド・パーク』(*Mansfield Park*) 39, 40
オースティン，アラン　Austin, Allan E.　252
太田良子　102, 257
奥山礼子　256
オコナー，フランク　O'Connor, Frank　25, 26, 97, 99, 100, 105, 294
『孤独な声』(*The Lonely Voice: A Study of the Short Story*) 25, 26
「小作農」("Peasants") 105
オフェイロン，ショーン　O'Faoláin, Seán　97-100, 105, 294
『真夏の夜の狂気』(*Midsummer Night Madness and Other Stories*) 98
「小さな淑女」("The Small Lady") 98
「爆弾工場」("The Bombshop") 98, 105
オブライエン，エドナ　O'Brien, Edna　195
オフラハティ，リーアム　O'Flaherty, Liam　105, 284, 294
「傷ついた鵜」("The Wounded Cormorant") 105
オルツィ，バロネス・エマ　Orczy, Baroness Emma　260
『紅はこべ』(*The Scarlet Pimpernel*) 260, 269

か行

カーヴァー，アリス　Carver, Alice　263
カズオ・イシグロ　205
キーガン，クレア　Keegan, Claire　195
キプリング，ラドヤード　Kipling, Rudyard　13, 18, 22, 168, 287, 288, 291, 292, 294
『キム』(*Kim*) 168
『高原平話集』(*Plain Tales from the Hills*) 22, 288
『幽霊リキシャ、その他』(*The Phantom 'Rickshaw and Other Stories*) 288
キャザー，ウィラ　Cather, Willa　25
ギャスケル，エリザベス（ミセス・ギャスケル）Gaskell, Elizabeth　19
キャメロン，アラン　Cameron, Alan　117, 119, 209
キャロル，ルイス　Carroll, Lewis　178, 193
『不思議の国のアリス』(*Alice's Adventures in Wonderland*) 178, 261
キンズリー，ジェイムズ　Kinsley, James　273
編『オクスフォード・ブック・オブ・バラッド』(*The Oxford Book of Ballads*) 273
グラッドストン，ウィリアム　Gladstone, William　161
グリーン，グレアム　Greene, Graham　24
『失われた子供時代』(*The Lost Childhood and Other Essays*) 24
『第三の男』(*The Third Man*) 24
映画『第三の男』(*The Third Man*) 24
グリーン，G・F　Green, G. F.　104, 295
「家族の死」("A Death in the Family") 104
クリスティ，アガサ　Christie, Agatha　17
クリステンセン，リス　Christensen, Lis　196
グリム兄弟　Brothers Grimm　12
『グリム童話集』(*The Grimm's Collection of Fairy Tales*) 12
クレイルキャンプ，ヴェラ　Kreilkamp, Vera　170
クレム（ポー），ヴァージニア　Clemm, Virginia　15
グレンディニング，ヴィクトリア　Glendinning, Victoria　32, 49, 97, 116, 117
『エリザベス・ボウエン——作家の肖像』(*Elizabeth Bowen: Portrait of a Writer*) 32
黒沢清　233
映画『ダゲレオタイプの女』233, 234
クロムウェル，オリヴァー　Cromwell, Oliver　154, 155, 168
ケイスメント，ロジャー　Casement, Roger　264, 277
ゲーテ，ヨハン・ヴォルフガング・フォン　Goethe, Johann Wolfgang von　266
ケネル，ピーター　Quennell, Peter　97, 105, 296
「転機」("Climacteric") 105
鴻巣友季子　216
コーコラン，ニール　Corcoran, Neil　135, 240, 244, 275, 276
『エリザベス・ボウエン——強化された帰還』(*Elizabeth Bowen: The Enforced Return*)

275
ゴーゴリ，ニコライ　Гоголь, Микола　21
ゴールズワージー，ジョン　Galsworthy, John 260
コールダー＝マーシャル，アーサー　Calder-Marshall, Arthur　105, 295
「指導者のひとり」（“One of the Leaders”） 105
コットン，ジョセフ　Cotten, Joseph　24
コッパード，A・E　Coppard, A. E.　97, 104
「モルデカイとコッキング」（“Mordecai and Cocking”）104
コノリー，シリル　Connolly, Cyril　296
コパード，A・E　Coppard, A. E.　293
コフラン，パトリシア　Coughlan, Patricia　54, 226
コリンズ，ウィルキー　Collins, Wilkie　44
『白衣の女』（*The Woman in White*） 44
コンプトン＝バーネット，アイヴィ　Compton-Burnett, Ivy　196
コンラッド，ジョゼフ　Conrad, Joseph　11
『闇の奥』（*Heart of Darkness*） 11

さ行

サキ　Saki　23
『クローヴィス物語』（*The Chronicles of Clovis*） 23
「開いた窓」（“Open Window”） 23
サッカレー，ウィリアム・メイクピース　Thackeray, William Makepeace　19
サックヴィル＝ウェスト，エドワード　Sackville-West, Edward　97, 99, 100, 103, 105
「ヘルムートは日なたに横たわる」（“Hellmut Lies in the Sun”） 103, 105
サミュエルズ，アンドリュー　Samuels, Andrew 227, 228
サリンジャー，J・D　Salinger, J. D.　26, 27
『ナイン・ストーリーズ』（*Nine Stories*） 27
『ライ麦畑で捕まえて』/『キャッチャー・イン・ザ・ライ』（*The Catcher in the Rye*） 26
サンソム，ウィリアム　Sansom, William　297
ジェイムズ，ウィリアム　James, William　235
ジェイムズ，ヘンリー　James, Henry　11, 18, 22, 24, 25, 34, 109, 235, 281
『デイジー・ミラー』（*Daisy Miller*） 11, 25
『ねじの回転』（*The Turn of the Screw*） 11, 24
ジェイムズ，M・R　James, M. R.　287
ジェイムソン，フレドリック　Jameson, Fredrick　157-59, 168, 170
「モダニズムと帝国主義」（“Modernism and Imperialism”） 157
シジウィック，フランク　Sidgwick, Frank　275, 303
シットウェル，オズバート　Sitwell, Osbert 100, 101, 105, 295, 296
『敗北』（*Dfeat*） 296
『物言わぬ動物』（*Dumb Animal and Other Stories*） 101
「物言わぬ動物」（“Dumb Animal”） 105
シットウェル，サシェヴェレル　Sitwell, Sacheverell　105, 295
「年に一度の訪問」（“Annual Visit”） 105
柴田元幸　27
澁澤龍彦　178
『少女コレクション序説』 178
ジャクソン，サラ　Jackson, Sarah　126
『触覚の詩学——手触りと現代文学』（*Tactile Poetics: Touch and Contemporary Writing*） 126
シューベルト，フランツ　Schubert, Franz　266
歌曲『魔王』（*Erlkönig*） 266
ジョイス，ジェイムズ　Joyce, James　13, 27-30, 34, 47, 104, 105, 159, 258, 294
『ダブリン市民』（*Dubliners*） 27, 28, 30, 258
『フィネガンズ・ウェイク』（*Finnegans Wake*） 30
『ユリシーズ』（*Ulysses*） 30, 159, 258
『若き芸術家の肖像』（*A Portrait of the Artist as a Young Man*） 29, 30
「アラビー」（“Araby”） 104
ショウ，ヴァレリー　Shaw, Valerie　18-21, 23, 26
ショウォールター，エレイン　Showalter, Elaine 45, 52

『女性自身の文学』（*A literature of Their Own: British Women Novelists from Brontë to Lessing*）45
ジョージ六世　George VI　260
スティーヴンソン，ロバート・ルイス　Stevenson, Robert Louis　19, 22, 265
『ジキル博士とハイド氏』（*Strange Case of Dr Jekyll and Mr Hyde*）22
『宝島』（*Treasure Island*）265
ストレイチー，ジョン　Strachey, John　300
スパーク，ミュリエル　Spark, Muriel　11
『ミス・ブロディの青春』（*The Prime of Miss Jean Brodie*）11
スペンダー，スティーヴン　Spender, Stephen　97, 105, 296
『燃えるサボテン』（*The Burning Cactus*）296
「干し草作り」（"The Haymaking"）105
セザンヌ，ポール　Cézanne, Paul　198
セルリー，ジェイナン・M　Sellery, J'nan M.　112

た行

ダゲール，ルイ・ジャック・マンデ　Daguerre, Louis Jacques Mandé　233
チェーホフ，アントン　Чехов, Антон　13, 20, 21, 55, 109, 281-83, 289, 292, 294, 295
「バタフライ」（"The Butterfly"）21
チェスタトン，G・K　Chesterton, G. K.　17
チャーチル，ウィンストン　Churchill, Winston　160, 170, 270
チャールズ一世　Charles I　264
デ・ラ・メア，ウォルター　de la Mare, Walter　24, 99, 100, 103, 105, 287, 294
『一陣の風』（*The Wind Blows Over*）103
「薬」（"Physic"）99, 103, 105
「亡霊」（"A Revenant"）24
デイ＝ルイス，セシル　Day-Lewis, Cecil　100
ディケンズ，チャールズ　Dickens, Charles　19, 260
『大いなる遺産』（*Great Expectations*）29
ディズレイリ，ベンジャミン　Disraeli, Benjamin　160
テニソン，アルフレッド　Tennyson, Alfred　134, 140
『王女』（*The Princess*）134
「涙よ、むなしい涙よ」（"Tears, idle tears"）134
ドイル，アーサー・コナン　Doyle, Arthur Conan　16, 22, 260
『シャーロック・ホームズの冒険』（*The Adventures of Sherlock Holms*）22
トウェイン，マーク　Twain, Mark　25
ドゥロンク，ヴォイチェフ　Drag, Wojciech　205, 206
ドネリー・ジュニア，ジェイムズ・S　Donnelly Jr., James S.　156
トマス，ディラン　Thomas, Dylan　100, 101, 105, 288, 296
「果樹園」（"The Orchards"）105
トレヴァー，ウィリアム　Trevor, William　130

な行

ニクソン，リチャード　Nixon, Richard　160
ネズビット，イーディス　Nesbit, Edith　260
『宝探しの子供たち』（*The Story of the Treasure Seekers*）260
ネルソン，ホレーショ　Nelson, Horatio　64
野崎孝　27

は行

バーカー，ジョージ　Barker, George　100, 101
バーク，エドモンド　Burke, Edmund　160
バーセル，ダイアン　Barthel, Diane　63
ハーディ，トマス　Hardy, Thomas　109, 281
ハートリー，L・P　Hartley, L. P.　99
バーナクル，ノラ　Barnacle, Nora　27
バーンズ , ジュリアン　Barnes, Julian　11
『人生の段階』（*Levels of Life*）11
ハイヤーム，オマル　Khayyám, Omar　272
『ルバイヤート』（*Rubáiyát*）272
ハウエルズ，ウィリアム・ディーン　Howells, William Dean　21
ハガード，ヘンリー・ライダー　Haggard, Henry Rider　257, 261, 265, 269, 272
『She とアラン』（*She and Allan*）268

『女王の復活』（*Ayesha: The Return of She*） 268
『ソロモン王の洞窟』（*King Solomon's Mines*） 265
『田園のイングランド』（*Rural England*） 265
『洞窟の女王』（*She: A History of Adventure*） 257, 261, 265, 266, 268, 272
『二人の女王』（*Allan Quatermain*） 266
ハクスリー，オルダス　Huxley, Aldous　104, 294
「ティロットソンの晩餐会」（“The Tillotson Banquet”） 104
服部雄一　228, 230, 231
パトモア，コヴェントリー　Patmore, Coventry　193
『家庭の天使』（*The Angel in the House*） 193
ハドレー，テッサ　Hadley, Tessa　195
ハミルトン，エマ（レディ・ハミルトン）　Hamilton, Emma　64, 69
ハリス，ウィリアム・O　Harris, William O.　112
バルガス＝リョサ，マリオ　Vargas-Llosa, Marius　277
『ケルト人の夢』（*El sueño del celta*） 277
バルフォア，アーサー　Balfour, Arthur　160
ハルワード，レズリー　Halward, Leslie　104, 295
「いつか二人は結婚する」（“One Day They'll Marry”） 104
バンヴィル，ジョン　Banville, John　31, 235
バンクス夫妻　Banks, Olive/Banks, Joseph Ambrose　77
『ヴィクトリア朝時代の女性たち――フェミニズムと家族計画』（*Feminism and Family Planning in Victorian England*） 77
ハンソン，クレア　Hanson, Clare　133
ハンター，エイドリアン　Hunter, Adrian　55, 71, 110
ハンター，ジム　Hunter, Jim　109, 112
編『現代短篇集』（*Modern Short Stories*） 109, 112
編『現代短篇集二』（*Modern Short Stories Two*） 109, 112
ハンリー，ジェイムズ　Hanley, James　100, 104, 295
「最後の航海」（“The Last Voyage”） 104
ビアス，アムブローズ　Bierce, Ambrose　25
ビーチ，シルヴィア　Beach, Sylvia　30
ビーチクロフト，T・O　Beachcroft, T. O.　100, 104
「眼」（“The Eyes”） 104
ヒューズ，ウィニフレッド　Hughes, Winifred　45
ヒューズ，トマス　Hughes, Thomas
『トム・ブラウンの学校生活』（*Tom Brown's School Days*） 193
ヒューズ，リチャード　Hughes, Richard　100
平野啓一郎　236
フィッツジェラルド，エドワード　FitzGerald, Edward　272
フィッツジェラルド，F・スコット　Fitzgerald, F. Scott　25
『華麗なるギャッツビー』（*The Great Gatsby*） 25
プーシキン，アレクサンドル　Пушкин, Александр　21
フォースター，E・M　Forster, E. M.　23, 104, 159, 168, 275, 287
『インドへの道』（*A Passage to India*） 168
『天国行きの乗合馬車』（*The Celestial Omnibus*） 23, 275
『ハワーズ・エンド』（*Howards End*） 159
「アザー・キングダム」（“Other Kingdom”） 104
フォガティ，アン　Fogarty, Anne　157, 159
フライ，ロジャー　Fry, Roger　72
ブラックウッド，アルジャーノン　Blackwood, Algernon　287
ブラッドン，メアリ・エリザベス　Braddon, Mary Elizabeth　44, 45
『オードリー卿夫人の秘密』（*Lady Audley's Secret*） 44
プルースト，マルセル　Proust, Marcel　12, 126, 207
『失われた時を求めて』（*À la recherche du*

temps perdu）12
プルーマー，ウィリアム　Plomer, William
96-100, 105, 293, 294
『アフリカについて語る』（*I Speak of Africa*）
96, 293
「ヴィクトリア女王の子ども」（"The Child of Queen Victoria"）96
「ウラ・マサンド」（"Ula Masando"）96, 105
ブルック，ジョスリン　Brooke, Jocelyn　133, 148
ブルック，ルパート　Brooke, Rupert　264
ブレヒト，ベルトルト　Brecht, Berthold　72
フロイト，ジクムント　Freud, Sigmund　205, 219, 221, 222, 225, 226, 231, 254
「不気味なもの」（Das Unheimliche）219
フロベール，ギュスターヴ　Flaubert, Gustave 20, 282
ブロンテ，エミリー　Brontë, Emily
『嵐が丘』（*Wuthering Heights*）29
ベイツ，H・E　Bates, H. E.　99, 288, 293
ベイリー，ジョン　Bayley, John　29, 30
ヘップバーン，アラン　Hepburn, Allan　31, 110
ベネット，アーノルド　Bennett, Arnold　20
ベネット，アンドリュー　Bennett, Andrew 202
ヘミングウェイ，アーネスト　Hemingway, Ernest　13, 25, 26, 284, 295
『老人と海』（*The Old Man and the Sea*）25
『我らの時代に』（*In Our Time*）26
「雨の中の猫」（"Cat in the Rain"）26
ベンスン，E・F　Benson, E. F.　260
『地図とルチア』（*Mapp and Lucia*）260
『ドードー』（*Dodo*）260
ボウエン，エリザベス　Bowen, Elizabeth
『愛の世界』（*A World of Love*）118, 120, 128, 129, 131, 155, 170, 197
『アン・リーの店、その他』（*Ann Lee's and Other Stories*）54, 135, 136, 161, 299-305
『印象集』（*Collected Impressions*）112
『エヴァ・トラウト』（*Eva Trout*）187, 190, 197
『エリザベス・ボウエン――短篇選集』（*Elizabeth Bowen: Collected Stories*）31
『エリザベス・ボウエン自選短篇集』（*Stories by Elizabeth Bowen*）32, 146, 147
『エリザベス・ボウエン短篇集』（*The Collected Stories of Elizabeth Bowen*）11, 31, 150
『エリザベス・ボウエンのアイリッシュ・ストーリーズ』（*Elizabeth Bowen's Irish Stories*）116, 117
『恋人は悪魔、その他』（*The Demon Lover and Other Stories*）10, 145, 197, 270
『心の死』（*The Death of the Heart*）117, 197, 209, 211, 262
『最後の九月』（*The Last September*）98, 118, 120, 130, 155, 156, 170, 171, 197, 201, 209
『そしてチャールズと暮らした』（*Joining Charles and Other Stories*）54
『出会い』（*Encounters*）9, 54, 129, 135, 136, 197, 258, 274, 275, 299-303, 305
『七たびの冬』（*Seven Winters*, 1942; *Seven Winters: Memories of a Dublin Childhood and Afterthoughts: Piecies on Writing*, 1943）259
『パリの家』（*The House in Paris*）74, 89, 187, 197, 203, 205, 209, 262
『日ざかり』（*The Heat of the Day*）42, 53, 116, 197
『ボウエンズ・コート』（*Bowen's Court*）130, 155, 255
『ホテル』（*The Hotel*）136, 177, 178, 185-87, 258, 299
『マルベリー・ツリー』（*The Mulberry Tree: Writings of Elizabeth Bowen*）10, 33, 97, 98, 196, 206, 244, 247, 260, 262, 263, 265-67, 269, 271, 274, 276
『闇の中の一日、その他』（*A Day in the Dark and Other Stories*）197
『リトル・ガールズ』（*The Little Girls*）197
『愛の内戦』（チャールズ・リッチー共著、*Love's Civil War: Letters and Diaries, 1941-1973*）160
「あの薔薇を見てよ」（"Look at All Those Roses"）197, 209

「嵐」（“The Storm”） 32, 300, 304
「アン・リーの店」（“Ann Lee’s”） 300, 304
「一冊の本から」（“Out of a Book”） 275
「イングランドの短篇作品」（“The Short Stories in England”） 291-98
「影響の源」（“Sources of Influence”） 146
「エール」（“Eire”） 171
「オウム」（“The Parrot”） 301, 303
「奥の客間」（“The Back Drawing-Room”） 156, 161-67, 171, 172, 300
「過去への遡及」（“The Bend Back”） 205
「彼女の大盤振舞い」（“Her Table Spread”） 32, 155, 156, 161, 165-68, 171, 172, 197
「カンバセーション・ピース」（“A Conversation Piece”、「彼女の大盤振舞い」の初出タイトル） 165
「恋人は悪魔」（“The Demon Lover”） 241, 245-47, 250, 256, 257
「コンテッシーナ」（“The Contessina”） 300, 301
「挿絵と会話」（“Pictures and Conversations”） 145, 149, 150
「幸せな秋の野原」（“The Happy Autumn Fields”） 102, 111, 116, 117, 133-36, 139, 141, 144-46, 148-50, 155, 209, 241, 247-49
「ジャングル」（“Jungle”） 176-78, 181, 183-86, 188-90, 192
「少女の部屋」（“The Little Girl’s Room” ） 178, 181, 187
「小説執筆に関する覚書」（“Notes on Writing a Novel”） 10, 136, 139, 141, 144, 145, 148, 149
「親友」（“The Confidante”） 11
「相続された時計」（“The Inherited Clock”） 245, 246
「相続ならず」（“The Disinherited”） 11, 101, 102, 104, 111, 112
「脱落」（“The Secession”） 300, 304
「段取り」（“Making Arrangements”） 33, 301
「短篇小説」（『フェイバー版現代短篇集』序文）（“The Short Story,” *The Faber Book of Modern Stories*） 20, 55, 56, 67-69, 92-96, 98, 101, 102, 106, 107, 110, 112, 280-90
「チャリティー」（“Charity”） 303
「告げ口」（“Telling”） 11
「蔦がとらえた階段」（“Ivy Gripped the Steps”） 11, 32, 102, 197, 198, 205
「手と手袋」（“Hand in Glove”） 116-20, 123, 126, 128-31, 155
「時を遡ること」（“The Bend Back”） 147, 148
「夏の夜」（“Summer Night”） 11, 102, 111, 116, 155, 209
「涙よ、むなしい涙よ」（“Tears, idle tears”） 134
「日曜日の午後」（“Sunday Afternoon”） 116, 155, 247
「ノスタルジアの礼賛」（“The Cult of Nostalgia”） 147
「針箱」（“The Needlecase”） 38, 44, 48, 49, 52
「ビッグハウス」（“The Big House”） 171
「人の住処」（“Human Habitation”） 303, 304
「古い家の最後の夜」（“The Last Night in the Old Home”） 11
「訪問者」（“The Visitor”） 303
「幻のコー」（“Mysterious Kôr”） 10, 29, 32, 209, 241, 250, 251, 254, 270-73, 276
「マリア」（“Maria”） 112, 178, 179, 181, 197, 209
「ミセス・モイシー」（“Mrs Moysey”） 54, 56, 57, 71
「闇の中の一日」（“A Day in the Dark”） 195-99, 201, 203, 204, 206-10, 213-15, 217
「よりどころ」（“Foothold”） 219, 226, 227, 233, 235, 236
「リンゴの木」（“The Apple Tree”） 197
「割引き品」（“Reduced”） 74, 75, 80, 83, 85, 89
ボウエン（一世），ジョン　Bowen I, John　155
ボウエン二世，ジョン　Bowen II, John　155
ボウエン，フローレンス（エリザベス・ボウエン母） Bowen, Florence　120, 181, 209, 210, 235, 259, 262, 264, 275

ボウエン（一世），ヘンリー　Bowen I, Henry　155
ボウエン三世，ヘンリー　Bowen III, Henry　155
ボウエン（六世），ヘンリー（エリザベス・ボウエン父）　Bowen VI, Henry　120, 209, 235, 259, 262, 303
ポー，エドガー・アラン　Poe, Edgar Allan　13-17, 19, 24, 34, 93, 94, 287
　『覚え書き』（*Marginalia*）　16
　『詩の原理』（*The Poetic Principle*）　16
　『ポオ小説全集IV』　16
　「アッシャー家の崩壊」（"The Fall of the House of Usher"）　15
　「アナベル・リー」（"Annabel Lee"）　15
　「大鴉」（"The Raven"）　15
　「盗まれた手紙」（"The Purloined Letter"）　15
　「瓶の中の手記」（"Ms. Found in a Bottle"）　15
　「マリー・ロジェの謎」（"The Mystery of Marie Roget" ）　15
　「モルグ街の殺人」（"The Murder in the Rue Morgue"）　15, 16
ポー，デヴィッド　Poe Jr., David　14
ポーター，メアリー　Porter, Mary　78
ボードレール , シャルル　Baudelaire, Charles　16
ホール，ラドクリフ　Hall, Radclyffe　185
　『さびしさの泉』（*The Well of Loneliness*）　185
ボッカチオ，ジョヴァンニ　Boccaccio, Giovanni　12, 13
　『十日物語』（*Decameron*）　12
ボナパルト，ナポレオン　Bonaparte, Napoléon　264
ホプキンズ，ジェラルド・マンリー　Hopkins, Gerard Manley　93, 94
ホプケ，ロバート・H　Hopcke, Robert H.　227
ボルディック，クリス　Baldick, Chris　110
　『オックスフォード英文学史第十巻』（*The Oxford Literary History, Volume 10, 1910-1940: The Modern Movement*）　110
ボルヘス，ホルヘ・ルイス　Borges, Jorge Luis　18
　『伝奇集』（*Ficciones*）　18

ま行

マケンジー，コンプトン　Mackenzie, Compton　260
　『怪しき街路』（*Sinister Street*）　260
　『ウィスキーをしこたま』（*Whiskey Galore*）　260
マコーリー，ローズ　Macaulay, Rose　197, 275
　『外観をキープする』（*Keeping up Appearances*）　275
　『荒野こそ我が世界』（*The World, My Wilderness*）　275
松井かや　203
マッカラーズ，カーソン　McCullers, Carson　216
　『結婚式のメンバー』（*The Member of the Wedding*）　216
マラルメ，ステファヌ　Mallarmé, Stéphane　16
マンスフィールド，キャサリン　Mansfield, Katherine　13, 32, 55, 72, 185, 197, 283, 288, 292, 294
マンフッド，H・A　Manhood, H. A.　100, 105
　「ジャガーノート（巨大な蒸気ローラー）」（"Juggernaut"）　105
ミドルトン，リチャード　Middleton, Richard　99, 287
三村尚央　207
　『記憶と人文学』　206
ミレー，ジャン＝フランソワ　Millet, Jean-François　64
ムア，ジョージ　Moore, George　122
　『モスリンのドラマ』（*A Drama in Muslin*）　122
ムーディ，アリス　Moody, Alys　56, 64, 65
村上春樹　26
メイ，チャールズ・E　May, Charles E.　110
　編『新短篇論』（*The New Short Story Theories*）　110
　編『短篇論』（*Short Story Theories*）　110
メイン，エセル・コルバーン　Mayne, Ethel Colburn　105, 293

「一家の主」(“The Man of the House”) 105
メラー，レオ Mellor, Leo 273
モーパッサン，ギ・ド Maupassant, Guy de 13, 20, 26, 55, 109, 281, 282, 284, 288, 292
「小さな兵士」(“The Little Soldier”) 20
モーム，W・サマセット Maugham, W. Somerset 99, 100, 105, 288, 294
「物知り博士」(“Mr. Know-all”) 105
桃尾美佳 167, 171
モレル，レディ・オットリン Morrell, Lady Ottoline 91
モンゴメリ，L・M Montgomery, L. M.
『赤毛のアン』(*Anne of Green Gables*) 179

や行

結城英雄 28
ユング，カール・グスタフ Jung, Carl Gustav 227
吉屋信子 180
『花物語』 180

ら行

ラスナー，フィリス Lassner, Phyllis 33, 54, 62, 111, 224, 273
『エリザベス・ボウエン――その短篇の研究』(*Elizabeth Bowen: A Study of the Short Fiction*) 33
ランク，O Rank, Otto 225
ラング，アンドルー Lang, Andrew 272, 276
ランドシーア，エドウィン Landseer, Edwin 64
リー，ハーマイオニ Lee, Hermione 31, 32, 134, 146, 160, 161, 169-72, 196
リース，ジーン Rhys, Jean 32
リード，キャロル Reed, Carol 24
リード，ハーバート Read, Herbert 100
リッチー，チャールズ Ritchie, Charles 160
リトフカ，オレナ Lytovka, Olena 155, 170
ルイス，アラン Lewis, Alun 297
『最後の調査』(*The Last Inspection*) 297
レーマン，ロザモンド Lehmann, Rosamond 32, 185, 196
レ・ファニュ，シェリダン Le Fanu, Sheridan 197, 203
『アンクル・サイラス』(*Uncle Silas*) 203
ロイド＝スミス，ナオミ Royde-Smith, Naomi 301
ロイル，ニコラス Royle, Nicholas 202
ローレンス，パトリシア Laurence, Patricia 160, 171
ロバーツ，マイケル Roberts, Michael 91
ロバート，カーゾン Robert, Curzon
『東洋の修道院』(*Ancient Monasteries of the East, or The Monasteries of the Levant*) 80
ロムニー，ジョージ Romney, George 64
ロレンス，D・H Lawrence, D. H. 19, 23, 105, 293, 294, 297
『イングランド、我がイングランド』(*England My England*) 293
『てんとう虫』(*The Ladybird*) 293
「ぼくに触れたのはあなた」(“You Touched Me”) 105
「木馬の勝者」(“The Rocking-Horse Winner 23

書籍・雑誌ほか

『アラビアンナイト』(*The Arabian Night's Entertainment*) 12
『聖書』(*The Bible*) 13, 41, 131, 263, 266
『旧約聖書』(*The Old Testament*) 13
『新約聖書』(*The New Testament*) 13, 90
『ヨハネ黙示録』(*Apocalypsis Iōannis*) 266
『フェイバー版現代詩集』(*The Faber Book of Modern Verse*) 91-93, 95
『フェイバー版現代短篇集』(*The Faber Book of Modern Stories*) 20, 55, 67, 68, 91-94, 96-104, 106, 107, 109-12, 280-290
『ブリタニカ大百科事典』(*Encyclopædia Britannica*) 263
『ホライズン短篇小説集』(*The Horizon Book of Short Stories*) 296
雑誌『イヴ』(*Eve*) 301
雑誌『イエロー・ブック』(*The Yellow Book*) 19
雑誌『イングリッシュストーリー』

（*English Story*） 296
雑誌『ウィンドミル』（*The Windmill*） 296
雑誌『オリオン』（*Orion*） 296
雑誌『開拓者』（*Pioneer*） 22
雑誌『クィーン』（*The Queen*） 301
雑誌『グレアムズ・マガジン』（*Graham's Magazine*） 16
雑誌『コーンヒル』（*The Cornhill*） 296
雑誌『コスモポリタン』（*Cosmopolitan*） 99
雑誌『サタデイ・レビュー』（*Saturday Review*） 196
雑誌『ストランド・マガジン』（*The Strand Magazine*） 22
雑誌『スペクテイター』（*The Spectator*） 196, 300
雑誌『南部文芸通信』（*Southern Literary Messenger*） 15
雑誌『ニューライティング・アンド・デイライト』（*New Writing and Daylight*） 296
雑誌『ブラックウッズ』（*Blackwood's Magazine*） 200
雑誌『ブロードシート・プレス』（*The Broadsheet Press*） 165
雑誌『ペンギン・ニューライティング』（*Penguin New Writing*） 296
雑誌『ボッテゲ・オスキュア』（*Botteghe Oscure*） 196
雑誌『ホライズン』（*Horizon*） 296
雑誌『ライフ・アンド・レターズ』（*Life and Letters*） 296
雑誌『リスナー』（*The Listener*） 196
雑誌『ロンドン・マーキュリー』（*The London Mercury*） 112, 301
雑誌『ロンドン・マガジン』（*London Magazine*） 19
『ウェストミンスター新聞』（*The Westminster Gazette*） 23
『タトラー』紙（*Tatler*） 18
『民軍新聞』（*Civil and Military Gazette*） 18, 22
映画『英国王のスピーチ』（*The King's Speach*） 260
映画『制服の処女』（*Mädchen in Uniform*） 263

事項索引

あ行

IRA（アイルランド共和軍） Irish Republican Army 156
アイデンティティ identity 154, 160, 170, 184-86, 296
アイリッシュ・カトリック Irish Catholic 170
アイリッシュ・ナショナリズム Irish nationalism 120, 155, 156
アイリッシュ・モダニズム Irish modernism 170
アイルランド独立戦争 Irish War of Independence 120, 156, 162, 164, 169, 170
アイルランド内戦 Irish Civil War 120, 156, 162, 164, 170
アイルランド入植法 Act for the Settlement of Ireland 154
アイルランド文芸復興 The Irish Literary Revival/The Irish Literary Renaissance 155
アニムス animus 227, 228
アパリション→ゴースト
アングロ・アイリッシュ Anglo-Irish 28, 117, 118, 134, 135, 144, 145, 154-58, 161, 162, 164-72, 197, 201, 262, 263, 277
アングロ・アイリッシュ・ゴシック Anglo-Irish Gothic 170
アングロ・アイリッシュ文学 Angro-Irish Literature 157, 158
イースター蜂起 Easter Rising 120, 155, 169, 264
イギリス本土決戦 The Battle of Britain 270
ヴィクトリア朝 the Victorian era 63, 64, 71, 77, 133-35, 139, 140, 144-46, 148-50, 179, 193, 248, 265
ウェールズ Wales 169
英愛条約 Anglo-Irish Treaty 156, 165, 168, 169
エドワード朝 Edwardian era 260, 267
エピファニー epiphany 29, 30, 158
エレジー elegy 33
オックスフォード（大学） Oxford (University) 18, 45, 263, 272, 275
オックスフォード（地名） Oxford (City) 117
女家庭教師→ガヴァネス

か行

怪奇小説→ゴシック小説
ガヴァネス governess 46-48, 74-81, 83-86, 88, 89, 259
学校小説 school story 179, 193
家庭小説 domestic novel/domestic fiction 45, 179
家庭の天使 The Angel of Home 53, 77, 179, 180, 193, 233
カトリック Catholicism 27, 120, 154, 155
家父長制 patriarchy 62, 134, 180
カントリーハウス country house 38-40, 44, 52, 261
喜劇→コメディ
吃音（吃音症） stammer 209, 235, 260, 264
恐怖喜劇 comedies of terror 54
空想物語→ファンタジー
クラレンス・テラス Clarence Terrace 117
ゲール文化 Gaelic culture 161, 169, 172
幻覚→幻想
幻想 vision/illusion/hallusination 10, 129, 157, 179, 196, 197, 202, 205, 209, 211, 219-21, 229, 240, 241, 243, 244, 246-57, 270, 273, 283
ケント州 Kent 120, 259, 263
高尚な芸術 high art 55, 56, 64, 65, 71
コーク州 Country Cork 117, 119, 134, 144, 146, 156, 171, 262
ゴースト ghost/apparition 24, 33, 34, 41, 170, 197, 218, 219, 221, 222, 224, 226, 227, 229, 230,

232-34, 241, 271
ゴースト・ストーリー　ghost story　33, 117, 127, 218, 221, 233
交代人格　alternate personality　228, 231-32
ゴシック　Gothic　117, 156, 168, 169, 195, 218
ゴシック小説　gothic novel/gothic fiction　112, 130, 157, 170, 203, 261
ゴシック物→ゴシック小説
コメディ　comedy　23, 33, 85, 119, 291

さ行

サイコアナリティック→精神分析　psychoanalytic
サイレント・マジョリティ　silent majority　160
産業革命　industrial revolution　22
産業資本主義　industrial capitalism　179
散文　prose　17, 92, 108, 109, 263, 280, 281, 283, 286, 287, 290, 292, 297
ジェンダー　gender　187, 233
ジェンダー・ロール　gender role　180
シジウィック＆ジャクソン社　Sidwick and Jackson　275, 300
時代小説　historical novel　147
荘園屋敷　Manor House　102
植民地主義　colonialism　159
ジョナサン・ケープ社　Jonathan Cape Ltd.　99, 100
心霊主義　spiritualism　161, 163, 170
精神分析　psychoanalytic　219
世界大戦　World war　10, 34, 293, 296
　第一次世界大戦　World War Ⅰ　25, 56, 102, 120, 147, 158, 243, 246, 262, 264, 292
　第二次世界大戦　World War Ⅱ　26, 116, 117, 135, 140, 147, 160, 241, 246, 255, 260, 269, 273
戦時小説　war-time novel/war-time literature　116, 120, 273
戦時文学→戦時小説
扇情主義　sensationalism　45
煽情小説→センセイション小説
センセイション小説　sensation novel/sensation fiction/sultry novel　38, 44, 45, 48, 49, 52, 53
戦争小説　war novel　116, 297
戦争文学　war literature　273
全知の語り（手）the Omniscient　55, 56, 62, 71, 139
セント・パトリック大聖堂（ダブリン）　Saint Patrick’s Cathedral (Dublin)　273

た行

大飢饉（アイルランド）　the Great Famine/Great Hunger　28
大恐慌　The Great Depression　25
大衆文学　popular literature　17
ダウン・ハウス・スクール　Downe House School　181, 263, 264, 275
ダゲレオタイプ（写真）　daguerréotype　233, 234
ダブリン　Dublin　27, 28, 30, 119, 146, 162, 259
探偵小説　detective novel　16, 17
超自然的／超自然現象　supernatural　23, 24, 34, 128, 156-59, 161-65, 167-70, 260, 261
帝国主義　imperialism　120, 157-60, 165, 168-70
転位　dislocation　141, 143-45, 149, 150
同性愛→レズビアン
トーリー党　Tories/Tory Party　160, 260
ドッペルゲンガー　doppelgänger　225, 226, 228, 229, 231, 232
トラウマ　trauma　26, 203, 205, 207, 245-47

な行

ナラティブ　narrative　29, 30
ニュー・ウーマン　new woman　68
ニュー・レフト　the New Left　160

は行

ハートフォードシャー　Hertfordshire　262
ハーバート・プレイス　Herbert Place　119
ハーペンデン・ホール・スクール　Herpennden Hall School　262
ハイ・アート→高尚な芸術
ハイ・モダニスト　high modernist　55, 71
ハイ・モダニズム　high modernism　55, 56, 68, 72

BBC　British Broadcasting Corporation　117, 269
ビッグハウス　Big House　119-21, 150, 155, 156, 161, 162, 164-66, 168, 170, 171, 197, 201, 262
ファンタジー　fantasy　10, 23, 34, 156-58, 160, 161, 168, 169, 178, 179, 270, 271, 287, 288, 296
フィクション　fiction 12, 31, 110, 130, 145, 224, 261, 276
フェイバー・アンド・フェイバー社（フェイバー社） Faber and Faber Limited　91, 92, 94-96, 98, 99, 102, 103, 109-11
不気味なもの　the uncanny　218, 219, 222, 224, 234, 236
ブラック・アンド・タンズ　the Black and Tans 156
プロテスタント（新教徒） Protestant　120, 131, 154, 157, 195, 203
プロテスタント・アセンダンシー　Protestant Ascendancy　155, 156, 165, 166, 168, 170
ボウエンズ・コート　Bowen's Court　97, 117, 119, 146, 155, 156, 235, 259, 262
冒険小説　adventure novel　260, 266
亡霊→ゴースト
ポエティック・ドラマ　poetic drama　288
ホラー　horror　33

ま行

ミステリー　mystery　18, 29, 30, 171
メタフィジカル　metaphysical　18
モダニスト　modernist　56, 64, 72, 158
モダニズム　modernism　28, 54-56, 63-65, 67, 71, 157-59, 169, 170, 180, 185, 273

や行

幽霊→ゴースト
幽霊譚→ゴースト・ストーリー
ユニオン・ジャック　the Union Jack　120

ら行

ライフ・ライティング　life writing　68
リアリズム小説　realistic novel　157
リージェント・パーク　Reagent's Park　117
レジスタンス　resistance　10, 197, 271, 274
レジスタンス＝ファンタジー　resistance-fantasy　10, 270, 271
レズビアン　lesbian　176, 177, 185-87, 263, 264
レズビアン小説　lesbian fiction　185
労働党　Labour Party　160
ローマン・カトリック　Roman Catholic　264
ロマン主義　Romanticism　64, 108, 280, 283
ロマンティシズム→ロマン主義
ロンドン大空襲／ロンドン空襲　The Blitz　10, 135, 139, 144, 197, 269, 270, 274

松井かや（まつい・かや）
神戸市外国語大学大学院外国語学研究科（文化交流専攻）博士課程単位取得満期退学。ノートルダム清心女子大学文学部准教授。
著書：『亡霊のイギリス文学――豊穣なる空間』（共著、国文社）、『言葉という謎――英米文学・文化のアポリア』（共著、大阪教育図書）など。

松本真治（まつもと・しんじ）
龍谷大学大学院文学研究科（英文学専攻）博士後期課程単位取得満期退学。佛教大学副学長・文学部英米学科教授、日本T. S. エリオット協会会長。
著書：『比喩――英米文学の視点から』（共著、英宝社）、『エリザベス・ボウエン――二十世紀の深部をとらえる文学』（共著、彩流社）、『四月はいちばん残酷な月――T. S. エリオット『荒地』発表100周年記念論集』（共編著、水声社）など。

米山優子（よねやま・ゆうこ）
一橋大学大学院言語社会研究科（言語社会専攻）博士後期課程単位取得退学、博士（学術）。静岡県立大学国際関係学部准教授。
著書：『ヨーロッパの地域言語〈スコッツ語〉の辞書編纂――『古スコッツ語辞典』の歴史と思想』（ひつじ書房）、江藤秀一編『英語読みのプロが語る――文学作品に学ぶ英語の読み方・味わい方』（共著、開拓社）、『エリザベス・ボウエン――二十世紀の深部をとらえる文学』（共著、彩流社）など。翻訳に、エリザベス・ボウエン、ハーマイオニー・リー編『マルベリーツリー』（共訳、而立書房）。

北 文美子（きた・ふみこ）
アルスター大学大学院アングロ・アイリッシュ文学修士課程修了。法政大学国際文化学部教授。
著書：『エリザベス・ボウエンを読む』（共著、音羽書房鶴見書店）、『アイルランド文学　その伝統と遺産』（共著、開文社出版）など。

窪田憲子（くぼた・のりこ）
津田塾大学大学院文学研究科（英文学専攻）博士課程単位取得満期退学。都留文科大学名誉教授。
著書：『エリザベス・ボウエン――二十世紀の深部をとらえる文学』（共著、彩流社）、『〈衣裳〉で読むイギリス小説――装いの変容』（共編著、ミネルヴァ書房）など。翻訳に、マイケル・ウィットワース『ヴァージニア・ウルフ』（時代のなかの作家たち 2、彩流社）など。

小室龍之介（こむろ・りゅうのすけ）
上智大学大学院文学研究科（英米文学専攻）博士後期課程単位取得満期退学。都留文科大学文学部英文学科准教授。
著書：『エリザベス・ボウエン――二十世紀の深部をとらえる文学』（共著、彩流社）など。翻訳に、エリザベス・ボウエン、ハーマイオニー・リー編『マルベリーツリー』（共訳、而立書房）。

清水純子（しみず・じゅんこ）
東京女子大学英米文学科卒業、筑波大学大学院人文社会科学研究科（文芸・言語専攻イギリス文学）博士後期課程修了、博士（文学）号取得。日本興業銀行本店外国為替部勤務を経て大学講師。
著書：『アメリカン・リビドー・シアター――蹂躙された欲望』『様々なる欲望――フロイト理論で読むユージン・オニール』『映画と文藝――日本の文豪が表象する映像世界』（彩流社）など。

杉本久美子（すぎもと・くみこ）
日本大学大学院文学研究科（英文学専攻）博士後期課程単位取得満期退学。柴田学園大学生活創生学部教授。
著書：『旅と文学――英文学の視点から』（共著、音羽書房鶴見書店）、『エリザベス・ボウエン――二十世紀の深部をとらえる文学』（共著、彩流社）。

丹治美那子（たんじ・みなこ）
神戸市外国語大学大学院外国語学研究科（文化交流専攻）博士後期課程単位取得退学。兵庫医科大学医学部助教。
著書：『言葉という謎――英米文学・文化のアポリア』（共著、大阪教育図書）、『エリザベス・ボウエン――二十世紀の深部をとらえる文学』（共著、彩流社）。

エリザベス・ボウエン（Elizabeth Bowen 1899-1973）
300年続いたアングロ・アイリッシュの一族として1899年アイルランド・ダブリンに生まれ、7歳でイングランドに渡る。ジェイムズ・ジョイスやヴァージニア・ウルフと並ぶ20世紀を代表する作家のひとり。10篇の小説と約100篇の短篇その他を残した。最後の小説『エヴァ・トラウト』はブッカー賞候補となった。邦訳に、『ホテル』『友達と親戚』『北へ』『愛の世界』『リトル・ガールズ』『エヴァ・トラウト』『ボウエン幻想短篇集』（国書刊行会）、『パリの家』『心の死』『日ざかり』（晶文社）、『最後の九月』（而立書房）、『あの薔薇を見てよ――ボウエン・ミステリー短編集』『幸せな秋の野原――ボウエン・ミステリー短編集2』（ミネルヴァ書房）、『マルベリーツリー』（ハーマイオニー・リー編、而立書房）など。

エリザベス・ボウエン研究会
2013年、エリザベス・ボウエンの日本における研究の本格化を企図し40名で発足。ボウエン作品の研究発表及び機関誌「エリザベス・ボウエン研究」を発行。研究の成果として『エリザベス・ボウエンを読む』（音羽書房鶴見書店）、『エリザベス・ボウエン――二十世紀の深部をとらえる文学』（彩流社）を上梓。

【執筆者】
太田良子（おおた・りょうこ）
東京女子大学大学院文学研究科（英文学専攻）修士課程修了。東洋英和女学院大学名誉教授。
著書：『エリザベス・ボウエン――二十世紀の深部をとらえる文学』（共著、彩流社）など。
翻訳に、エリザベス・ボウエン『ホテル』『友達と親戚』『北へ』『愛の世界』『リトル・ガールズ』『エヴァ・トラウト』『ボウエン幻想短篇集』（国書刊行会）、『パリの家』『心の死』『日ざかり』（晶文社）、『最後の九月』（而立書房）、『あの薔薇を見てよ――ボウエン・ミステリー短編集』『幸せな秋の野原――ボウエン・ミステリー短編集2』（ミネルヴァ書房）、パトリシア・ロレンス『エリザベス・ボウエン――作家の生涯』（而立書房）など。

甘濃夏実（あまの・なつみ）
東京大学大学院人文社会系研究科（英文学専攻）博士後期課程単位取得満期退学。早稲田大学非常勤講師。
著書：『エリザベス・ボウエン――二十世紀の深部をとらえる文学』（共著、彩流社）など。
翻訳に、エリザベス・ボウエン、ハーマイオニー・リー編『マルベリーツリー』（共訳、而立書房）。

伊藤 節（いとう・せつ）
津田塾大学大学院文学研究科（英文学専攻）博士後期課程単位取得満期退学。東京家政大学名誉教授。
著書：イギリス女性作家の半世紀4『80年代・女が語る』（編著、勁草書房）、現代作家ガイド5『マーガレット・アトウッド』（編著、彩流社）、『終わらないフェミニズム――「働く」女たちの言葉と欲望』（研究社）、『エリザベス・ボウエン――二十世紀の深部をとらえる文学』（共著、彩流社）など。

エリザベス・ボウエンの短篇《たんぺん》を読《よ》む

2024 年 11 月 25 日　初版第 1 刷発行

編者　エリザベス・ボウエン研究会

発行者　佐藤丈夫

発行所　株式会社国書刊行会

〒 174-0056 東京都板橋区志村 1-13-15

Tel.03-5970-7421　Fax.03-5970-7427

https://www.kokusho.co.jp

印刷・製本　中央精版印刷株式会社

装幀　山田英春

ISBN978-4-336-07689-2